天圣令

蒋胜男 著

目录

001　第二十五章　幽居小院
如今被孙大娘唠叨了一通,刘娥竟似又回到了初到果子铺时的情景,那时候她比现在难多了,也苦多了。可那时候她有一股心气儿,有那种天塌下来也不怕的激情。可如今,她却似乎失去了生命力似的。

010　第二十六章　将军白发
那一日,潘美与曹彬在夕阳古道上相逢,西风瑟瑟,他们都看到了彼此头上新生的华发。将军已老,白头相对。

021　第二十七章　潘妃之死
她本是世间的宠儿,从来都是众星捧月的存在,可这一病下来,却只觉得被这个世界遗弃了一般。

033　第二十八章　再赐王妃
"我赵元侃,以大宋皇子之尊,以我身上流着的帝王血统发誓,今生今世,我只爱刘娥一人,至死不变。如有违誓,天诛地灭!"

044　第二十九章　吴越王孙
"等待、忍耐！"钱惟演看着她道，"在那一天到来之前，你要保护好自己，不能让襄王触怒官家，不能因此让你被发现。帮助襄王，得到能够掌握自己命运的权力。"刘娥全身颤抖，眼前仿佛有一道她从未见过的门，在向她打开。全身的血直涌上头顶，她自己好像换了一个人似的。

055　第三十章　潜龙在渊
他慢慢地道："不错，这三个人，是天下才子之首，他们就是我将来的商山四皓。"

064　第三十一章　大相国寺
元僖看着手中的杯子，幽幽道："如果说第一个王妃的死，是情有可原，但一个为了侍婢外室，一再逼死官家御赐王妃的人，如此色迷心窍、不忠不孝不仁不义之辈……又怎么有资格再争皇位！"

076　第三十二章　许王之死
她嘿嘿连声，笑得瘆人："不是你的就不是你的。德昭死了，德芳死了，廷美也死了，你把自己的路也走绝了！这是报应，是老天爷跟你过不去呢！……天意呀，天意呀！元佐和元僖都是好孩子，原不该是这种命运的呀！可怜哪，可怜哪……"

087　第三十三章　灵前杀姬
这世上任何事情你只要深挖下去，朝廷官场竟是没有人不牵涉其中的。他掀开了一个盖子想看清楚里面的东西，却发现里面是无底的黑洞。他现在所要努力的，不再是挖掘这个黑洞有多深，而是急着要把这盖子盖回去。一床锦被掩过，大家平安无事。

| 098 | 第三十四章 贤后教媳 | 李皇后正色道:"常言道,妻贤夫祸少。一味地悍妒,固然是不贤,然而一味地放纵,却也不是贤妻之道。要做得一个贤妻,不当管的不必去管,当管的不管,也不成。须得知道分寸,懂得有节有度才行。" |

| 111 | 第三十五章 蜀中之乱 | 王小波直直地看着前面,轻声道:"吾疾贫富不均,今为汝辈均之!"这便是当日青城县起义时,他在天下人面前宣告的话。李顺深吸一口气,一个字一个字道:"吾疾贫富不均,今为汝辈均之!" |

| 124 | 第三十六章 竞储势成 | 天底下有什么能比心爱的女人全心全意崇拜的眼神更能激励一个男人的雄心呢?刹那间,元侃的眼中发出王者的自信和霸气来,他缓缓道:"我,赵元侃,以大宋未来天子的名义起誓……" |

| 135 | 第三十七章 道士得一 | 天得一以清,地得一以宁,神得一以灵,谷得一以盈,万物得一以生,侯王得一以为天下正。 |

| 148 | 第三十八章 储位之争 | 刘娥看着他的眼睛:"官家择了数年,如今定了三郎,那就是天命所归。三郎,天不与,取之不祥;天与之,不取不祥。既然储位已经落下,那就不能再让它发生任何意外,否则的话,得而复失,必有大祸。" |

159	第三十九章 尘埃落定	皇帝诏立寿王元侃为皇太子,改名恒,兼开封府尹,大赦天下,文武百官皆得赏赐。同时,以尚书左丞李至、礼部侍郎李沆为太子宾客,九月行册立太子的大典。
171	第四十章 立储大典	多年来,中原久历战乱,现在活着的人们耳中,听到的都是祖辈父辈如何在动乱年间挣扎求生的事。此时,见皇太子自太庙告天而出,这等繁华仪仗,已是百年未见了。此时京城百物繁兴,陡然间众人心中真真切切地感觉到了:"如今真的已经是太平盛世了。"
184	第四十一章 吕端保驾	赵恒停了一会儿,才小心翼翼地道:"人言吕端为人糊涂……"皇帝微微一笑,笑容中仿佛藏了无穷的神秘,他缓缓道:"吕端大事不糊涂。"
195	第四十二章 新君登基	吕端正色道:"圣人此言差矣!先帝立太子,正为今日,岂容有异议?太子之册立,祭庙告天,太庙中列祖列宗知道,天下百姓知道,外邦属国知道,此时一旦更易,何以对列祖列宗交代,何以对天下百姓交代,何以对外邦属国交代?"
205	第四十三章 刘娥入宫	此刻的他不是皇帝,此时无人看到他的眼泪,他可以在心上人的怀中做一个卸下盔甲的无助之人。因为这世上,她是他唯一可以信赖、可以放下心防的人了。

217	第四十四章 兄弟重见	十多年不见,赵元佐两鬓已经斑白,整张脸因为多年的囚禁变得苍白瘦削且枯槁,早已不是昔年英姿焕发如天人般的皇子了。他挣开赵恒的手,艰涩地道:"君臣分际,礼不可废。草民元佐,参见吾皇万岁!"他似是好久没有说过话了,语声喑哑难听。
229	第四十五章 拜谒中宫	这样一个女人,竟然能让三郎认为她贤良淑德,欣赏她,认可她,甚至对她隐有愧疚之意。刘娥想到此,不禁倒吸一口凉气,她遇上的,是一个前所未有的对手。郭后跟她一样,懂得皇帝的性情,明白皇帝的心理,能够抓住皇帝的弱点。
240	第四十六章 移宫风波	忽然只觉得又回到了初进王府时,那种什么都抓不住,把握不到的感觉,曾经有一度,她以为这种感觉已经没有了,她已经战胜周围的一切,把握住了手中的一切。可是,从王府到皇宫,从熟悉到陌生,那种失去掌控的感觉又回来了。郭熙用力地握紧了拳头,她痛恨这样的感觉。
253	第四十七章 爱意难藏	刚登基时,皇帝身上是冒着冷气的,那种感觉让她畏惧,让她甚至都不敢接近。可是孝期过完以后,他身上的感觉就不一样了,那种从身心都透着舒适的感觉,哪怕他在她面前仍然不怎么说话,不怎么笑,但是她就是感觉到了,皇帝就是不一样了。在另外的地方,有一个让他很喜欢的女人,所以他才会有这种不自觉散发着的通身愉悦之感。
264	第四十八章 皇后郭氏	她以为他只是性情内敛,她已经得到世俗眼中最大的幸福。可如今见了真的,她才知道,原来自己得到的竟都是假的。若是从未得到过,她也心甘,唯其得到过,或者说以为得到过,结果发现是假的,才更令人如火焚心,夜夜不能安枕。

第二十五章
幽居小院

到了下午，刘娥再次醒来，元休又依样为她喂下一碗药。张太医再次给刘娥诊脉时，啧啧称奇："好生奇怪，脉象已经平和，血气也流动得较快了。恭喜王爷，看来刘娘子这一关，是过了。"

元休喜道："太好了，太医果然妙手，我自会重重有赏！"

张太医擦了一把汗，欲言又止。元休心神都在刘娥身上，并未发觉。

但钱惟演看了出来，过了片刻，悄悄叫出张太医来，问他详情。张太医犹豫片刻，才道："这位刘娘子伤损太过厉害，此时就算能够救过来，但是将来恐怕难有子嗣！"

钱惟演一惊，忙低声嘱咐他："这话，出你之口，入我之耳，从此以后，休要再提起。你只管用心调理，若有好转就悄悄告诉我，若无，就……当这件事不存在。"

张太医本就是吴越王府供奉的太医，当下听了这话，唯唯应是，并不敢告诉他人。

正说着，元休走出来，对钱惟演道："惟演啊，你陪我走走吧。"

两人出了农舍，沿着松林缓步前行。钱惟演道："昨日回府，没出什么事吧？"

此刻，元休恨意又生，咬牙道："我竟不知世间还有如此恶毒之妇人！"说着，就将昨日潘妃居然将刘娥之物全部烧了的事说了，一时气愤难平。

钱惟演听闻，也是惊骇异常，过了半响，才叹息道："这样也好，索性你与她撕破了脸，也不必敷衍她了。且如此一来，刘嬷嬷也是明了是非的，必不会再帮她。刘娘子的东西既然烧掉了，就干脆把她的痕迹尽销，教人查不出来。"

元休诧异问道:"你的意思是?"

钱惟演道:"你进出瞒不过府里人。且我们每日这样来看刘娘子,终究也不是办法。再说此处简陋,各色东西都不齐全,也不好让刘娘子养病。须得想法把刘娘子带回城中去,好生安置才是。"

元休道:"却是安置在哪里呢?"

是啊,可以去哪里呢?韩王府固然是万万不可再留了,吴越王府是降王府第,只怕府中飞进一只小鸟儿,也会在第一时间报进皇宫中去。

商议到后来,却是张旻主动解决了此事。他刚刚在北山子街附近买了一间宅子,便建议将刘娥以他妹子的名义安置此处。

于是过了几日,看着刘娥渐可挪动,钱惟玉坐着吴越王府的马车出城进香,半道上拐了弯接了刘娥一起入城,送到北山子街。城门口的守卫也只道是吴越王府的郡主进出一趟。

张旻新买的宅子,是一处极幽静的三进院子,院中引一道汴河的水流入,形成一个小池塘,种得几枝荷花,环绕着假山。院中遍种紫藤薜萝,幽香宜人。

张旻与妻子何氏住在前院,刘娥住在后宅,钱惟演送来两名侍女服侍,张太医日日来诊脉,元休更是恨不得将世上最好的补品拿来给刘娥服用。如此调养将息,只希望刘娥的身子能一天天地好转起来。

只是刘娥的心情,却没有好起来。

是的,就算韩王再爱她,她也是个被圣谕逐出王府的女人,而王府之中,还有一个名正言顺的王妃潘氏在。元休虽然爱她,可她又算得了什么呢?她为了失去孩子伤心痛苦的时候,元休抱着她一再安慰,说他们将来会有更多的孩子。可是就算她有了孩子又怎么样呢?仍是一个名不正言不顺的孩子。她随时可能在怀着他的时候再次被发现被残害,就算安全地生下来了,这孩子依旧没名没分,甚至连生命安全保障都没有。

元休现在是爱着她,可他是个王爷,将来有的是女人,她们会比自己更年轻、比自己更美貌、比自己更有才情、比自己出身更高,更名正言顺,她这个什么都不懂、什么都没有的女人,很快会被他遗忘,甚至遗弃的吧。就像她在瓦肆里听说过的那些红歌伎,过了最好的年华以后,多半下场凄苦不堪。

那自己还有什么可努力、可挣扎、可奋斗、可坚持的呢?倒不如就这样,在元休还爱着她的时候,让她就这么去了,免得将来一无所有,被人厌弃。

窗前的花开得正美,但刘娥的心情,却在一天天地坏下去。

元休看着她这样憔悴,只觉得自己的内心也在一天天地受着折磨。为了她的安全,他只能悄悄地来看她,甚至为了不被发现,而不敢多做停留。这样的情形,更加重了两人内心的痛苦。

刘娥在一天天地憔悴下去,元休也在一天天地消瘦下去,瘦到连李皇后也看到眼里去了,这日就宣了他进宫亲自过问:"三郎,你近日怎的这般瘦了?"

元休哪里肯答实话,只道:"不过是春日里衣服减了,皇后娘娘才看着瘦了。"

李皇后自然是知道原因的,看向元休长叹一声:"那日的事,我原也是没有想到。官家原本也是答应了我的……"她说到这里,又顿住了,总不能说,官家明明答应看一下人就给名分的,却不知为何忽然改了主张。

不过是个小婢女而已,难道长得青面獠牙,只一见就教官家推翻原来的决定要置她于死地?李皇后思前想后都没明白这其中变故何来。唯一的可能就是潘妃既然有可能说动乳母来告状,就也有可能找人影响官家做决策。或者是官家念着潘美正在阵前掌一方兵权,为了避免影响他的心神,而将那小婢女牺牲掉了。想到这里,李皇后对潘氏也不免心中厌恶,但她身为皇后,却不能说出口来,反而要替她遮掩一二。当下也是无奈,她只得对元休温言劝道:"总是这孩子的命不好,或许撞着了什么,惹了官家不喜。"

李皇后说到这里,见元休的手不自觉地握成拳,脸上色变,当下止住,想了想,问他:"听说你那天回去,和王妃发生了争执?"

元休强行压抑下怒气,勉强道:"并没有什么,只不过是普通的口角罢了,谢皇后娘娘关心。"

李皇后轻叹:"那就好,你们年纪轻,又是新夫妻,磕磕碰碰自然是难免的,不要伤了和气才好。潘氏毕竟是你爹爹赐婚的王妃,纵是你们夫妻小口角,也不要闹大了,让你的兄弟们看笑话。如今不比以前了,你要懂事些,也免得……你爹爹担心,你……懂吗?"

元休抬头,见李皇后满眼忧色。她虽然不是自己的亲生母亲,但入宫这些年来,一直将自己视为己出,多番照顾,便是亲生母亲,也不过如此了。她这番话,关爱之意毕露,她是要提点自己,如今不比以前了,如今的储君已不是以前的同胞兄弟大哥元佐,而是异母兄弟二哥元僖,而二哥,和大哥是不一样的。自己不能让爹爹担心,更不能让已经囚在南宫的大哥担心。

元休沉默片刻。李皇后问他:"你……懂吗?"元休想,他是懂的,当下却只能默然拱手:"臣知道了,累皇后娘娘劳心,实是臣不孝。"

李皇后叹息一声,缓缓点头,不能怪她只偏心大郎、三郎,实是大郎真诚,三郎纯良,让人愿意心生亲近。而那个二郎……唉,他自有他的生母,她是指望不上的。当下遂劝道:"三郎,我知道你向来是个懂事的孩子,很多事情,终是过去了。"想了想,见他也是可怜,又道:"我看你这段时间有些形容憔悴,想是身边没有人好好照顾你。"说罢指指身后站着的两名侍女,道:"这两个丫头,你就带回去吧,算是我所赐,就算是潘氏,也不会有什么意见的。"

元休怔了一下,看向李皇后身后的两名侍女,之前并不曾见过。宫女升迁可不是一步登天的事情,尤其是皇后身边的贴身宫女,原来那几个都是从站廊下、打帘子、递东西做起,过了好几年才站到李皇后身后的,今日皇后身后却站着两个明显年纪更轻,且自己从未见过的侍女,连容貌都比原来那几个胜上几分。听李皇后这么一说,想来这两名侍女不是渐次提拔上来服侍李皇后的,而是今日专为了赏赐他临时站上来的。

当下元休就变了脸色:"皇后娘娘这是什么意思?"

李皇后劝他:"我知道,上次那事,原是你受了委屈,我看那潘氏也是要学会如何为人妇的道理……"

元休顿时明白,李皇后是觉得刘娥被逐,是他受了损失,是他受了委屈,所以要赔给他两个宫女。这就像弄坏了他一个玩具,于是赔给他两个更贵的一样。

可哪怕是玩具,只要寄托了人的感情,也不是赔更贵更多,就能抵消曾经受损失时内心所受过的伤害的。更何况刘娥是人,不是东西,她受到的伤害,她失去的孩子,又哪是赐他几个宫女所能够抵消的!

你们真正对不起的,不是我,而是小娥啊!

元休只觉得无比愤怒,蓦然站了起来,见了李皇后与一众宫女惊诧的神情,强按下心头怒气,竟是什么话也不能讲,只恭敬行礼道:"皇后娘娘的好意,臣心领了,只是臣并非为此,而是,而是……"他苦笑一声,道:"是臣失礼,请皇后娘娘恕罪。"

李皇后回过神来,叹了一声:"唉,你这孩子……罢罢罢,你去吧。"

见元休行礼退下，孙嬷嬷示意宫女也退下，对李皇后道："圣人，这……"

李皇后摆摆手，叹道："算了，三郎原是个实诚的孩子，可惜了那日的小娘子，命不好！"只能是命不好了，皇子纳个侍婢原是常事，偏生正室王妃不容，偏生官家为了潘美出征的事，顾不上这些小节。她心里叹息一声，三郎家这个，只能说比较娇养，受不得委屈，要把这件事吵进宫里来。可别人家的就少了吗？她何尝没听过，四郎的王妃，偷着把四郎喜欢的侍婢发卖了。二郎的王妃倒是没有私下处置侍婢，可她却教侍婢欺到自己头上去了，更闹得阖府不宁。

李皇后长叹一声，不痴不聋，不做阿姑阿翁。做公婆的，还能伸手太长不成？正想着，就听得孙嬷嬷道："就怕韩王和王妃接下来会……"

接下来会怎么样？不过是夫妻不和罢了。想到这里，李皇后倦怠地摆摆手，道："她自己作的，我又能如何？"

好也罢，歹也罢，这个韩王妃，得她自己学会怎么去做，她这个皇后，可管不了！她自己不肯贤良、不肯容忍，还绕过自己这个皇后把事情捅到官家面前，她还能如何帮她！

自刘娥搬到张旻府上后，一天比一天憔悴，令她身边的人十分不安。

如芝瞧在眼里，急在心里。如今她也是悄悄地过到这里来服侍了。自上次潘蝶大闹揽月阁之后，她就知道自己此后的命运，是与刘娥连在一起了。刘娥若好，她便好；刘娥若是不好，她便也没有好下场。当下更是竭尽全力去服侍刘娥。她见刘娥自从失子之后，总是郁郁寡欢，就算是韩王来多番劝慰，千依百顺，也不能换得她一时欢颜，心里焦急之下，就悄悄去问刘美（即龚美），刘娥有什么喜好，有什么过往。

刘娥的来历，原也不是什么秘密，她自己当日与元休在一起的时候，就说了许多，如芝在一旁也听说过。

刘美说，刘娥一直念着孙大娘的情意，那日她从王府出来，也是去找过孙大娘的，可惜孙大娘的铺子已经关了。如芝于是暗地里存下了心，悄悄地做了些准备。

这日，如芝劝刘娥道："如今春光正好，娘子何不去张家园子看看。"这时候许多官宦人家都拥有私家园林，只是园林虽美，若没有别人欣赏羡慕，却也只能孤芳自赏了。所以本朝与前代不同，那些大户人家的园林不但不阻止人去看,反而每年花开时,头一日先邀请自己亲友游园,次日便邀请文人墨客前去题咏,然后才是向京中开放,无论贫贱都可花几十几百文钱前去观赏,甚至还有兼售卖酒水的,倒弄得几户皇亲国戚家的酒在京中颇为出名,被传为美谈。

因此每到花季,京中大大小小的人家,都开了院子让人游园。张家园子并不是什么名园,往来的不过是小户之家,人也不多,刚好适合此时让刘娥出去解闷。

刘娥听了,无可无不可地点点头,就与如芝一起去了。

张家园子并不大,布置也有些随意,不像是名家整治过的。只不过附近有些人贪图路程近,不用雇车骑驴的,走着就能来,不过此时园中也就寥寥几人在。

今日阳光正好,刘娥在屋里待久了,在这阳光下,心情竟似好转了些。见她因日头太晒,眯着眼睛,如芝就指着前边道:"娘子若是累了,不如前面亭子坐坐,也好看看牡丹。"

刘娥仔细看去,却见一个假山亭子边,有几盆白牡丹开得颇好。当下也就点了点头,与如芝一起走过去,坐在那亭子里。另一头有个胖妇人走过来,刘娥和胖妇人两人一见,不由呆住了。

那胖妇人竟是孙大娘,一两年不见,她居然又胖了一大圈。孙大娘见了刘娥,哎哟一声,先开了口:"你怎么瘦成一把柴了?"说着上来直接捞起刘娥的手臂,顺着袖子撸上去,让她的胳膊整只显露出来,啧啧连声嫌弃道:"你看看你,我就说你别后悔,原来在我铺子里养得白白胖胖的,一离了我这里,就瘦成个鬼了。"

今日相见原也是如芝委托了张旻办的,如芝只道孙大娘是个经事的老嬷嬷,能劝劝刘娥勿要伤感,没想到竟是个粗鲁的市井妇人,倒把她吓了一跳,生怕她对刘娥无礼招得刘娥不快,正要上前阻止,却见刘娥忽然间眼泪涌出,扑在孙大娘怀中痛哭起来。

自那事发生以后,刘娥大半时候都如死灰槁木,不言不动,这般痛哭,却是没有。没想到见了这妇人,居然引得刘娥情绪释放,如芝忙将脚步缩了回去,到嘴边的话也咽了下去,心中暗暗庆幸,不想这一步居然走对了,当下也就悄悄地避到一边,为两人防护去了。

刘娥在孙大娘怀中痛哭了一场，竟是将积郁都宣泄了出去，这才慢慢地缓解下来，开始问孙大娘别后情景。孙大娘说当日铺子烧了，她也做不动活了，乘机收了铺子跟女儿女婿过活。她自己有积蓄，也不用很看人家眼色，又能帮着照顾家里，倒也不错。不用起早贪黑地做活，所以大半年时候倒是胖了许多。

刘娥又问起一些故人来，方知有些转了地方重开铺子，有些年纪大的生意清淡的就收了铺子。然后就听着孙大娘将她从头嫌弃到脚。她自从遭难以来，从元休到如芝，所有人都小心翼翼地看着她的脸色，生怕哪句话教她难受了，反而使得她心情日复一日地低落起来，如今被孙大娘唠叨了一通，刘娥竟似又回到了初到果子铺时的情景，那时候她比现在难多了，也苦多了。可那时候她有一股心气儿，有那种天塌下来也不怕的激情。可如今，她却似乎失去了生命力似的。

如芝站在一边，看刘娥坐在那儿，听孙大娘唠叨嫌弃着，只是微笑着，没有说话，也没有反驳。但是很奇异的，眼前这个满身烟火气的市井妇人，以她高亢尖厉的声音，以她发福的身躯，以她谁家儿女不孝、谁家丈夫打老婆这样的市井八卦，却说得刘娥身上渐渐有了生气，这是一种形容不出来的感觉，但她就是看着刘娥哪怕坐在那儿没怎么动，也没怎么说话，就这么从游魂般的状态慢慢活了过来。

如芝只觉得惊奇，再看向孙大娘的眼神中不禁就有了敬畏之感。

这一天刘娥回去的时候，仅就状态而言已经让元休明显感觉到了变化。元休听了如芝的禀报，不由得赞了一声"好丫头"，便重赏了她。想着孙大娘既然有用，又不便让她知道刘娥的真实情况，于是又令张旻在附近另租了一间房子，常约孙大娘到那里与刘娥说话。

过得几日，刘娥渐渐主动开口，与孙大娘说起往事来。孙大娘并不知情由，如芝只同她说，刘娥嫁了个年少公子，不慎滑了胎，所以心情郁郁，请孙大娘开解些。孙大娘心中也明白，似刘娥这般，也不可能是正室，且她在市井中见得多了，妇人妊娠小产甚至小儿夭折，也是常事，无非就是恢复过来再生罢了。她既得了钱，于是说话中也揣摩着说起类似的事来，如某人生了七八个孩子，又说起某人滑胎被城隍托梦说时候未到，后来果然又生了大富大贵之子。听得多了，刘娥也会想，莫不是这孩子的确是时候未到，她身份未明，王妃凶悍，此时生下孩子来，也未必可保。倒不如借这个机会出了府，

在外头再有孩子或可安全长大。若是可以,她便没有名分又如何,只要将来的孩子能够安然长大即可,未必是坏事。

刘娥心结一去,就渐渐恢复起来。

这一日,说到昔日果子铺中的事,刘娥忽然想起,就问孙大娘:"可知道四丫如今如何了?"

孙大娘脸色一变,忽然就支吾起来,刘娥心中疑惑,就细问起来,孙大娘终究是个藏不住话的,刘娥问了几次她掩饰不过去便说了实话。四丫原是签了身契,十年内要跟着孙大娘帮工的,只是后来街面烧了,铺子没了,孙大娘也没有再开的本钱,就回了家,四丫自然也就送回了原来的家中。没过几个月,四丫后娘就收了彩礼将她嫁了。谁知这四丫却也是命苦,嫁过去没多久就怀上了孩子,也不知是年纪太小发育未足,还是家里太穷吃得太亏,竟是生产时一尸两命,就此去了。

刘娥听了,当时就怔在那里,不能言语了。她也不知什么时候孙大娘去了的,也不知道自己是怎么回的小院,直至元休拥住她不停地唤她,这才回过神来,顿时眼泪就下来了。

元休慌了,忙去安慰她:"小娥,你怎么了?你可别吓我。"她的情况明明在好转了,怎么又忽然变成这样了。

刘娥伏在元休怀中,痛哭失声,只哭了个昏天黑地,哭到最后,竟一口黑血吐出,晕了过去。

元休吓坏了,忙叫了张太医来看,张太医诊了脉以后,反而有些欣慰道:"原是刘娘子积郁于心,不得抒发,老朽还怕积得久了成了症候。如今能够一场大哭纾解出来,又能够把这口血吐出来,倒好调理了。"

元休这才放心,等张太医配了药来,他亲自服侍着刘娥喝了,再问原因,刘娥就把四丫的事情说了,越说越伤感:"我竟是想不到,四丫还这么小,还这么小,就这么白白断送了一条性命,而且是一尸两命。"四丫死的时候,也不过才十三四岁吧,她这一生,实是苦多乐少。她想起自己刚进汴京城的时候,是多么羡慕那些汴京城中的女孩子,她经历九死一生才能够爬到汴京城,而她们一出生就在汴京城。可是,没想到自己曾经羡慕过的人,却也是那样苦命。

刘娥的手紧紧地握成拳:"我必然不能教自己落到四丫这样的境地,我的命运,就是要自己来把握。不管别人怎么对我,怎么辱我欺我,只要有一口气在，我就不会放弃，不会屈服。"

逐她出府又如何，逐她出京又如何，没名没分又如何，没了孩子又如何，元休只能悄悄来看她又如何！只要她还活着，那就够了。

元休再次来看刘娥的时候，看到她在看书，拿过来一看，不由诧异："你怎么看起《论语》来了？"或许是以前在瓦肆中的习惯，之前她努力识字，为的就是能够看得懂书上的内容，但从前她爱看的，第一是话本志怪，如《太平广记》之类的，第二是情爱词曲，尤其是她以前唱过的那些曲子，当日唱的时候无知，后来懂了，更增一份新的心境。但如今，她却看起《论语》来，看起那些对于她这样的小娘子来说算得上古板乏味的东西来。

刘娥却只是轻轻地嗯了一声，道："我如今不爱看那些东西了，那些话本虽然有趣，但是，却没有用。"潘妃欺负她的时候，她觉得自己在努力讲道理了，官家要放逐她的时候，她也觉得自己在努力恳求了，可是那些话本并没有帮到她。

《论语》是讲圣人道理的，是不是对她会有用呢？有时候元休来这里，也不仅仅只是来看她，他还会在书房与钱惟演等人说一些事情，他们的许多事情她都听不懂，但她希望自己能够更接近那些事情。话本、词曲，那是瓦肆中有用的东西，不是王府中有用的东西。

元休听得刘娥语词混乱地解释着，此时此刻，她只有这种朦胧的感觉，却无法清晰地表达出来，但是元休还是听懂了，他长叹一声："我明白了，你放心，我会给你安排书单，也会让人来教你。"他看着刘娥的眼睛，道："我一定会接你回去的，你放心。"

第二十六章
将军白发

刘娥的病一天天在好转,但是韩王妃潘蝶却渐渐病了。

自从那一日决裂之后,元休再也没有踏进过她的房门,同时她也失去了她在府中的盟友刘媪。

刘媪行事,本就一向以元休为先。原先只为潘蝶是皇上指的正室王妃,韩王夫妻和睦,尊重王妃自是要紧的事。为刘娥这等小婢,伤了王爷王妃和气,惹得元休读书无心,自是这个小婢讨嫌。因此虽然为潘蝶胁迫而去宫中进谗,心中自认为也是为了保得阖府安宁。及至得知刘娥居然因此小产,刘媪不禁大悔不已。小婢固然不及王妃重要,可王妃又及不得皇家骨肉重要。想不到竟因自己的过失,使得王爷失去亲骨肉,一时间刘媪心中不禁有些怨恨潘蝶。心中又痛又悔又不敢面对元休,再加上年纪终究有些大了,刘媪便先告了病假,取了私蓄日日去大相国寺为那个尚未出世便夭折的胎儿超度念经。潘蝶或有来请来叫的,一概推病不敢再与她搅和。

潘蝶恼怒万分,却抓不住一个人来发作。

元休根本不和潘蝶说话,每日里早出晚归,回府就像应卯。潘蝶试过几次等到极晚,等到元休回来,却是看见她时,仿佛视若无睹。潘蝶要同元休说话,同他吵架,甚至抓住他不放说要拉他去宫里争辩。元休只木着一张脸,也不跟她说话,只甩脱她,冷笑一声转身走掉。潘蝶毕竟是个女子,若没有人相助,她还真是拉不住一个习过武的男子。

潘蝶去寻刘媪,逼迫她,让她去把王爷找回来,但刘媪却是自那时候开始,便手捏一串佛珠,问她什么,都是只管念佛,问得急了,就说自己罪孽深重,要为小皇孙祈福。一句句话看似恭敬,却简直往潘蝶心窝子里戳。

这王府,越发像个坟墓一样,所有的人见了潘蝶都远远避开,也没有人肯与她说话。潘蝶的脾气越发暴躁起来,身边的侍女被她迁怒责骂以后,变得战战兢兢。虽然乳母张氏忠心耿耿,可却也是年老糊涂,出不了什么有用的主意,只一味念叨让她与王爷和睦相处。

潘蝶何尝不想与王爷和睦相处,可也得人家肯理会她才是! 时间久了,她也慢慢有些后悔起来,张氏那时候的话是对的,不过是个小婢而已,人已经赶走了,何必一定要将她留下的东西都烧了,把事情做绝了,苦的还是自己。可她心里也不是不怨恨的,就算她一时错了,但她也肯低头了,肯向他赔礼了,他居然这般无情无义,完全不把她的努力和迁就放在眼中。

乳母刘媪更可恨,不过是个下人而已,一开始阳奉阴违,也就为她做过一件事而已,居然就这样怨恨起自己来了,甚至居然明目张胆地在府中为那贱婢的孩子做起法事道场来。别说那孩子不应该存在,也从未存在过,就算是生下来了,也不过是个婢生子,在刘媪心里,居然盖过了自己,这是什么道理?

潘蝶也是个不肯低头的性子,见元休、刘媪两人不理她,索性进宫去告状。先是求见了皇后,诉说了委屈,满心以为皇后会为自己做主,不想皇后态度冷淡,反倒说她不够贤良,送了她一本《女则》就让她出宫了。连她要求见官家的恳请也不肯理会,反说前方军情紧急,官家没有时间理会她这等事。

潘蝶一怒出宫,不承想居然见自己身边的侍女也在偷偷地祭祀刘娥的孩子,更加恼怒起来,先是打了那两名侍女,又下令府中不许再有这种祭祀。

如此过了两日,这一夜潘蝶在前厅欲等元休回来,但到晚上还未等到,张氏就苦劝她先回房去。潘蝶带着侍从,走过长长的走廊,但见竹影摇风,月光下仿佛化作鬼影幢幢,风中竟隐隐传来几声儿啼。

潘蝶脸色大惊,一把抓住了身边乳母的手:"张妈妈,你听到了吗? 小孩的哭声,这里怎么会有小孩的哭声呢?"

张氏吓得脸色发白,强自镇定道:"没有的事,我就没听到呢!"话音未了,风中竟清清楚楚传来几声儿啼,这一下,连那几个小侍女也听得清清楚楚,侍女杏儿惊叫道:"真的有小孩的哭声呢,莫不是……"话未说完,已被张氏打了一个嘴巴子:"胡说些什么! 堂堂王府,怎么会有不干净的东西?"

潘蝶脸色大变:"什么不干净的东西,张妈妈,你也……"

张氏忙打了自己一个嘴巴子:"真是老糊涂了,王妃,别理这些了,咱们早些安歇吧!"

潘蝶应了一声,走进院子,忽然间一阵冷风袭来,她打了个寒战道:"好冷!"

就这一夜,潘蝶受了风寒,次日早上,便觉得有些鼻息沉重,头昏难起。原本是寻常感冒,不料吃了好几帖药,也不见效,自此便渐渐成了症候。

潘蝶自小胆气本是极壮的,只是这人一病,心力便较平时衰弱了许多,每日里昏昏沉沉地躺着,饮食渐渐地少了,到夜里便开始失眠多梦。夜半睁着眼睛看着窗外,恍惚间老是听到隐隐约约的儿啼声,吓得她忙吵着将整个房间点得通亮。如此折腾了一夜,到天明时,病势却又重了一分。

自潘蝶生病以来,阖府上下,就没有人来看过她。元休固然本就不理不睬,刘媪自上次装病推托,此时更是怕她再借此生事,遂托故躲了。

潘蝶这一病,张氏就慌了,忙派人请潘夫人过府。潘夫人一见爱女如此病容,立刻儿一声肉一声地抱着她大哭起来。

潘蝶愤愤地将事情说了,潘夫人听得先是恼怒,及至听到最后,却也不禁有些无语,只叹息一声,道:"我原与你说过,男人三妻四妾也是常情,只要你拿捏得住就行。你怎么就和王爷闹成这样?"

潘蝶恼道:"是他蓄意隐瞒在先,宠妾灭妻,难不成还是我的错了?成亲时那样温柔听从,一转眼就变了心,母亲,我,我实是气不过!"

潘夫人叹息:"你素日在家,你父亲难道没有姬妾?我若也是你这般脾气,只怕生不出你来。出嫁前我是怎么教你的?你嫁的是皇子,三妻四妾都不稀罕,不过一个通房丫头罢了,你何苦为这么一个小玩意儿,跟自己的夫君闹成这样?你既懂得让乳母出头,就应该把自己撇清了。如何自己先去打打杀杀,出了事以后,不去转圜,反而更加激怒他。你当真糊涂,便是一时不知如何办,也应该听听乳母的话,再不济,也回来问我啊。事情到了这个地步,如今后悔都来不及了。"

潘蝶更加恼怒,转过身不理母亲:"哪里是我激怒他,分明是他激怒我!难道还怪我不成?你是我亲娘,你也要来讲这些话气我。"

潘夫人叹气,劝她:"如今没有办法,只能是我去找人寻几个绝色的丫头送进来,与他赔罪。他若纳了,也好让那几个丫头帮你说话,也好转圜。"

潘蝶大怒,掀被坐起,颤声道:"你还是我母亲吗,怎么能做出这般羞辱我的事情来?"

潘夫人急了："你这孩子怎么这般任性！若不是你将事做绝，难道我愿意低这个头，丢这个人？你以为你是在闺中！你看看宫里的官家，圣人可是不容妃嫔的？你看看他那些兄弟，楚王也有侍婢，许王有个张良娣，冀王妃再厉害，也只能将那几个得宠的侍婢打一顿。天底下富贵的男子，除非他自己愿意不纳妾，否则你有什么本事强按着他的头依了你。你有本事就不要惹怒了男人，又放不下男人。"母女俩都是一样的脾气，竟是吵起架来，相争不下，反惹得潘夫人转而怒冲冲地走了。

潘蝶见母亲走了，反而后悔起来，哭了一夜，将吃的东西都丢了出去，次日病势越发沉重起来，却又不肯让张氏再去请潘夫人，只自己强撑着。怎奈这病一重，人就糊涂起来，生了许多虚妄，半夜里听到远处猫叫声，也一口咬定是婴儿啼哭，吵得阖府起来抓鬼。元休与刘媪只道她又在生事，也不来理她。

潘蝶既睡得不好，又半夜起来染了风寒，再加上心绪不宁，不肯进食，更不肯饮药，只三五天，整个人就脱了形。

张氏寻不见元休，只得又去找潘夫人，潘夫人犹在生气，过了两日方来，见了女儿大吃一惊，立时就要带潘蝶回娘家去，潘蝶只咬牙不肯。潘夫人问得急，潘蝶方咬牙道："只怕我若是回了娘家，就回不来了。他负心如此，是断断不会去接我回来的。我们夫妻的缘分，难道就此断了不成？娘，我不甘心，就算死，我也得是韩王妃呀！"

潘夫人只听得肝肠寸断，抱着潘蝶哭道："我可怜的儿呀，他怎么可以这样亏待了你！你爹爹是不在京里呀，要是他在京里，断断不会叫你这样吃亏的。"

潘蝶眼中闪过一抹亮光，轻声道："是呀，爹爹呢？爹爹什么时候回来？他要是回来就好了！"

潘夫人抹了一把泪，道："你放心，你爹爹在前方，节节得胜。军报日日传来，咱们的大军一直向幽州推进呢！"

潘蝶轻声问："咱们的大军，打到哪里了？"

潘夫人自大军出征，日日关注着军报，当下就道："听说曹彬将军的人马已经攻占了固安和涿州、新城等地，杀了贼相贺斯；田重进破了飞狐城，抓了辽国的西南面招安使大鹏翼、康州刺史马额和马军指挥使何万通。你爹爹更是了得，他率军自西陉而入，正遇上辽国兵马，打得他们大败，千里追杀辽

兵直至寰州,活捉了寰州刺史赵彦章,并得了城池。接下来,朔州节度副使赵希赞闻得你爹爹军队到来,立刻献了城池归降,云州也降了你爹爹,应州节度副使艾正、观察判官宋雄也献城而降。幽云十六州,咱们已经得了数州了。三路兵马都在向幽州进发,再过一个月就要在幽州城下会师了,攻下幽州,你爹爹就可以得胜还朝了。"

潘蝶听着母亲兴奋地说着父亲的英雄事迹,脸上渐渐发出了光亮:"是吗,爹爹真是英雄了得!"

潘夫人道:"是呀,你爹爹为国家血战沙场,立下如此大功,只要他得胜还朝,官家自然会高看于你,韩王他也不好意思对你不好了!"

潘蝶的脸上露出了希望的笑容:"是呀,只要爹爹回来就好了。我要快些好起来,不能让他看到我这个样子。"

但是潘蝶等的这一天,并没有到来。

到了五月中旬,前方报来的不再是捷报,而是凶讯。

依着皇帝原先的军事部署,大军分三路出兵:东路由曹彬等率领,为宋军主力,采取缓慢行军战术,虚张声势,向幽州进发,以牵制辽军主力。中、西路军分别由田重进和潘美率领,同时出击,速战速决,吃掉辽军右翼,然后中、西路军会合东进,与东路主力合势攻取幽州。北伐开始后不久,西路军收复了寰、朔、云、应等四州,中路军也攻下了飞狐、灵丘、蔚州,因此捷报频传。

但是远在前方的曹彬东路军,眼见田重进部和潘美部捷报频传,不由得心中着急,再者一路打来,辽军一击即溃,实无太大的作战能力,如此缓缓行军,何时能到幽州。一急之下,副将崔彦进提议加速行军,攻城克府直抵幽州,同时也可援助其他方面军作战。曹彬虽觉不妥,然而一战下来,固安一击即破,军心大振,紧接着,又攻下了涿州、新城等地。

中、西两路频频进攻,屡战屡捷,实属意料之中,东路军进展神速,一路奏捷,就连皇帝也颇为惊讶。由于东路军打的全是胜仗,属嘉奖之列,因此即使曹彬行动与事先部署相悖,皇帝依然下旨嘉奖。

整个计划就这样被打乱了,北伐部署就这样开始走偏。曹彬占领涿州后,父老乡亲见中原大军到来,箪食壶浆,以迎王师,对着大军牵衣相泣道:"自五代十国以来,我等便生活在胡虏之下,虽对南相望,却不得回归故乡。

如今有生之年,能见到中原大军到来,真是三生有幸哪!"场面之热烈,令人不禁泪下。

曹彬也不禁唏嘘不已,可是他此时面临着的,不仅是大军的粮草问题,连城中百姓的粮食也无着落。辽军撤退之时,早已将城中粮草尽行转移掉了。

辽帅耶律休哥奉萧太后之旨,采用坚壁清野之计,令曹彬军无粮无草,前行不得,只得退兵补充粮草。辽军又以逸待劳,采用游击战术,让曹彬军疲于奔命。曹彬军粮草补齐再次进攻涿州不成退兵之时,在岐沟关中了耶律休哥的埋伏,兵马折损了大半,曹彬败退至易州。

败绩报至京城,皇帝大惊,曹彬大军的败退,使得原计划中三军会师幽州城下的布置完全落空。此时田重进部和潘美部已经深入辽境,若是再遭伏击,后果不堪设想!因此皇帝立即下旨,令曹彬、崔彦进、米信立刻回京,命田重进部撤军回屯定州,潘美部全线撤军返回代州。念原云、应、寰、朔四州的百姓盼归故土,令潘美护送四州百姓返回宋境,与吐谷浑各部族百姓分置河东、京西等地。

大军败绩,对于潘蝶来说,不亚于晴天霹雳。然而更大的风雷还在后面。潘美人未返京,已经有人伏阙告状。由于潘美副将杨业战死寰州,杨业之妻折氏上奏,状告主帅潘美和监军王侁指挥有误,不依约定,致使杨业全军覆灭,杨业被掳绝食而死。

折氏是静难军节度使折德扆之女,折家是党项人。自唐末以来,世镇府州,至今已经六代。此时李继迁为乱,折氏一族,便是朝廷节制银、夏之倚重。因此她既告主帅,又告监军,亦是不惧。

"这杨业是什么人?凭什么他的死,要怪到爹爹头上来?"潘蝶看着潘美斑白的头发,忍不住问道。

不过半年工夫,潘美似乎老了足足十岁,头上陡然多了许多白发。潘蝶看着苍老的老父,心中暗暗惊惧,原来仿佛山一样可依靠的父亲,苍老下来,竟然也会如此之快。想着他出征时威风八面,如金甲神人似的,与此时躺在病榻上的老人,竟是判若两人了。

潘美苦笑一声:"杨业——"没有人比他更了解杨业了。

杨业本是北汉刘崇的部下,深得刘崇信任和重用,并得以赐姓刘,名继业。北汉灭亡,刘继业苦战不屈,甚至北汉主刘继元投降以后,他还在坚持战斗，皇帝派刘继元亲自招降，刘继业才大哭解甲归降。刘继业归宋以后，恢复本姓杨，因避当今皇帝祖讳，去"继"字，只留单名"业"。皇帝久有征伐辽国之心，因杨业在北汉之时驻守北方，有丰富的防御辽国的经验，遂派其到代州，兼三交驻泊兵马都部署，成为潘美的部下。前年辽国大军从雁门关大举进攻，杨业从小路率领数千骑兵绕到辽军背后，与潘美的部队前后夹击辽军，杀死了辽国节度使驸马侍中萧咄李，生擒了马步军都指挥使李重诲，缴获兵甲战马若干，杨业因此积功升云州观察使。辽人深惧杨业，称其为"杨无敌"。

此次潘美奉旨，护送云、应、寰、朔四州百姓返归宋境，恰在途中，得知辽将耶律斜轸率十万大军已经攻破寰州。杨业建议避战疾行，尽早掩护百姓退回关内，以少量骑兵掩护大军撤退。但是监军王侁和副将刘文裕却不以为然，他们认为此时西路军一直节节得胜，直取云、应、寰、朔四州，眼见胜利在望，不能因曹彬军的败退，而使整个行动功败垂成。

王侁也算得名门出身，其父王朴曾给周世宗上《平边策》，被人称为堪比《隆中对》的名篇。他在表文中提出了先南后北的方针。后来宋太祖赵匡胤一统天下，便是以此为构想。赵匡胤亦曾说过，若是王朴还在，他未必能黄袍加身。

王朴性刚直，却早亡。王侁是他的长子，少年时便展露出才华来。王侁好谈兵事，太祖与太宗都如子侄般待他。因夸他肖其父，王侁得意之下，更加处处模仿父亲王朴，性子却比其父更猖狂。

王侁年少得意，便目无余子。之前他不服主帅田仁朗行为迟缓，径直一状告上去，令太宗阵前换将，将田仁朗取而代之，将李继迁杀得大败，遂深得皇帝信任。此时再征辽国，便派了他为监军。

王侁见此时军中人人心中仍好战，便煽动军心，要在寰州与辽国再打一仗，胜利了便可以光光彩彩地退回代州去了。王侁打心底里很是瞧不起杨业，认为他只是个降将，但是军中向来讲究资历，王侁打的仗不多，远不及杨业对辽作战多年，经验丰富，况且杨业将他条条驳倒。王侁恼羞成怒，便逼迫杨业，笑他不过是怯战，枉称"无敌"，笑他原是个降将，自然不以大宋军威为念。杨业本是条硬汉子，岂受王侁这般侮辱！杨业眼见这一仗在所难免，在场熟知耶律斜轸战法之人又唯有他一个，所以明知此战必败，但又实不敢放心叫别人领军，只得自己请命率军前去。

潘美作为主帅,在这一场争执中,也着实犹豫。虽然明知道王侁在挤对杨业,而且杨业身为降将,要付出比其他人多得多的努力,才能在军中站得住脚,但是又无可奈何。杨业是他的部下,他并非不肯维护,然而王侁是皇帝派来的监军,又是一个以诬陷主帅起家的小人,他不能为了杨业得罪王侁,只因为王侁背后站的是当今皇帝。

想当年潘美何曾会因这种事而犹豫,何曾能容忍一个小人在他军中擅权,早就一剑将其斩了!然而,今非昔比。记得当年他与曹彬领兵出征时,太祖皇帝会将所有部下的生杀予夺之权都交付主帅,不必请旨。然而这样的君臣信任,早已经一去不回了。

上次高梁河大战失踪之时,居然有部将要推举赵德昭为帝,当今皇帝若是迟得片刻,帝位难保。此时皇帝虽然已将德昭、德芳、廷美等一一铲除,却不免疑心军中仍有余党,且曹彬、潘美都是先皇太祖手中的功臣宿将,他不得不用,却又不得不防。因此大军出发,要分成三路,而且每路各派副将监军节制。潘美曾经因这样的安排而拒接帅印,皇帝所做的退让却只是纳他的女儿为王妃,将宿将杨业交给他做副手,却丝毫没有改变派监军的原意。

这一个诬陷主帅起家的监军,监的不是军队,而是他潘美。田仁朗的悲剧,真的要再次在他潘美身上重演吗?

潘美不能动王侁,然而王侁在军中的日子,也不见得好过,众将士都是沙场拼杀出来的,何曾将这种军中暴发之人看在眼中。王侁也知道这一点,因此才会趁着群情激愤之时,趁机排挤那些与自己不合的将领。此时众部下好战之心极盛,潘美也不想做这个为难的事。想杨业与辽国交战多年,应是无碍。因此,同意杨业出战。杨业出战前,和主帅潘美做了约定,让他在要道陈家谷部署步兵强弩接应。

潘美依约驻军陈家谷,等了一天,仍未见杨业的消息报来。王侁心中暗忖,必是杨业得胜,想撇下主帅大军,独占功劳,因此才迟迟没有消息。王侁想去抢功,又怕潘美反对,便自己率军出谷而去。

潘美得知消息,率兵追上王侁,此时却传来杨业战败的消息。王侁得知耶律斜轸大军将到,慌忙率军撤退。潘美率军正追赶王侁,结果被他撤退的兵马一冲击,整个大军阵脚大乱,无法成列抵抗将至的辽军,为防全军覆没,只得先撤军回代州。

后来潘美得到的消息是:杨业力战尽日,转战到陈家谷,没有看到接应的人马，却被耶律斜轸大军追到，只得再率领部下力战。杨业身受几十处伤，左右殆尽，仍手刃敌军近百人。杨业筋疲力尽，战马又受了重伤，最后被辽军生擒。杨业之子杨延玉，以及部将王贵、贺怀浦全都力战而死。杨业被擒不屈，绝食三日而死。

当听到这个消息时，潘美已经和曹彬所率军队会师了，并共同奉旨，入京述职。

那一日，潘美与曹彬在夕阳古道上相逢，西风瑟瑟，他们都看到了彼此头上新生的华发。将军已老，白头相对。

想当年他与曹彬平南汉、灭后蜀、定江南，南征北战，威震天下，打出这大宋天下，一统江山。身经百战，所向披靡，曹彬、潘美二人的名字，令天下敌手闻风丧胆。多年的征战，少有败绩，然而就在这一次，他们人生中的最后一场战役里，如此不荣光地败了。

他们是败给了谁呢？是败给了坐在幽州城中运筹帷幄的萧太后、韩德让，还是沙场宿将耶律休哥、耶律斜轸，还是——他们是败给了自己？

若是以前，军纪森严的曹彬，岂容部将违令冒进，导致中了埋伏；若是以前，霸气悍烈的潘美，又岂容王侁这样的小人在他军中指手画脚，以致折损大将？

两人彼此对望时，不胜唏嘘："老了，真是老了。"多年来高官厚禄，竟是人也老了，当年的血性也失了。若是换了以前的曹彬、潘美，怎会顾忌！然而今日的曹彬、潘美，却是不得不有所犹豫，有所顾忌。战场上的战机，电光石火只在一刹那间，又岂容你有犹豫和顾忌！

一着错，千古恨。

曹彬冒进，潘美失约，可以说实际错在部将，然而军人必须有所担当，身为主帅，他们必须要负起自己应负的责任来。

圣旨下：贬天平军节度使曹彬为右骁卫上将军，河阳三城节度使崔彦进为右武卫上将军，彰化军节度使米信为右屯卫上将军，沙州观察使杜彦圭为均州团练使。检校太师潘美降三级为检校太保，监军王侁除名发配金州，军器库使刘文裕除名发配登州。

与此同时，赐北征军士阵亡者家三月粮，按名单追赠阵亡者、陷敌手不屈者，并追其赠子孙。追封云州节度使杨业为太尉、大同军节度使。恩荫杨业六子延朗、延浦、延训、延环、延贵、延彬各升一级。

潘美回到京中，就病倒了。此番北伐，一路上兼程行军，攻城略地，风餐露宿，辛苦和压力自不待言，谁知道燕然未勒，功败垂成，折损大将，削职问罪，他整个人身心不胜负荷，再加上多年来沙场征战的旧疾复发，使得他再也支撑不住了。

皇帝听到潘美病倒，也是大吃一惊。回想出征之前，潘美大力反对，当时只觉得言语逆耳，如今回想起来，却是件件说在理上。只恨自己当日刚愎自用，不听老将之言，强要他出征，致使他一世英名蒙尘，落得损兵折将，还要背负污名。如今皇帝虽然猜忌心重，但当日他也是个贤王，与这些大将也曾情同兄弟，如今情移势易，走到这个田地，反而让他有些唏嘘起来。当下皇帝就下令："出宫，朕去探望潘大将军。"

见皇帝来了，潘夫人忙率众相迎，皇帝一边走进来，一边问了潘美的病情，听了太医回报，知道他这一病恐怕情况不好，不禁心情沉重。

到了内室，见皇帝进来，潘美支撑着要从病床上起来向他行礼。皇帝慌忙叫人扶住，呼了他的别字道："仲询，快躺着吧，朕是来探病的，你就别再折腾了。"说着自己走到床榻前坐下，看到老将军潘美已经是满头白发，病势沉重。想潘美本是战场宿将，病成这样，与其说是身体有恙，不如说是受到战败贬谪之打击。

潘美见皇帝亲自到来，心里纵有些怨言，也化为感恩，长叹一声："臣不料今日能再见官家，北伐一事，全因臣指挥失误，才使大将殉国，臣罪该万死！"

皇帝摆手："你不要这么说，朕今日是来探病的，那些事朕心里有数，都是应付外头的。"皇帝长叹一声，也说了实话："这哪里是你的错，错在朕用人不当啊！"皇帝情知是自己指挥失当，但却也只能认个用人不当。

潘美叹息："战场之上瞬息万变，与官家何干，原是我们统军之人的事。"

皇帝按住他，也很直接："你我交情如此，再互相自责也于事无补。朕今日来此，除探病外，还想问，尚能战否？"

潘美一怔，沉默良久，终于道："官家召唤，臣当在所不辞，然而北伐先机已失，辽国大势已定。"

皇帝只觉得一股不甘不忿之气梗在心头，郁闷难言，好一会儿才长长吁了口气，勉强平息下来，叹息道："朕问过老相公，他也这样说。"老相公，自然指的就是老相赵普。当日因为反对北伐而被皇帝罢官,如今北伐失利,皇帝沮丧之下,才想到赵普之言,又去问他,却得了这么一个回答。今日又与潘美之言对上,更让他心如火焚。

潘美叹息:"官家,咱们这一战,损失的都是数十年随着先帝、官家南征北讨的老兵啊!没有了这批老兵,至少十年,我们没办法再行北伐之事了。有时候机会失去了,就永远失去了!"说到这里,他不禁哽咽,这批老兵的失去,才是这次北伐最大的损失。他停了一停,又道:"依臣之见,只能在边关一带,加强防护。城高河深,契丹人都是骑兵,难以进攻。中原地大物博,只消有十余年的太平日子,国自然富,民自然强。辽人南下若是无所得,北方苦寒,必为争夺水草而自相残杀,我们自可得渔人之利。"

皇帝苦笑:"十余年……十余年以后,朕与卿还不知道在与不在。"

潘美长叹:"官家万年,只是臣必是不在了。"

皇帝黯然:"就算朕还在,只怕也没有这个能力再发动一场战争了。"

皇帝走了,潘美看着皇帝走后留下的半杯茶,一口血喷了出来。潘夫人惊惶地扶住他:"老爷,你为何如此?官家亲自探望,显见他心里明白,这场仗错不在你。你回头养好了伤,自然还有可为之势。"

潘美摇头:"没有了,没有了。"他实是不甘,这一仗,失去的不只是老兵,更是战机。十年之后,兵员可以恢复,可是会打仗的人,却没有了。他这一生征战沙场,灭国无数,可是人生最后一场仗,却输得这么憋屈。他更可以看到,因为这次战败,燕云十六州的收复,更是遥遥无期,而失去了这片战场,将来北方若是兴了南下之心,这一片平川,大宋是无可抵御之险了。万世基业之悬,就因为这一场不该失败的战争。

第二十七章
潘妃之死

潘美倒下,病势渐沉,匆匆赶来探病的潘蝶,看到父亲的病容,亦是大吃一惊。此时她望着病榻上的父亲,纵然有千言万语,也只能咽下了。

潘美问爱女:"蝶儿,你刚刚成亲,为父就北上征辽,也不知道你们小夫妻过得可好?"

潘蝶真想把满腹的委屈、满腹的怨恨向父亲哭诉!可是话到嘴边,却只得硬生生咽下,此刻的父亲,怎么能再经得起打击?眼看着风中父亲白发飘摇,原来如泰山般可依靠的父亲竟然也老了,而且这么快地老了,再不是可以任她撒娇、任她倚仗的父亲了。潘蝶抬起头,迎着父亲强笑道:"女儿一切都好,王爷……他也待我很好!"

潘美眼睛有些花了,只觉得女儿脸色有些不对,迟缓地问她:"我瞧你瘦了许多,脸色也不好,是不是受了什么委屈?"

潘蝶紧紧地绕着手中的丝帕,强颜欢笑道:"爹爹多心了,我是皇上赐婚的王妃,谁敢给我委屈受。我是想爹爹想的,听到爹爹要回来了,高兴得几晚没睡好,脸色自然不好了!"

潘美有些疑心,问道:"你今日回娘家,韩王没有陪你一同来吗?"

潘蝶别过头去,抑下伤痛,强笑道:"他原是说好了要来的,可许王临时找他有事。爹,您知道,许王是皇储人选,不好违拗的!"潘蝶再也支撑不下去了,伏在潘美身边的榻上,口中道:"爹,女儿好久没见您了,您怎么尽问您女婿的事儿,女儿只想听听爹爹在前方是如何把辽军杀得大败的!"说到最后几个字时,她的话语中已经有了一些鼻音。

潘美缓缓伸出苍老的手,轻轻抚着潘蝶的头发:"唉,败军之将,有什么好说的。还是说说你吧。我北伐去得匆忙,有许多话想嘱咐你,可没来及。八个孩子中,我最不放心的就是你。你是我最小的女儿,自小父母宠你,七个兄姐让着你,家中下人们捧着你。你爱胡闹,我们也当是天真无邪;你脾气坏,我们也当是直爽可爱,由得你撒娇任性……"他叹了一口气,"若你嫁了寻常人家,虽说女子以顺从为妇德,可你公婆看在我的分上,也会怜惜你,忍让你。可你偏生嫁了皇家。"

潘蝶被说中心事,满腔想告状、想诉苦的怨念,都化为了悔意:"爹爹,我知道了,我以后,会改的……"

潘美何尝看不出她的异样,可此时又能怎样呢?嫁出去的女儿,过得如何,老父亲纵是着急,也是插不上手,只叹息道:"蝶儿,爹爹不该让你嫁入皇家,虽说在诸皇子中,韩王的性情最是淳厚,但是他毕竟是天之骄子、王者之尊。如今我只望你能够长进,要记得:他是君,你是臣。君为臣纲,夫为妻纲,你千万不可像在自己家里一样任性。须知,旁人不可能像父母一样爱你,把你的缺点全看成是优点;旁人也不可能像自家人一样去容忍你、迁就你。切记,切记!可是——蝶儿,你嫁人了,要为人媳、为人妻、为人母。妇者,伏也,妇人以丈夫为天,当以顺从为妇德,切记,切记!"

素来刚猛威严的父亲,此时拖着病痛的身体,如此苦口婆心地一句句提点她,潘蝶再也无法控制自己了,哇的一声哭了出来。她扑在父亲身上,尽情地大哭,心中只是想到:"爹爹,要是早能听到您这一番金玉良言,我就不会做错这么多。如今,如今只怕一切都迟了。"

只是那个时候的潘美,气吞山河,如何会想到这些话?只是那个时候的潘蝶,自负任性,纵有这一番话,又怎么会听得进去?

纵然是不明内情,纵然是病体衰弱,然而潘美以这么多年来出将入相的经验,怎么会看不出,今日潘蝶回来,缺少了丈夫相伴,脂粉下难掩憔悴,笑容勉强。然而潘蝶自幼好强,她既不肯说,他也难以相问,略一思索,不难想通其中关窍,唯一可做的,却也只是劝女儿改变性情。他这一辈子豪放,老来却为了爱女,第一次跟人说这等婆妈的道理。

伏在父亲身上尽情大哭的潘蝶,纵然流出的眼泪可以斗量,却也无法挽回逝去的一切了。她已经永远失去了元休的心。

北伐失败,使得皇帝心情大为低落。心情好或不好的时候,作为转折,他喜欢改一下名字。当年他登基时,改自己的名字赵光义为赵炅;后来继德昭和德芳之死后,流放了秦王廷美,解决了所有心头大患,他就将年号太平兴国改为了雍熙,将诸皇子由德字辈改为元字辈。这年秋天,皇帝再度下旨,将韩王元休的名字改为元侃并进封为襄王,冀王元俊的名字改为元份并进封为越王。

改名是否给皇帝带来好心情暂且不知,至少对于新任的襄王妃潘蝶来说,并没有给她带来好运。

潘蝶的病,一天比一天重了。这年冬天,好像格外寒冷,潘蝶孤零零地躺在王府中,似乎连心都被冰封住了。

将军潘美病故,皇帝废朝三日,以表哀思,追封其为中书令,谥号武惠。

张旻的后宅,春日里薜萝缠绕,襄王元侃为此地起名薜萝别院。

紫藤花下,刘娥倚着窗子,揽镜自照,只见自己玉容消瘦,红晕全褪,昔日容颜不再,如今憔悴不堪,不觉暗暗垂泪。

一只手从身后伸过来,抢走了镜子,递过手帕来:"你病还没好呢,又不听话了,吹风又流泪的,待会儿,又得嚷头疼了!"

刘娥抬起头,看着襄王元侃:"三郎,我现在是不是很难看?"

元侃笑着抱起刘娥,她的身子轻飘飘的,好像一点儿重量也没有似的:"胡说,我的小娥是天底下最美的人,你要是难看,天底下就没有好看的人了!"

刘娥低头,强笑道:"我知道,你是在安慰我呢!"

元侃笑道:"才不是呢,我要你快快好起来,快快恢复你的花容月貌,不许你再伤春悲秋的,不许你再想不开心的事。因为……"他握着她的手,凝视着她道:"将来的路,不只是你一个人走,而是我们两个人,你为了我,也得让自己开心起来,康复起来。再给我生十个八个的小宝宝!"

刘娥脸一红,抽回手道:"十个八个,你以为我是母猪呀!不过你是王爷,再多的小宝宝,也会有人给你生的。"

元侃已经抱着刘娥坐回梳妆台前,叹道:"你看你多可恶,人还病歪歪的呢,嘴先不饶人了!"

刘娥微微一笑,由着元侃为她梳着一头长发,看着原本如云的长发如今变得枯黄,心中不禁黯然,却又因方才元侃的话,没有再说什么。瞧着镜中元侃凝望着自己的脸,过了一会儿,刘娥轻轻地道:"听说,王妃也病了,是吗?"

元侃的脸沉了下来:"好端端的,不要提她,扫兴!"

刘娥轻叹一声:"我可以不提,你能回避她的存在吗?她是金尊玉贵的王妃,我只是个无名无分的小丫鬟。我知道,我没有资格向王爷你要求什么!可是,那个无辜的孩子,却是你的亲骨肉,我能不能代他,求你一件事?"

元侃轻叹一声:"不论是你的要求,还是孩子的要求,同样重要,我无不从命!"

刘娥的身子轻轻地颤抖起来,好一会儿后,她忽然转过身去,抱住了元侃,伏在他的身上哽咽道:"你再爱一千个人也罢,爱一万个人也罢,我都无所求。只求你在踏进玉锦轩时,能够先想一想我们的孩子,他是怎么死的。否则的话,我可怜的孩子,他是死也不瞑目的呀!"

刘娥闭上了眼睛,她的心很疼,今天她做了一件让自己心里很不舒服的事,她对元侃用了心计。

刘娥知道她的三郎是个心软的人,知道为了她,他与王妃决裂了。那时候她是弱者,王妃是强者。但如今,王妃的父亲死了,王妃自己也病了,那么元侃是不是因此而会对王妃改变心意,因为怜惜她的弱,而去重新关爱她、呵护她?

刘娥不许!哪怕这世上元侃再去爱上一百个一千个一万个其他的女人,那也是他的心意转了,她能有什么办法。可唯有这一个,她不许。

如果元侃去爱了那样一个残害他骨肉的凶手,她怎么能够再与他相亲相爱下去?为此她宁可对他使心机,扮柔弱,用尽一切手段,尽管这样做,她自己的心也会疼痛。他对她这样好,她怎么可以对他用心机手段?可是为了孩子,为了她心中的恨,她什么也不顾了。哪怕冒着将来被他发现,会让他对她生分了的危险,她也顾不得了。她没有办法和杀子凶手共事一夫,恍若无事。哪怕她再卑微,再低贱,她也做不到。哪怕要失去他,她也要这么去做。

刘娥心里这种强烈的感情无法自控,她伏在元侃怀里,想着这个目标时甚至浑身是颤抖的。他会发现吗?他会失望吗?他会因此厌弃她吗?她怕得发抖,却无法阻止自己对着他吐出这样的话来。她怕到闭上眼睛不敢看他,但那股执着又让她睁开眼睛,紧紧盯着他,她要一个答案,他必须给她,否则她将从此寝食不安。

元侃看着刘娥闭上了眼睛,看着她在害怕,她从不曾这样逼迫于他。可她又这么盯着他,执着地找寻答复。

元侃的心也在疼痛,为她的执念,也为她的恐惧。他与刘娥四目相对,不曾移开,他说:"小娥,我知道你的心。我的心与你也是一样的。我答应你,终我一生,我再也不会踏进玉锦轩一步,我永远也不会再看潘氏一眼!"

刘娥看着元侃的眼睛,她知道,他懂她,他不怪她,他愿意为她承诺。她的心陡然松了下来,禁不住已是泪流满面:"谢谢你,三郎,你心里有他,我们的孩子死也就瞑目了。"

天色暗了下来,元侃被贴身内侍怀德催了三次,这才依依不舍地走了。

才一回到王府,翊善杨崇勋便一脸严肃地迎了上来,道:"臣有事,要回王爷。"

杨崇勋是王府属官首臣,元侃不得不恭敬相对,道:"先生请说。"

杨崇勋道:"王妃已经又病了近一个月了,王爷从未进过玉锦轩。臣职责所在,提醒王爷,便是从礼法人伦上,王爷也应尽到探视之义务。"

元侃怔了怔,有些羞窘,却也只得拱手道:"先生,我知道了。"

杨崇勋拱了拱手,不再多说。他是王府首臣,不能让人在礼法上指摘襄王的过失。但是夫妻之事,他可管不着。他其实也差不多是在暗示元侃,哪怕他们夫妻感情再差,便是进门打个转,也是尽了礼数呀!

元侃轻叹一声,心事重重地转身入内。

王府中,杨崇勋并不是第一个向他提出建议的人,他亦不是没有想过去探望潘妃。只是每每走到玉锦轩前,却不由自主地停住了脚步。其实何须刘娥请求与提醒,他每每站在那门口,心中也会想起刘娥那未出世的婴儿来,发自内心的抵触让他无法迈出那一步。

元侃第一次得报潘妃病了时,正是小娥病重之时,那时候两边轻重分明,他根本无心理会。心中既恨她狠毒,又想她不过是借病盖脸而已,两人乐得不见面。

足足过了大半年,刘娥身子日渐好转,可是潘妃的病非但没好,听下人回报说反而日渐加重。不知道为什么,长久未见,这一个人对于他来说,竟是仿佛陌生人一样。真不知道见了面应该说什么话,自与她成亲以来,越到后来,两人相见竟仿佛没有一次不是以吵架收场。

因此每每走到玉锦轩前,长叹一声,却终于没再进去,日子久了,竟是连想也没有想到去看她了。遇到来禀报王妃相请的下人,只是吩咐一声:"叫太医再去看看!"

如今,他刚答应了刘娥,却又遇到翊善相劝,倒让他一时进退两难。

平心而论,元侃明白刘娥的心思,刘娥是不愿意看到他与王妃重归旧好,他也不认为自己会忘记当日与王妃间的恩怨纠缠。若无刘娥的请求,他今日遇到翊善相劝,也许会去看望一下王妃的。不过也仅仅只是看望而已,他与她的感情,始于一厢情愿的美好期待,然后变成了如今的两相怨憎。由始至终,他们始终没能明白对方。

站在玉锦轩门口,元侃平生第一次感觉到了什么叫进退维谷,什么叫怯于面对。他看到廊下侍女在煮药,他看到张氏乳母惊喜地迎上来,他仿佛也听到了潘妃在里面低低地咳嗽。他只要脚一迈,就能够进去,然而这一进去,他不只是违背了对刘娥的承诺,也辜负了那个因为他的疏忽而几乎失去一切甚至差点儿失去生命的女人,那个他深爱着的、也深爱着他的女人。他更是对不起自己的心。他与刘娥一样,这一生都无法原谅潘蝶做出的事情。这一步迈进去,就是对他与刘娥感情的背叛,也是对那个死去孩子的背叛。不只是因为潘蝶杀了他的孩子,更是因为他无法和这样一个女人再有夫妻之情。就算他进去了,那也是虚情假意,也是无耻得很。

但是若是不进去,看着眼前那些侍女嬷嬷眼中的惊喜与期盼,想着翊善说的"礼法人伦",他觉得自己就要做出一件极其残忍的事情了,残忍到他从前从未想过自己会做出这样的事来。

他一直是个温和顺从的人,这辈子几乎极少做出拒绝别人的事情,更从未做出过伤害别人的事。拒绝自己礼法上的妻子,拒绝对一个病人的探视,伤害一个有求于他的女人,他觉得自己何其残忍。

可这一步,他迈不进去。

元侃只觉得前所未有的痛苦。如果说以前他也遭受过许多痛苦,比如母亲的离开,比如父亲的忽视,比如皇叔的被贬,比如大哥的被囚,比如刘娥的被逐与堕胎。这些痛苦都是极深的,都是极其残忍的。但这些痛苦对于他来说,是天降的灾难,让他遭受突如其来的伤害,让他恐惧而无助,每一次的伤害都是往他心口插刀。可是这一次的痛苦,却是让他自己选择,要往自己心口左边还是右边插刀。他不想选择,哪怕是被动接受,哪怕是被动伤害,那也不是他的选择。这种自残,对他的精神产生了前所未有的伤害。

元侃只觉得再也无法负荷这种伤痛,眼见张氏迎上前行礼,看到他一动不动,忍不住欲上前来拉他的时候,元侃看着她,心中涌起如同被猛虎扑面的惊恐,忽然倒退两步,逃也似的转身就跑。

张氏愕然地看着元侃忽然间转身迅速跑走了,一时竟反应不过来,忍不住往前追了两步,直至被护卫挡住,这才醒悟过来,襄王竟是到了门口,还是不肯进来。她看到了他眼中的惊恐与厌弃,玉锦轩在王爷眼中,竟成了龙潭虎穴,她们这些人在王爷眼中,竟成了猛虎野兽。

元侃一口气跑到后苑中,再也忍不住,抚着回廊的柱子,泪如雨下。几个内侍追了过来,见他如此,一时竟无人敢上前去,俱都远远地守着。

刘媪闻讯,赶了过来,见元侃如此,不禁心疼,走上前去,扶住元侃,叹息一声:"王爷,您别这样,教老奴心疼。"

元侃捂住脸,哽咽道:"嬷嬷,我觉得自己好生残忍,我没办法进去,我没办法。嬷嬷,你说,为什么她会做出这样的事情来,难道她的心就不痛吗?"

刘媪却无法回答他的问题,潘妃会因为自己做出过残忍的事情而痛苦吗?她不会的,她只会痛苦别人为什么不依从她的心意行事。刘媪怜惜地看着元侃,这是她养大的孩子,特别善良,特别心软。如果说她以前还曾觉得,这么要强的王妃,或许可补足他天性中的软弱,如今她却极为痛恨这份强横对这个孩子的伤害。

"王爷,您不必勉强自己。"刘媪听到自己的声音在说,其实这样是不对的,她是王爷的乳母,她不能让他行差踏错,她不能让他品行有失,她不能让他受官家的责怪,她得纠正他,她得让他做得合乎大家的期望。可是,他没有任何错,他也努力地去珍视与迁就王妃了,他也一直对自己尊敬有加,他听从属臣的建议努力学习上进,努力不走错一步。他的错只是因为喜欢了一个小婢,然而在皇室子弟中,这又算得了什么!换一个懂事的王妃,甚至是换一个更懂得分寸进退而不擅自做主的乳母,都不会遭遇这样的灾难。

"不是您的错!"刘媪想,若有错,就让所有的错归于她一身吧。此时此刻,她只想心疼自己的小主子,让他不要这么痛苦,不要这么自责。她说:"您只管从了自己的心意行事,每个人都要为自己的错处承担,您不必勉强自己。一切有老奴照应着呢,您又不是大夫,看与不看,又有什么差别呢。"

元侃渐渐平静下来,不由得点了点头:"那……她就拜托嬷嬷照应了。只管去请太医来看,有什么药物,若外头没有,你进宫去向圣人讨要也行。"

是啊，他又不是大夫，他进去，又能做得了什么呢！

元侃内心隐隐觉得有哪里不对，可是他不想这么痛苦，他已经做出决定了。是潘氏自己割断了这份感情，他就算进去了又如何？假装什么事也没发生过，假装他们还是一对寻常夫妻？这种假象，他与潘氏都知道，是不存在的。既然如此，还是不必再犹豫了，不必再这样自我折磨了。

元侃以为他抛开了，但是他不知道，这种抉择与痛苦，对于他的人生来说，才刚刚开始。将来他还要面对无数次这样的痛苦与抉择、割裂与放弃。

自得知父亲潘美的死讯，潘蝶的精神完全垮了下来，整个人再也支撑不住了。这一回，她是真的病了，病势忽然一来，就格外沉重。她是个心气极高的人，越是这样的人，心气一垮下来，病得就越厉害。

潘蝶病了的这段时间，心情越发地败坏，更加地顾影自怜。她本是世间的宠儿，从来都是众星捧月的存在，可这一病下来，却只觉得被这个世界遗弃了一般。

父亲去世了，对于整个潘府来说，是天塌了。母亲在为父亲的丧礼而忙乱，在为整个家族的命运而忙乱，既来不了也没办法过来。而她的丈夫呢，为什么不来看她？难道他对她，真的这样绝情吗？

这一日她似乎听得他要过来了，似乎外头有乳母在说话，而且乳母之前也说，翊善已经答应去劝王爷过来。可她伸着脖子等了半日，只见到乳母垂头丧气地进来，她的身后没有别人。

潘蝶眼睛直直地望着房门："王爷，他来了吗？他还没有来吗？我病了他不知道吗？他为什么没有来看我？"

张氏哪里敢说实话，只能支吾着："并不是，王爷他……"

潘蝶瞪眼问她："他没来看我吗？"

张氏连忙改口："不是的，他来看过您了，看您睡着了，叫我们不要打扰您，就走了。"

潘蝶知道自己如今白天也经常昏睡，顿时信了，生气起来，问张氏："你为什么不叫醒我！你知不知道我一直在等着他？"

张氏无奈："都是老奴的不是，是老奴不敢叫醒您，老奴下次一定记得。"

潘蝶看着张氏的神情，忽然间有些明白了："他根本没有进来过，对不对？"她嘶声叫了起来："为什么，他为什么这般无情？"

张氏吓了一跳，欲去挡着她口出怨言："王妃，您别说了，免得伤了感情。都是老奴的错，您罚老奴好了。"

潘蝶看着张氏的神情，忽然间心灰意冷，问张氏："为什么会是这样，我到底做错什么了？我是王妃，我只不过处置了一个婢女而已，他凭什么就这样对我，凭什么？"可张氏又能说些什么呢，她只能垂泪罢了。

襄王这一去，就没有再来。张氏后来又多次相请，只是大半时间襄王都不在府中，偶然回府，凡是潘妃身边的人，都见不着他，他都让贴身内侍怀德给挡了回来。张氏托过刘娼，托过杨崇勋，都无法使襄王来到玉锦轩，也实在是无法可想了。

自潘美死后，潘府声势大不如前，潘美在世时姬妾子女甚多，死后潘夫人便连自家的事也摆不平了，还指望这个嫁入王府的女儿给自己撑腰，又哪有余力帮到女儿潘蝶？潘夫人也不过是来一回哭一回，连襄王的面也见不着。

自刘娥之事后，刘娼躲事躲得厉害，是指望不上的。直到此时，张氏才发现，大将军之女堂堂襄王妃潘蝶这个天之骄女，竟是六亲无助。思来想去，她一个乳母，又能有什么办法？

潘蝶自那日以后，脾气倒是收敛了许多，不再动辄打骂吵闹，却似乎已将平生心气都抽干了似的，病势越发地沉重了。

张氏看在眼中、急在心头，终于这一日，她打开重重的锁，自深藏的柜子中取出了一个锦盒，暗道："王妃，恕老奴自作主张一回吧！"

这日傍晚，张氏寻了个机会，挡住了襄王贴身内侍雷允恭。

雷允恭倒是吃了一惊，这些日子他可是躲着王妃这一派的人的，不为别的，就因当日王爷在后苑安置刘娥，前后的事都是他办的。如今王爷在外头，也是他跟着，所以尤其怕王妃的人从他这里发现什么。他当下先是一缩，接着赔笑道："张妈妈有何吩咐？"

张氏却只是看了他一眼，反而态度和气，道："我想请你帮一个忙。"

雷允恭有些不明白，看着张氏让自己跟她进内院，不由得更是害怕，一边忙打眼色让小内侍去报信，另一边却也不敢不跟着去。王妃与王爷失和，这是主子们的事情，他若是胆敢违拗，以王妃的性子，还不先把他打个稀巴烂，那可就太冤枉了。

张氏带着他进了侧院，叫小丫头在外头看着，她自己郑重地拿锁开了柜子，从柜子里拿出一个锦盒，打开递给雷允恭，道："这只如意如何？"

雷允恭怔了怔,盒中是一只晶莹剔透的绿玉如意,通体无一丝杂色,他自宫中到王府,什么珍宝没有见过,但是像眼前玉质这般好的如意,却也是少见。他心中一惊,难不成这是要送给王爷,可又怎么让自己来看?当下他不敢多加妄言,只赔笑道:"张妈妈,您这是什么意思?"

张氏郑重道:"这玉如意,是先皇御赐给中书令的,也是王妃陪嫁中最贵重的物品之一。"

雷允恭知道这中书令就是潘美,吃了一惊,更不敢接话了,忙道:"这么贵重的宝贝,张妈妈还是快收起来吧,仔细弄坏了。"

张氏却又打开另一只盒子,只见一片金光灿灿:"这里是五十两黄金,请笑纳。王妃有事,想请你帮忙!"

雷允恭哪里敢收,吓得要跪下:"王妃有事尽管吩咐小的,这,这东西小的万万不敢收。"

张氏一把拉住,让雷允恭赶紧起来:"并不要你冒险,只要你做一件事。若是成了,王妃还不止此谢。"

雷允恭心里直打鼓:"张妈妈有话好好说,只要小的办得到的一定尽力,若是办不到也只能……"

张氏截断他的话,道:"我要你代王妃,把这玉如意送到一个人手中,并把王妃的这番话也带到……"

薛萝别院。

刘娥看着桌上的绿玉如意,一动不动,听着雷允恭低头转叙王妃的旨意:"张妈妈说,王妃的意思,既然王爷真心喜欢您,为了王爷好,她也愿意大事化小,小事化了。等她病好了以后,就进宫请皇上赦您回府,立为侧妃。从此后以姐妹相称,共同服侍王爷。"雷允恭偷偷地看了看刘娥的脸色,又道:"她还说……"

刘娥淡淡地道:"她还说什么了?"

雷允恭道:"她还说,刘娘子是皇上有旨要驱逐的人,王爷把您藏在外头,万一被皇上知道了,连王爷也会受牵连,刘娘子更是危险之至!"

刘娥嘴角露出一丝冷笑:"所以,你自告奋勇,帮她来劝我了,是吗?"

雷允恭吓得忙推了个干净:"小的不敢!小的一直推说自己不知道,后来逼得急了,小的只好说:小的也不知道刘娘子现在在哪里,只是试试看能不能把话带到!"

刘娥看了雷允恭一眼,问他:"你是王爷的心腹,倘若我连你都信不过,还信得过谁呢?依你之见,我该如何?"

雷允恭哪里敢出主意,只道:"小的哪里有主意,只不过……"

"只不过什么?"刘娥问他。

雷允恭小心翼翼地道:"刘娘子,小的自然知道您心里苦。可是,她说的话,未尝没有道理。这总是个机会,难得她开了这个口,正好可以风风光光地回去。否则的话,若是一时半刻走漏风声,岂不是又要生事?难道……您真要一生一世,如此躲躲藏藏,担惊受怕吗?"说到最后,不免加了劝慰之意。

刘娥笑中带了几分凄凉,王妃不愧是王妃呀,她一句话,可以叫自己这样的小婢上天堂,也可以下地狱。可是,若是她这般就应承了,那她受过的苦,她死去的孩子,又算得了什么!

刘娥轻轻地抚着眼前的绿玉如意,良久才道:"好一柄价值连城的绿玉如意呀!如意如意,王妃要翻云覆雨,皆能如意吗?我可以重新回府,我可以名正言顺地做侧妃,接受她的嗟来之食,是吗?"她手一抬,砰的一声,用力关上锦盒:"倘若她早肯说这一句话,我会立刻跪倒在她的脚下感激涕零。只可惜,如今一切都太迟了。我那枉死的孩子若地下有知,肯让他的娘亲拿他的性命做交易,换回自己的荣华富贵吗?她要我还她丈夫,那谁来还我孩儿的性命?"

雷允恭吓了一跳:"刘娘子,您三思,莫为一时意气——"

刘娥看着雷允恭,眼中平静无波:"我这不是意气,莫说三思,便是三十思也是如此!你不是告诉她说,并不知道我在哪里吗?拿了这个如意,回去对她说,王爷没有找到刘娥,您也没有找到刘娥,谁也找不到刘娥,谁也帮不了她!她纵然是大富大贵之人,但是世界上有些事情,终究不是都可以件件如意的。"

雷允恭张了张嘴,想要劝说些什么,最终还是没有再说下去,只得拿了玉如意回去了。

雷允恭把玉如意还给了张氏,张氏愣住了,她满心以为,这样的条件,是那个小婢无法拒绝的,但她没想到,居然有人胆敢拒绝这样的条件。

张氏心底惶恐,昨日潘蝶已经不肯吃药,她苦劝无法,只得将此事说了。潘蝶沉默片刻,还是把药吃了,张氏知道她是默认了,那么骄傲倔强的人,还是向现实屈从了。可是,就算她屈从了,她依旧还是得不到她想要的吗?

张氏把玉如意拿了回去,潘蝶看着眼前的玉如意,忽然笑了:"她拒绝了?她居然敢拒绝?她凭什么拒绝?"

张氏知道瞒不过她,只得把事情说明了,并劝道:"王妃休要生气,她不过是个无知小婢罢了,您休要同她一般见识——"

潘蝶喃喃地道:"她只不过是个卑微的贱婢,我给了她机会了。"她一把抓住张氏的手,神经质地说道:"嬷嬷,我给了她机会了。"

张氏不住地点头:"是的,是的。"

潘蝶并不是向她询问,只是想得到她的肯定罢了,她又焦灼地重复:"我没错,对不对?我为了这个男人,向一只蝼蚁低头,我够有诚意了,对不对?"

张氏泪落,不住点头:"是啊,是啊。"

潘蝶喃喃地道:"那王爷他不可以再怪我,他不可以再怨恨我,对不对?"

张氏泪落更急:"是,是。"

潘蝶忽然爆发起来,一甩手将那柄玉如意扔在地上,忿然道:"那他为什么还不回心转意,为什么还不来看我,为什么?"

张氏忙去护着那玉如意,却哪里来得及,只见玉如意摔得粉碎,她拾起碎片,却怎么也拼不回去了。张氏心中满是酸楚,哽咽道:"王妃,夫妻之间,不在于谁对谁错,只是……"

潘蝶看着那些碎片,忽然就明白了张氏想说而未说的话,感情的事,跟这个玉如意一样,摔碎了,就合不拢了。

潘蝶双目一闭,两行泪流下。

半年后,襄王妃潘蝶病重而亡,年仅二十二岁。病重的最后一天,她一直望着房门,期望看到襄王元侃的身影,可是直到死,她也没有等到元侃的到来。

第二十八章
再赐王妃

听到潘妃去世的消息时,刘娥正在梳妆,桃木梳子掉落在地下,喃喃地道:"这么快就……她今年,才二十二岁……"

一片秋叶,自窗外缓缓地飘入,刘娥颤抖着拾起这片秋叶。人的生命是何等的脆弱啊,宛若这片秋叶,被风一吹,就落了。潘蝶活着的时候,自己是那么恨她,可是一旦听到她死去的消息,不知道为什么,只觉得自己的整颗心,一下子变得空空荡荡的。一股酸楚之意,涌上心头,竟忍不住落下泪来。

刘娥不知道这是为了什么而哭,是为了潘蝶,还是为了自己?是为了内疚,还是失落?她以为潘蝶会一直活着,一直成为她的敌人,但她没有想到潘蝶会走得这么快。

她也杀了一个人吗?她是怕见死亡的,自则天庙见到身边的人一个个死去以后,她是那样畏惧死亡,却又不得不一直面对死亡,从蜀中到京城,她一路看到的都是死亡,已经近乎麻木。进了京城以后,她以为她不用再看到死亡。可是先是自己险些死去,然后是自己的孩子没有了,而她只不过是凭着本能向对方报复,却没有想到,又遇上了死亡。

刘娥想到那些死去的人,想到潘蝶,想到四丫,又想到自己,一刹那间,她有些混乱了。她应该怎么办?她因爱而失去孩子,她没有遭遇不幸吗?她因为绝望而近乎放弃生命,谁之过?她为了生存为了报复而用了心术,错了吗?她觉得混乱而迷茫,然而她的人生,应该怎么办呢?

也不知道哭了多久,直到元侃进来,见她哭得如此伤心,吓了一大跳:"小娥,小娥,你怎么了,你没事吧?出了什么事了?"

如芝忙道:"王爷可来了,刚才雷允恭哥哥告诉刘娘子说,府里头王妃薨了,刘娘子就伤心地大哭起来,一直哭到现在还没停呢!"

元侃松了一口气,道:"原来如此!"挥手令如芝退下,他抱住刘娥道:"小娥,你竟是为她而哭,她如此待你,你竟还会为她而哭吗?"

刘娥抬起头,双眼茫然:"我,我不知道……我原本以为,我会恨她一辈子的,可是生命竟这样脆弱。她活着的时候,我是那么恨她,可是听到她死去的消息,不知道为什么,只觉得心里一下子变得空空荡荡的。她死了,她才二十二岁。三郎,我当初的要求,是错是对?若我没有拒绝她的玉如意,她是不是能活下去?三郎,你告诉我,我应该怎么办?"

元侃的心又何尝不是跟她一样,他原以为自己一辈子都会恨潘蝶,他原以为只是不见潘蝶,他原以为她只是生了一场病,病好了依旧过着怨偶的生活。这本是对他自己的惩罚,对他没有能力保护所爱之人和亲骨肉的惩罚,可是没有想到,潘蝶居然死了。元侃不止一次地想,如果他去看望她了,如果他不是这么决绝,她是不是不会死?她固然是可恨的,可是他却从来没有想过要她死,更没想过自己会成为那个用绝情逼死她的人。

此刻,刘娥的内疚和崩溃,把他内心的话也说了出来,他安慰着刘娥:"不,不是这样的,这不是你的错。你什么也没做,栽赃嫁祸、企图杀人的人不是你;逼迫乳娘进宫告御状、欲置人于死地的人,也不是你;哪怕你已被圣谕逐出王府,也要把用过的东西烧光的人,更不是你。是她做下了残忍的事情,是她因此疑神疑鬼,一病成疾,是她的所作所为,让我不能忍受,让我不愿意再与她共处。这一切与你无关,小娥,你不要怪自己,也没有人会觉得,这是你的错。"

是,所有知道这一切的人,都不会认为是小娥的错。她没有说过一句害人的话,没有起过害人的心,没有一点害人的行为。她甚至还在为与她无关的事情而内疚,而自责。想到潘蝶杀人放火仍然毫无悔意,想到潘蝶所有害人的理由不过是"你不理我",与刘娥此时的自责相比,又是何等不同。

刘娥慢慢地止住了泪,抬起头来看着元侃,忽然有些感悟:"三郎,我是为她而哭,也是为自己而哭,为天下女儿家,同声一哭。"

元侃有些不明白:"为什么这么想?"

"兔死狐悲,物伤其类。"刘娥慢慢地说,"我与王妃,同为女儿身。虽然身份差异,虽然我厌恶憎恨过她,可细思量其情却也觉得可悲可悯。想起我前日读白乐天的《太行路》,诗中有云:人生莫作妇人身,百年苦乐由他人。……她为将门之后,有王妃之尊,一朝见弃,下场竟如此,更何况我孤苦无依。红颜易老,君心莫测,只怕有一日,我也会有'为君熏衣裳,君闻兰麝不馨香。为君盛容饰,君看金翠无颜色'之时。细思量此节,岂不叫人肝肠寸断……"

"不,小娥,你跟她不一样。"元侃虽然不能完全明白她的想法,但却听得懂她的忧虑,他说,"人的差别,不在于身份地位,而在于心。我的心,与你的心一样,与她的心不一样,仅此而已。有没有你,我与她都无法走到一起去;有没有你,她也会因为任何一个女人而怨恨我,而害人,而最终夫妻离心。她的死不是谁害她,而只是她无法接受这个世界不照她的心愿运行而已。而你——"元侃看着刘娥,郑重地说:"我这一生,永不会负你。你若不放心,我可对天盟誓。我赵元侃,以大宋皇子之尊,以我身上流着的帝王血统发誓,今生今世,我只爱刘娥一人,至死不变。如有违誓,天诛地灭!"

刘娥在元侃怀中哽咽道:"三郎,你千万不要起这样重的誓,能得你此言,小娥百死无悔!"

元侃抱紧了刘娥:"你放心,今生今世,我再也不会让你受到任何伤害了!"

此刻窗外,秋正浓,枫正红。

雍熙北伐失败后,宋军士气大衰,此时的辽军,却在频频南下入侵。

西边夏州李继迁所部乘机出兵,骚扰西北边境。这一切,让皇帝不得不重新审视整个政局的走向。他翻出了当年北征之前,唯一提出反对意见的赵普所上的三封奏疏,深思良久。

此时,远在属地的赵普适时上了一封请辞的奏疏,奏疏中声称:自己已经年近七十,于居地难以适应,老病糊涂,余年无多,请调回京以养天年。

皇帝看罢,将奏疏交与宰相李昉。李昉心领神会,道:"赵普是三朝老臣,功在社稷。当日调他去外地,本是让他优游林下之意,且军属地也能借重老宰相的威望。如今赵普年老倦游,我想京城的居住环境良好,更有利于他的身体健康。"

皇帝点了点头:"我也多日不见赵普,这一年年下来,昔年的老人们已经不多了,剩下的能多聚些日子是一些日子,好歹话话家常吧!"

三日后,一道圣旨下,赵普回京。

赵普颤巍巍地走进大庆宫时,低垂着头看路,迎面而来的夏承忠只看到他满头的白发,心中不禁暗叹,赵普看上去比以前衰老多了,完全是一个风烛残年的老人了。看赵普走过台阶时脚步微软,站在边上的小内侍周怀政忙扶住了他:"老宰相小心。"

赵普抬头微微一笑:"多谢。"就在他偶一抬头时,周怀政只觉得心头一凛,赵普眼神精光毕露,仿佛针也似的能一眼穿透别人的心,周怀政顿时收起了方才的轻视之心,暗道:"赵普未老呀!"

不提周怀政心中暗怀思忖,且说赵普颤颤巍巍地进得殿中,见了皇帝,伏地哽咽:"臣罪该万死,臣只道今生再也不能见着官家了。今日,今日当真是喜极而泣!"

皇帝见赵普满头白发,心中不禁唏嘘,忙道:"搀了他起来。赐座!"一边和颜问赵普:"怎么一年不见,便老了这许多!朕险些认不得了。"

赵普谢恩落座,叹道:"老树不堪挪移,臣远离圣君,便觉得心中凄惶无主。臣本小吏出身,劳碌之人,不是优游林下之器。"

皇帝点了点头:"朕原是怜老宰相为国事操劳多年,因此不忍再劳动卿。可是自老宰相去后,朕每遇大事,却还是不由得想起老宰相来。此次北伐,恨诸将误了朕,如今辽国竟反而南下相侵,朕决定再征河南河北两地之兵,再次北伐。"

赵普一惊,慌忙站起来退后一步,重又跪倒在地,叩头道:"官家,慎思。老子道:佳兵者,不祥之器。北方部族侵扰,并非自我朝始,亦不会于我朝结束。自秦皇汉武以来,未有停过。汉高祖有白登之围,唐高祖亦曾向突厥低首。历朝历代,中原安定,则北国不犯;中原板荡,则北方骑兵大举南下。晋有十六国乱华,唐代末年则是五代十国瓜分中原。石敬瑭献了燕云十六州,辽主耶律德光直入中原。后周太祖立国,则辽人北退至燕云十六州。自唐末以来,天下大乱,诸国混战,百姓苦不堪言,因此上人心思定,大宋方能一统天下。先皇亦曾为先北还是先南的问题犹豫不决。当时采纳了臣的进言,先南后北,先易后难。若是攻辽失利,则南方各国就会群起反攻。打仗,不仅仅是比武力,也是比国力。取下了富庶的江南,得到了钱粮,中原安定,则北方自乱。如今看来,先皇英明,先取了南朝各国,天下自定,则北汉一举而攻。"

皇帝既然召赵普这个素来反战的重臣来议政,心中早已经有停战之意,但知赵普狡猾,未必一开始就能直抒己见,便虚晃一招,以退为进,见赵普跪下,忙笑道:"起来吧,且坐着慢慢说。"

赵普起身，定了定神道："向来胡人多争，辽国幼主继位，太后执政，二百部族虎视眈眈，我们只须坐视他们自相争斗，自能获渔翁之利。我军若于此时大举北伐，反而会令他们同仇敌忾，助萧太后坐稳了江山。"

皇帝一拍桌子，叫道："正是，朕还是心太急了些，亦想不到一个妇人，竟能于此大兵压境之时，不但没有国家大乱，反而乘机收拾人心，制服政敌。"

赵普缓缓地道："萧氏不可小视，她身边的韩德让，更是不可小瞧。此次北伐失利，士气低落，依臣之见，更不可意气用事。昔年太祖南下，得南唐十三库而封之，曾有言道：'待得一统天下，当以此赎燕云十六州。若不许，则散此财以招天下勇士。'言犹在耳。臣观历朝历代各国相处之道，若能以财帛平息，便兵戈不兴。只有用经济解决不了的纠纷，才会发动战争。自唐末以来百余年，直至我大宋立国，百姓方有这太平日子。老臣自幼长于乱世，深知国家太平的重要。立国之本，以民为贵，战乱连年，非是国家祥兆。汉代高祖有白登之围，那时候中原自战乱中过来，一片废墟，因此汉高祖暂忍此气，以和亲赐物换得暂时的太平。经历文景之治后，国库丰裕，因此才有后来'明犯强汉者，虽远必诛'的豪言，直驱匈奴至千里之外。"

皇帝点了点头："以赵卿的意思呢？"

赵普道："秦始皇扫六合一统天下，犹有筑长城防匈奴之举。依臣之见，只消在边关一带加强防护。城高河深，契丹人都是骑兵，难以进攻。中原地大物博，只消有几十年的太平日子，国自然富，民自然强。辽人南下若是无所得，北方苦寒，必为争夺水草而自相残杀，我们自可得渔人之利。"

皇帝点头笑道："倒有几分道理，朕再思量。看起来赵卿此番入宫，已是胸有成竹啊。朕再问卿，夏州李继迁扰边，卿以为是要紧守边防，还是要出兵剿灭呢？"

赵普笑道："制服李继迁，只须一人出马便行。"

皇帝诧异道："一人？何人？"

赵普笑道："官家忘记了李继捧吗？"

皇帝眼光一闪："赵卿的意思是……"

赵普笑道："以夏治夏。如今李继捧是照了诸家降王的旧例，在京城高官厚爵，颐养天年。当年天下未定，让各家降王居于京中，是怕他们回了原属地，被人利用再起反意。当年李继捧自愿献州，其忠心无可怀疑。李家世代为党项人之首，如今李继捧留在京城无所用，李家的威名反而白白让李继迁利用，在夏州造反。既然李继捧在京城并不能安定夏州，自然是让他回到夏州，才能发挥他的作用。辽国萧太后，以三千兵甲乱了夏州，如今我们便以李继捧一人去平定夏州。"

皇帝大笑道："人跟我说宰相老了，我看宰相依然不老，如今看起来，本朝更需要卿这样的老成谋国之人主持中枢呢！来人，拟旨——"

秘书正字杨亿忙上前听旨，皇帝道："赵普，国之勋旧，朕素所倚，册拜太子太保兼侍中。"

赵普伏地，哽咽："明君在朝，老臣幸甚，天下更是幸甚，老臣敢惜残躯，纵肝脑涂地，难报圣恩之万一。"

圣旨传下，此次则为赵普第三次拜相。

赵普此生从追随太祖起兵，制定本朝典章，为太祖所倚重，亦为当今皇帝所猜疑。然而历数满朝文武，似赵普这般有远见和胆识者，再无第二人。因此皇帝从弃而不用，到疑而用之，且用之再疑，至疑之再用，至今正是三起三落。

赵普三次为相，天下皆惊。

赵普为相后一个月，皇帝赐感德军节度使李继捧国姓，并赐名保忠。后又封赵保忠为定难军节度使，赴银、夏等四州，平定李继迁之乱。同时下旨，各边境诸军紧守边关，加强城防布置。

一时间，边境的乱象渐渐平息，汴京城中，也更热闹了一些。

随着京城兴盛，越发显得皇宫狭小不便了些。唐末天下大乱，经历一百多年的混乱，原来的宫室也毁了。况且大宋原是继承了后周的基业，皇宫所在地原为唐宣武节度使衙，后梁时建为宫城，周长五里左右，太祖时勉强扩建为七里，如今已经不够用了。莫说宫室狭窄，宫妃们要挤在一起，便是前朝议事时也站不下，大臣们上朝等候时挤挤挨挨的。况且外墙都太矮，老百姓站在樊楼就能够看到大内，实在是不成样子。

不要说秦汉时期千门万户的皇宫，便是连唐代的行宫都不如。因此皇帝就起了扩建皇宫的心思。这段时间朝臣们就一直议着此事。

转眼间，就到了十一月份，纷纷扬扬的大雪，使汴京城一片银装素裹。襄王赵元侃约上钱惟演、张旻等人，到城南郊外玉津园踏雪赏梅。直到傍晚，才兴冲冲地回到薛萝别院。

一进门,却见刘娥坐在窗前,握着手帕,眼睛红红的。她身后的桌子上,满满地堆放着许多金银首饰。

元侃吓了一跳,忙上前问道:"小娥,出了什么事?"

刘娥啊的一声,这才回过神来,强笑道:"三郎,你来了!我没事。"回过头来,却见满桌子乱七八糟的金银珠宝,又啊的一声,慌忙去收拾。

元侃握住了她的手:"小娥,你怎么了?"

刘娥一慌,手一抖,桌上的首饰便哗啦啦地掉得满地都是。她慌忙蹲下去拾,忽然怔怔地流下泪来,扑到元侃怀中,哽咽道:"三郎,我想把这些首饰送人,你不会怪我吧?"

元侃看了看那些首饰,他关心的并不是这点首饰,而是他怀中的这个人:"送给谁?"

刘娥低下头去,过了好一会儿,才道:"今天,我本想随了钱郡主去踏雪赏梅的,一路行来,却看见满目饥寒。得胜桥边我原来住的地方,那条巷子口,就倒着一个冻死的人,我认得,是隔壁铺子的。唉,今年的雪下得好大,街市上全断了营生,米珠薪桂,许多人都无以为生。听说东门外今年已经死了一百多人,有些是冻死的,有些是饿死的,还有一些是抵受不过贫寒,投井投河也死了许多。死去的人,不过是一张破席卷卷就拉到化人场去了,活着的人,却还在苦苦挣扎。我瞧着心都碎了,我与他们,原本是一样的人。若非蒙三郎怜惜,或者我今日尚还在那个地方,天气一冷,找不着生计,岂不是也与他们一样……"

元侃连忙捂住了刘娥的嘴:"胡说,你怎么可能与他们一样呢!"刘娥点头道:"是的,三郎,今生遇上三郎,是我之幸。可是我看着他们的样子,实在是于心不忍,这些珠宝本是你所赐,我不该胡乱拿出来的。可是今日见着他们实在是太过凄惨,饥寒交迫,冻饿而死,只觉得自己头昏昏的,什么也不会想了,救人一命,胜造七级浮屠。"

元侃轻轻叹了一口气,环抱着她道:"傻丫头,你这一点珠宝,便是全拿出来,又抵得什么用。京城里有三十万人,你纵然把自己所有值钱的东西都拿出来,也不过是杯水车薪而已。唉,我一时竟未考虑到此处呢。今年这场雪也下得实在是太大了,因此饥民甚多。这不应该是你一个小女子能忧虑、能顾全的,而应该是朝廷的忧虑、朝廷的责任。放心好了,把珠宝收起来,这件事,交给我吧!"

刘娥抬起头来,眼中有惊喜的亮光:"真的?"随即又羞涩地低下头去:"我知道,三郎没有什么事情是做不到的。"

元侃笑着看刘娥收拾珠宝,刘娥收拾到一半,却又拣出一半来,异常认真地道:"三郎,我原用不到这么多首饰的,你待我好,我就别无所求了。我能不能把这些首饰拿去救济那些穷人。我知道三郎必有办法帮他们,可是我若不能尽点心力,到底于心不安。"

元侃点头道:"也好,你自己处理吧!"亲自取帕子为她拭泪道:"现在可以不哭了吗?"

刘娥看着他,微微一笑,羞涩地点了点头。

次日,襄王元侃找了开封府推官吕端,问道:"今年大雪,京城之内,可有冻饿而死的?"

吕端怔了怔,从未有皇子垂问过这些事,忙道:"回襄王殿下,开封府中百姓近三十万,每年到了冬天,都有冻饿而死的人,却也都厉害不过今年。"

元侃问道:"今年最是厉害吗?"

吕端叹道:"今年自立冬以来,一直就阴寒雨雪不断,如今大雪一直下了十几天,百姓失业,坊市寂寥,薪炭食物价格倍增。唉,小臣日阅公文,有投井、投河未死的人,皆称因为贫寒,自求死所。方才下官还收到一份公文,今日有一妇人冻死,其夫也随后自缢,真是惨啊!"

元侃听得怒起,道:"这还是天子脚下呢,竟也会出如此惨事?"

吕端拱手道:"是,是下官的失职。本朝自开国以来,沿袭唐之旧制,在京中设立东、西两个福田院,以收容乞丐和一些贫困无助之人。只是福田院规模太小,原不过只容纳个几十人而已。今年冬天以来,两个福田院中已挤了超过两百人了。单靠福田院,怕是杯水车薪,开封府也是人力有限、物力有限。这事儿,下官忧心忡忡,却是心有余而力不足呀!"

元侃沉默片刻:"你可禀过许王了?"

吕端道:"下官已经上报府尹,哦,就是许王爷了。今年开封府事本来就多,王爷兼着相位,赵相爷又病了,如今王爷要会同六部,对北伐移来的云、应、寰、朔等州数十万军民进行安置,对北伐军士阵亡者家人进行安抚。还有两京诸州囚流减刑的事,要为定难军节度使去夏州的事宜做准备,蜀中又有暴民作乱……"

元侃点了点头:"我知道了,你且把京城灾民的详情,写一个公文给我。"

这一日,襄王赵元侃又走访了户部、三司府库等衙门。

次日上朝,襄王上奏:"今年大雪,京郊已有近两百名百姓冻饿而死,请求朝廷下旨,赈济贫民。"并将京城之中受灾情况一一详细禀告。

皇帝震惊,想不到太平盛世,天子脚下,竟会有几百名百姓冻饿而死。许王元僖忙出列请罪,自责身为开封府尹而未能尽职,并对襄王的行为大加褒奖。

与此同时,户部尚书吕蒙正也上书,详述京城百姓受灾之情形,并提出临时搭建棚屋以让无家可归之人暂可栖身,京中粮仓不足,可开太仓之粮以济贫民等具体措施。皇帝点头许可,并命襄王元侃与吕蒙正一起,主持此次开仓赈灾的活动。

许王元僖走出大殿,脸上含笑,心中却是隐隐含恨。这个老三,自己真是低估了他!平时一派温良淳厚的模样,却想不到,自己为国家大事辛劳至此,他游手好闲,却专在窥自己的疏漏之处,然后在背后狠狠地插上一刀。

兄弟,这就是帝皇家的兄弟之情。

皇帝下旨,以太仓米粟赈济京畿饥民,同时,对平寒、天威、平定、威虏等边塞州民,给复一至两年的粮赋,并对京城鳏寡孤独之人赐予钱粮,免其赋税。

皇帝退了朝,甚是高兴,回到后宫对皇后李氏笑道:"真看不出,我还一直当老三是不懂事的孩子,却没想到,他竟也懂得关心国计民生。诸皇子当中,竟只有他一个人注意到了京城贫民受灾的情况。咱们这样的人家,知道三皇五帝不难,都有师傅们教着呢。素日只在豪华中生长,能够去关心稼穑艰难黎民苦寒的却少。"

李后见他高兴,细想起这两年来元侃的苦况,不禁叹道:"官家,可怜襄王从小没了亲娘,本是楚王照应着,可楚王犯了错又庇护不得他。经得世态炎凉多了,自然比别人懂事些。"

皇帝点了点头,想到元侃的生母李贤妃,本是诸妃中自己最挂在心头的一个。那一年因射杀花蕊夫人之事,自己招了疑忌,被囚南宫却发了高烧,性命垂危,是李贤妃冒死跪在宫门前三日,方得准许来照顾自己。亏得她亲自不眠不休地照顾,自己才又能恢复过来重掌大权。但是李贤妃却因那一次劳累而损了身子,此后一直多病,未等自己登上皇位便已去世。她留下的两个儿子，楚王元佐已经因罪被废，襄王元侃被自己指了一个不适宜的王妃，他却喜欢上一个丫鬟，也让自己下旨逐出了。细细思量起来，李贤妃留下的这两个孩子，自己竟是一个也没有照料好。

李后窥其神色，忙道："官家，既然襄王有了长进，官家可赏他些什么？"

皇帝笑道："依你说，赏什么好？"

李后笑道："臣妾看襄王妃已经过世两年了，如今元侃还是孤零零的一个人，听乳娘说，连个侧室姬妾都没有收，怪可怜的，官家不妨赏他个王妃吧。"

皇帝点了点头，叹道："我曾经跟几个皇子说，他们的王妃都出自将相大臣之家，且六礼具备，鲜有人能比得过。可是如今看来，这几个皇子的姻缘，未必如意。"

潘美作为臣子，自然是战功赫赫，战场上往往身先士卒，深得将士拥护。但他性豪奢，多姬妾，脾气暴烈，与人不容，这样的家庭出来的女儿，并非贤妻。这婚事，是自己给错了，也对不起这个孩子。当日为儿子们择妻，选的虽是将相大臣之家，门第上适合了，性情上却不足。不仅三郎的婚姻有失，再细想来，其他儿子也未尝没有缺憾。大郎元佐娶的是李处耘的孙女，如今他发了狂疾，可怜楚王妃年纪轻轻的，误了这个孩子了。二郎元僖指配隰州团练使李谦溥的女儿，听说那个王妃倒像个木头人，针扎也不知道哎呀一下，府中宠妾凌妻，物议颇为不好。四郎元份娶的是崇仪使李汉斌的女儿李阮，因为过于妒忌，闹得阖府不宁。

现在细想起来，他之前娶的几房妻子，都是母亲与兄长所选，性情都是不错。这样一想，不由得对兄长的感念，又复杂了一层。这个兄长虽然最后的时候猜忌过他，可在此之前待自己实为不错。

想到这里，不欲再想下去，皇帝对李后道："所以接下来的几个孩子，便不能只听着是将相出身就定了，须得好好看着小娘子的性情品行才是，家宅不宁，可是大事。"

李后笑道："臣妾也正是这么想的，潘蝶性傲，李阮性烈，都非宜家之相。因此这两三年间，冷眼旁观，只把这事放在心里。"她转过话头："官家可还记得谯王郭守文吗？"

皇帝嗯了一声："郭守文？"郭守文亦是后周时的大将，立下过不少战功，一直在国家北陲充任重要军职。去年冬，辽军意图乘秋膘马壮、北军作战之利大举南侵。不想郭守文早有预料,在唐河一带设伏重创辽军。不想前些时候郭守文死在军中,被追赠侍中,赐谥号忠武,追封谯王,派内侍护送灵柩归葬。内侍回来说,郭守文去世时,军士们都痛哭流涕。郭守文在职时所得俸禄赏赐全部用以犒劳士卒,内侍护送灵柩回郭府时,见他家中没有余财。皇帝听后叹息,又赐郭守文家五百万钱安家。

当时郭守文的妻子进宫谢恩,其次女郭熙未嫁,随母进宫,就让皇后见着了。皇后就说起此事,道:"我当时见那郭家的小娘子,就觉得十分难得。这样年纪这样家世的孩子,竟是这般沉稳娴静,且知书识礼,容貌也不输于潘蝶。我冷眼瞧着这孩子性情宽厚,温柔解事,且郭家家风也好,若许给三郎,倒是个好对象。"

皇帝点头道:"郭守文是个难得的良臣,他死于军中,我原要给他家一份恩典。这个小娘子既然是皇后看中的,必不会差到哪儿去。叫几个知事的老嬷嬷,去郭家看看。"

李后知道皇帝这是同意了,大喜道:"那臣妾代三郎谢谢官家了。"

一个月后,圣旨下:"襄王元侃,丧偶二载。今有宣徽南院使郭守文次女,素有贤名,今聘为襄王继室,封鲁国夫人。"

第二十九章
吴越王孙

旨意下来之前，襄王元侃已经知道了这件事。这是迟早的事，襄王妃的宝座，自空出来那一刻起，就已经被人盯上了。谁都知道，堂堂襄王府，总是需要一位女主人的。

其实早就有人或明或隐地提及过，就连皇后也旁敲侧击地提点了。但是这两年来，元侃与刘娥鹣鲽情深，因此对于立妃的事，总是装聋作哑。明知道这只是一种逃避，能逃多久连他自己也不知道，但他明白，他的王妃绝不可能是被皇帝下旨逐出京城的小娥，既然如此，对他来说娶谁都一样。十天前皇后把皇帝的旨意告诉了他，元侃默然片刻，只说了一句："再不要像潘氏那般骄纵悍妒的。"

皇后笑着担保，并且说新娘美貌，不下于潘蝶。美貌与否，元侃并不关心，只要这个王妃不再生事便成。既然皇后如此说，他只得磕头谢恩，退了出去。

元侃出乎意料的沉默，自然令与他最亲近的刘娥有所感觉。但是他没敢告诉刘娥，也许他下意识地在逃避。府中正在准备大婚的事，作为新郎，他已经尽量做到最漠不关心了，但是终究有些事是无可逃避的，他在薛萝别院的时间不得不少了许多。

刘娥起初并未疑心，自元侃上奏京郊灾民状况，皇帝派了元侃主持赈灾之事后，他便忙碌了许多。这一日，雷允恭过来回禀了一声，说王爷有要事，今日不来，刘娥也并未感觉到什么。自上次见到路边冻饿而死的人之后，赈济的事她一直挂在心头。她深爱着元侃，也为元侃上表赈济灾民的侠行而骄傲和自豪，人生得此佳婿，夫复何求。

听闻朝廷已经开了太仓之粮赈济贫民，刘娥真想亲自出去看一看。元侃今日既然不来,她正好可以出去,因此见张旻近日也是忙得不见人影,便也未通知他,只带了一名丫鬟、两名护卫就出了门。

潘妃去世后,或许这两年里,她与元侃两人在自己的小天地里过得太幸福了,而幸福的人,感觉总是迟钝一点。走下马车,刘娥看到朱雀大街牌楼上的彩结时,听到街市上久违了的喧闹声响,深吸了一口气,心中暗暗感叹:"一个月前,大雪纷纷,这街市上还是一片死寂,竟有路人冻死在街头。才不过一个月,汴京城就又恢复过来了,这多亏了三郎的付出呀!"

想到这里,刘娥甚是得意,便问一个路人:"这样张灯结彩的,是因为要过元旦了吗?"

那人停下来,看了她一眼,诧异道:"娘子是刚从外地来的?你不知道吗,那是为襄王纳妃准备的。"

一刹那间,刘娥只觉得脑海里一片空白,耳边只听得一片嗡嗡之声。隔了好久,只见丫鬟如芝那张放大的脸出现在自己面前,显得极为害怕。她勉强笑了笑,道:"我没事,咱们回去吧!"说着待要转身回马车上去,却觉得脚下软绵绵的,竟是一步也无力迈开了。

如芝听了那路人的话,本已经吓了一大跳,再见刘娥脸色忽变,竟像是傻了似的,吓得连连摇晃着她:"娘子,您没事吧?您,您可别吓奴婢呀!"

刘娥怔怔地看着她,忽然间,所有的声音一起闯入耳中,街市中的喧哗声、吵闹声竟变得刺痛耳朵,她只想马上逃离这个叫她难以忍受的地方。猛然间不知道哪里来的力气,刘娥挣开了如芝的手,厉声道:"我们回去,快离开这里!"自己摇摇晃晃地向马车走去。

如芝立刻跟了过来,扶着她上了马车,急对车夫道:"快,快回家去!"

"不,"刘娥一进马车,全身的力气就像消失了似的,可是她的眼睛,却直视前方,道,"去东华门,过景灵东街。"

如芝吓了一跳:"娘子,那是……"

"我知道,"刘娥的声音没有半点起伏,"那是襄王府,我不下车,就在帘子里头看王府一眼,还不成吗?"

如芝吓得乱摇头道:"不、不,娘子您还是别去了。"

刘娥看着她,忽然一笑,两行清泪流下:"放心,我不会闹的,我哪敢闹。我就看一眼,看看王爷是不是真的再纳妃了。"

如芝看着刘娥,忽然流下泪水:"刘娘子,您,您还是别去看了。"

刘娥静静地看着她:"这么说,是真的了?你们都是知道的,只有我一个人不知道,是吗?"她忽然疯狂地大笑起来:"原来,原来都只瞒了我一个人!"

如芝吓得忙对车夫吩咐道:"快回府!"这边放下轿帘,急忙抱住了刘娥道:"娘子,您千万要想开些,王爷也是没办法,他不能抗旨。可是他心中只有您,绝不会有别人的。大家瞒着您,也是怕您伤心呀!"

刘娥怔怔地看着如芝,忽然间泪流满面,摇头道:"如芝,你不明白的,你不明白的……我知道,你们都没有错,错的只有我,只有我自己一个人。我原就是个多余的人……"

刘娥回到薜萝别院,就关上了门,独自坐在房中,再也不让任何人进去。

元侃接到消息立刻赶到薜萝别院,其时天色已近黄昏。

房门里面插上了门闩,元侃只得急切地拍门:"小娥,我是三郎,你开门,让我进去对你说,你听我解释好不好?"房内却悄无声息。

元侃一边拍门,一边急叫,也不知道过了多久,才听得房内刘娥低低的声音道:"三郎,你不必解释什么,我知道你待我好,你也是不得已的。我都明白,你只管放心地成亲去吧!权当,权当这世上没有过一个我。"

元侃急了:"小娥,你这是说的什么话!没有你,还要我做什么?你开门呀,你放心,不论我娶了谁,我心里只有你一个。小娥,小娥……"

刘娥抱膝静静地坐在黑暗之中,心中事百转千回,却是终究无个归处。这两年间情意深深,她的生命中,只有一个他;他的眼中心中,也只有一个她。总以为历经劫难,终于有此平静而幸福的日子,却忘记了自小到大这一路行来所明白的:凡事若好得不像是真的,那便必定不是真的。

元侃心里虽然只有一个她,可是他的身边,站着的却永远不是她。因为自己只是一个出身卑贱的奴婢,一个惹得皇上讨厌的蜀中女子,谁教她不是出身将相之家,谁教她从未曾有过一个能够为大宋朝开疆拓土的大将军父亲。

三郎今日不曾负心,他还肯来这里,还肯为她焦急担心,她能怪他吗?他抗不得圣旨,他会成亲。然后,他不会再来这里,因为他又有了自己的王妃,如果王妃容不得她,她是不是还会再接受一次噩梦般的遭遇呢?

她竟然会以为她所有的噩梦只是因为一个容不得她的王妃。她离开了王府,然后王妃死了,她以为她的噩梦就结束了。她以为她真的可以就此与元侃长长久久地就这样躲在小院里头。然而,一道旨意,让她又回到了起点。

当初她何尝不是天真地以为,元侃将她藏在小楼里,然后偶尔见见她,就这样只占有他的小小一部分,她就可以用这种脆弱而单薄的爱,去假装有了镜花水月般的"幸福"。然而潘妃闯入揽月阁,将她的梦打碎了。

现在,这薜萝小院,不过只是一个新的揽月阁而已,一个未知的新王妃,依旧可以在发现这一切后,又将这一切打碎。而她,还能再经历一次同样的噩梦吗?再来一次,她是会死,还是会心碎,或者是堕入地狱?

除了王妃呢,他将来是不是还会有更多的侧妃、侍妾?嫁入帝王家,怕是每一个女子的美梦吧。天下何其多千娇百媚的女子,然后,元侃的眼中,还会有她吗?如果他不再想起她,不再到来,她又会是一个什么结果?

也许从一开始,她就不该进这王府,更不应该陷入那种被呵护、被关爱的虚幻感觉。若是她依旧留在桑家瓦肆,或者孙大娘的果子铺,那么,或许她会是另一个二十一娘,或者孙大娘吧。

听着门外的拍门声,听着元侃焦急的呼喊,刘娥竟然无法去怪他。那个新王妃呢?不是这一家的小娘子,也会是那一家的小娘子吧!没有一个女人,愿意看到自己的幸福被夺走,哪怕她认识他在先。可她要为此去恨多少人呢?恨不了,恨不了啊!

心中一片茫然,反反复复地思量了不知道多久,潘妃已死,刘媪也没再作祟,不敢怪天子,不忍怪三郎,不可怪众人……

细思自己此时,竟不比被潘妃陷害的时候,那时只是一股恨意支持着她撑下去。思来想去,竟是无可怪处,从前之事,不堪回首,往后之路,却是路路断绝。

她这一生,性子倔强,凡是有可挣扎之处,哪怕是再苦再难,她也不会放弃。此时独自坐在黑暗之中,心中竟是一片冰冷。

哀莫大于心死,坐在地上,那股寒意自地下慢慢地上升,如同那一种刻骨的绝望,悄悄地渗入她的心脏。

刘娥闭门不出,已经整整一天一夜了,这一天一夜中,襄王元侃和刘美等人轮流劝说,可是房中仍是静静的,毫无回音。

雷允恭苦苦劝着元侃:"王爷,您快回府吧,府里头催了好几次了,后天就是大婚之期,您再不回去可就要出事了。"

元侃心中郁闷至极，雷允恭此言更是如火上浇油，他不由得大怒，将身上的王袍撕扯下来扔到地下道："我不大婚了，我不做这个王爷了，行不行？"

众人吓得面面相觑，再也不敢说上一句。忽然听到厅外一人道："王爷慎言！"

元侃转头一看，大喜："惟演，你怎么来了？"

来人正是钱惟演。他走上前，淡淡地道："我刚刚听说这件事，所以来看看能不能帮得上忙。"

元侃心中激动："可是你……这个时候，你还能来，我真是过意不去。"

钱惟演沉默片刻，道："事情我都知道了，让我去试试吧！"

元侃点了点头，道："你务必要告诉她，我决不负她。"

钱惟演微微颔首，道："我想单独劝她。"

元侃点头道："一切拜托了。"

元侃看着钱惟演走远，心中抑郁难言。常人眼中皇家子弟，似乎要什么就有什么，可是偏偏他们却连最想要的都得不到，甚至连抗争的能力都没有。官家想要大哥照他的路去走，可办不到。大哥想要父慈子孝、手足和睦、一家团聚，可他得不到。自己只想当一个富贵贤王，关起门来和自己心爱的人在一起，可心爱之人保不住，连自己不想要的婚姻也拒不了……

如芝带着钱惟演来到刘娥的小院内，院中空寂无人。钱惟演挥手，令如芝退下，院子里只剩下他一个人。

钱惟演坐在廊下，拿起手中的玉笛，轻轻吹奏。笛声时而轻缓温柔，时而悲愤激烈，恰似此刻刘娥的心境。

刘娥坐在黑暗里，静静地听着，听着。也不知过了多久，笛声停下了，刘娥不由得发出一声轻叹。

只听得门外钱惟演淡定平和的声音："小娥，你在吗？"

刘娥只觉得心中一痛，她本不愿再开口，不愿再说话，可是她静如死水的心，却被刚才那一阵笛声引得翻腾不已，竟不由得道："你不必说了，你要说什么，我都知道了。"

钱惟演沉默片刻，道："小娥，我今天并不是来劝你的，我只是想要给你说个故事。"

刘娥静静地坐着，听着门外钱惟演沉静的声音："我要说的，是我先祖的故事。我的先祖第一代吴越王，叫钱镠，他开创了我吴越国一十四州，数千里河山。可是,他并非生来就是一个王者,恰恰相反,他出身贫贱,无遮头片瓦,无隔宿之粮……

"家中本来就贫寒,兄弟众多,父母没有余粮养他。而且他出生的时候体弱多病,父母也认为他养活不了,不想给家里增添负担。所以他才出生几个月,就被抱出去,扔到了荒郊野外……"

刘娥听到这里,不由得惊呼一声。

钱惟演继续道:"谁知道隔壁有一位老迈的吕婆婆,正好路过,认得他是钱家的孩子。看他哭得可怜,不忍心,就把他捡了回来,抱到自己家中,用米汤喂养了好几天,眼看着他渐渐恢复,才又送回他父母家中……"

刘娥听到这里,长吁了一口气,自己明明已经心死,可是不知道为什么,钱惟演的话语,却仍能够令她有所关切。

但听得门外钱惟演道:"可是家里实在太穷了,又过了几日,连锅都揭不开了,却还听得他饿得一直哭叫不停,父母烦恼之下,又把他给扔了。这一次,还是吕婆婆偷偷地跟在他父母身后,把他又给捡了回来。养了几日,看到他家里情况稍有好转,又将他送了回去。就这样,他的父母将他一连扔了三次,吕婆婆捡回了他三次。他的父母终于被感动,发誓不再扔他……"

刘娥怔怔地听着,莫名地,为那个一百多年前的婴儿而感动。

钱惟演的声音还在继续:"于是他从此渐渐长大,父母将他的小名取作婆留,因为他的命,是邻居吕婆婆留下来的。这一留,就留出了五代十国纷扰乱世里的一个大英雄。他凭着盖世武功,割据一方,开创了吴越国大好江山。记得僧人贯休曾向他献诗云:'满堂花醉三千客,一剑霜寒十四州。'"说到最后一句时,钱惟演的声音不由得高昂起来。

刘娥遥想当年钱王的风采,心向往之,喃喃地道:"满堂花醉三千客,一剑霜寒十四州……"

"正是,"钱惟演道,"人生际遇,实在是不可知到了极点。我的先祖出身寒微,若无吕婆婆留下他,他连性命都已不存,又何来吴越三千里江山和开国称王。小娥,你自幼父母双亡,流浪逃难,先有婆婆抚养,后有与刘美结义,自蜀中到京城,这数千里逃难路,便是能生存下来的男子也没有多少,你一个纤弱女子却活了下来。当年官家逐你出京,扔于荒郊,你何尝不是九死一生,大难不死……"钱惟演放缓了声音道:"小娥,上天留你性命,你绝不可轻贱了它。"

刘娥倚在门上，怔怔地流下泪来，哽咽道："上苍纵留我性命，又有何用？官家旨意，斥我为妖女，逐我出京城。我此生与三郎永不可能再在一起，我还能有什么机会？"

钱惟演深沉地道："天下没有不可能的事，就算是官家的旨意，又能怎样？难道你真的认为，没有机会更改了吗？"

刘娥一惊："怎么更改，难道还能有谁叫当今皇帝收回成命？"

钱惟演冷笑一声："当今皇帝固然不能收回成命，可是如果是下一个皇帝呢？"

刘娥大惊，不由得打开了门当面问钱惟演："你说什么？"

门外，钱惟演一身白衣沐浴在月光里，他手中执着一支玉笛，静静地看着刘娥："人生永远都会有转机，没有人可以真的活一万岁。当今皇帝年事已高，而你和襄王，却还年轻。"

哪怕是平地忽然一声惊雷，也没有钱惟演这轻轻的一句话更令人震惊，刘娥看着他，只吓得双脚发软，她便是连想也不敢去想这一点："你的意思是……"

"等待、忍耐！"钱惟演看着她道，"在那一天到来之前，你要保护好自己，不能让襄王触怒官家，不能因此让你被发现。帮助襄王，得到能够掌握自己命运的权力。"

刘娥全身颤抖，眼前仿佛有一道她从未见过的门，在向她打开。全身的血直涌上头顶，她自己好像换了一个人似的。

刘娥咬牙支撑着身体："你说，我们……能做到吗？"

钱惟演凝视刘娥："你在蜀中逃亡的时候，也没想到有一天，能和皇子相爱吧？"

月光映得刘娥的脸一片惨白，她想，她甚至连自己能不能活，都不知道。

她没有说，可钱惟演看出来了，问："那你现在呢？"

刘娥的恐惧终于渐渐消失，深吸一口气，将身子站得笔直。是，她连死都不怕，她还有什么可失去的！

刘娥敛袖向钱惟演行礼："多谢惟演教我。"

她看着钱惟演，上前两步，走近了定睛一看，心头大震。钱惟演的一身白衣，竟是孝服。她惊骇地指着钱惟演："钱公子，你，你这是……"

钱惟演神情悲怆："先父吴越国王，于三日前入宫赴宴后，身患急症，已经——仙逝了!"

刘娥整个人呆住了。

钱惟演凝视刘娥片刻,轻轻转身而行。他走到小院门边时,却听刘娥缓缓说道:"惟演,对不起,是我辜负了你!"

钱惟演手抚院门,不敢置信地猛然回头,月光下,刘娥凝视着他,那一刹那间,他看懂了她的眼神。原来,她一直都是明白的——从那一日桑家瓦肆银铃的脆声,到韩王府揽月阁时的暗中回护,再到今日月下倾尽肺腑。

原来她一直都是明白的,只是这一份爱注定无缘,只是她的心早已经交给了同时看到她的另一个人。或者说,是自己将她推入了另一个人的怀中,只因为他原以为,那个人能够更好地照料她;只因为他是一个亡国王孙,自身难保,又怎敢连累于她。

那一双如海般叫人沉迷的眼睛,他怎敢再继续放纵自己沉溺下去,钱惟演硬生生地转过头去,微一停顿,毅然离开薜萝别院。

钱惟演径直回到吴越王府,此时王府上下一片素白。吴越王钱俶的灵柩,静静地停在堂上。钱惟演走到灵柩前跪下,望着堂上的灵位,冥想着父亲生前的音容笑貌,忍不住泪如雨下。

吴越王钱俶的死因和南唐国主李煜、后蜀国主孟昶一样,都是在宫中领了御宴后暴亡。诸国灭,四海定,钱俶已是朝堂上最后一个割据的降王,纵使他纳土归降,纵使他一生如履薄冰、如临深渊,终难逃过既定的命运。毕竟,太祖赵匡胤曾有名言:"卧榻之侧,岂容他人酣睡!"当今皇帝,更是如此。

钱惟演凝望着钱俶的灵位:"父亲,家乡的江名钱塘、塔名保俶,您曾经叹息不能回去再见一见吴山越水。如今,您终于可以回去了!您在天有灵,请保佑儿,保佑儿所要做的一切成功!"

见钱惟演走了,元侃急匆匆走进来,见刘娥站在门口,忙上前几步走到她面前,紧紧抱住了她,哽咽道:"小娥,你终于肯见我了。"

刘娥看着元侃,百感交集,说不出话来。

元侃见她不说话,再看她虽然眼睛红肿,满脸泪痕,但此时居然没有哭,更加慌了:"小娥,你怎么了,你若要哭,便哭出来吧。你别这样,你这样让我害怕……"

刘娥嘴角抽了抽,想笑,却比哭还难看。忽然脚下一软,却是脱了力,此时再也站不住了。元侃忙扶着她坐下,两人就这么坐在台阶上,依偎着,也不顾天寒。

又过了一会儿,元侃低声道:"小娥,对不起。"

刘娥也低声:"不要说对不起,我知道你的心。"

元侃没有说话,他只紧紧地将刘娥抱住。

一片沉默,过了许久,就听得刘娥低低地问:"三郎,你会不会忘了我?你会不会忘记今日你我坐在这里,心里只有彼此的感觉?"

元侃急道:"不会,我这一生一世都不会的。"

刘娥沉默片刻,道:"我恼的,并不是你纳妃,而是你不该骗我。"

元侃有些慌乱:"小娥,我也是担心,担心你会伤心,你会生气。而我看着你伤心生气的样子,竟不知该如何是好……"他顿了一下,又道:"我答应你,今后什么事都不会瞒着你。"

刘娥说:"好。"

这一夜,他们没有再说其他的话。

襄王府迎来了新王妃。新王妃郭氏显得很低调。照刘媪看来,若说前头的潘妃是火,这郭妃就是水。火势张扬,能把人一把烧焦了,也能把自己给烧干了。这水似乎让你感觉不到存在,可却渐渐地就浸润进去了。

元侃对于这个新王妃,并没有任何期待。前头娶潘妃的时候,他还是怀着美好的愿景的,希望能够把日子过好了。因此对于潘妃,自己也是先往好处看的,所以一开始诸事愿意迁就,怀着一副热肠。可惜期望有多高,付出有多热,最后就伤得有多深。

如今经了事情,元侃就冷淡审慎多了。因此新王妃进了府,他也就例行公事地到内院来了几次,多数时间都是在外院书房住下,每日里不过按时派内侍来问候一声。新王妃则不出自己的内院。

郭妃颇有些如履薄冰的样子,也颇为畏惧元侃,私底下与乳母涂氏说:"王爷似乎不甚待见我。"

涂氏劝她:"原是天家规矩大,圣人既瞧中了您,必有圣人的眼光。老奴想着前头的王妃过身不久,想是少年夫妻失伴,他心里一时没走出来。只要王妃贤良待他,人心都是能焐热的。他既待前头的王妃有情,将来必是待您有义的。"

郭妃听得点头："您说得极是，我既然迟来，自然不能自负，当对夫君恭谨相待，年长日久，他自然也能看到我的诚意。"

刘媪冷眼看着，郭妃也不管受了什么冷遇，依旧没有半声怨言，连脸上都没有不忿之色，依旧每日三餐亲自看着天色，审着节气，指挥着做了送到前头去。又亲手做了四时衣服，帽子鞋袜都不假手于人，一件件送过去。若是王爷来到后院，更是事事都亲自服侍，十分恭谨。对府中上下人等，也都关切有加，前头的属官侍卫，也都是不时关照。因此过得几月，府中渐渐都说起郭妃为人的好话来。

郭氏经常进宫问安，孝敬皇后，又与妯娌们相得，许王妃性子绵软，越王妃性子张扬，吴王妃脾气娇纵，却都与她十分交好。

元侃冷待了郭氏数月，见她依旧温柔如故，不免心中也有些内疚起来，渐渐便多去了几次。

只是与郭氏相处，终究与刘娥是不一样的。她让他挑不出不好的地方来，可又觉得似乎隔着一层。

但是元侃现在倒也没有太多时间去考虑这些事情，其实男女之情，也唯有少年之时最为情热。除非是少年之时不得所爱，才会一生都想去寻找补偿。对元侃来说，随着楚王的被囚，许王的猜忌，刘娥的被逐，以及皇帝对他提升了的要求，他此时心中更多的是关注政务。

他以政务忙碌为由，大部分时间都在前院，也不完全是托词。前段时间，他刚与属官们忙完冬天灾民的救济安置，现在又要忙着春耕时节劝灾民返乡复耕。这个时候遇到的却是另一种困难。灾民们冬天逃难，是出于生存本能。好不容易十不存五，历尽艰辛逃到汴京，得了救济，又有一些大户借机买奴雇工，一些人就不想再回到那朝不保夕的原籍了，还有一些人纵然满心想回去，当时挣命逃出来，现在却没了回去的口粮与勇气。这一路变化太多，许多人甚至做惯了流民，甚至做起流寇来。种种情况不一，当真参与其中，处理起来自是极难的。

元侃心细心软，因此事事都要做到尽详尽责。以后事情多了，这难免是个弊端。但如今刚刚领了任务，能够如此静心做事不虚浮，倒教皇帝听了禀报之后心中暗暗称许。

元侃既沉下心来做事，就知道了许多其他的事情。就如这次皇宫扩建，百姓怨言颇多。这汴京城并不是作为新都规划营造的，原就是先有城居，才有皇宫。哪怕原来的节度使府不与民居接壤，但自后梁时扩建了一回，到太祖时又略扩了一回，原来的民居就与皇宫城墙挨在一起，不能再扩了。

这次皇帝要扩建，将作监看了一圈就回来报说，若要再扩，就要动迁许多民房。但那些老住户在这一带都已经住了几辈子了，什么样的皇帝没见过，什么样的事情没经过，皇城根下的百姓，都胆大皮厚得很。且这里已做成了市集，叫卖之声，连宫里都能听见。如今要将他们迁走，城内又无处安置，虽提了几处地方，但都教这些百姓给拒绝了。汴京城哪里还有地方可以安置这么多的人？那几处地方，不是挨着外城墙根，就是西市穷困之地。这些人挨着皇宫附近的店铺门面，每年收租就能够供与代代子孙享用。且附近生活便利，便是小户人家，水米柴油俱是能按时送上门来售卖的，每日里自己不开火就有热水洗脸的铺子，几文钱就能够买烧饼面之类的吃食，要找做工之处也是极方便的。家中小儿长到几岁，就能够送去附近店铺学手艺挣钱了。

若迁去荒芜之地，要什么没什么，难道还能自己再去开荒劈柴挑水不成？纵得了补偿，又能有多少？不但买不回地段带来的诸般便利，花个几年便没了，但这地段却是代代得享便利、能活人的。

不要说皇帝，便是众大臣，原也以为扩建皇宫，不过是叫三司算出营建之费，不想那些小吏出去算了一圈，光动迁之费就已经超过了原来三司推算出的扩建所需费用。

众大臣都吓了一跳，当下在朝堂中商议时，就有人怒骂小民无赖，竟连朝廷也敢敲诈起来。

元侃却是知道其中情由的，只是若要为百姓说话，这许多钱银，三司却是拿不出来的。前年军事失利，国库本就已经亏空了一大块了，又哪里来钱填这新出的名目？若要让皇帝不扩建，这话又说不出口。历代皇宫，就没有这么简陋的。

元侃为此愁了甚久，与属官们也没商议出办法来。这日与郭氏吃饭时，说起此事。郭氏先是沉默，后被元侃随口问起，便正色道："此非后宅妇人所能议。"

元侃虽敬她品性难得，但就此没了谈兴，当夜又回了前院，两人依旧冷淡如故。

第三十章
潜龙在渊

过了几日，元侃去刘娥那里时，还未说起，刘娥就先提了此事："王爷可知皇宫扩建之事？"

元侃于是就将自己近日来的担忧之事说了。刘娥叹息一声，说起自己当年逃难进京，于得胜后街孙大娘果子铺求生之事。说起那条街上的各个小店铺，说起那些小摊主的诸般故事，又说起那年走水，整条街巷被清理，有许多人因此失了生计，甚至刚刚过去的这个冬天就有人因冻饿死在巷口。她又说起四丫的故事，直说到四丫难产而亡，唏嘘不已。

元侃听着听着，已经明白了，他按住刘娥，道："我知道你想说什么了！"

元侃想，他明白了为什么这段时间他想就此事上表皇帝，但每每花了那么长时间准备表章，反复写了数次，总觉得似乎缺点什么，他的属官们也为这个表章出了许多稿，但他总觉得，这样的表章，恐怕是无法说服皇帝的。

听着刘娥的话，他却觉得，情难自抑。他站起来，换了衣服，带着几名属官走到皇宫附近，一条条街巷走过来，问过来。最终，他进宫去见了皇帝。

此时已经将近黄昏，皇帝正准备用晚膳，听襄王求见，很是诧异："他这时候来做甚？"听说襄王从东华门外过来，买了旋煎羊、白肠、鲊脯、黎冻鱼头这四样外食，皇帝不由得笑了起来："难为这孩子有这份心。"

刘承珪在旁边也不禁凑趣道："三郎想着官家，再是孝顺不过的。"

皇帝心情甚好，就叫了襄王进来，将他带来的四样食物摆了开来，一起用膳。席间父子说说笑笑，元侃提起当日在王府，常吃外食，后来入了宫，就吃不着了，常缠着楚王替他带了进来。因此今日经过东华门外，闻到这几样美食的香味，就忍不住买了下来。又想起王妃素日也不吃这些外食，倒思及小时候父亲回王府，常带这些东西给他吃。如今父亲在宫中，品尝的都是御厨手艺，这些东西必是久违了的，因此冲动之下，就想进宫送给父亲。

皇帝哈哈大笑，如今儿子们对他诸多奉承，但像元侃这般出于纯孝之心，巴巴带些不值钱吃食来给他的，倒是没有。皇帝心下倒有些感慨，先是赞了元侃的孝心，又说自己其实如今还经常叫人去外头买这些东西进来。又说起有一天半夜，皇后与他说起吃小馄饨的事，当时他就连夜叫内侍拿了令牌，出宫去买了来与皇后一起吃，吃的时候还是热乎的。

当下皇帝又如数家珍地说起城中诸般美食，什么州桥边的梅花包子、李家香铺、曹婆婆肉饼、御廊西的鹿家包子，夜市里的水饭、爊肉、干脯、獾儿、野狐、鳝鱼包子、姜豉剩子、批切羊头、辣脚子、姜辣萝卜、麻腐鸡皮、麻饮细粉、素签沙糖、水晶角儿、广芥瓜儿、芥辣瓜儿、细料馉饨儿、旋炙猪皮肉、野鸭肉、滴酥水晶鲙，等等。

皇帝年少时就为无赖游侠儿，街面上就没有不知道的。及至后来南征北战，停息下来，又当了开封府尹，京中美食更是无所不知。元侃哪里比得了，元侃十岁前不过偶尔得些父兄带来的几样美食，之后入宫，对这些更加一无所知。粗略知道的这些，也不过是出宫开府以后，偶尔上街了解到的罢了。

如今听着父亲说起来，元侃十分感兴趣，不由得脸上便露出惊叹佩服的神情来。这可不是儿子敬仰父亲、臣子崇敬皇帝的神情，这更像是赵光义年轻时在街市上以本事折服其他玩伴时得到的神情。这神情当年如何刺激还是少年的赵光义，如今只会更加刺激已经步入老年的皇帝。

那一刹那，皇帝仿佛又回到了当年，当下更加兴致勃勃地细说起来。说到后来，皇帝又叹："你们年纪太小，有许多如今都不曾吃着就没了。那滴酥水晶鲙原是陈十二做得最好，我还是小时候吃过，如今是他儿子在做，远不如他的手艺……"

元侃趁机道："臣今日买黎冻鱼头的时候，就听店里有人说，黎跛子将来若是搬了，也不知道到哪里能再买到这个，臣今日能吃到这些，就怕将来再也吃不着了。"

皇帝怔了一怔，不由停了筷子，细思起来。元侃见状，不再说，只作不知。次日皇帝就召了宰相，问及皇宫扩建的动迁之事，听完以后，就叫了群臣来，历数了一通皇宫附近的美食，引动得群臣也怀念起来，众人就各自最喜欢的美食纷纷交流了心得，说得停不下来，差点儿让朝堂变成美食交流会。

最后皇帝道，天子为万民父母，皇宫再小，俭省着也能住。若为了扩建皇宫，教这些人都失了住所，却不是他想看到的。因此下旨，自此起，皇宫不再扩建。

消息一出，皇宫附近的店铺家家庆祝，连做了三天的打折酬宾活动，有几家连已经收山的老师傅，都再度出来献艺。元侃忙让护卫排队去买了，带来给刘娥品尝。

细料馉饳儿端上来的时候，汤还是热的，刘娥吃了顿时赞好，夸说："我素日吃的，都不及这个。"

元侃就跟她说："徐师傅好多年都不曾做了。这才是细料呢，一点肉筋子都要挑出来，是不许有的，这皮也特别薄，尤其这调料，他的这帮徒弟都及不上。"又学起皇帝跟他说市井小吃的内容来，道："回头咱们悄悄地将这些都一道道吃过来，再看看有什么近年新出的好点心，我也送给爹爹和皇后娘娘尝尝。"又说起皇帝说的时候，馋得一边侍候的内侍们都要扭头去偷擦口水，引得刘娥也笑了。

元侃见旁边书桌上摆着的书，就问："你从前爱看《太平广记》，还有《花间词》，不是故事就是诗词，又好看又好记，《论语》《孟子》你看得下去吗？"

刘娥想了想，说："我从前没读过书，也静不下心来看书，所以才会只晓得看那些浅近的。如今长日无聊，我便安下心来看这些书。虽然一开始难读，但学进去了，倒比那些更好。"说着也不禁感叹："怪不得说这是圣人写的书呢，这书上都是做人的道理，那些道理有些人一辈子丢了性命，也悟不出一两条来。这书上说的，是值得几百辈人去体察的。"

元侃听了，也不由得感叹："我们都是从小要苦读这些的，在宫里时，爹爹还随时考校我们呢。当时我们只嫌背得麻烦，哪里懂得这些道理呢！"他看着刘娥笑道："可见书上学来终觉浅，像我们这样的读了书，也不过是两脚书橱，能学进心里的，才叫有用。"

刘娥听了这话，有些不好意思起来："我又懂得多少？终是你们这些读书人懂得多。"

元侃却感叹："如今科举拿这些书考，虽然都能答得上来，但却未必都能够真正领会圣人之意。"

刘娥也不由得感叹："但我看了这些书，却觉得好。以前我总想我为什么要经历这么多的事,受这么多的苦,心里一直是很有些怨念的。可是真正看了古往今来这么多事情以后,才觉得自己经历的这些事,根本算不得什么。这世界上还有许多许多我所未知的事情,比如有些事情已经发生过了,可是后人没有看到,又会重新犯一次错。如果他们早早看到,是不是不会发生那些事了呢?"

元侃点头:"这就是所谓'以铜为镜,可正衣冠;以古为镜,可知兴替;以人为镜,可明得失'。"

刘娥笑道:"果然是三郎有文才,这样的话,我是说不出来的。"

元侃轻拍了一下她的头:"又要胡说,我又哪里说得来这样的话。这是唐太宗的话,出自《贞观政要》。你这里的书还是太少,回头我叫张旻给你送一些来。"

刘娥忙道:"那可要多送一些。"

元侃笑道:"放心。"他又想起一事来,道:"过几日我带几个人过来,在院中赏花起社,你要不要也过来?"

刘娥想了想,摇头道:"我如今还是不见人为好,免得给你招来麻烦。"

元侃知道刘娥为何这么做,心中伤感,但话到嘴边又停下来,只笑道:"不如你扮成男子,就说是张旻的表弟。"他看着刘娥的眼睛,握紧了她的手:"你放心,我们终有一日,能够堂堂正正地携手而行,站在世人面前。"

刘娥亦握紧了元侃的手:"会的,一定会的。"

汴京的春天,早已带着暖意到来。薛萝别院的桃花,开得格外灿烂。

元侃昨日已经带话,今日早朝后过来。刘娥指挥着侍女们在桃花树下设了红泥小炉,备了全套的茶具,取水烹茶,等候元侃到来。

不久,听得院外朗朗笑声,正是襄王元侃来了。刘娥抬头看去,却见一行人走入小院之中。

当先自然是元侃,随后跟着钱惟演、张旻,最后跟着的三个青年书生,却都是她不曾认识的。

元侃自成亲之后,为避王妃郭氏猜忌,便托言自己与钱惟演、张旻等人组成诗社吟诗作赋,每次到薛萝别院,都以诗社聚会为由。

张旻向众人介绍:"这是舍表弟刘锷,从外地来,寄居此地读书。"

刘娥细看去,见那三人中,一个丰神俊朗,如玉树临风;另一个略高,身形矫健,疏阔放诞;还有一个略矮,却是颇有傲气。

众人见一个少年站在花树下,俊秀得紧,当下也只随意地点了点头。只那高个子眼神一闪,往刘娥身上一看,又往张旻、钱惟演与元侃身上一扫,只停留在元侃身上,笑了一笑。

刘娥就觉得那人的眼神跟钩子似的,叫人胆寒,再见他这么一笑,就知道他已经看出端倪来了,不由得起了几分警惕之心。

就听钱惟演笑道:"刘小哥,这高个子的是张疯子,矮个子的是王瘤子,不高不矮的是杨神童。"刘娥细看,果然见那矮个子脖子下有个瘤子。

这"张疯子"和"王瘤子"听了钱惟演这等介绍,倒是毫无愠意,仍是笑吟吟的,那"杨神童"却恼了:"钱七郎,我跟你说过多少次了,你要是再这样乱叫,我就跟你绝交!"

刘娥就想起昨日元侃说的话,这三人中,丰神俊朗的想必就是杨亿,大名鼎鼎的浦城童子,十一岁便以才名满天下,朝廷特召他入宫,授为秘书省正字。皇帝问他:"你十一岁为秘书正字,知不知道哪些字是要你来正的?"他昂然道:"诸字皆正,唯有朋字不正。"一句话直指朝堂有朋党,一时皆惊。皇帝反而因此欣赏,这几年来,他一直在御前拟旨草诏,前些天又特赐了他进士及第,入值集贤院。

那王瘤子却是王钦若,原是本次科考殿试第一名。一个状元眼看已经到手了,结果一高兴,和这次也是考中一甲的同窗许载两人纵情喝酒,袒腹失礼,结果被御史参了一本,皇帝大怒,他因此丢了状元,为此颇为郁闷不平。

钱惟演见张咏看刘娥,索性对刘娥道:"这张疯子名叫张咏,人家说他性子乖张,他索性把自己的名字改成了'乖崖',到处嚷嚷着自己既乖张又怪僻。"他又道:"这人就是我上次跟你说的让帽子吃馄饨的那个疯子。"

刘娥抿嘴笑了,想起钱惟演上次说的笑话,某人上街去吃馄饨,偏生他帽子上的两条带子太长,每每垂头都要掉进馄饨碗里去,他提着左边的带子掉进右边的,提着右边的掉进左边的,结果反复几次,竟自己先大怒起来,把帽子恨恨地掷进碗里头说:"你这么想吃,我就让你吃个够,我宁可不要这个帽子了!"想起钱惟演每每笑话开讲,必说:"那个让帽子吃馄饨的人哪,又如何如何……"前前后后拿这个让帽子吃馄饨的人也不知道说了多少笑话传奇,谁知道今天故事的主角,当真在她的面前出现了。看着瘦瘦高高的张咏,刘娥不知怎么实在是忍不住笑,也不知道钱惟演说的那些笑话,是不是真的都发生在他的身上。

张咏见刘娥忍笑,又看了刘娥一眼,笑指钱惟演道:"钱七郎可是又在说我笑话了?我就知道他们背后都不说我好话。"

刘娥看着张咏,忽然问:"先生可是有一身好武艺?"

张咏夸她:"好眼力见儿!我年轻的时候学做游侠,走了许多地方,遇上许多强人。我也颇杀过几个人来。"

刘娥吓了一跳,不敢再说话。

元侃忙笑道:"乖崖先生杀的可都是恶人,救人济危,最是侠气。今日有幸在这里起诗社,小——小锷,有劳你替我们烹茶了。"

刘娥请众人坐下来,煮水分茶。

却见小几上摆放着十余种器具,诸人都是识家,自然辨得好坏。

侍女捧来早几日取来的零陵水,已经用细石养过一日。刘娥接过,倒入一只白色八角执壶里,取下旁边一只火炉上面用铜盘预炙的北苑新贡太平嘉瑞龙凤团茶,将执壶放上,加了些上好银炭将火添得更旺。杨亿看那炉分为三足,吃了一惊,凑上去仔细一看,果然是陆羽《茶经》上那刻有八卦和"圣唐灭胡明年铸"字样的茶炉,就指给其他两人看。张咏看了一下,又意味深长地笑了一下。

再见刘娥自一只三角方眼的都篮中,取出一只花瓣盘口漆茶托,然后将六只建州黑色兔毫盏一一摆上。再自都篮中取出碾子,将炙过的茶饼放在碾子里,轻轻捣细,再慢慢地碾碎,用极细的筛子筛过后,再用茶勺慢慢地倒入黄瓷茶盂之中。

但见小火炉上的水冒出气泡来,刘娥提起执壶,将水环绕着茶盂边慢慢注入少许,以茶筅慢慢地搅动,渐渐击拂。但见茶色浓郁,中间有一团细细的白沫,如疏星皎月,灿然而生,阵阵香气扑鼻。这便是头汤了。

刘娥将水倒入旁边的长颈壶中,以直线急速地来回快注,但见茶面不动,汤水却是色泽渐开,珠玑磊落。这便是第二汤了。

第三汤再如前直冲一次,以茶筅慢慢拂开,但见汤面上起了蟹眼大小的泡沫,此时茶之色十已得其六七。

第四次注入开水的量少,茶筅的搅拌频率也要低一些,便见华彩焕然,轻云渐生。

如此往返,直到第七汤时,才算告成。

元侃等人静静地坐着,看着刘娥慢慢地炙茶、碾罗、烘盏、候汤、击拂、烹试,斜阳映着她脸上细微的汗珠,不时有几片桃花飘落她的身畔。

刘娥慢慢地以茶勺将茶汤分入六只兔毫盏中,端上小几笑道:"请用!"

杨亿等人接过茶盏,先是深吸一口气,将那茶的芬芳吸入心中,再看手中的茶盏,光彩鲜明纹理畅达的好盏能使茶色焕发,景随境出,恰如茶水之境。再将茶盏轻轻绕了半周,使图案朝外,以示敬意,轻轻饮了一小口茶,噙在口中,顿时觉得一股清气直上泥丸。这一口茶下去,顿时散入四肢,但觉得指尖微微发烫,这才赞了一声:"好茶!茶好、水好、器好、艺好、境好!茶中五境已尽得矣!"

元侃笑道:"我倒不信了,杨承旨是茶道行家,便是宫中的茶,能得你这五境评语也难,她才学了多久的茶艺,岂有你夸的这般!"

张咏笑道:"杨大年在茶道上最严苛了,岂会胡乱赞人的!这茶道琴艺,倒不在乎学习时间长短,而在乎意境。一个心境小的人,断乎制不出大气象的境界来。刘——刘小哥气度高华,于此道不谋而合。"

元侃心中得意,却不在面上表露出来,悄悄和刘娥对视一眼道:"这一句气度高华倒也罢了!"

刘娥轻击掌,就听得室内一阵琴声伴着歌声传来:"巫阳归梦隔千峰,辟恶香消翠被浓。桂魄渐亏愁晓月,蕉心不展怨春风。遥山黯黯眉长敛,一水盈盈语未通。漫托鹍弦传恨意,云鬟日夕似飞蓬。"

张咏鼓掌笑道:"今日杨大年得了头彩了,此诗最得李义山之神,这可不是你最得意的《无题》吗?"

过得半会儿,又传来一曲:"锦箨参差朱槛曲,露濯文犀和粉绿。未容浓翠伴桃红,已许纤枝留凤宿。嫩似春荑明似玉,一寸芳心谁管束。劝君速吃莫踟蹰,看被南风吹作竹。"

杨亿鼓掌笑道:"金碧辉煌,是钱七郎的《玉楼春》。"

再过得片刻,又传来一曲:"春色将阑,莺声渐老,红英落尽青梅小。画堂人静雨蒙蒙,屏山半掩余香袅。密约沉沉,离情杳杳,菱花尘满慵将照。倚楼无语欲销魂,长空黯淡连芳草。"

这时候倒是王钦若大笑了:"《踏莎行》,是寇老西儿的词。"

如此说说笑笑饮茶听曲,杨亿等三人初时还拘谨,此时慢慢放开了,就

说到这几日的朝堂之事。

元侃就道："前日左正言尹黄裳、冯拯和右正言宋沆、王世则、洪湛等五人在宫门前一起上书，请求尽早册立皇太子。朝上臣工，也有人响应。不想官家看了奏疏之后大怒，今日听说已经拟旨，尹黄裳出知邕州，冯拯出知端州，宋沆出知靖州，王世则出知蒙州，洪湛出知容州。我却是不明白，就算是言官上奏，置之不理也就罢了，为何要如此重处？这让言官将来如何直言？"

杨亿摇头笑了起来："王爷确实过于厚道了些，他们上奏，又岂是自己的主张？必是背后有人，所以才惹得官家动怒。"

元侃明白他的话，皱眉道："如今二哥已经是皇储人选了，又能有什么变故？"

这几人都是元侃这一系的，明白这些时日以来，为着元侃先是救济灾民，又以百姓安居为由，奏请皇帝改变扩建皇宫的想法，许王已私心以为，元侃侵入了他作为开封府尹的权力范围，因此对他这一系的臣属多有打压。

当下张咏冷笑："任开封府尹，不过是得了暗许，但圣心未定，他自然难安。若立太子，是要祭天告庙、晓谕中外的，只要被立为太子，这地位就不会轻易移动了。唉，当真是画蛇添足，反成败笔。"

王钦若却摇头道："也未必是败笔。只要他们开了这个头，后面自然还有臣子上奏。东宫缺位，朝堂不稳，言官上奏，天经地义。请求的人多了，自然会形成力量。等到变成了所有人都在议论的话题时，宰相们在大朝会上，也得提这件事吧。只要大家都形成了太子必须要立的心态，官家自然也不能不顾全大家的想法了吧。"

钱惟演点头："正是，官家这么做，正是防微杜渐啊。如今只是言官上奏，若官家置之不理，会有更多大臣出于投机心理，帮助许王游说官家，甚至变成朝堂上的站队，最后变成不得不拿到朝堂上来议的政事。到时候若是官家不立太子，则与更多大臣对立；若是立了，则就成了被迫而立。"

元侃一惊："正是，所以官家大怒，原因在此。倒不如一开始就绝了这些人的心思，才省得日后麻烦。"

张咏忽然笑了笑："王爷何不借此机会，进宫劝说圣人，派人去探望一下南宫。"

元侃："你是说……大哥？"

王钦若想了想："妙极。"他指着张咏道："原也是你这样奇诡之人才想得出来,正是声东击西之举……"

刘娥只坐在一边,静静地听着几人说话,间或煮茶送上。

几人又谈天说地了好一会儿,这才辞去。

等人都走尽了,元侃就问刘娥:"这几人何如?"

刘娥笑道:"君才致殊不如,正当以识度相友耳!"

元侃鼓掌而笑:"果然进益了。我虽不敢比山巨源,你却有韩氏夫人的雅量。"

刘娥说的正是《世说新语》中的一段话,却是山涛与嵇康、阮籍交好,夫人韩氏便暗中偷窥丈夫这两个朋友,及至两人走后,山涛问夫人有何感受,夫人就说,你在才能雅致上虽不如他们,却能有足够的见识气度与他们相交。

这话引得极妙,用得极好,元侃虽为皇子之尊,却自认才能雅致无法与这些才子相比,能与他们相交的,自然也只有自己的见识与气度了。刘娥这话引得恰如其分,这说明她最近读书又进益了许多。

元侃看着她,心中又是喜欢又是自豪,谁能相信这样出口成章、雅量高致的美人,几年前还目不识丁,写封十余字的信倒有一半都是白字。这些年,她简直是由着自己一手雕琢成形,却又蜕变得让自己都时时刻刻充满了惊喜。今日这一句引用,便是那些京中名门淑女,也未必有这份底蕴。

刘娥问他:"三郎今日葫芦里卖的什么药呀?"

元侃笑道:"你猜猜看?"

刘娥似笑非笑地瞟了他一眼,慢慢地道:"许王近来一直生事,难为三郎忍得下。这几日见你看《史记》呢,汉高祖刘邦有意改立赵王如意为太子,将重臣周昌派为赵相。吕后得张良指点,请了商山四皓来,高祖见着了商山四皓,便知天下士子之望,已在太子,无可更改。许王自任开封府尹以来,兼着宰相之职,将事务之权,抓得极紧,又对三郎有所忌嫉。三郎遇上有事务之权的地方,便处处辞了,以避许王锋芒。但是毕竟留得一条退路,这条退路,便是天下士庶之望,对吗?"

元侃点了一下刘娥的额头,笑道:"你这小脑袋瓜也反应太快了吧!我和惟演几个想了好些时日才想出的路,你倒是听到边就猜到了。"他慢慢地道:"不错,这三个人,是天下才子之首,他们就是我将来的商山四皓。"

窗前,片片桃花飞落,正是春深之时。

第三十一章
大相国寺

　　第二日，宫中就有旨意下来，让元侃去南宫探望楚王。元侃大喜，心中颇有期盼，若是楚王复出，许王这个开封府尹，只怕未必能坐得稳。他虽有相争之心，却也知道胜算不大。在内心实是盼着一切能够恢复如初，他还是继续成为那个大哥庇护下的弟弟吧。

　　元侃走到南宫，就见大门上一条铁链，上面用一把铁锁锁住。元侃想着大哥就住在里面，心中酸楚。他走到宫前，叩了叩门，就见门上一个小窗打开，一个小内侍探头出来，看了一下。

　　元侃就道："烦请通报，襄王元侃，求见楚王。"

　　那小内侍一骨碌溜走了，元侃只得在外头等着。

　　过了一会儿，小内侍的脸又出现在窗口，道："楚王殿下说，他是有罪之人，不便擅见。他说他的心意在进入南宫那一天就已经不会改变了，还请襄王转告官家，说臣不孝，有负圣恩，无以还报。"

　　元侃一惊，失声道："大皇兄连我也不见吗？你说过是我了吗？"

　　那小内侍道："小的说过了，这是楚王殿下原话，襄王殿下见谅。"说着就把那小窗关上了。

　　元侃站在外面，心中既失望又伤心，还带着几分委屈，只想冲上前去，擂着那门问里面的人，是不是把自己忘记了，是不是连自己也不认了。然而他终究不是从前的三皇子了，他此刻做不出这样任性的事，只能长叹一声，伫立半晌，这才怅然而去。

　　他却不知，门内彼端，楚王元佐又何尝不是有着激烈的内心挣扎。

　　楚王妃问楚王："三郎来了，你为何不见？"

　　楚王摇了摇头："三郎不得圣旨，又岂能擅自来见我？这次必然是爹爹让他来探望我的。我既然已经退出皇位之争,又岂能再涉这个泥潭!"

楚王妃落下泪来:"这皇位有什么不好?你为何一定要与爹爹争这个意气?你,你纵不为自己着想,可我的升儿呢,他还这么小,独自在外头,我这当娘的每天都梦到他。这么小的孩子,又是何辜?"

楚王叹了一口气,心中酸楚:"谁叫他生在这帝王家呢。我不出去,才是对他最好的。"

楚王终究是皇帝最精心栽培的皇子,虽然当日一怒之下火焚东宫,及至进了南宫,慢慢回想前后原委,其中有些事情,看得越发明白了。

皇帝一开始虽未弃他,但在他火焚东宫,弄得天下皆知之后,皇帝想要保全他,也只能以他"疯了"为由将他关起来。他与皇帝的一番冲突对话,也的确彻底伤了父亲的心,就算彼此已知道对方的心意,可终究理念不同,不能一致。或许二郎就是看到了这一点,才提前把这一点揭露,让他们无可拖延,无可逃避。他这样的心性,终究是不宜在帝王家生存下去的。

楚王想通这一节的时候,曾经震惊和愤怒过,曾经想过传递消息到外面,告诉皇帝真相,揭露二郎的真面目。他愤怒得不能自抑,愤怒到无法入睡,愤慨到只能以抄经书压抑自己。可过了几日以后,他却渐渐平静下来了。他不知道是因为经书,还是因为自己想明白了。

他纵然看清了,也揭露了,又能怎么样呢?只不过是皇室中的另一场兄弟相残罢了。就算二郎身败名裂,对于他来说,何尝不是又一次新的伤害。然后接下来呢,他仍无法成为他想坚持的自己,或者成为另一个官家,或者另一个二郎,永远无休无止地面临着骨肉间的算计和相残。

倒不如就此撒手吧。自己无法成为另一个官家或者二郎也可以吧。就算自己反感官家对于权力的执着,对于骨肉间的算计,可是平心而论,官家亦是一个好皇帝。二郎心性更似官家,就算他用了这样不光明的手段上位,但他若当了皇帝,也未必就是不好。

官家这时候忽然叫三郎来找自己,或许是对二郎的心性行为有些看出来了吧,也不知道他看出来多少。他令三郎来找自己,或许是希望再更易一次人选?可是这样换来换去,无非是朝堂上官员的又一次清洗,又一次站队罢了。

楚王无法勉强自己,也无法改变世界的进程,那就当一个缩在南宫的废人罢。三郎单纯,何必又将他牵扯进来呢?

楚王抬起笔，一字字抄下《黄庭经》文，从此以后，他的世界，再无其他。

皇帝这日晚上，就知道了襄王去探望南宫，没有被允许入内。他长叹一声，挥手令内侍退下，独自闭上眼睛。

或许是他的错，他的所作所为让大郎寒心，又让二郎看到了坏的榜样。或者大郎这么做是对的，他虽然关在南宫，却似乎看到了一切。皇家不能再经一次这样的事了，自己，也不能了。

许王元僖自然也知道襄王探望南宫的事，他心跳骤然加快，站了起来："难道官家又想起大哥来了？"不，他绝对不能让这种情况发生。

阎象忙劝慰道："楚王不是拒绝了吗。事情已经过了，王爷何必忧心。"

元僖却神经质地摆了摆手："不，只要官家还想着大哥，这次不成，还有下次啊。大哥他，他与官家的父子情分尚在，若有一日他回心转意呢？"

阎象却道："王爷，依臣之见，与其提防楚王，倒不如提防襄王。"

元僖一惊："三郎？他？"

阎象道："王爷莫以为襄王还小，须知如今越王、吴王都已经出阁，他不算小了。您再细想想，这次好端端的，又是谁忽然令官家想起楚王来？"

元僖顿时明白，不由得有些咬牙切齿："是他，一定是他，再不会有别人了。好啊，平时看着一副温良恭俭让的模样，没想到背地里有这样的心机！是了，前些时候他就各种讨好官家，抽冷丁子给我下蛆，插手我的政务。此番他煽动官家重新想起大哥，就是想除去我。如大哥没有争位之心，那到时候皇位自然落到他的手中。"想到之前元侃搞京中救灾，给自己的难堪，元僖更觉恼怒，如今元侃又与自己作对，简直成了自己的心腹大患。元僖又想到自己对付楚王的种种，若是叫元侃得知，必会以自己为敌，将来岂不是更加麻烦！

阎象也想到此节，忙道："王爷要及早想办法应付才是。"

元僖想了一想，忽然道："你可记得，他前头的王妃，是怎么死的？"

阎象想了想，道："可是潘美的女儿？听说是病死的。"

元僖冷笑："哪里是病死的，不过是三郎宠妾灭妻，她娘家失势后，被活活气死的。"

阎象一怔："王爷的意思是……向官家揭露此事？"

元僖冷笑："人都死了，潘家也是势败了，纵是揭露了，难道官家还能把这种事重新翻起来处置自己的儿子？只不过，他既有这样的心，想来纵是娶了新王妃，也保不住再没这种事。若是在此事上做些文章……哼哼，教他在官家跟前道貌岸然，让官家知道他实则品行不端、治家不宁，又岂能与我相争？"

阎象忙道："王爷说得是，臣立刻就去查这件事。"

此时元侃还不知道许王元僖正在对他下手，自是全然没有防备，这日还与刘娥一起去逛大相国寺。

却说这大相国寺虽是寺院，但每月都会开放五次万姓交易，交易之日，人头攒动，热闹非凡。大相国寺僧房散处、中庭两庑可容万人，凡商旅交易，皆在其中。天下各州府商人携货物交易，也都在大相国寺。

偏元侃、刘娥两人，此番却是头一次进大相国寺来玩。刘娥是从前没有钱，根本不敢往花钱的地方去，元侃却是因为养尊处优，虽然听说过这样的地方，但侍从们怕出事，都不敢引着他去。

如今元侃开始自己办理事务，有了自己做主的权力，再见刘娥自那次小产以后心情一直不好，因此逢了空闲时间，就想办法带她出门玩乐。

这日就令刘娥改换男装，混在张旻等人当中，当成他的随从，一起去了大相国寺。远远就见大相国寺已是人声鼎沸。寺有三重门楣，在最外头就听得犬吠鸟叫，近了看去，却是上面悬着鸟笼，举凡画眉、鹦鹉、百灵、斑鸠等小禽鸟，若买了去，连着栖架、食盒、水杯、逗棒皆有，除用各式木头做的器物，甚至还有金的、银的、玉的、镶宝石的，不一而足，那却是给富贵人家用的。下头却是一些较大的禽鸟，如孔雀、仙鹤等。再往里些，却是有卖猫、狗、兔的，也有卖鹿、羊等的。

元侃见刘娥驻足，在一个兔笼前站了一会儿，就问她："要不要再给你买一只小兔子？"

刘娥却摇了摇头，道："我却不想再养了。"当日元侃在揽月阁时，曾给刘娥买过一只兔子，后来她遭逢大变，众人皆顾不得了。及至后来安定下来再去找，那兔子早没了。

元侃顿时想到此事，不敢再提，忙拉着刘娥进去，道："里头有更好的。"

再进了第二道门，里头却是各式铺子，有搭彩幕的，有摆地摊的，也有搭着露屋的，卖的却是各种器物，也有卖刀剑的，也有卖鞍辔的，也有卖簟席屏帏的,也有卖鲜果腊脯的。

再进了第三道门,则是近佛殿的地方,两廊之下,摆得规整雅致,有一些尼姑道姑卖绣品、饰物、花朵、珠翠、头面、生色销金花样,也有卖幞头、帽子、特髻、冠子、绦线等的,再近一些,则是一些僧道在卖佛珠、道冠,还有各种寺庙里自制的茶、果脯、笔、墨等物。及至殿后资圣门前,则是一些有来历的东西,如各种书籍、文玩、图画等,还有诸路官员回京时捎带回的各地土物、香药之类。

京中人每逢交易之日,能在这里消磨一整天。若到了中午肚子饿了,寺中还有用膳的地方,诸般饮食茶果、器皿物件,哪怕三五百人用餐,也是立时能办的。且不只素斋,连荤菜也是做得极好的。在这万姓交易之地,南来北往的人,带有各地的拿手菜肴,互相交流之下,灶下的菜肴与樊楼比都不差什么了。

刘娥与元侃正逛着来到殿后,忽然听得廊下传来一个声音:"您用了我王一帖的膏药,不管什么陈年旧伤,断肢续骨,一帖见效,无效退款。"

刘娥觉得这声音似乎在哪里听过,是极熟悉的,不由得举目看去。

却说这殿后,中间摆的是文玩之器,文人雅士正在这里挑拣着。两廊下角落边却是一些僧道在那里摆卦占卜。大相国寺虽然是佛寺,却并不排外,莫说信佛祖的其他寺庙僧人都在这里摆摊贩物,就连外邦那些天竺的、倭国的、高丽的、突厥的僧人都有。便是那些不信佛祖,信了别的神灵的其他教派,同样在这里长驻,供奉太上老君、玄武真君的道人,信奉景教的色目人,还有披白袍的遵大食教度的人也是极多的。江湖算卦的,卖各种神药的亦有。

刘娥看去时,就见着角落里有个中年道人,蓄着一大把胡子,着一身锦袍,面前摆着道冠符箓等,正口若悬河地游说着几个人为道观捐香火。这人她分明没见过,却有一种眼熟之感。

那道人也似有感应,回头看过来,此时元侃正低头在那些文玩书籍中淘着书,独有刘娥立着,十分明显。她这时候虽穿着普通人的家常衣裳,材质却不是凡品。

那人只看了一眼,就低下了头,连声音也轻了下去,含混地与人说着。

刘娥不由得拉了拉元侃,道:"你看那边的人,我好生眼熟——"

元侃抬头,左右张望,问:"哪里?"

刘娥忙看去,却不晓得她只低头叫元侃的这一会儿工夫,那道人就已经不见了。

元侃也不知刘娥叫他看什么,忙将周边诸人都看了一圈,哪晓得那边有个人见他看来,忽然就闪身躲到人堆里去了。

元侃一惊,忙拉了刘娥道:"时候不早了,我忽然想起一件事来,咱们先回去吧。"

刘娥并不知道,只与他回去了。

刘娥却不知元侃看到的,正是元僖派着盯梢他的人。那人见元侃与刘娥在一起,就忙把消息递了出去,又有另一人跟着两人的马车,直至见元侃将刘娥送到张旻家后院,又回了王府,这才回报元僖。

元僖听了,并不言语,只嗯了一声。

阎象笑道:"人都道那位新王妃是个贤惠的,不想也是不容人的,竟逼得堂堂襄王在外头觅食。"

元僖冷笑一声:"三郎自幼就畏事,不想他大了,还是这样畏首畏尾,我还道他这些年一直同我生事,是他胆子大了呢。"

阎象看元僖脸色,试探着道:"咱们可是要把这件事捅上去?"

元僖摇头道:"却又何必?只不过是个外室罢了,纵揭露了,又能怎么样?也就是个风流小罪罢了。"帝王之家,一些风流小罪,又算得了什么。太祖爷,当今皇帝,年轻时都是风流过的。遇上这种事,要不一笑而过,要不也就是小小训斥几句罢了,白浪费了这个把柄。要做,自然要做到让元侃翻身不得。

见阎象不解,元僖笑了笑,道:"我记得这新王妃,也是出自将门吧?"

阎象忙道:"正是,这位新的襄王妃,是使相郭守文之女,的确出自将门之家。"

元僖就道:"这样的门第,必是家将门人众多,你去寻一个她府上的人,然后……"他轻描淡写地做了个手势。

阎象吃了一惊,瞬间就想明白了,恭敬道:"王爷妙计。"

襄王是个长情之人,原就为着潘氏王妃逼走原来的宠婢,与潘氏反目成仇,致使潘氏早亡。若是郭妃再杀了这个外室,那就有可能让襄王与王妃再次反目成仇,岂不妙哉!

元僖看着手中的杯子,幽幽道:"如果说第一个王妃的死,是情有可原,但一个为了侍婢外室,一再逼死官家御赐王妃的人,如此色迷心窍、不忠不孝不仁不义之辈……又怎么有资格再争皇位！"

书房内，元僖纵声大笑起来。

这一夜，注定是不平静的。

刘娥自小产生病以来，都睡得较早，这一日却是因去了大相国寺，有些兴奋，睡得迟了些。她心里一直疑惑着，那个眼熟的人是谁呢？她自进了汴京城，不过是在得胜桥后街、桑家瓦肆以及昔日的韩王府待过，虽然见过的人多，但能够令她一下子觉得熟悉异常到心生警惕的，却又能有几个？

当下刘娥躺在床上的时候，默默地将自己略熟的人一一数过：在孙大娘果子铺左右开铺子的汤饼店耿大叔、木匠铺张木匠、铜器店卜聋子；再就是刘美扛包码头的老孙头、雷管事、送水的马二；还有桑家瓦肆里的王兴等几名管事……

及至数到桑家瓦肆时，刘娥脑海里灵光忽现，骤然坐了起来，是了，那个人正是桑家瓦肆的桑老板。怪不得他见了自己会远远躲开，也不知道他是惹到了什么了不得的人，竟是要关了营生、失了家业，还要如此乔装躲藏了事。

想到这里，就想明日可叫刘美去寻他一下，虽然当日宾主之时彼此银钱上有些计较，但毕竟蒙他给过口饭吃，好歹有点故人香火之情，他如今这般模样，若能够周济一二，也算是还了当日情分。

刘娥这一坐起来，忽然发觉不对，院子里仿佛有轻轻的脚步声传来。若换了平日，她主仆早已经睡下，自然不会察觉，可她今日因有了心事，忽然坐起，这才听到声音。

刘娥忙趿着鞋下床，去旁边的小床上推值夜的婢女如兰。谁知就在这时候窗子忽然间被人撞开，一人从窗外跃入，直接一刀就奔着正中的大床砍去，不想却砍了个空。

刘娥还未回过神来，就见方才还在睡着的如兰一个挺身跃起，将刘娥抱起一滚，就将她推到小床后面遮挡住，口中已经大叫起来："来人哪，有贼啊……"

刺客见砍了个空，又听到如兰在叫，立刻挥刀向如兰砍去，这时却有一物飞来，他不假思索往前一砍，却是如兰将小床边的几案扔了过去，阻挡一下那人。

刺客两次落空，更加急躁起来，提刀奔着如兰而去，只听得身前一声娇叱："看镖！"耳中方听得破空之声，已经来不及躲了，肩头一痛，似乎中了什么暗器。刺客当下心中一凛，暗道：不是说这里只有一个妇人带着两名婢女，何来这等武艺高强的好手？

刘娥也是经过山贼水匪的人，见情势危急，当下缩到小床后，一手按着小床以作抵挡，另一手已经握住落地的戳灯准备当成武器。就见如兰站在小床前，两手如变戏法似的，一支支飞镖接连不断，直朝那刺客飞去。她既已将刘娥安置好，出手更加不必顾忌，双手连发，刺客只能手忙脚乱地抵挡，一不小心又中一镖，哪里还能抽身去对刘娥两人动手。情知今日事情不成，刺客拉起小几做抵挡，一刀砍开门，冲了出去。原是刺客身上受伤，已不如刚才一般灵便，想要再跳窗也不可能了，于是干脆砍了门闩，夺门而出。

如兰却也不敢追，她是元侃特地找来暗中保护刘娥的，只管顾着刘娥的安全。况且刘娥住的地方本就在张旻后院，张旻府中也是有元侃另派的护卫的。果然听得外头有声音传来，那人冲出去，就在外头被护卫堵上了。

这时候隔壁耳房的如芝听到声音也冲了进来，却是双足发软，扶着门边颤巍巍地问："娘子，你没事吧？"

倒是刘娥更镇定些，自己先回答："我没事，你进来吧。"

如兰转身点亮了灯，先确认了刘娥没事，这才问了经过，不由得吓出一身白毛汗来，心中直呼皇天保佑。元侃派了她来，原是为防万一，只是来了这么久，都是无事，不免精神上有些松懈。以她的身手，刺客破窗而入，她必然会有所反应进而护主，只是方才若不是刘娥下床拉她，早了刺客一步，恰好躲过，就算她再警醒，这反应迟了一步，也有可能护不住，会让刘娥受伤。刘娥若出了事，自己这一院子的人就都有罪责。想到这里，如兰不由得后怕起来，当下暗自警惕，再不能如此放松。

于是扶起刘娥，又与如芝一起，将房间收拾好。果然不一会儿，就听到院外有人在叫，她走出去，就见张府护卫对她说，刺客已经抓到，护卫们在墙外巡逻，叫她同刘娘子说，安心休息。

如兰就问那刺客怎么样了，护卫却说，刺客见逃不掉，居然服毒死了。

等到天亮，元侃闻讯急急赶了过来，与钱惟演等商议刺客之事。

刘娥问元侃："可知道是什么来历？"

元侃没有说话，只满脸愤怒。

钱惟演拿了一个腰牌放到桌面上,道:"只在刺客身上发现了这个。"

刘娥拿起腰牌,看到腰牌上的一个"郭"字,吃了一惊,看向元侃:"这是……王妃?"

元侃愤怒地一拍桌子:"正是,她进府以来,一直装得贤惠,不想竟是个毒妇。"

刘娥看着桌上的腰牌,心中一刹那涌起厌恶反感和积怨愤怒,只搅得心口都酸楚起来,恨恨地拍了下腰牌:"为什么都是这般狠毒!"

不想钱惟演却道:"郭妃怎么知道这里的?而且直接就进了这里?王爷平时来,是以与我们诗会的名义来的,就算她派人跟踪王爷,她又是怎么知道王爷是来找刘娘子呢?是王爷平时露出了什么蛛丝马迹吗?"

元侃急了:"没有,我平素极少去她那儿,就算在府里,也是歇在前院书房中的。"

钱惟演一怔,看向元侃:"王爷的意思是……您与新王妃……"

"惟演!"元侃厉声打断钱惟演,声音里有些恼羞成怒,"你问太多了!"

刘娥、钱惟演两人却已经有些听出来了,刘娥心中一暖,心口堵的这口气顿时松了下来。

钱惟演忙行礼:"是臣失礼了,请王爷恕罪。只是……"他顿了顿,"此事还得从长计议。"

元侃恼怒地道:"还计议什么,我,我竟是险些为她所蒙蔽,岂能轻饶了她!"

刘娥这口气松了下来,心里头的灵醒就上来了,反而摇了摇头,道:"此事蹊跷。"她拿起腰牌,对元侃道:"天底下哪有人想暗杀,还带着自己的腰牌的,这不是明明白白地告诉别人,凶手是她吗?"

元侃怒道:"如果这次不是你命大,那刺客杀了你之后就远走了,我们哪里知道凶手背后是谁。这腰牌本就是贴身证明之物,带着自然也是不稀奇的。"

刘娥看向钱惟演:"钱郎君可看出什么来?"

钱惟演就道:"那人如果有心暗杀,既然连衣服都换了,脸都蒙了,那就是为了掩盖自己的身份。既然要掩盖自己的身份,那就根本不应该特地带上证明自己身份的腰牌。"他接着沉吟道:"除非他不是为了掩盖身份,而是想显示身份。"

元侃恨恨地："她们这种人，自恃身份，视人命如草芥，根本就是想杀人立威，有什么可掩饰的。"

刘娥却道："我记得王爷说过，新王妃跟之前的王妃不一样，过府之后一直非常温柔贤惠……"

元侃恼道："这是知人知面不知心，果然没一个好的！"

刘娥反而更觉可疑："事有反常必为妖。王爷，如果王妃是个自恃身份嚣张的人，就根本没必要在王爷面前装贤惠。如果王妃是个装贤惠的人，那就如钱公子说的，刺客出门就没必要带上证明身份的腰牌。"

钱惟演亦道："刺客被擒之后，忽然毒发身亡。可当时正在搏杀之中，也不曾看到他服毒。他若有自杀的心，那又岂会不把这重要的物证处理干净。且这朴刀上有北面行营的印记，郭守文曾经管辖过的。倒是这些线索留得越多，反而越加可疑。"

刘娥看向元侃："王爷，不管你是否疑王妃，总要先查过才知道。否则的话，就怕中了别人的圈套。"

元侃沉默良久，握住刘娥的手："小娥……你的心肠也未免太软了。"他知道潘妃曾经使刘娥如何绝望和痛苦，却没有想到今日连自己都疑郭妃，小娥却还会为她说话。

刘娥并不认为自己是心软："我只是就事论事。三郎，我再不喜欢她，也不愿意让人受冤枉，更不想因为我的情感，蒙蔽了你的判断。"

她或许嫉妒过，但她那时候的绝望和愤恨，与其说是对于某个女人，不如说是对于这个时势。她与三郎真心相爱，不管是潘氏还是郭氏，没有女人能够夺走她的三郎。但是夺走他的，是这个时势，是这个天。既然如此，那就让三郎成为这个天。

她相信三郎会做得比任何人都好，他温柔仁爱，在那个寒冬里救了无数的人。汴京城的人看不到城外的无助，皇宫高门的人看不到卑下人的痛苦，以前她以为，是他们这些人的命不好，可读了书以后，她知道了君子爱人，知道了曾经有无数的仁人志士去努力改变这个天下，为让天下人过得更好而努力过。

刘娥读书少，读书的日子短，可没关系，她学得快。三郎信她重她爱她，她就不能因着自己的私心，让他做出错误的判断而误了大事。

元侃沉吟，问刘娥与钱惟演："依你们之见，后头我们应该如何处理此事？"

钱惟演却忽然道："臣建议，不如将这杀手的尸体连这腰牌扔到开封府前，让官府去查这个人到底是什么来历，他的背后到底是谁。"

"开封府？"元侃一怔，忽然有所警觉，"你怀疑是……二哥？"一想到这里，元侃顿时越想越疑。当日楚王元佐一怒之下失去理智火焚东宫，就此失了君父之心，被囚南宫，彻底与储位无缘。元僖借此上位，入主开封府。

元侃初时没有觉察，及至这两年经的事情多了，看到了二哥更多的手段，再细品那日的事，这才有些明白过来。自那以后，他就多了几分戒备之心，也就起了相争之意。如今听钱惟演这么一说，不由得心惊，口中却喃喃地道："二哥他为什么要做这样的事？我又不曾得罪他什么。"

钱惟演叹息一声："之前王爷上表与开封府判官共同救济难民，就已经得罪许王了。他身为开封府尹，上不体国、中不受谏、下不恤民，平时伪装出来的假面具都没了。王爷，今日之事，只怕就是许王的报复。所以王爷此时再不能懵懂无知了，须知道您的敌人是什么样的人，自己要做出什么样的防范了。属下斗胆将这些仅仅是揣测的事告诉您，就是怕您会在不知情中，受了暗算。"

元侃心乱如麻，摆摆手，道："我不会的……惟演，为何你要这么建议？"

钱惟演反问："汴京城出了人命案，交给开封府，不是正好吗？正是要他不知道底细，乱了心神，才能言行出错——"

元侃苦笑一声："好，就依你之计行事。"

次日清晨，开封府府门打开，一个衙役走出来就看到一具尸体，惊呼一声便向里跑。

开封府府尹赵元僖因此叫来阎象，将腰牌扔到他面前："这是怎么回事？倒教人把尸体与这腰牌送回到我门前了，你是怎么办差的？"

阎象已经去查过了，那地方如今换了个人，看似还是一妇人带着两名婢女，但早不是原来的人了，却报案说，昨日有歹人闯入，惊了内眷又逃走了，在墙外与护院遇上，自杀身亡，因此来开封府报案。他将此事说了，又道："没看到人，但现场有血迹，不知道那个女人到底死了没有。"

赵元僖疑的是另一件事："若是那个女人没死，我那好弟弟把人藏起来了,又把尸体扔回来,这是……他在怀疑我?"说到这里,他更是心惊。原是计划让那人逃走以后,死在半途,到时候将此事引出,一则叫襄王难看,二则也教他夫妻彻底反目。谁晓得那人虽然死了,却叫人把尸体扔回开封府门前来了,显见手段被人识破了。可是怎么一夜之间,就会想到他身上来了呢?

当下元僖就问阎象:"你可是泄露了什么?"

阎象哪里敢应,当下忙道:"属下是找了些城狐社鼠,设了赌局,只说是某家大妇要对付外室,不管怎么查,也是查不到咱们身上来的。再说,也就一夜时间,哪里有可能!"

元僖脸色阴沉下来,这么说,这是对方第一反应,遇上事情就先怀疑上自己了。想到这里,又想起自己的许多隐私之事,不由得心虚起来。元僖和阎象两人互相交换了个眼色,都看到了对方眼中的惊疑。这里头到底有多少事,教对方知道了呢?

阎象心中暗叹,好手段,这是反将了自己人一军:"我们若不处置,显然是心虚;我们若是追查死者,岂不是替他们查明了事情原委?"

元僖就问:"那如今该怎么办?"

阎象就道:"臣以为,不如静观其变,同时找出那个女人的下落,就可以反被动为主动。"

元僖却冷笑道:"不,这样就太被动了。我们的原意,不过就是想挑拨我那三弟与他新王妃不和,然后让官家觉得他治家无能,焉能理政。不如以这尸体之事问罪郭府,到时候看他怎么跟他的新王妃解释。"

第三十二章
许王之死

这日元侃回府，就见王妃郭氏惶急地来找他，元侃见她急得眼眶都红了，这是从未有过的事，当下就随她回了房间，问道："怎么了？"

郭氏回禀道："我今天接到母亲传信，说是开封府找上了我娘家。起因是我家一个家将在外与人结仇，昨日尸体被扔在开封府外，身上还有我家的腰牌，开封府要问明事由。可怜我兄长和弟弟俱外出镇守边关，如今府中只有妇孺之辈，如何应付官府才好？情急之下，只能来找我。我一介妇人，又能有什么办法，思来想去，只能求王爷相助，派人与开封府接洽此事。"说到这里，郭氏眼泪不由得流了下来。

元侃心中早已经有数，故作不知，沉吟道："你娘亲的家将又能与什么人结仇？你且想想，或……不是结仇，而是奉人之命行事呢？"说到这里，他有意观察起郭氏神情来，她若是心里有鬼，多少会露出端倪。

却见郭氏一脸茫然："奉人之命？奉谁之命？"

元侃就道："你兄长和弟弟俱为将领，想要调动兵马行事，并不困难。"

郭氏看了元侃一眼，摇头苦笑："王爷说哪里话来，我兄长和弟弟虽然为将，但兵马都是朝廷的，一兵一卒也不可私自调用。娘家虽有几名家将，也都是有造册的，或是随我兄长公干，或是留在府中保护妇孺罢了。"她顿了一顿，又道："况那人早不是我府上之人了。"

元侃听着前面的话，就已经有些明白，想果然是自己先入为主，错怪于她了，听到后面，便有些吃惊，忙问她："不是你娘家府上家将，如何会找上你娘家？"

郭氏就叹息："我娘家府上也就几名家将，一听名字就知道了。这人去年就已经被我府中逐出。"去年郭氏还没过门，这事自然是知道的。

元侃盯着郭氏的神情,见她不似作伪,当下就问:"却是为了何事?"

郭氏就道:"那人素有赌博恶习,因着偷窃之事屡教不改,因此只得将他逐出。却不知道怎么回事,他手中居然留有腰牌未曾交回,听说如今已经沦落成市井无赖,不知为何被人杀死,却连累我娘家。"见元侃神情阴晴不定,郭氏心中委屈,因有求于他,只得又道:"王爷不信,可以去查。如若有假,只管问罪臣妾。"

元侃心中已经肯定了七八分,当下就道:"好,我自会调查,此事必不会让岳母受惊。"

郭氏强压下心头难受,只点头应是,见元侃走了,这才扭头拭泪。

元侃就派人去细查,果然死掉的那个刺客虽是郭府家将,却有赌博偷窃恶习,早于去年就已被郭府逐出。只是那人依旧仗着郭府名义在外招摇,又与一些城狐社鼠过往甚密,又甚好酒吹牛作妄语。想来就算是郭氏当真要派人暗杀刘娥,也当用更得力的心腹之人。倒的确可能是被人得知这是郭府家将,因此收买去做行刺离间之事,且事先已给他下毒,以让其行刺杀人之后死在半途,正好作为离间死证。又查得开封府虽然立案,但除了派了几人去郭府询问几句,夸张其词外,并没有真正派得力的人去查案。

王继忠回府报告:"至此可以肯定,是那一位……"他自是暗指许王:"派杀手去杀刘娘子,意图嫁祸王妃,使王爷与王妃失和,以败坏王爷名声,叫官家厌了您。"

元侃苦笑摇头:"我这个二哥啊,真是穷极思虑了。"他想了想,就道:"我去看看王妃。"

这件事,原是他冤枉了郭氏,一想至此,不免心中愧疚。元侃当下就往后院走去,见郭氏正在房中做针线,只是神情怔怔的,显然心不在焉。见元侃来了,她忙放下针线相迎。

元侃就问她:"可是担忧娘家的事?"

郭氏忙道:"正要谢谢王爷,我娘派人来说,这事幸得王爷吩咐,已无事了。只是今日四弟妹来,说了二嫂的事,我一时想着倒走神了。"

元侃一怔:"二嫂?怎么了?"许王妃为人懦弱,百事皆都能忍,若是连她的事都能够在妯娌间吵开,可是出大事了。郭氏为人,与潘氏不同,潘氏骄傲,只肯听人奉承,与妯娌之间往来关系并不甚好,郭氏却与妯娌们往来极多,便是人不到,隔三岔五地也都会互送些府里的花儿果儿、糕点绣样,因此

妯娌间有什么风吹草动，她就先知道了。

只是素日元侃对此事都不关心，一般听到她讲到这里，都是把话岔开，不想却今日主动问起来。

郭氏一怔，想了想才道："照理，我们是不应该背后说兄嫂们闲话的，只是四弟妹跟我说，前儿她去看望二嫂，二嫂哭得跟泪人一样……"

元侃一听是许王府的事，就立刻问："难道二嫂与二哥吵架了吗？二嫂是脾气极好的人，却是为了什么事忍不住了？"

郭氏欲言又止，半晌才道："我听她说，二嫂身边的一个侍女突然无故不见了，二嫂很惶恐，还咬定说是被张良娣害的。"郭氏把后一句话咽了下来，四弟妹还说，二嫂如今怕得日夜睡不着，就怕有一天自己也会这样莫名被张良娣害了。这话说起来诛心，况且二哥还是开封府尹，她哪里敢说出口。

元侃叹气："爹爹当日择配的时候，的确是挑了门第的。可惜与二哥刚定了亲，二嫂父亲就亡故了。"许王妃为什么明明门第相当，却对张良娣没有办法，许王偏袒是一方面，许王妃家世败落又是另一方面。定亲时还显赫，到成亲时却因为家道败落，险些连嫁妆都出不起，因此在许王府一直抬不起头来。

郭氏就叹息："可怜二嫂父母俱亡，对四弟妹说出这样的话，想是无说话的人了……"说着，看了元侃一眼。

元侃心中一动，想起郭氏也是将门之后，却也是嫁进来前父亲就已早亡，家中兄弟五人在各地为将，但都未入中枢，与许王妃多少有点兔死狐悲、物伤其类之感。一到想这里，元侃又想到自她入府以来，自己多番冷落，难为她不闹不嗔，贤德如常，不由得心生愧疚之意。

见郭氏看过来，眼中又是希望，又有些求恳，元侃看着她的眼神，忽然只觉得待不下去了，有些狼狈地站起来："我，我忽然想到外头书房还有事，我先走了。"说完，就逃也似的出去了。

元侃想到方才郭氏说的事，就叫人去请钱惟演，见他来了，就将许王妃婢女失踪或与张良娣有关的事说了，叫他去查一下，或有内情可用。

钱惟演应了，却见元侃一直有些走神，就问道："可是有什么事？"

元侃没有说话，却是来回走了几步，方叹道："王妃她……我觉得有些对不起她。"

钱惟演已经明白，就劝道："您是王爷，您待她……她的心自然是真真的。但王妃也是您明媒正娶的,就算您多喜欢几个女人,也不会对不起任何人。"

元侃摇了摇头:"惟演,我不知道应该怎么说才好。"刘娥曾经对他说"最苦莫过妇人身,百年苦乐由他人",他不想伤害郭氏,更不想伤害任何人。可是,当日潘妃过府的时候,他对她何曾不抱有期望。虽然她不是他自己选择的,但毕竟也是明媒正娶的妻子,所以他处处让着她,也希望她能够安心,可是不想……最后却演变成那样。

他处处想两全,最终却是两不全。小娥如今东躲西藏,潘氏更是早早夭亡。在潘氏最后的那几个月,他心里还怀着怨恨,没有去看她。可也就这么一犹豫间,她竟然这么去了!

想到这里,元侃不禁叹息:"潘氏……是我对不住她!老实说,这番我原是心冷了,与其一开始抱有期待而最终迁怒郭氏,倒不如一开始就不抱有期望,也免了失望。可如今却觉得,我这样做,对郭氏却是另一种伤害。郭氏她什么错也没有,却受我的冷遇,甚至我还怀疑过她……看到她今天这样,我觉得……我何其残忍!"

钱惟演却道:"王爷既然已经意识到了,为什么不去改变呢?"他上前一步,提醒道:"臣以为,许王的事恰好也是提醒了王爷,王爷若是胸怀大志,就不能够在小节上让人有隙可乘,更不能让人知道那一位是您的死穴。王爷与潘王妃不和也就罢了,如今若再与郭王妃不和,岂不是让人觉得王爷薄情。更有甚者,若是官家过问此事,只怕那一位会有危险。"

见元侃犹豫,钱惟演进一步道:"王爷若有争位之意,有个子嗣,才有分量啊。"

元侃顿时跳了起来:"我岂能为此——"说到这里,他却犹豫地摆了摆手:"罢了,你让我再想想,再想想!"

清晨,朱雀门外,群臣正相候上朝。

许王元僖走下轿子,抬头看着那一片大空,远方朝霞初上,光芒万丈,映得他苍白的脸忽然染上了一阵亮色。

元僖整了整朝服,准备上朝。他走在长长的龙尾道上,心中暗暗思量。这大半年来,或是疲累过度,他经常有些心悸晕眩。可是朝廷、京城之中,政事繁多,他又不太放心交到别人手中。

朝中之事，让他烦心的实在不少。宰相赵普自回京以后，只是挂个虚名，他年事已高又多病，除却几桩关键的国政之外，已基本无力过问其他的事了。但是此人已年老成精了，不开口则已，一开口则天下倾听。像上次他建言李继捧去夏州对付李继迁一事，短短几年时间，李继迁已经自行上表请降，受朝廷赐名赵保吉。西边银、夏诸州，暂得安宁，赵普也因此被封为太师，将宰相一职空缺了出来。

元僖原是推了自己府中咨议、工部郎中赵令图，谁知道皇帝却任命了户部尚书吕蒙正为相。这吕蒙正，原是那一次与襄王不约而同奏请赈济京城灾民，因而得到皇帝另眼相看。这一来元僖又想起了襄王元侃。这两年来，襄王元侃频频上表，请求完赈灾请开仓，上奏完免粮又奏安抚边远，故作姿态，收买人心，十分活跃。

这几个兄弟，都不叫人省心。老四越王元份，虽然惧内，但是他背后是他的岳丈崇仪使李汉斌，频频拉拢军界要人，活跃异常。老五吴王元杰，投合官家好文才好书法的脾气，隔几日便召些文人闹腾点事情出来，修书修史，也是不甘寂寞。时间过得好快，如今老六元偓都已经出阁开封，自立一方了。

回想起当年楚王身为皇储人选，或许是那时候大家年纪都还小，诸兄弟在他的面前都不由自主地仰望，只觉得大哥遥不可及，哪里敢有争胜之意。但是对于他这个二哥，他们竟各怀鬼胎，自有算计。

想到这里，元僖心中更是烦乱不堪，不知怎么心内一阵气血翻涌，脚下竟是一个踉跄。在他一步之后紧跟着他的翊善阎象急忙扶住他："王爷，您怎么了？"

元僖定了定神，调匀了呼吸才开口道："胸口很闷，有些喘不过气来。"

眼见此时已经到了长春殿外，阎象忙扶着元僖进去。此时上朝的文武百官也都陆续到齐了，均先向元僖行礼。元僖听得声音，抬起头来想点头示意，却见眼前雾茫茫的一团团人影闪来闪去，却是一个也看不清楚。

耳听得一个沉稳的声音甚是熟悉："王爷，王爷您没事吧，要不要召太医？"

元僖强撑着向声音来处道："不，不必了，快早朝了，不要惊动官家。我今日身子有些不适，先回府去了。这里就交给吕相了。"

阎象惊惶地道："王爷，要不要……"他看了看左右，把下面的话咽了下去。

元僖打断了他的话:"回府!"再撑不住,他也得先回到府中,他决不能在文武百官面前倒下去,在即将上朝来的皇帝面前倒下去。

阎象召来四名内侍,扶着元僖匆匆而去。文武百官看着元僖远去的身影,惊骇莫名,议论纷纷。直到皇帝驾临,钟鼓齐鸣,也未完全回过神来。

皇帝进殿时,已经发现异状,问道:"出了什么事了?许王今日如何不在?"

吕蒙正忙跪奏道:"回官家,许王刚到殿中,方坐下来,便忽觉身体不适,告假回府了。"

皇帝怔了怔,心中隐隐有些不安:"身子不适,到了何等地步?许王一向勤政,平常微有小恙,也是不肯休息的,如何今日……"

正在沉吟之中,方才扶着许王出去的一名内侍班头匆匆跑进来,磕头道:"官家,恕小的擅闯之罪,许王殿下他,他……"

皇帝霍地站起,急问:"许王怎么样了?"

内侍重重地磕头道:"小的该死,许王殿下一出宫门,才上了车驾便口吐鲜血,整个人昏了过去。"

皇帝大步走下:"那许王现在何处?"

内侍吓得不敢抬头:"车驾按王爷吩咐,已经回府。"

皇帝一挥衣袖,喝道:"今日免朝,备车舆,立刻摆驾许王府。"

御驾到了许王府时,许王妃李氏已率众在府前跪迎。皇帝下了车驾径直往内走,一边走一边问:"怎么样了?"

许王妃脸色惨白,像是连哭都哭不出来了,整个身子全靠身边两个侍女撑着才不至于倒下来,颤抖着道:"方才太医请脉,连方子都不敢开……"

皇帝大急,疾步向前走去。他本是武将出身,这时候情急之下大步迈开,连身边的内侍仪仗也得小跑着才能跟上,更是把娇滴滴的许王妃远远地甩在了后头。

一路行来,王府中诸人纷纷下跪,推开寝宫之门,但见围在床榻前的诸太医纷纷跪下。皇帝大步走到床前,却见许王元僖脸色灰败,唇边斑斑血迹令人心惊。他一把抱住元僖连声呼唤:"僖儿,僖儿!"

元僖似蒙蒙眬眬地听到了呼声,声音微弱地答道:"爹爹,恕罪,臣,再不能侍奉爹爹了——"他也只勉强说得这几句话,便一口鲜血吐出,骤然间又

陷入昏迷之中。

皇帝大惊，连连惊呼："僖儿，僖儿！"却见元僖一动不动。皇帝心惊之下，狂呼太医："太医，快来看看许王的病况！"

众太医簇拥而上，忙着去给许王诊脉，可是每一个为许王诊脉的太医，一经手之后便惊惶地只跪在地上连连磕头。

过不多时，便有太医跪奏道："禀官家，许王，许王已经宾天了！"

皇帝只觉得眼前一黑，抢上前去抱住元僖，却见元僖一动不动，他颤抖着伸手一探元僖的鼻息，竟已经毫无生息。

一刹那间，皇帝的心一寸寸变得冰凉，再看看跪在眼前的数十名太医，不由得一股恨意自心头涌起，暴怒道："胡说，胡说，朕的僖儿怎么会死，他才二十六岁，他才二十六岁呀！朕要你们这等蠢材何用，统统拉出去斩了！"他方才这一气走来，本已心浮气躁，这下又急怒攻心，说完这几句话，忽觉得气血翻涌，再也支撑不住了。

午夜醒来时，已经在大庆宫中了，皇帝此时神思恍惚，竟觉得白天的事似梦似幻，委实令人不敢相信。

他生有九子，除幼子元亿在襁褓中即夭折之外，其余诸子皆绕承膝下。平日纵有楚王疯症致罪、襄王宠婢责问等，也不过是小事。此时忽遇许王之事，于他来说，却是极大的打击。老年丧子，本是人生至大的悲哀，更何况他亲眼看着许王在他的怀中咽气，这种刺激，令他心神大受打击。

他踉跄着站起，看着窗外皎洁的月色，心潮起伏，执笔在宣纸上一挥而就，写下一首《思亡子诗》。

自他登基以来，皇储人选频频不稳，廷美流放、德昭自尽、德芳病了、元佐发疯，好不容易属意元僖，未到五年，却又这般莫明其妙地遭遇横死。

"难道，是老天爷在跟我作对吗？"这个念头像毒蛇一样，一旦出现，就死死地缠绕心头，不能逃开。

次日皇帝下朝回宫，就见皇后李氏来报说："开宝皇后病得很厉害，已经托人来回臣妾，说是想见官家一面，有要紧的事要跟官家说。"

皇帝心中微微一怔，开宝皇后宋氏，是他最不愿意见的人。

宋氏是太祖赵匡胤晚年所立的皇后，于礼，是他的皇嫂。当年花蕊夫人得宠于太祖皇帝，甚至到了要立她为后的程度。立花蕊夫人为后一事于朝堂上一经提出，众臣大哗，一个亡国之妃，要做开国之后，简直是令天下匪夷所思的事情。花蕊夫人却也机警，一见群情激愤，知事已不成，反而会因为群臣忧心她媚惑主上，而要将她置于死地。且群臣还会因为此事，请皇帝再立皇后，一旦新后册立，便会将自己视为眼中钉、肉中刺。既然如此，倒不如化被动为主动，便自己抢先上书皇帝，请立新后，这样一来，既转移了群臣视线，又博得贤惠之名。这边却利用自己主持后宫之便，亲自挑选了左卫上将军宋偓之女，请太祖立为皇后。

宋氏这一年才十七岁，性情单纯柔顺，也知自己被册立为皇后出自花蕊夫人之意，又禁不得花蕊夫人百般示好，入宫不到一个月，便与花蕊夫人情同姐妹，还称花蕊夫人为姐姐。那一日他射死花蕊夫人后，虽然在太祖面前以言语将情况推脱过去了，可是宋后受花蕊蛊惑已深，竟整日在太祖耳边吹枕头风道："花蕊姐姐死得蹊跷，晋王实是可疑！"

太祖初时不信，无奈枕头风吹得多了，也渐渐有些不安，再加上宰相赵普一力主张削弱藩王之权，以免危害皇权，也慢慢地对他的权力进行了掣肘。回想那一段时间，自己真是如临深渊，如履薄冰，心中惶惶不安，夜梦中常常惊醒。终至被逼得铤而走险，在烛影斧声中登上大宝之位。

那一日太祖驾崩，他抢在德昭之前登基，宋后竟当着文武群臣的面率着德昭、德芳跪在他的面前大哭："我母子的性命，全在官家一言之间了。"

他大为狼狈，只得指天盟誓，保全德昭、德芳兄弟。因此他心中怀恨，登基之后，借口德昭、德芳已经成年，须得分府而居，便将宋后尊了个名号，将其独自迁到昔年杜太后所居的上阳宫，幽居起来，绝了外面的信息。

此后宋后默默无闻，过了十几年，此时若非李皇后提起，他几乎已经忘记此人的存在。

宫院深深，皇帝走在上阳宫的长廊上，竟有一股莫名的寒意。回想起当年母亲杜太后居此地时，自己还年轻，常常进宫向母亲请安，回想起母亲的慈容，只觉得上阳宫中充满了温馨。

看着眼前的景色，他心里隐隐有些不快，没想到如今的开宝皇后宋氏居此，竟会将此地住得这般阴森。

宫娥掀起帘子，皇帝远远地站着，宋后虽然仍倚在榻上，却已经梳洗整齐，早已经恭候多时了。

可是纵有皇冠珠翠在头，无上尊贵，宋氏却被衬得极为憔悴和苍老，她的两鬓已经斑白，整张脸陷了进去，形容枯槁，脸上唯一的亮色，是她的一双眼睛中闪动的火光,倒像是黑夜里的两团鬼火。

见她这副样子,皇帝心中也暗生怜悯,宋氏十七岁为后,到现在也不过四十多岁,可是她的样子,却像是一只脚已经进了棺材。她若非入宫为后,嫁与平常人家,也不至于毁了这一生吧。想到这里,皇帝开口也就缓和了些:"开宝皇后有什么事要对朕说的吗?"

宋氏一动不动地盯着皇帝,看了好一会儿,才幽幽一叹:"听说许王死了,官家节哀顺变啊!"

皇帝心中一股怒意上升,又强行按抑了下去,冷冷地道:"多谢开宝皇后关心。"

宋氏枯槁的嘴角抽动了一下,算是勉强一笑:"我是快要死的人啦,不懂得忌讳。元僖是个好孩子,元佐也是个好孩子,他们都是好孩子!"

皇帝冷冷地看着她,并不答话。

宋氏自嘲道:"你看我,人老糊涂了,不知道扯到哪里去了,官家莫怪!"

皇帝淡淡地道:"开宝皇后比朕还要小上十几岁呢,朕才真是老了。"

宋氏沉吟了片刻,道:"我快死啦,有一件事,我若不问问清楚,我怕到了地下,也是难以安心的。"

皇帝冷冷地道:"开宝皇后想问什么?"

宋氏挺起了身子,两手按在床榻上,眼睛直视皇帝,像是要射出火光来,阴森森地道:"我想问一问官家,花蕊姐姐是怎么死的?"

"花蕊是怎么死的?"宋氏的话,似一根针似的,刺入了皇帝心中,他退后一步,冷笑一声:"事隔这么多年,你还不死心吗?"

宋氏缓缓地叹了一口气:"是啊,人都要死了,你还怕我问吗?其实不必问,我也该明白的。花蕊姐姐——"她深陷的眼睛里迸出恨意来,"她是知道了你的野心,想要告发你,被你灭了口的。"

皇帝闭上了眼睛,他的手在颤抖。他这一生一世,都不会忘记桃花树下,美丽而狠心的人儿,倚在自己怀中,轻笑着说出的最后一句话:"我知道,你一定会射这一箭的!"

他再睁开眼睛的时候,看到宋氏已经无法抑制她的怒意,他不知道她为什么在多年后又将这一话题恶意挑起,如果只是泄愤,那她真的达到目的了。

两行浊泪从宋氏眼角流下,她喃喃地道:"花蕊姐姐,你死得好冤哪!先皇,我对不起您哪!"

皇帝冷笑一声，尖锐地道："花蕊姐姐？哼，花蕊真真好本事，就是她害得你一生如此之惨，你居然还为她鸣冤。若不是她怀了私心拿你当挡箭牌，你才四十多岁，怎么会变成这副样子？"

宋氏平静地看着皇帝："你错了。"

皇帝冷笑一声："我错了？"

却见宋氏淡淡地道："先皇是个大英雄，是大宋的开国之君，能够侍奉他，是我的福气。嫁与普通人家，平平淡淡地过一生，与草木同朽，有何意趣？古往今来，有几个女子，能做开国皇后的？我既然享了常人不能得的荣耀，自然也要受常人不能受的痛苦。所以不管是什么原因，我也感激花蕊姐姐。她原就不是一个普通女子呀，官家，你也忘不了她，不是吗？"

皇帝这一惊非同小可："你说什么？"

宋氏的眼中露出讥讽的神情："南唐的小花蕊夫人、德妃王氏、美人纪氏，我做开宝皇后以来，才慢慢地想明白了许多事情。就因为你迷恋她，所以让她知道了不该知道的事，因此你再爱她，也要杀她灭口。你的狼子野心，早在那个时候，就已经开始了吧！"她的声音尖厉颤抖，"我知道斗不过你，只指望你念在先皇的分儿上，念在骨肉同胞的分儿上，能够保全德昭和德芳！我本可在你登基的那一日，拿出先皇的遗诏来，当着文武百官的面，当着天下百姓、千秋万代，骂你这个不仁不义、擅权谋位的逆贼。先皇当年病榻前殷殷嘱咐，他虽早料到你狼子野心，可是他不忍杀你。他劝我他大行以后，若是真有不可预料之事，当以天下大计为重，大宋刚刚立国呀，不能再四分五裂了！所以我忍了，我求你，我率着德昭、德芳，当着天下人的面，向你称臣！"她尖锐的声音回响在空荡荡的宫廷上空："你若有半点人心，你也该知道惭愧啊！"

皇帝倒退两步，怒道："你，你住口，你放肆！"

宋氏的声音凄厉，如同鬼啼："德昭死了，德芳死了，我纵赴黄泉，也难见先帝呀！"她的声音忽然低沉了下来，看着皇帝招了招手，诡异地道："你知道元佐为什么会疯了吗？元僖为什么死得这般离奇吗？我知道呢……"她嘿嘿连声，笑得瘆人："不是你的就不是你的。德昭死了，德芳死了，廷美也死了，你把自己的路也走绝了！这是报应，是老天爷跟你过不去呢！你想立元佐，元佐就疯了；你想立元僖，元僖就死得古怪。天意呀，天意呀！元佐和元僖都是好孩子，原不该是这种命运的呀！可怜哪，可怜哪……"

皇帝听得宋氏这一番似疯非疯的话，顿觉得全身毛骨悚然，不寒而栗，又听着她疯狂的喃语，再也控制不住自己，颤抖着指着她道："胡说，胡说！你这个疯妇，你这个疯妇竟敢诅咒朕……住口，住口！"

宋氏忽然停了下来，看着皇帝，枯槁的脸上露出孩子般天真的笑容："不怕不怕，官家还有六个儿子呢，一个一个来，一个一个来……"

皇帝再也站不住了，他转身疯狂地逃了，逃出这个地狱般的地方。一直冲到上阳宫外的一个拐角，他扶住墙大口地呕吐起来，一直到腹中的黄水都吐了出来，耳边犹听得宋氏诡异的声音："可怜哪，可怜哪！……一个一个来，一个一个来……"

第三十三章
灵前杀姬

一连几天,皇帝都心悸难安,他看着窗外的月色眉头深锁,众内侍不敢惊动。

这日王继恩问过安后,正欲退出,皇帝忽然道:"继恩,朕有事问你!"

王继恩此时已经被封为昭宣使,主管皇城一应事务,平时他并不用来侍候,只不过每日例行问候一次。此时听得皇帝的话,忙垂手侍立。

皇帝沉吟了片刻,才道:"许王正当年轻,素来习武,身体强壮,并非文弱之人,怎么会一朝忽然亡故?"

王继恩听在耳中,心中警钟骤起,他想了一下才道:"官家,事涉皇家,小的不敢说。"

皇帝冷冷地道:"有朕在,但说无妨。"

王继恩恭声道:"官家说得是,许王之事,是需要调查一二。小的听说——"

皇帝喝道:"有话只管说,你跟了朕这许多年,什么时候也学得这般刁滑?"

王继恩道:"小的管着皇城司,下头有人听通事舍人李允正家仆偶谈中说起一二,报与小的,小的原只当是小事,如今想来,却是蹊跷……"

皇帝皱眉道:"李允正?是故隰州团练使李谦溥的儿子?"

王继恩道:"正是,他是许王妃的长兄。前些年官家为他质押旧居的事,还赐过他银两。"

皇帝点了点头:"哦,他又知道些什么?"皇帝对此人倒还有印象,其父李谦溥早死,他念及军功,赐其女为许王妃。因李允正为官清廉,家无余财,李女出嫁,竟准备不起嫁妆,只得将祖居质押给左卫上将军宋偓。有嘴快的人报给皇帝,皇帝质问李允正,李允正只得将实情禀奏,皇帝听了大笑,叫王继恩自内库中取了银两为其赎回宅子。李允正才能不足,官位一直升不上去,但却也因着王继恩赎宅之后,与他有些往来,有意攀好。

王继恩也是自那时起与李允正相交,很知道一些李允正之妹许王妃的事情。前些时候许王妃因为贴身侍女忽然失踪而惶惶不安,生怕自己有一日也死得不明不白,虽畏惧许王威势,终究不甘等死。于是这边与越王妃往来时向着妯娌们说出此事,另一边也将此事告诉给了兄长。李允正吓得半死,又不敢教许王知道,就找了王继恩哭诉。

王继恩听在耳中,就派皇城司暗中打探,此时见皇帝有问,回禀道:"唉,许王妃过于贤惠了,凡事自己忍着也太不声张。小的隐隐听说,许王宠着一个侍妾张氏,张氏很不安分,妖媚着许王,做出种种不法的事情。她还在西佛寺弄来一些邪门歪道的东西,才把许王的身子弄坏了的……"

皇帝眉一挑,并不太信:"二郎素日严谨,竟会做出妻妾不分之事?"这种妻妾相争之事,多半没有好话。但许王为人勤政恭敬,他倒不太相信他会好色昏愦至此。

王继恩又道:"小的听说,前不久许王妃的贴身侍女在府中忽然失踪,活不见人死不见尸,吓得许王妃寝食不安,又恐触怒许王,不敢追查。还听说,那个张氏经常出入西佛寺,爱弄些邪门歪道的东西……"

皇帝未听完,已经大怒:"岂有此理!难道是这妖妇作祟不成?继恩,朕令你彻查此事。"

许王死后,皇帝下旨追封其为皇太子,谥号恭孝。

太史局崇天台为恭孝皇太子择日下葬,择准停灵七七四十九日,百官均来灵前行祭。先停灵于太子府,灵前另有诸道士和尚念经作法。待过得四十九日,再停灵于太庙之中。再令崇天台择吉地兴建皇太子陵寝。这边有司也同时准备着皇太子册以备昭告天下。

太子妃李氏率众侧妃跪在灵前,哀哀而泣。良娣张氏在第一第二日哭得最为大声,呼天抢地情绪激动时,常常有意无意地越到李氏之前。待过得几日,实在是力不能支,李氏便口口声声道自己伤心过度,从此病卧在床。李氏却是日日跪于灵前,不过二十日,整个人便脱了形。

只因这一日正是恭孝皇太子三七之日,宫中会来人传旨,张氏只得扶病跪于灵前。过了正午时分,宫中有使者来,李氏支撑着请了香案。却见一人率队昂然直入,展开圣旨便道:"圣旨下,许王府上下人等接旨!"此时侍灵的文武百官俱也跪下听旨。

众人看去,此人竟是昭宣使王继恩。李氏已经哭得昏头昏脑,一时尚未省悟过来,王府咨议赵令图心中却是咯噔了一下。许王封皇太子旨意已下,正式册礼也在准备之中,王继恩如此态度,令人动疑。且如果只是停灵三七照例宣旨,何须请动王继恩?

但见王继恩宣道:"朕听闻许王元僖嬖妾张氏骄横专恣,捶楚婢仆有至死者,而许王不知,伊家人不敢告开封府。且张氏又于都城西佛寺招魂葬其父母,僭差逾制……"

张氏先是跪着听旨,听着说到自己,又羞又气,立刻呼道:"圣上,奴婢冤枉呀——"王继恩大怒,喝道:"好个刁贱妇人,宣读圣旨时也敢喧哗,目无君上,掌嘴!"

四个小黄门立刻扑上去拉出张氏,劈头劈脑先重重打了二十个嘴巴。张氏头两下时还大声哭骂:"王爷呀,您可看着——"待打完已是满脸紫胀,口角流血,瘫软在地上一动不动了。张氏族人也在跪灵之列,起先还欲出言,此时早已吓了回去。

李氏和众姬妾吓得只是发抖,元侃跪于百官之首,此时也惊骇莫名。许王三七之日,王继恩竟然在灵前掌掴他的宠妾,天子之心,究竟是何等不可测。

王继恩面无表情,继续宣读圣旨:"……元僖嬖妾,深负朕望,诏停册皇太子礼,其丧葬不得从亲王礼,以一品卤簿葬。开封府判官、右谏议大夫吕端,推官、职方员外郎陈载,并坐裨赞有失,端黜为卫尉少卿,载为殿中侍御史。许王府咨议、工部郎中赵令图,侍讲、库部员外郎阎象,并坐辅道无状,削两任免。元僖左右亲吏悉决杖停免。妾张氏——"

王继恩停顿了片刻,众人皆屏息静气,不敢发得一声,但听王继恩慢慢地拖长了声音道:"张氏父母家墓逾制,着即毁去,张氏亲属合族皆配流岭南。张氏罪不容赦,着即自缢。"

"不——"已经软瘫在地的张氏忽然站了起来,却又一跤坐在地上,披头散发凄厉地叫道,"我冤枉,我无罪——王爷刚刚过世,你们不能这么对我。王爷呀,您在天有灵,睁眼看看吧,臣妾做错了什么呀!冤枉我没关系呀,是王爷做了开封府尹招人恨呀,您为大宋积劳成疾,他们竟然要在您死后这么冤枉您呀——"

王继恩喝道:"赐白绫!"

两名小黄门捧着白绫将张氏夹在中间,冷冷地道:"张氏,谢恩领死!"

张氏惊恐地看着白绫,神经质地摇头:"不,不……"她的眼睛在大厅中扫视,慌乱地搜寻求援的对象。凡是她自认为有好处给予的人,一见她的眼光赶忙躲闪,唯恐不及。蓦然间她见李氏脸色苍白地怔怔跪着,立刻如见救命稻草似的连滚带爬过去一把抱住了李氏的脚:"姐姐,姐姐,你救救我,看在王爷的分儿上,你救救我吧!"

李氏吓得瑟瑟发抖:"你,你快放开我,放开我……"

张氏不停地磕头:"王妃,奴婢知道错了,王妃饶了奴婢吧,救救奴婢吧!奴婢再也不敢了,您就当奴婢是条狗,以后要打要骂都由王妃,王妃救我,王妃救我——"

李氏虽恨她,见此情景,却也吓得浑身颤抖,看看王继恩铁青的脸,又看看堂上诸人或惊惶或避开的脸庞,习惯性求情的话到了嘴边,却不敢说出来,只掩面哭道:"既有今日,何必当初。我自身难保,怎能救你——"

王继恩使了一个眼色,两个小黄门立即扑上前去,将张氏拖到厅外,张氏倒也悍勇,竟死死地抓着地缝,将地面上抓出两行血迹来,又被小黄门拖了几步,竟抱住门槛死活不肯撒手。

王继恩见这两个小黄门无能,再闹下去恐失了威仪,当下就又使了一个眼色,就见另外两个小黄门上前,直接用白绫将张氏脖子系住,用力勒紧。张氏顿时松了门槛,双手抓住白绫,被小黄门提起,但见她舌头吐出、眼睛凸出、脸色发青,只一会儿就断了气。

李氏还呆在当场不曾回神,就见小黄门手一松,张氏的尸体已倒在自己跟前。李氏看着张氏可怖的死状,吓得跌坐在地上,双手捂住嘴不敢出声,只浑身颤抖。

王继恩却收了狰狞之色,换了恭谨之态,亲自上前将李氏扶起,让其坐在首座,并将圣旨交到她手中,温言道:"小的也是奉旨行事,请王妃见谅。王妃只管安心,官家口谕,许王妃是个好孩子,只是教他们误了。"这边告辞出去时,悄悄拉了李允正笑道:"我说过会为你们家出这口气的,现下除了那贱人,王妃以后就大安了!"

李允正吓得魂飞魄散,万不想几句牢骚竟招来这等大祸,只是吓得不住点头。

王继恩出去后,前来侍灵的文武百官见元僖已失圣眷,立刻连借故告辞都懒得做,跟着王继恩前后脚一哄而散。许王妃李氏哭得昏天黑地,许王府上下立刻乱作一团,只有李允正勉强维持着秩序。

元侃眼看着这一系列变故发生,眼看着方才还神气活现的张氏当场惨死,惊得心胆俱碎,勉强上前,向许王妃李氏道了几句虚应故事的话,就匆匆告辞而去了。一出府,他便让大轿先行回府,自己则悄悄骑了马,只带了怀德一人,急急向刘娥居所行去。怀德跟在他身后,注意着是否有人跟踪。

元侃一气到了薛萝别院,直冲到刘娥房中。刘娥正在窗前写字,才听得声音欲站起来,便被元侃紧紧地抱在了怀中。刘娥只觉得元侃浑身火烫,双手颤抖着将自己抱得死紧,她的整个脸埋在他的胸口,只听得他的心扑通扑通地狂跳不止。她才开口欲问:"三郎——"便听得头顶上元侃颤抖的声音:"小娥,让我就这样抱着你,感觉到你在我的怀中,让我感觉到你真实的存在。不要离开我,我再也不能失去你了。"

刘娥大惑不解,却不禁被元侃的情绪感染,静静地伏在他的怀中一动不动。过得片刻,只觉得头顶发间微微一凉,被慢慢地湿润了。水?难道是……刘娥惊异地抬头,竟真的看到元侃的泪水一滴滴地落下来。这一惊非同小可,她反抱住元侃,惊道:"三郎,你哭了?"她伸手轻拭着元侃脸上的泪水:"为什么?出了什么事?"

元侃脸色苍白,他颤抖着手一寸寸地轻抚着刘娥的脸:"小娥,让我好好地看着你,再让我看看你!刚才发生的事情,实在是太可怕了!"

刘娥轻轻地握住了元侃的手,发现他的双手冰冷而潮湿,显是方才太过紧张,手心出汗。她将他的手放在自己的脸上,柔声道:"三郎,你且安心,我还好好地在这儿呢。没事儿了,没事儿了!"

几声轻言软语,使得方才紧张焦躁的元侃慢慢地镇定下来。刘娥扶着元侃坐在榻上,倒了一杯热茶给他。元侃将热茶一饮而尽,这才定下心来,将方才许王府的惊人一幕慢慢道来。刘娥伏在元侃膝头,慢慢地听着,直听到王继恩处死张氏那一刻,惊叫一声,立即便被元侃抱了怀中,她只觉得浑身颤抖,竟是连自己都无法控制。她抬头看着元侃,彼此在对方眼中,看到了自己最怕的那个念头。

过了好半日,刘娥才颤抖着问道:"三郎,如果官家知道了我们的事,你说——"

元侃用力抱紧了她,喃喃地似对她说,更似对自己大声道:"不会的,不会的。你在这里的事,没几个人知道的,他们也断不会泄露出去的。再说事情过去这么多年了,爹爹可能根本就想不起来你是谁了!"

刘娥喃喃地道:"但愿如此,但愿如此!"

元侃怔怔地坐着:"二哥,我虽然不喜欢他,可是他尸骨未寒,就受到这样的待遇,也着实令人……爹爹,爹爹他到底在想些什么呢?"

刘娥抬头,看着元侃:"许王走得太快了,死因到底为何呢?"

元侃摇了摇头道:"难说,二哥自接任开封府尹以来,事事用心,只是用心太过了,未免损耗气血。张氏妖媚固是事实,可是要说是她连累二哥早亡,却也是有些牵强。"

刘娥慢慢站起,坐到了元侃的身边:"有没有太医验过许王的遗体,看出是什么病来?"

元侃皱眉道:"这也是蹊跷之处。太医局王太医验过之后,报到宫中的是二哥积劳成疾,心血损耗尽了,心经受伤,忽然血气上涌,吐血而亡。二哥初过世时,爹爹忧伤过度,几近成疾,听随侍的人说,有几日爹爹梦中惊悸而醒,直叫着僖儿僖儿。后来不知道听了谁的话,又派了王继恩去查二哥的死因。这一查就出了事,就是前几天,王太医好好儿的,就忽然自己上吊死了。才过了几天,就又发生了今天这件事!"

刘娥偷眼看了看元侃,欲言又止道:"三郎,我,我不知道该不该说……"

元侃轻声道:"小娥,你我之间还有什么事是要隐瞒的吗?尽管说来!"

刘娥轻轻地咬着下唇,道:"论理,他是你二哥。我听到的也只是些下面人的传言,说得——有些犯忌讳!"

元侃叹道:"最难堪的场面我今天在二哥灵前都见着了。唉,你说吧,我如今心中一团乱麻,六神无主,不知道如何自处才好。说不定从你那些犯忌讳的话里能听出些什么来。"

刘娥低下头去,过了好一会儿,才慢慢地道:"坊间传说,楚王当年忽然疯了,是许王弄的鬼……"

元侃怔了怔,抬手止道:"你且等等。是了,那一日重阳节宴罢归来……"元侃脸上忽然升起一种难以言喻的神情,"那一日,我们原是跟着二哥走的。为什么好几条路,二哥却一定要走到大哥府后那条路上去?那只海东青——"他忽然浑身颤抖,"那只海东青,就是从二哥的手上飞出去的。早不飞晚不飞,就在大哥府外松了套子飞了出去——"他发出一声嘶喊,"二哥,若真是你,你好狠毒的心——"

刘娥大惊,抱住了元侃:"三郎,三郎你怎么了?我该死,我不该说的——"

元侃深吸一口气,摇头道:"没事,没关系——"他看着刘娥,脸上现出一丝苦笑,声音也仿佛变得嘶哑了,他竭力慢慢道:"没关系,小娥,你再说下去。你那些犯忌讳的话,很好,很好!我想听。是啊,二哥已经死了,可是事情并没有过去。君心难测!可正是因为君心难测,我才要去测。否则就会像四皇叔、大哥那样,平白地受人暗算;就会像二哥那样,辛苦一辈子想讨好爹爹,结果死了也不知道为什么会失了君心。"

刘娥忧心地看着元侃:"三郎!"

元侃握住刘娥的手:"以前我真是天真不知世事。如今回头看,其实早就是步步深渊,我却懵懂无知,不知道在生死边缘走了几个来回。四皇叔出事、大哥出事,甚至你几次险些没命……我若是早点明白,哪怕帮不了四皇叔,至少可以帮得了大哥,保得住我和你的孩子……"说到这里,不禁哽咽。

刘娥也不禁流泪:"三郎,你不要自责,这不怪你。我们还有将来,你还可以救出楚王,你还可以保护我,保护我们将来的孩子!"

元侃就道:"其实我也在查这件事,张良娣出事的那间西佛寺,涉及好几派人马,甚至连四弟、五弟都在蠢蠢欲动。唉,我一直觉得他们还小,可是以前在大哥眼中,二哥何曾不是还小呢。"可就是这个二哥,暗算了四皇叔,暗算了大哥。

过了好一会儿,刘娥才慢慢地道:"这些话,我不知道是告诉你好,还是不告诉你好!许王任开封府尹之后,流放了一些楚王府原来的府僚,再加上那件事,有人说,是楚王一党的人不饶他。还有人说,夺储的事,许王做得出,襄王、越王、益王他们也做得出……"

元侃跳了起来,脸色紫涨:"你说什么?我,我们?四弟、五弟他们?不不不,这不可能,这绝不可能!说这话的人,心地何其恶毒!"

"三郎!"刘娥迅速抬头轻声叫道,"三郎,外头这些人心风波,你早知道

一些,比不知道要好!"

元侃终于镇定下来:"小娥,你说得对!还有吗?"

刘娥思索着:"旨意是官家下的,会不会是……官家其实是对许王也有所怀疑了?"

元侃一惊,想想后点头:"不错,否则的话,张氏妖媚,只处置张氏便罢了,为何要对已经死去的二哥剥夺荣封,并对部属治罪。爹爹真正恼恨的人分明是二哥,甚至是替二哥做事的部属,所以这些人处死的处死,贬职的贬职。"

刘娥看着窗外,脸忽然红了,声音也越来越轻:"还有,就是坊间有人传说,张良娣常到西佛寺去,不仅仅是为死去的父母做道场,而是那里的和尚,有些歪门邪道的东西。张良娣因此于闺房之中很得许王欢心……也因此,许王把身子弄坏了……"

元侃的眼越瞪越大,直道:"胡说,胡说!"

刘娥看着元侃,轻声道:"事涉秦王、楚王,甚至是其他皇子,若是追究许王之死的真相,或追究许王之罪,只怕牵连太大,倘若这些坊间传言流入禁中,只怕……有人,有人宁可取最后一种吧!"

元侃怔怔地坐着,可是人已经死了,为什么一定要有一个答案呢,一定要套上一个罪名呢?是谁想要这么一个叫生者不安、死者难堪的答案呢?

这个问题于王继恩来说,却是完全不在考虑的范围之内的。那一日接手此案后,他便已经得知皇帝曾经见过开宝皇后宋氏,也知道宋氏说了什么样的话。

皇帝素来胆气极粗,面对沙场尸横遍地血流成河的场景,也能眼不眨一下。像宋氏这般疯妇临死的妄语,他根本不放在心上。可是不知为何,鬼使神差似的,在他心中,却老是把宋氏的话和许王的死亡这两件事不由自主地连在一起想。烛影斧声,本是他生平最大的一桩心事,为帝王者,子嗣储位更是他最关心的一件事。

这两件事纠缠在一起,不断地拷问着他的内心,当他终于下令叫王继恩去查这件事时,他究竟要得出什么样的结果,这个问题连他自己也不敢深入地多想。但是王继恩却不能不想。不管查出的是什么答案,许王的死亡,必须要有答案,而不能成为一桩悬疑。先前王太医积劳成疾的话,若无皇帝内心的不安感,于死者生者,固然都是皆大欢喜的答案,然而许王的死,若无人能够为此承担起责任来,而只能归咎于上天命运的话,那么,天谴谁? 天谴皇帝吗? 这是万万不能报上去的答案!

况且王继恩对此一说,也心中存疑,许王年富力强,诸皇子又都是习武之人,并不是文弱书生,处理案牍事务,如何就积劳成疾了? 日常太医院也是每月请平安脉的,真有疾病,也不会如此暴发而亡呀!

王继恩一边叫人拿了王太医等一干当日为许王诊脉的太医,一边秘密地调查许王所辖的开封府等各下属部门,另外则派了些人暗暗地潜入许王府和许王妃之兄李允正府中,结交些下人套话。

不料想,这一查,竟是每日都有新的情况报上来,件件令人心惊:楚王府大火那夜许王放飞手中的海东青,楚王府的旧部与许王府幕僚们的明争暗斗,许王幕僚们的秘密商议,许王府后园的丫鬟尸体,张良娣经常去的西佛寺的污秽……一直追查到各家皇子、宰相大臣,还包括已经或废或死的太祖诸子德昭、德芳及皇弟廷美等人的余党踪迹。

到最后,王继恩怕了,他查得太细、挖得太深了,这世上任何事情你只要深挖下去,朝廷官场竟是没有人不牵涉其中的。他掀开了一个盖子想看清楚里面的东西,却发现里面是无底的黑洞。他现在所要努力的,不再是挖掘这个黑洞有多深,而是急着要把这盖子盖回去。一床锦被掩过,大家平安无事。那么,死一个张良娣,已经是最好的结果了。更何况,这名女子本也有取死之道。

然而天威之不可测,还在他将许王的死尽数推在张良娣身上之后,皇帝一动不动地听完了报告,气得浑身颤抖,一怒之下,便下了"诏停册皇太子礼,其丧葬不得从亲王礼,以一品卤簿葬……左右亲吏悉决杖停免"的旨意。

不敢看皇帝盛怒的脸,王继恩只得唯唯应声退下,浑身已经被冷汗湿透了。他报上去的只有张氏的罪名,皇帝听到的仿佛也只是张氏的罪名,然而这样的旨意下来,却分明不是针对着张氏一个人的罪过。他没有报上去的,皇帝所真正为之发怒的,正是两人心照不宣的那些隐事呀!

许王这一页,就这么被轻轻翻过,表面上似谁也不再提起了,但实际上又怎么会是这么容易翻过的呢。

张氏的死表面上是虐杀婢女所致,其实王继恩却查出,那婢女原是许王

妃的贴身侍女,看到张氏拿西佛寺的药给许王吃,就想去告诉许王妃,却被张氏发现。张氏疑心许王妃派人监视自己,于是审讯捶楚之下,失手将那婢女打死,草草掩埋在了花园之中,如今尸体挖了出来,就以此罪名将张氏处死。张氏往西佛寺,也被说成是安葬父母逾制。实际上皇城司已挖出了西佛寺僧人与一些大户女眷求子的阴私事来,王继恩于是草草将西佛寺诸人处置,不再下挖。

然而不管实情如何,在面上,张氏以虐杀婢女被处死,甚至牵连许王身后被贬谪。于是越王妃就有些被惊吓着了,她也不是个好脾气的人,越王府这些年来,虐杀婢女的事也有一两桩,因此从许王府灵堂祭奠回去没多久,越王妃就病了。

元侃与郭氏吃饭的时候,试探着问起此事:"四弟妹病了,你可知道为了什么?"

郭氏名熙,也就是近来两人关系近了,元侃方知她的闺名。郭氏听了这话,却是有些为难,只得道:"想是时气不好,她看着虽气壮,实则体虚,应该是没什么事的。"

元侃看着郭氏端庄的脸,心底不禁叹了一口气,他习惯了平日与刘娥在一起,什么事情都一起讨论,今日对着郭氏,竟不自觉忘记了。郭氏性子与前王妃潘氏恰恰相反,潘妃骄纵任性,不谙家事,郭氏却是成熟谦和,入门没多久便将府中事务打理得井井有条,赢得阖府上下、宫中内外人人称赞。

元侃本是迫于皇命成亲,对郭氏故意冷淡,存了心要挑毛病,可是对着她竟是挑不出毛病来。不管他冷淡也好,挑刺也好,郭氏宠辱不惊,永远微笑以对。常言道,伸手不打笑脸人,元侃本又是性情温和之人,有时想想郭氏未免无辜。不知不觉中,他对郭氏竟也有一种转变,慢慢地改变了态度。

或许是天佑郭氏,昔年潘妃入门两年,未曾怀孕,刘娥自上次小产后,也不曾再怀孕。郭氏入门后虽与元侃亲近的时间不多,却居然就怀上了皇家骨肉。

消息传到宫内,皇后李氏忙派人慰问。郭氏怀孕之后,元侃也待她不同了,留在她房中的日子,明显多了起来。郭氏直到此时,才真正觉得,自己这个襄王妃的位子,算是坐正了。

郭氏诸般事情都算好了,只是有一桩,元侃与她无法交谈。她贤惠异常,但事不关己不开口,一说到宫中朝中之事,永远是顾左右而言他。

元侃看着郭氏,心中却不禁想起了刘娥,刘娥在他面前,永远不会隐瞒任何的思想,永远不会有不肯说的话,有时候他只要说出上半句,刘娥就能立刻说出下半句来。有时候真是觉得,两个人的思想是永远同步的。他对刘娥的感觉,那是如胶似漆,合二为一;对郭氏的感觉,却是相敬如宾,永远隔着一层东西似的。隔着什么呢?郭氏似乎是挑不出任何毛病来的人,可是他从来没有看到过郭氏在他面前真正地笑过或哭过。

想到这里,元侃忽然觉得意兴索然,站了起来,道:"这几日事多,我去书房看看,防着爹爹明天查问我。"

郭氏自怀了孕,听了太医的话要保胎,小心翼翼的,也不敢留他,听了此言,笑道:"臣妾送王爷。"

看着元侃走远,郭氏再看看桌上准备的酒菜,轻叹一口气,吩咐道:"撤了!"

侍女燕儿上前扶她站起回到内室,轻声道:"王爷今天又要走了吗?王妃,您真的就不闻不问吗?要不要奴婢打听一下,王爷是不是另外有⋯⋯"

郭氏喝道:"燕儿!"

燕儿吃了一惊,忙请罪道:"奴婢该死!"

郭氏缓缓地道:"凡是不该知道的,就不要去知道;凡是不该开口的,就不要去开口!"

燕儿只得道:"奴婢只是替王妃您抱屈!"

郭氏微笑道:"我有什么委屈?我是官家赐婚的襄王妃,我腹中怀着皇家的骨肉,比起其他王爷三妻四妾的,至少我在襄王府独尊为主。"

郭氏走到窗边,推窗看着南边。那边是玉锦轩,是从前潘王妃住的地方,自她死后,已经荒废了许多年了。她年纪轻轻的死得这么早,屈不屈呢?郭氏轻轻地坐下,轻抚着自己微微隆起的腹部,道:"我爹的地位,怎么能比得上中书令潘美呢?连她尚且如此,何况是我。从进府的第一天起,我就明白,我能够做襄王妃,那是官家对我们郭家的恩典,是对我爹沙场立功的奖赏。我可不能坏了这份恩典,辜负了我爹在沙场上流的血!"

第三十四章
贤后教媳

过得几日,正是腊八,皇后赐腊八粥,各府王妃均入宫领宴。

襄王妃郭熙走入皇后宫中时,见几个王妃都到了,正在外头等着。

越王妃李氏见是她来了,招手笑道:"正说你呢,你就到了。来,坐我身边来,让我看看。"说着拉了郭熙到自己身边坐下,摸摸她的肚子笑道:"有五个月了吧,看你的肚子必定生男。我们几个妯娌都羡慕你好福气呢。只是如今你有了身孕,不宜太过操劳,正该自己保养身子才是。"

郭熙微笑:"多谢弟妹,王爷他一向待我很好,府中刘嬷嬷又是积年的老人了,一直照顾得很妥帖的。"

越王妃跟她很熟络,道:"三哥是个老实的,你也是个明白人,如今府中,还一直是刘嬷嬷管着?"

郭熙就道:"原是我管过的,只是后来怀上了,王爷不放心,于是又让刘嬷嬷帮忙了。"

吴王妃张氏闻言,掩嘴一笑:"三嫂果然是贤惠的人,自然也给三哥身边安排了照顾的人吧!"

郭熙听得她话中的意思,但佯作不懂:"有刘嬷嬷照顾着呢。"

吴王妃却不肯罢休:"三嫂真是会开玩笑,爷们大了,又不是小孩子,老嬷嬷顶什么用。"

自许王病故后,皇储之位直接地冲击着几个兄弟,在几个妯娌中也带了出来。越王妃俨然一副诸妯娌之首的样子,吴王妃见了却是心头不忿,想要踩下两个嫂嫂去,遂仗着排行小,一副天真无邪样说着不中听的话。人若忍了,就是让她白白言语欺凌了去;人若恼了,就是她有口无心,别人多心欺她。

越王妃恼了，自己正一副与襄王妃要好的模样，她在这里刺一下算什么，直接顶了回去："天底下哪有弟媳管到兄长屋里的，亏得你还出自将相之门，五弟妹先照顾好你自己府上的爷们吧。"

吴王妃被刺，心里更恼，却不敢直接对上越王妃，索性又道："三嫂进门晚怀得晚，我们虽然比你小，可到底进门比你早，有些事比你早经历。"说着她瞟了一眼越王妃，拖长了声音道："这事情啊，还是您自己早安排为好，别到时候害得自己爷们官盐做了私盐卖，再把人打成个烂羊头也来不及了。"

郭熙听得明白，这是指之前越王妃怀孕，越王宠了一个小婢被越王妃闹腾出来的事，当下并不言语，知道越王妃必是要翻脸的。

果然，越王妃喝道："五弟妹，你什么意思？"

吴王妃撇嘴："什么意思，你自己清楚。三嫂啊，您也要早做准备，省得招人笑话。"

越王妃站了起来："你胡说什么！我们王爷从来都跟我一心一意的，哪来这种话？你倒给我说说清楚，你这样败我的名声，是什么意思？"

郭熙忙拉越王妃："好了好了，四弟妹，圣人宫里不能粗声大气的。"

越王妃被她提醒，恨恨地坐下来，瞪了吴王妃一眼，道："正好教圣人看清楚，谁是搅事的妖精。"

吴王妃看了站在旁边的几个老嬷嬷一眼，心中暗悔，若教她们说到皇后跟前去，自己忍不住性子，倒是大大失策了。

李皇后早来了，却立在屏风后听着她们的动静，见郭熙将事端平息了下来，这边便笑着出来："你们都到了。"

众人忙见礼。

李皇后就道："我刚才过来，听你们几个倒说得热闹，却是说什么来着？"

越王妃就道："我正说三嫂的怀相呢，五弟妹到底年轻，说了些不着四六的事。"

吴王妃本已经熄了火，听了这话就不肯了，笑道："我正跟四嫂说，二嫂、三嫂，才是我们当中难得的贤惠人，不像某些人。"

她本是想挑事说越王妃不贤惠的，却不想惹怒了郭熙，许王刚刚去世又失了圣宠降了职，这一次聚会皇后便没叫许王妃来。郭熙心想，吴王妃竟将她与倒霉的许王妃并提，好生恶毒！她脸上却不表露出来，只淡淡地笑道："我们王爷也没个三妻四妾的，我不敢承五弟妹这句贤德呢。五弟待五弟妹也是极好的,就算纳了人,却也不肯留长久了。"

吴王妃被郭熙这一项,倒怔住了,她年轻,与吴王两人小夫妻之间闹腾得厉害,吴王但凡弄个姬妾来总是留不住,被她变着法儿给折腾走了,中间似乎还不小心弄死了一个。皇帝赐死许王府的张良娣,一个重要的罪名就是杖杀奴婢。素日她不管怎么生事,襄王妃都是不应,不想今日来了句厉害的,不禁又羞又气,脸儿涨得通红。

越王妃嘴一撇,笑了。

李皇后冷眼旁观着,见这两个王妃上来才两句便弄得这般剑拔弩张的,便轻笑道:"贤德大度,自然是你们做王妃当做到的,只是你们未必就真的知道,什么叫贤德!"

见皇后开口,越王妃、吴王妃互瞪一眼,只得一齐低头恭声道:"谨听圣人教导!"

李皇后正色道:"常言道,妻贤夫祸少。一味地悍妒,固然是不贤,然而一味地放纵,却也不是贤妻之道。要做得一个贤妻,不当管的不必去管,当管的不管,也不成。须得知道分寸,懂得有节有度才行。你们夫妻感情好,那自然是好的,但御下也不能不宽容些。"

见越王妃听了这话,脸色微红地低下头,吴王妃不禁得意一笑。

李皇后见状又缓缓道:"但一味容让,却也未必是正确的。今日你们二嫂没有进宫,若进来了,我也要一并说说。府里头的事,做王妃的当管也得管,否则的话失了上下尊卑,更是乱家的根本。许王妃自己没做错事,可是她没做好一个王妃,王府里头出事,她也得受连累。我只说一条,不管是你们,还是你们府中的姬妾,都不能再出现许王府那种僭越制度,甚至有伤性命的事。一个好妻子,要做丈夫的眼睛,做丈夫的耳朵,亦不可因为要当那等空名的贤妇而撒开手,诸事不问,天塌不管,这并不是贤德之道。"

几个王妃互相看了一眼,肃然齐声道:"皇后娘娘放心,臣妾等府中,万万不敢有这种事。"

李皇后道:"你们做王妃的,素日要侍候好自己的丈夫,要明白妇者伏也,不可妄自尊大。"

这是说完姬妾相处,开始敲打诸王妃了,诸王妃虽心中不服,口中却道:"臣妾不敢。"

李皇后心中自然明白这些儿媳妇的想法,这些皇家儿媳妇,都是出身将相之门,在家金尊玉贵地长到十几岁,嫁入皇家,又一府独尊,便是对着皇子丈夫,也是要争个高下的。尤其越王妃、吴王妃,初开始时,都是和丈夫好得蜜里调油,及至一时顾不到发现丈夫起了外心,不免闹腾得厉害了些。在自己府中闹的,都是小事。但今日却已经明显见着为了储位,与自己妯娌也相争起来,这才是李皇后真正担心的事情。

当下李皇后又道:"虽然妇者伏也,但也要懂得妻者齐也。你要尊重自己的丈夫,但也要看着自己的丈夫,有不到的地方,该劝的也是要劝的。官家最重骨肉之情,最忌兄弟不和。我却知道,从来兄弟不和,都是从妯娌不和开始的。若妯娌相和,兄弟没有不和的。谁若令得天家骨肉失和,便是我,怕也保不住她。"

诸王妃不语,一时静默。

过了一会儿,郭熙笑道:"圣人的话,真是越琢磨越有理,让臣媳们一下子就找着了方向。平时我们也是这么想着做着的,只是我们愚钝,圣人方才的道理,我们平日只想得一分两分,万不及今日圣人说得齐全明白。"

李皇后笑眯眯地招手令郭熙坐到自己身边,拉着她的手笑道:"我是不担心你们两个,三郎是个老实孩子,你也是个明白人。只你如今有了身孕了,襄王府里头也没个辅助的人,凡事可要自己保重!"

吴王妃假意笑道:"正是,三嫂为人,是谁也挑不出毛病来的。听说襄王府里里外外,都是三嫂一手操持,真是能干。只是平时尚可,如今你有了天家骨肉,正该好好地保养自己。皇后娘娘可不许她再这么操劳了,你自己事小,皇孙事大。我府里头倒有几个丫头还伶俐,三嫂要是不嫌弃,挑一个过去帮你吧!"

李皇后眉头一皱,暗想这孩子莫不是个蠢的,怎么这样的话,也听不出来!却不知道这几个王妃既已起了相争之心,又哪里是几句话压得下的。

郭熙见李皇后神情,心中暗暗冷笑,却不动声色地道:"多谢五弟妹好意,我自己身边倒还有几个丫头,能帮着我料理事的。"

吴王妃掩口轻笑:"府中的事,倒是有人料理的,可是你们襄王难道不要人服侍吗?总不成这几个月,让他过和尚日子。如今襄王府别无姬妾,这知道的,说是三哥专情,三嫂招人爱;不知道的,还只道是三哥太老实了,三嫂气量小呢。我听着都替你不服,你听听这外头传的什么话哦!"

越王妃本待开口,听到这里,不免心生妒意,竟不说话了。

郭熙心中恼怒，却不说话，只朝着吴王妃笑笑："五弟妹这张嘴啊，真是太利落了。幸而圣人大度，要不然，就是失仪了。"

吴王妃冷笑："我就是直爽了些，见不得人装模作样。"她嫉妒襄王妃郭熙已非一日，与越王妃素日掐架不分胜负倒也罢了，这襄王妃容貌才能都不出众，凭什么皇后也看重她，襄王也看重她。皇后在宫里袒护她，襄王在府里又无姬妾，独宠正室。同为妯娌，为什么她们的丈夫就不如襄王这般专情温柔，别无内宠。

"好了！"李皇后轻轻一声，大家立刻静了下来，不敢出声。她扫视了一眼，微微一笑："五娘这张嘴，真是叫人笑也不是，气也不是的。今儿咱们娘儿几个自家人，在一起说说，你三嫂有喜，你引她笑一笑倒也无妨。要是传到外头不相关的人耳中，倒显得不是大家气派。三娘，"她很亲昵地拉过郭妃的手，笑道，"是得置个人，好帮着你服侍三郎，也让你好好养胎。"她回头叫道："媛儿——"

但见一个宫人立刻应声："奴婢在。"声音很是清脆。

李皇后笑道："媛儿在我身边，最能讨我喜欢。她也非平常人家出身，她是天武副指挥使杨知信的侄女儿。去年到我身边，调教了一年，谁讨我也不给，如今就给了你吧！"

郭熙似觉得一道雷霆闪过，心中五味交加，眼前忽然一片蒙眬，却不敢表露出半点酸意，不及细想，却只能立刻起身，下拜谢恩道："臣媳多谢圣人厚爱。"

李皇后笑着叫道："媛儿，快扶住了。三娘，你身子重，免了免了。"

郭熙只觉得一双手伸过来欲扶自己，她近乎本能地立刻挣开，忽然回过神来，盈盈笑道："不必了。"

李皇后吩咐："媛儿，还不参见你们王妃。"

郭熙只见眼前一个人向着自己跪拜下去，忙笑着去扶她道："不必了。好妹妹，快起来吧！"她怀着身孕不方便，说得快做得慢，虽然已经伸手去扶，但杨媛年轻，动作敏捷，却已经将三个头磕完，郭熙的手才正好伸到拉住了她。

郭熙这才细细地看杨媛，只见她十三四岁年纪，身形初长，神情中却还留着一丝稚嫩与纯真，相貌却是甜美讨喜，甚为乖巧的模样。

郭熙轻抚着腹部，心中又酸又喜。怀得皇家骨肉固然是天大的喜事，却还是逃不过这等地位必然要过的一关，襄王独宠的日子终究难以长久，怀孕是喜也是忧，如此一来再不能独自一人拥有丈夫。或迟或早，终归会来的吧。如今由皇后赐下，又体面又堵了众人的口，也未尝不好。又瞧着杨媛年纪尚小，虽然透着机灵劲儿，模样却也不是个妖媚的相格，断断不致勾引得襄王变心。皇后毕竟还是有分寸的，虽然插手襄王府，却没打算弄个妖精来与自己争宠生事。

郭熙在脑子里不断地想着这件事是好事，可心里却是酸涩难言，甚至莫名有一股恨意升上来。只是她素来冷静克制，虽心中不知道过了多少事，面上却是不显，只拉起杨媛，已是极快地褪下一只累丝金镯套到杨媛的腕上，笑道："妹妹，这个就当是我的见面礼了。"

杨媛骤得此名贵饰物，涨红了脸不敢收，两人推让了两三回，李皇后笑道："好了，难得襄王妃喜欢你，你就收下吧！哦，我瞧着这累丝金镯有点眼熟，好像是你母亲戴过吧？"

郭熙暗喜皇后到底认出这件首饰来了，自己倒没白给："正是，圣人好眼力，这是我出嫁时母亲让我压箱的。可是要论疼我，圣人才是真心体贴我疼我的人。圣人调教的好人儿，我一看见她，就打心眼里喜欢呢。有了杨妹妹，我以后就能偷个懒，安安心了。"说着拉了杨媛的手，一边说一边笑。

杨媛的小手被郭熙拉着，只觉得郭熙的手冰冷潮湿，忽然想到她刚才毫不犹豫地甩开自己欲去搀扶的手，心中不由得微微一颤。

吴王妃在一边瞧着，她满心是想让郭熙不舒坦的，眼见郭熙笑得如此开心的样子，自己反而更加堵心了。当着皇后的面，却又不敢发作，脸色未免不好看起来。

李皇后却转移了话题，说起花灯等事来，又叫人拿新进的宫缎珠宝花样来给诸王妃。过得一会儿，其他几宫的妃嫔也来了。其中便有越王、吴王的生母等，几个低阶美人也带着年幼的皇子过来了。只有元僖的生母孙贵妃告病未来，众人也都明白，孙氏自儿子被任命为开封府尹之后就晋位为妃，一时在宫中尊荣无两，连李皇后都要暂避锋芒。得意久了，元僖一死，就未免落差太大。虽然元僖死后，皇帝还是晋孙氏为贵妃。看似地位更尊贵了，可没了儿子就没了指望，又有什么意趣。孙氏未封贵妃前，诸妃嫔均来奉承，她封了贵妃就倒下了，也就没几人看她。

如今众人只围着李皇后奉承，一派喜乐融融，将元僖之死带来的低沉气氛都冲散了。

及至晚间，李皇后更是厚赐众人，还说元宵节宫中也设灯会，叫诸人都要准备花灯。一时将众人鼓动得兴奋起来，回去时满脑子想着的都是做个什么样的花灯能一举压下众人。

众人出去了，李皇后才松了口气，叫贴身的纪嬷嬷来服侍她卸妆。

纪嬷嬷一边服侍着，一边同李皇后闲话："襄王妃能明白您的用意吗？"

李皇后叹息一声："管她呢，不过是尽我的心罢了。"

当日皇帝发雷霆之怒，在元僖灵前杀了张良娣，又将他的属官一并贬谪，众皇子不解其意，俱都惶恐不安，一时朝党气氛低迷。皇帝见状，就让皇后召诸王妃进宫，一则缓解气氛，二则安诸子之心。李皇后知道许王死后，诸王争储，但皇帝根本没打算这时候马上立皇储，遂要李皇后从诸王妃着手开解，避免相争。李皇后知道这事难办，却也只得执行。临了皇帝听说襄王妃有孕，襄王府别无姬妾之时，忽然又让皇后赐他几个姬妾。

李皇后明白其意，一来是因越王妃、吴王妃之前在孕期都闹过一些笑话，再加上前任襄王妃悍妒，怕这次襄王府又出事，于是干脆从宫中赏下人来，避免坏了襄王名声。二来也是因为之前皇帝无端震怒，将襄王那名宠婢赶走了，因此觉得要补偿一下儿子。

只是皇帝却不明白，这人又不是物件儿，一件坏了，再赔一件就能行的。便是物件，也有心爱的和寻常的之分。你瞧着寻常的，却有可能是他心爱的。想想楚王叛逆，许王虚伪，皇帝对这两个儿子虽有慈父之心，却总处不到点上去，反而每个举动都令儿子更加离心。如今忽然想起要待襄王好些，但这赐姬妾，未必能教他领情，却反而更令其夫妻不和。

再想皇帝前一句吩咐要消了诸王的相争之心，后一句又单独赐襄王姬妾，将他置于众人瞩目之地，岂不是南辕北辙？只是皇帝从来就是任性行事，她能够熬到今日的皇后之位，靠的就是善解人意、恭敬体贴，只消自己把皇帝吩咐的事情办了就好，哪里肯去说逆耳之言，招惹无由之事。

纪嬷嬷见她心情不甚好，就道："圣人待襄王妃这般好，她若是不体察您的好意，也算不得聪明人，也犯不着您再费心。"

李皇后长叹一声："这将来之事，也说不好，我不过结个善缘罢了。"她也只能一边执行皇帝的旨意，另一边挑好人选，再提点郭氏，希望她能够明白。

为王妃，自然可以独占春色，为皇储妃，就必须要贤德大度才是。

纪嬷嬷赔笑："圣人何必操心这件事，您不是常劝官家：'不痴不聋，不做阿姑阿翁。'凭是谁主事，还敢不敬您吗？"

李皇后看了她一眼，道："'不痴不聋，不做阿姑阿翁。'可要是真痴真聋，也做不得阿姑阿翁。"

纪嬷嬷明白她的话："只怕几位郎君都要争一争呢，咱们只在旁边看着罢了。"

李皇后叹息："你可知道，开宝皇后前阵子去了。唉，想当年她初进宫时，何等荣耀，如今身后，却又是何等凄凉。"

纪嬷嬷却是知道，听说开宝皇后临终前惹怒了官家，所以官家迁怒于她的后事，这几日朝堂上还发落了好几个为她鸣不平的官员。

李皇后长叹一声，想着开宝皇后临死之言：既然享了常人不能得的荣耀，自然也要受常人不能受的痛苦。不由得颇有兔死狐悲之感。她和开宝皇后一样，没有儿子，将来日子过得舒心与否，就要看下一任皇帝皇后有没有孝心了。因此她只能处处周全，几方妥帖。

李皇后只希望自己的苦心，如今还年轻的襄王妃能够明白才好。她若不明白，将来纵做了皇后，也是要狠狠摔几跤的。

却说郭熙回府，一径入了自己房中，吩咐侍女燕儿道："圣人恩典，赐宫人杨媛为襄王府良娣。杨良娣是圣人所赐，身份不同，我想这府里头须得挑一处最好的院落才是。想来想去，只有前头的玉锦轩又大又好，且现成，你立刻带人去收拾出来，一应物品且要挑好的，服侍的丫鬟，也要乖顺听话的。"

燕儿是郭熙的心腹，听了她一长溜不打磕巴的吩咐，显见得早思虑好了，却提醒道："王妃，可是这玉锦轩……"玉锦轩是先王妃潘氏所居之地，自潘妃死后，就再也没有人住进去了。谁都知道襄王元侃极其厌恶玉锦轩这个地方，在潘妃活着的最后那段时间，襄王是一步也没踏入过玉锦轩。把新人送到那个地方，无异是送入冷宫。

郭熙眉毛一挑："怎么了？"

燕儿大着胆子问道："王妃，奴婢以为您好像态度有些不一样？"

郭熙笑道："什么不一样？"

燕儿道："记得那次奴婢对您说，王爷在外头可能有人，您不闻不问，为什么如今却又不一样了？"

郭熙含笑道："傻丫头，外头的闲花野草入不得府，上不得台面，王爷一时兴起，终究也是一时兴起，犯不着为这个去逆了王爷的意。"她停了一下，缓缓地道："杨良娣是圣人所赐，又是杨知信的侄女儿，身份尊贵，长得又讨人喜欢。过得两三年，她若产下一男半女的，就能与我齐肩了，可是件好事呢。我自然要好好地待她，关照她。"

燕儿忙点头道："奴婢明白了。"

郭熙正色道："你们不可存了小人见识，不管王爷待杨良娣好坏，她都是圣人所赐，我要待之如妹。府里上下人等，都要好好地待她，不可让她心生嫌隙。"

燕儿这回才是彻底服了："奴婢现在全明白了，王妃放心，奴婢知道怎么做。"

郭熙缓缓坐下，低头轻抚着自己隆起的腹部，嘴角浮起一丝笑意："今天圣人教我们几个王妃为妇之道、贤德之道。不当管的不要管，当管的事不能不管。男人府外的事务，我自不必理会，发生在府内的事，我就得掌握。"她看着窗外渐渐升上来的月亮，冷冷地道："圣人说得好，做好一个贤王妃，须得懂得分寸，有节有度。"

转眼又是元宵，这年元宵节灯会格外热闹，却也出了比往年更多的事情。

过了元宵，元侃择了一日，踏雪来到薛萝别院。此时刘娥房中早已烧好了暖炕，熏得一室生春。见刘娥在炕上煨着酒，恰是一幅"绿蚁新醅酒，红泥小火炉"的场景。

元侃自己脱了斗篷，搓着手道："好冷好冷。"

刘娥把元侃的手拉过来，放在薰笼上焙着："外头下雪了？这样冷，喝杯暖酒挡挡寒气吧。"

元侃就笑道："此意甚好。"

现下虽然诸皇子有相争，但终究不过是在皇帝跟前讨好些，在政事上争执着，跟大臣们拉拢些，元侃身后跟踪之类的事情，倒真是绝迹了。许王部属牵连这么多，其实多多少少跟查到许王当初做的一些隐秘之事有关，因此两人相处又松快了许多。

两人在暖暖的炕上,一边调笑,一边抢酒喝。知道元侃素日在府中几十大碟的嫌烦,刘娥今日只备了花炊鹌子、羊舌签、鸳鸯炸肚、五珍脍四样下酒小菜,再有雕花蜜煎、永嘉黄柑子、咸酸桃丝、陈公梨四样劝酒果子。元侃甚是喜欢,也不用银箸,只用手抓了一只羊舌签来吃,急得刘娥直叫:"把炕上弄得油汪汪的。"元侃也不理睬,只顾哈哈大笑,越发不管不顾地胡闹。

闹了一会儿,元侃才静下来靠在软榻上,左手执着酒盏,右手拥着刘娥,笑道:"这等日子,神仙不换!怪不得人道:只羡鸳鸯不羡仙呢!"

刘娥就问元侃忙什么,元侃说起前日元宵节的事情:"这京城看似太平,但城狐社鼠总是除之不尽。每年元宵节,都会有三四十名妇人孩童走失被劫,不知下落。前日惟演的妹子看灯,这样十来个仆从跟着,也险些被劫走。"

这事儿刘娥却是知道,今年钱惟演的妹妹钱惟玉元宵节看灯,也是带了十来个仆从的,不想到了灯市上,被人一挤都挤散了,还好有三四个仆妇紧紧跟着,谁知道挤到一个巷口,见一个戴帷帽的妇人带着两个衣着富贵的女婢,这几人就道自己是某官员眷属,说要结伴而行壮胆,走了没几步,又说自家的轿子就在前面,可两人一起乘坐,叫健仆们抬着,先离了这拥挤之地。惟玉不提防有诈,与她坐上轿子,那健仆抬起轿子,不顾仆妇们就跑了。恰好刘美与几个王府护卫乘假出来看灯,见吴越王府仆妇们哭着追赶,当下带着人追上前去才将人救回。

说起这事,刘娥也叹息:"这也是可巧了遇上我哥,只是这些人如何这般猖狂,官府竟也不管吗?"刘娥混瓦肆的时候,听过这些事情,只是那时候她正为生计发愁呢,哪里管得了富贵人家出的事情。这时候听得元侃说起某官家女眷失踪,又说起某富家千金失踪、小儿失踪,心态就不一样了,就道:"我原以为这都是开国前的旧事,不想如今还有,可见是开封府失职了。"

元侃就道:"我今日也问过开封府的推官吕端,他说是极难管的。这些人素日住在桥下河边井洞,地下河道洞洞相连,二哥在任的时候也派人围捕过几次,但只抓到一些小喽啰,解救过少量的人,背后的势力却抓不住,没过多久,就死灰复燃了。况那时候……"

元侃没有说下去,但刘娥却是懂了。这些年开封府尹走马灯似的换,秦王、楚王、许王等,主官变动太大,下头许多事就不好做、懒得做、没人做。

刘娥就道:"所谓城狐社鼠,不过是土垣败坏,无人清理,日复一日下来,才显得积重难返。这跟打扫屋子一样,把死角清理掉了,这些人就无处藏身了。"

元侃却不信:"多少能臣解决不了的事情,你如何知道处理?"

刘娥说:"这些人难抓,就在于搜捕之时,往桥洞下一钻就罢了。可是这只是他们逃避时的办法罢了,难道他们还能永远住在桥洞底下不出来,他们吃什么喝什么?他们抓这些妇孺,难道还能长久地锁在地底下,自然有贩卖的渠道。且地下洞穴虽多,不过每回都只是开封府派衙役抓捕,人数不够,查得不够罢了。"

元侃听了就坐了起来:"你且说说,有什么法子?"

刘娥就说:"我们以前抓田鼠,若是找到洞穴直接伸手掏洞,自然田鼠就会从别的出口逃了。后来发现了田鼠,先不掏洞,而是到周边将其他的口子封住了,然后放烟一熏,只看烟从哪个洞口散出去,就在那里张着网罢了。"

元侃拍案叫好:"你这可是兵法,围而不攻,聚而歼之。"

刘娥笑道:"我们乡下人哪里懂什么兵法,我们只知道凡是抓田鼠,就要用田鼠的办法。再有,就是田鼠躲在洞里,如何才能发现它们的行踪?只因田鼠爱往洞里拖东西,又贪,所以路上总会掉下一些东西的,顺着鼠踪去,再没有抓不住的。"

元侃点头:"正是,这些人作案多起,都有一定的行踪,一次两次出乎意料,十次八次,难保不会有重复的路子。"说着铺开书案,写起表章来。

刘娥又提醒:"再则,若要绝了鼠踪,顶好是把鼠洞填上才好。"

元侃听了这话,回去与属官们细细钻研了一夜,次日就上了表章,让开封府协同查办无忧洞之事。

若说素日朝上还有人会为各种事而争执,在这件事上,还真的无人有异议,清扫了这些城狐社鼠,大家心理上都觉得安全些。且那些人实在太底层了,素日顶多勾结些衙役里正,还攀交不到朝堂官员。

刘娥只是提供了一点思路,具体方案自然有能臣干吏操办。先是皇城司派人混入当中,待掌握了证据,就带着开封府衙役展开了一次突袭,又让匠人将查到的地下水道洞穴见一处封一处,只留得几个出口故意不封,在那几个出口上暗中留了临时抽调来的禁军。再让开封府衙役如往常一般到地下洞穴去抓捕,见着一批抓一批。凡是一处搜尽了的,就让工匠将洞穴用土封死。如此查一处，封一处，虽然也有从别处洞口逃了去的，但终究十之七八都落了网。接着又去查封了一批素日帮助销赃、转运、贩卖妇孺的店铺，打破了与之相关的链条，更挖出了与这些人勾结的底层小吏，如此整顿一番，顿时就换了气象。

皇帝得知，将元侃叫进宫夸奖了一番。

一番整顿下来，虽然不能说让这类地下阴暗势力就此绝迹，但这一打击下来，保得此后三四十年清静，却是有的。这样的大城市，永远不缺阴暗的角落，永远不缺因无法谋生铤而走险的人，也永远不缺那些因为利益而与之勾结的势力。那些销赃的链条被打破，或许三五年后会慢慢恢复，但要成规模，也得十来年。那些被封土堵死的地洞，想再一点点挖开成为纵横交错无法追捕的管道网络，却是没有几十年不成的。

这事儿办成了，不但皇帝喜欢，连朝上大员、京中士绅商户、稍有资产的人家，俱都夸起襄王的好处来。

"但最终还是要保得京中没有流民才是。"元侃叹气。

是啊，换了任何一个人都要叹气的，刚打击完这些无业流民，京城忽然又多了一批新的流民，幸而那些洞穴都封死了，否则就又多一个不稳定的情况。

"这批流民，都是从蜀中来的，听说受了灾。"刘娥也是蜀中逃难而来，格外同情。

元侃叹了一口气，道："你却不知，去年居然有一个蜀中来的狂生吴文赏叩阙上书，历数蜀中诸官员贪酷，这倒也罢了，他居然还指摘朝廷政令有过，说蜀中专设的博买务害民无数，理应立刻取消。官家听了虽然大怒，却也说是书生意气，只将他杖责，轰了出去。前些时候张咏也同我说，蜀民有怨，请我上书官家，只是……"

刘娥自然明白他这一句"只是"后面的意思："只是蜀中原是吴王的藩地，你不便擅加插手！"

元侃叹了一口气："正是。想那年我上书官家开仓赈济京中贫民，这事儿便年年得我办理了。那时候便得罪了二哥，他跟我别扭了好几年，我回什么他驳什么。我倒罢了，倒累得跟我走得近的几名官员被寻事下贬了。直到二哥死后，我才陆续把他们召回来。这也是我以前不懂得做事的缘故，如今再为这个事跟五弟对上，实在是不必了。那会儿二哥看我是弟弟，不懂事，肯容让几分。但五弟向来是个狂性子，只怕更要疑心我与他作对，挑他的不是。"

刘娥轻轻叹了一口气："你们天潢贵胄，做件事也得这么左右为难的，底下的人做事就更难了。"

元侃将身子向后倚过去，叹道："那个狂生吴文赏，告的头一个就是彭山县令齐元振贪赃虐民。这个齐元振本是五弟府中放出来的，去年述职考政仍是优等，还领了朝廷的特别奖励。"

刘娥好奇道："既然是述职考政优等，怎么会被人告？却不知这述职考政是怎么考出来的？"

元侃笑道："述职考政，无非考的是今年岁入是否增加，治地太平与否之类的。岁入每年户部都有记载的，治地上若没有大诉讼，那便是太平了。"

刘娥冷笑道："倘若述职考政只考这些，那倒容易了。比如农户租地，一年的收成原是要三成交皇粮，下面县令便改成六成七成，横竖百姓认不得朝廷的政令。这样抢了租子，在朝廷面前增了岁入，自己却也收得铜钱满仓，百姓饿死，却有谁理？那讼案更简单，衙门里不管有理没理，先交钱再打官司，层层剥皮，谁敢上衙门打官司去？"

元侃笑了："怎么你这话，倒像是今日吴文赏的口气！"

刘娥叹了口气："我们一路逃难的时候，许多人就遭遇过这种事，最后没活路了才逃出来的。可怜中间许多人，竟是走不到汴京城就……"

元侃收敛了笑容，抱住了刘娥道："别想这事儿了。我过几日，找机会跟五弟提一下，让他自己小心点儿。若是他自己上书，那就两全了。"

刘娥回过神来，强笑道："你看我说哪里去了，尽提这些不开心的事做什么呢！我想朝中宰相大臣总会看到的吧，官家若是知道了蜀中情景，必会下恩旨的。"

元侃点头："正是的。"

第三十五章
蜀中之乱

元侃原是想就京中多了蜀中流民这件事提醒一下吴王元杰的,只是年前吴王就一直在忙着修建自己的园子,他要盖一座万卷藏书楼,又叫了京中有名的匠人来,到太湖等地运太湖石修建假山。

几个皇子中,就数吴王元杰性情最为颖悟好学,他府中词人墨客最多,隔些时日便研究出一些文集辞书来。他本人辞赋最好,而且工于书法,不论草、隶、飞白都名重一时。平时皇室盛宴,总是他得头彩。

皇帝自己也好文,每日里虽然政务繁忙,但是犹要亲自看上三卷《太平总类》,便是政事太忙实在无暇,也要抽空补上。诸皇子不免学着皇帝的样子日日都要开卷有益。皇帝又最好写飞白之书,元杰的书法最佳,最能投皇帝所好,因此平日他越发在这方面上心了。

吴王府这一次大兴土木重修花园,其中最主要的建筑物,就是那在防水防火防蛀上下了最大功夫的万卷藏书楼。书楼四周清流绕过,本为防火,沿着水流一带修筑亭台楼阁,更衬书楼雅致。书楼前面,是用从万里之外运来的太湖石堆成的假山,错落有致,迂回环绕,似近实远。书楼中贮着自魏晋以来的各名家书帖及善本、孤本等近两万卷,堪称京城第一。

花园落成之日,吴王请了襄王、越王等诸王及诸官员前来饮宴。

面对着如此美轮美奂的园林,面对着美女歌舞,在场众人无不称好。酒过三巡,吴干也有了一些醉意,便乘兴提笔,即景赋诗。在场的吴王府幕僚纷纷叫好和诗,却不想其中有一人发出了一声冷哼。

吴王循声一看,眉头顿时拧成一团,暗暗怒道:"又是这个厌物!"

大家看去,却是吴王府的翊善姚坦,独自昂首不动,令众人直皱眉头。

王府中翊善虽然是属官之首,但是姚坦为人,却是令吴王元杰最为讨厌的。别人府中的翊善个个辅佑自家主子,只有他府中的这个姚坦,却是事事与他作对。平时他举止稍有过失,就被姚坦抓住错处痛加诋毁,不把他说成一无是处、罪恶万分不肯罢休。

吴王元杰深恨姚坦,只觉得此人在身边犹如芒刺在背,有此人在王府中,简直人生也无趣了!他身边的人看出他的心思,就出主意叫他称病不朝。皇帝本就喜爱这个儿子,一听说他病了,甚为关心,每日派人前来探视。过了一个月元杰的"病"还没好,皇帝心中着急,连忙召了元杰的乳母来问情况。乳母便按照早就准备好的词儿应对道:"王爷本来没病的,只是那姚坦太过无礼,处处管着王爷、诋毁王爷,因此王爷叫他气得病着了。"

皇帝闻言大怒:"姚坦是朕所选的人,就是要选品行严正的人来辅弼,自然不能像那等拍马小人只知道讨主子欢心。吴王不知道纳谏,还以装病的方式,要去了管束的人,好让他胡作非为,是不是?我想元杰小小年纪也做不来这等谋算,必是你等挑唆的!"这一怒非同小可,立刻将乳母先杖责了三十,乳母差点儿丢掉了老命,又将吴王周围的侍从也都斥责了一顿。吴王经这一事,不免弄得灰溜溜的,再也不敢装病了。

皇帝表面上派人对姚坦宣谕道:"卿居王宫,能以正为群小所疾,大为不易。卿但如是,勿虑谗间,朕必不听。"私下里却又召来姚坦告诫道:"元杰知书好学,亦足为贤王。便是稍有过失,也应该婉辞规讽。无大故而诋讦主子,岂是你为人属下的裨赞之道?"

姚坦领了皇帝的命令,缄口不语了几个月。

此时吴王已经喝得有几分醉意,见姚坦又做出这副怪相来,心中大怒,厉声道:"姚坦,本王兴建藏书楼,是奉官家宣谕文事的上意。本王问你,你见此建筑,又有何心思?"

姚坦冷冷地道:"王爷真的要听吗?那可是王爷要臣说的,休怪臣说出不中听的来!"

吴王酒气上涌,怒道:"好,就算是本王要你说的,本王倒要听听,你能说出什么不中听的话来!"

姚坦扫视众人一眼,徐徐说道:"眼前你们看到的是太湖石堆制的假山,在姚坦的眼中,却是一座血山!"

吴王大怒,一脚踢翻了长桌,毫不理会桌上的酒盏玉盘山珍海味滚得一片狼藉,指着姚坦大怒道:"姚坦,你放肆,毁谤本王,你可知罪!"

姚坦冷笑一声："吴王但知山林之美,却不知道自己属地蜀中已经有多少人家破人亡,沿途逃难。今年京中新到的难民,有一半是从蜀中而来。为你吴王殿下造此园林,州县鞭挞小民,以取租税,假山再美,不过是黎民租税血汗成就的啊！"

吴王为上次的事不痛不痒,只几个侍从受了惩处,皇帝见了他也只说了一声"别耍性子",又听说私底下姚坦也受了训诫,再见此人安分许多,气势便盛了许多。今日本是一团和气,却又叫姚坦指着鼻子这般教训,心中大怒。当下气得拔剑就要去砍人："以下犯上,你好大胆子。我府中再容不得你！"

众人见此情景,手忙脚乱地上前拉着吴王,又拉着姚坦叫他向王爷请罪。姚坦不但不理,反而更加厉声道："你身为皇子,不恤生民,不纳谏言,反而拔剑杀人,有这等昏愦暴戾的行为,怎堪为一方之王？"

这话犹如火上浇油,吴王直跳着脚叫道："你们别拉着我,我今天非杀了他不可,先杀了他,我再向官家请罪！"

"五弟五弟——"襄王元侃忙抱着吴王道,"好兄弟,你是金枝玉叶的皇子,不必与他一般见识。"又喝着："你们还不快拉了姚坦出去！"

越王元份也上前劝说,两人夺下了吴王元杰手中的剑,那边吴王府众人也拉着姚坦出去了,好说歹说,才将吴王劝下来。元侃本想今日对元杰说蜀中之事的,见了这般情景,不想再火上浇油,只得先按了下来。

就这样左一耽搁右一迟误,事情便到了不可收拾的地步。

二月中旬时,襄王元侃在内阁中接到边报,当场就惊得傻掉了。

蜀中边报：永康军治下青城县有茶贩王小波、李顺等人聚众造反,蜀中百姓响应者极多,不过十余日,已经聚集数万人,攻下了青城、彭山两县,形成大火燎原之势。

事情发生之前,大宋朝廷上下竟是谁也没有闻到空气中弥漫的硝烟味儿。

那一日正午,青城县中。

虽阴雨绵绵,可是春茶却长得格外地好。蜀中地无三里平,这样的地形,虽导致本地出产粮食不足,可是桑茶等树的生长却是极好的。因此十有八九的人家都种茶养蚕,以换得粮食糊口。自朝廷设立博买务之后,禁止民间私买私卖茶叶、蚕丝等物,在各关卡要道上都派了官兵把守,特产的蜀茶蜀锦，只能官买官卖。若是生活在穷山老岭里，路远了送不出去，那茶就会迟送三五天，价格便成倍地下跌。农家一年辛苦，种出来的茶、织出来的锦，翻山越岭地送到县城中，往往价格被压得极低。平日里那样千珍万惜，一叶一叶小心翼翼地收拾起来，不敢沾上一点尘灰，唯恐压了价的嫩尖雀舌，在人山人海等着博买务收购时，随时被轻抛在泥泞里，踩踏了糟践了都是平常事。

青城县的张县令，在县衙中喝着小酒，想着青城山中的杜鹃必是开得极好了，只是自己却因收春茶的事，倒忙得走不动，不免一肚子气。

前些年，因为博买务出价太低，有些刁民便偷偷地存下好茶叶，将次茶叶送到博买务。因此朝廷下旨严厉责问，成都府派兵封了各山道，使得那些茶贩子无私可营。去年年底以来，四乡八寨的百姓便纷纷将货送到县城。只是来的人太多了，那些泥腿子沿着街头到处都是，看着就让人烦心。因此他已经令衙差们将他们都驱逐出城了。大街上干干净净的，才好看景。

送来的货太多，价钱还得往下压。张县令已经叫师爷去看了，将上好的货物扣下些，自己寻个门路贩到蜀境外，没有了那些茶贩子弄乱价钱，翻个几十倍也不在话下。

张县令手中捧着酒杯，暗叹了一声，他还是开窍得太迟了。想想彭山县令齐元振多精明，他比齐元振还早三年就任，齐元振捞的钱却早已经是他的几十倍了。齐元振赋税收得比他多，刮地刮得比他狠，可是人家的官运比自己好多了。去年底为巴蜀狂生吴文赏上京告状的事，朝廷派了秘书丞张枢到蜀中巡视，一路巡来罢免了上百官员，可是齐元振不但没事，反而得了个"清白强干"的名头上报朝廷，又有吴王元杰做后台，还得了朝廷赐玺书奖谕。

这有钱好办事呀，齐元振收钱收得狠，钱多了自然能够差得动人，手下吃皇粮的衙役个个得了他的好处，自然出死力气替他去刮钱。上上下下的关节，哪个不是用钱去打通的，上司下属人人夸好。张枢这一路巡来，还未到彭山县便有成都府派人通知齐元振，齐元振早将自己的钱财移到彭山县富户家中去了，又将彭山县那些杂七杂八的贫户全部驱走，敢说半句不中听的话的人，早就下到了狱中。因此张枢到得彭山县再去视察时，整个彭山县早已经被齐元振涂上了一层粉。张枢这一上报，朝廷这一奖励，齐元振指日便可高升。

谁也不是傻子,朝廷的玺书奖谕一下来,满蜀中稍晓些事的官员,就都学了齐元振的样子。只要每个县里上报的岁入数目好看,把不晓事的刁民统统关起来,这又体面又轻松的事,谁不学得快呢。

正想着,忽然听得外头一阵喧闹,张县令便见一名衙役慌慌张张地来报:"不好了,前头出事了!"

张县令吓了一跳:"出了什么事?"

衙役道:"就是前天那个茶农赫老三,排队等了十几天还没等到收购,就暗地里把茶卖给了茶贩子王小波……"

张县令不耐烦地道:"不是叫你们去抓了吗?"

衙役道:"是啊,我们照您的吩咐,把赫老三抓起来打了一顿,把他的茶叶全部倒在大街上踩烂了。谁知道那赫老三被打得走都走不动,居然还能爬到大街上,他拣了一整天,倒把那些没被完全踩烂的茶叶拣回两成来,抱着往回爬,正好叫前头的弟兄们看到了,因您吩咐,要全踩烂了以儆效尤的,弟兄们就从他怀中夺了那些茶叶再放到地上踩烂了。哪知道那人死脑筋转不过弯来,见拦不住我们,居然一头撞死在城墙上了。如今那些还等着排队的茶农和被我们抓来的茶贩子都闹起来了,外头闹得很凶!怎么办?"

张县令不以为意地说:"这有什么可闹的,往年拿到私卖茶叶的都是这么办的。那个刁民拿死来讹官府,论理还加一重罪呢!你多叫几个人,把那些个泥腿子驱散了便成。"

衙役出去后,过得半晌,外头的喧闹不但没见静下来,反而更凶了。张县令走出房门,刚招呼了一句:"来人哪!"忽然听得一阵惊天动地的响声,他眼睁睁地看着大门轰然倒塌,然后一群人旋风似的卷了进来,他还没明白是怎么回事,便觉得脖子一凉,然后他看到自己脖子上喷出血来,就什么也不知道了。

忍饥挨饿等了十几天的茶农蚕农心中的愤怒,在赫老三血染青城县县城的时候,到达了极点。这种怒火足以叫人们失去对死亡的畏惧。但听得人群中一声:"杀了这些狗官差呀——"顿时,整个青城县沸腾了。愤怒的人们冲破了县衙的大门,还在称量数钱的师爷、挥动鞭子的衙役,被汹涌的人流推倒了踩过了,人群横冲直撞地把整个县衙弄成了一片废墟,县衙的库房被打开,粮仓被打开,所有的钱呀粮呀东西呀都被一抢而空。

但接下来怎么办?狂潮之后的人们惶然了、迷惑了、不知所措了。

"王大哥,王大哥——"越来越多的声音,叫出这个他们平时一遇到困境就会想起来的人。人声如狂潮,把王小波推上了浪尖。

王小波提着张县令的人头,走到县城前的空地上,大声道:"苍天若有眼,为什么我们一年辛苦到头,养不活自己,养不活老婆孩子?为什么这些狗官,吃得肥穿得暖?这公不公平?"

人们大声叫道:"不公平——不公平——"

王小波大声道:"赫老三一辈子辛苦老实,是树叶子落下来怕打破头的人,如今他就这么被逼着撞死在城墙上。这狗官——"他将手中的人头重重往地上一掷道:"这狗官还说他倚死讹官!赫老三冤不冤哪!"

人们更加愤怒,叫道:"冤——狗官该死——"

王小波大声道:"我们今天就算不动手,难保明天不会像赫老三一样地死。今天杀官是死,明天不杀官也是死。这世道不让我们穷人活呀——我们都是一样的人,为什么我们要被逼到这绝路上去?"

人们一声接着一声叫道:"杀——杀官造反——"

王小波振臂呼道:"我平生最恨不公道,天地间最不公道的就是贫富不均,穷人受苦。天地不公,朝廷无道,我王小波今日就要替天行道,我来为大家均这世上的贫富,再不教穷人受苦!"

人群沸腾了,"均贫富——均贫富——"的口号,一声接着一声,传遍了整个青城县,传遍了整个蜀中。

这是中国历史上百姓第一次喊出"均贫富"的口号!

沸腾的青城县县城,渐渐地平息下来,空气中仍然弥漫着一股浓浓的血腥味。

王小波站在城头向下看着整个县城,转过身去,又看了看城外连绵的青山,无声地一叹。

身后有人道:"姐夫,在想什么呢?"

王小波回过头来,见李顺和计词站在身后,脸色同样沉重,说话的正是李顺。

王小波看着计词:"计先生以为呢?"

计词沉声道:"大哥是在想,我们接下去应该怎么办?"

王小波点头道:"官兵若是得到消息,一定会赶来清剿,我们得立刻想到下一步怎么走！"

李顺道："官兵得到消息固然会来，我们分布在蜀中各地的茶帮弟兄们得到消息，一样会拉起人马来！如今朝廷苛捐杂税，敲骨吮髓，穷苦兄弟们早就没活路了。只要姐夫振臂一呼，蜀中全境都会响应的。"

计词道："这消息到的有迟有早，各地的情况未必都如青城县一般容易解决。解决蜀中的官兵容易，但是以我们现在的力量要与朝廷作对，却无异于以卵击石。必须得赶在朝廷大军进蜀之前，攻打下一定的地盘，稳定阵局。因此下一步打哪里，怎么样打中朝廷的要害，打出我们的军心士气来，才是最重要的。"说着，他摊开了一张从县衙中搜到的地图，道："离我们这儿最近的地方，北上是永康军所在，东进是成都府，这两处都是重镇，朝廷都有重兵把守，以我们现在的实力，不宜硬碰。依我之见，咱们现在最好打这里。"他的手向下一划，指了一处地方。

"眉州府彭山县！"王小波与李顺同声道。李顺嘿了一声，兴奋地道："格老子的，齐元振这龟儿子，早就叫人恨得牙痒痒了。不知道多少苦兄弟说要把他剥皮点天灯呢！大哥，若是杀了他，才叫人解气呢！"

王小波点头道："不错，计先生果然有道理，彭山只是一个县城，守军不多，齐元振却是肥得很，宰了他，咱们就能够吃饱了。"

计词道："不错，打彭山原因有四：一则彭山县离青城县最近，也是我们此时兵力吃得下的；二则青城县存粮不多、山岭难越，彭山县却人多粮足、交通便利，我们攻下彭山县之后，便可扩军备粮；三则齐元振民愤极大，杀了他人人称快，蜀中民心归附，大哥一呼万应；四则，也是最重要的一点……"他停顿了一下。

王小波道："什么最重要的一点？"

计词道："我前期辅佐大哥还成，一旦咱们要在蜀中再开一个新天地，我自问才力难及，咱们须得请到一个比我更高明的人！"

王小波道："先生这些年来出谋划策，极为高明，我不知道蜀中还有谁比先生更高明，纵有，也不过是官家的狗腿子，怎么会跟从我们这样的泥腿子？"

计词道："大哥应该听说过此人，他便是大名鼎鼎的巴山秀才吴文赏！"

王小波啊了一声道："是他，我也久闻其名，只是不得而见。"

计词道："吴文赏一向嫉恶如仇，多年来为百姓仗义执言，笔如刀口如

剑,蜀中官员无不怕他。去年曾经赴京城告御状,此人胸有丘壑,大哥若得此人相助,何愁大业不成?"

王小波道:"此人莫非就在彭山县中?"

计词点头道:"正是,去年他自京中告了齐元振的御状,回到蜀中之后,便被齐元振下在彭山县牢狱之中。咱们打下彭山县,正可解救吴先生!"

王小波一拍大腿:"好,咱们就打彭山县!"

待驻永康军与成都的官兵得讯赶到青城县时,王小波的人马已经翻山越岭,直奔彭山县去了。王小波他们一路上穿村过寨,经过每一处村寨,便先杀了这一村的富户恶吏,将所有财物均分给贫民。蜀人素来剽悍,青城县附近州县武风又盛,本来就已经被官府盘剥得极苦,已经有三三两两的作乱现象,因此王小波所到之处,立时就有无数青壮年自带了干粮投入义军之中。消息一传开,经常是王小波还未到该处,便已经有百姓杀了富户分了财物前来投奔。

数日后来到彭山县外时,义军的人数竟已经翻了十倍,有数万之多。彭山不过是一个县城,能有多少兵力,更何况攻城战刚刚开始,就有听到消息的贫民在城中自发地接应。

当日王小波便率众攻下了彭山县县城,冲入县衙,齐元振逃之不及,被义军抓住。

眼看着齐元振肥头大耳、绮罗满身,彭山县县城中的老百姓想起自家亲邻等不知道多少人被这狗官害得家破人亡、饿死街头,无不恨得牙痒痒。

李顺一手拎住齐元振,将其拖到县衙门口的空地上,对众人笑道:"你们看这狗官肥头大耳的,咱们怎么宰好呢?"

听说要处置齐元振,众人早将这里挤得水泄不进。一见齐元振被拖了出来,顿时人声鼎沸,哭的笑的叫的骂的乱哄哄一片。石子儿泥块儿固然乱扔,若不是维护的人拦着,早已经有人张着嘴扑上去生生地咬下齐元振一块肉来,更有几个年老之人骂着齐元振,历数其罪状,说到动情处已是泣不成声……

齐元振听得周围咬牙切齿、恨入骨髓的一声声咒骂和越来越狠毒的杀人之法,早吓得心胆俱碎,整个人瑟瑟发抖。李顺要将他从地上拖起来时,他早已经吓得软成一摊烂泥,口吐白沫。李顺冷笑一声:"齐元振、齐县太爷,你杀别人的时候,可没这么软包呀!"

但听得耳边一声声高叫,"把他宰了……""用鞭子抽死……""把他油炸了……""把他活剥了皮……""把他点天灯了……""我爹被他的马给拖死了,让他也被马拖死……"声音越来越响。

王小波喝了一声:"好了!"众人顿时静了下来,全部注目于他。王小波接过张余递过来的圣旨,展开对大家展示道:"大家看看,这就是朝廷嘉奖的'清官',看看这上面的字,是赵官家亲写的'为官清正'。咱们看看这狗官有多清正。计先生——"

计词上前道:"大哥,咱们在这狗官的地窖里,抄出满窖的金银珠宝来。嘿,这就是他赵官家的清官儿!"

王小波看着齐元振,嘿嘿一笑道:"我倒有个主意,这狗官不是最爱钱吗?这死了也该让他带着钱走。"王小波自台阶上一跃而下,左手揪起齐元振,右手抓起一大把铜钱,往齐元振的口中用力塞了进去。但见齐元振如落了油锅的大虾一般浑身乱颤,发出声声怪叫,但他终是敌不过王小波一身神力。一把铜钱塞进口中,便见齐元振半张脸已经血肉模糊,惨叫一声后,用力一挣,便一动不动了。王小波觉得手底下一沉,冷笑一声:"狗官,你盘剥的这许多钱财,原来也只吃得下这一两口!"随后将手中的余钱往下一扔,"大伙儿说怎么办?"

李顺笑道:"嘴里放不下,他肚子这么大,肯定放得下。"

众人已是高声喊道:"对,剖开狗官的肚子再塞进去,叫他带着一肚子的钱去见阎王!"

王小波哈哈一笑,扔下齐元振,便有几名头领过来拖了齐元振去剖腹塞钱。

齐元振满肚子塞足了铜钱的沉重尸体高高吊在城墙上悠悠晃晃,四方八寨的人们蜂拥而至,仿佛赶集似的争着去看平时恨入骨髓的贪官的尸体,兴奋地高声咒骂!

这些原生活在最底层的人,他们的人数虽是最多的,地位却是最低的。他们一生中似永远蜷缩着身子,为一口饱饭愿意付出一切,像牛一般地干活、像猪一般地吃食、像狗一般地活着。仿佛卑贱得让那些官吏、先生可以任意践踏,默默无声地千年万载地忍受着。

但他们也是人,谁也不想生来就忍受这一切,凡是人都有发泄愤怒的欲望,只是生活逼得他们一直忍受下去。直到这样的忍受,再也无法让他们活下去。这个世道将他们逼到悬崖上仍是不放过，他们再也没有任何退路。那些官吏、先生们素日端着酒杯附庸风雅，却不知在他们的漠视中，底下人的血和泪。而一旦人心中的野兽被放了出去，压抑一生的愤怒喷薄而出，反噬的力量失控，超越了官吏、先生们想象的血腥与残忍时，却已经什么都来不及了。

大火已经烧起来了，就不会这么容易灭下去。

蜀道艰难，那只是对于官兵们而言，王小波的义军，却是早已经在多年与官兵玩着贩茶的追逐中，将翻山越岭视为稀松平常。

义军们打一地就走，在巴山蜀水中出没如猿猴般灵活。官兵们在后疲于奔命，却冷不防反而被义军们自后头包抄。山野草庐，城镇巷弄，谁也不知道，那些百姓中，有多少是义军的伏兵。

义军们破青城县、破彭山县，转战邛州、蜀州，不到一年时间，已经席卷了整个西川之地，每日均有各地贫民前来投入义军之中。义军每破一地，必均分财富与贫民。整个川中传遍了王小波之名。

当纷纷扬扬的雪花覆盖着江原县县城时，城外白茫茫的雪地上，染尽鲜红色的血。

王小波的义军与官兵相遇，在城外展开厮杀。

率军的是赶来救援江原县的西川都巡检使张玘。当年太祖为防前朝藩镇割据之乱，禁军改由中央直接指挥调动，地方能调动的只有厢军。而厢军平时只是充作征收粮物等的杂役之用，并无作战能力。因此王小波的义军一起，各州县便难以守御。张玘的军队，在蜀中算是战斗力较强的一支。

但见一片混战之中，官兵终于抵挡不住，向后退去。王小波一挥手中大刀，率众追了上去。

忽然前面溃兵四散开来，却出现了数排整整齐齐的弓箭手。但见万箭齐发，向着义军如雨般射来。

王小波身先士卒，本就冲在第一个，自是首当其冲。但见王小波大叫一声，捂住额头，原来一支羽箭直插入他的额头，鲜血飞迸，他身边的义军也纷纷中箭倒下。王小波极是勇悍，满面鲜血，犹在冲杀。

随后而至的义军头领张余、杨广二人大吃一惊，但见对面张玘亲自拍马冲了上来，两人忙指挥身后兵马冲上前去，冒着箭雨，一批批人倒下去，才赶在张玘之前，将王小波抢了回来。

埋伏已久的张玘伏兵趁机冲了上来，义军大溃，直退至三十里之外，直到攻打另一门的李顺得知消息赶来，官兵这才退去。

当夜，张玘大帐中一片欢闹之声，都在为张玘庆功。

张玘坐在上头，眉州府、江原县等各级官员和军中将领在下相陪，觥筹交错，酒气熏人。江原县县令笑道："下官敬张将军一杯，将军真是智勇双全，下官今日在城头亲眼见将军神箭，只一箭便取了那贼酋王小波之首。就是李广复生，也不过如此呀！"

张玘面有得意之色，道："平定蜀中之乱，这是本官职责所在。自大乱一起，各地州县均束手无策，本官是带兵之人，自然先对这贼党有所研究。常言道，擒贼先擒王，蜀中一带作乱，便是因王小波而起。而此人好匹夫之勇，行战时常常自己冲在前面。因此我定下此计，只要一举射杀了贼首，其余贼党自是一溃而散！"

眉州知府忙趋奉道："正是，方才探子们回报，王小波一死，贼党群龙无首，都已经溃散。下官刚才就已经将今日战况写成奏疏，派人五百里加急，将此捷报上呈京城。快到年了，张巡使这份战功，正是最好的年礼。"

紧接着，其余各官员均是一番奉承敬酒，张玘虽然并不喜好如此被奉承，但今日大胜，整个军中人人兴奋，盛情也是难却，不觉便多喝了几杯。

这一顿酒直吃到三更时分才散，众人皆有了七八分醉意，都被自己的下属扶了回去，张玘也醉得伏案大睡。忽然睡梦中轰然大响，张玘骤被惊醒，惶然间抬头一看，但见营帐外火光冲天，他踉跄着站起来正欲出帐，却见一人浑身是血，一头扎进帐中，叫道："巡使，不好了，李顺袭营！"

话音未落，似听得半空一声炸雷，却是一条大汉已经站在张玘面前，但见白光闪过，张玘头颅已经飞起。

日间王小波受伤，军心大乱，军师计词便提议暂退。独李顺两手紧捏着那一支刻着"西川都巡检使张"的染血箭杆，怒得全身骨节都在咔咔作响。李顺带领人马退至半路后，又领着人马绕过山岭于半夜潜了回来，彼时正是张玘军喝得大醉之时，遂偷袭营帐，亲自砍下了张玘的头。

李顺提了头颅回营，却见大帐内灯火通明，各路将领都候在王小波床前，人人脸色肃穆。李顺直冲到床前，看到床上的王小波一动不动，额头上虽包着布，血却是止不住地密密向外渗出。

李顺大急,转头问计词:"计先生,大哥的情况如何?"

计词脸色沉重,缓缓地摇了摇头,轻声道:"大哥一直昏迷不醒,这一箭直入脑门,只怕是……唉!"

李顺直觉得心头似有一刀重重地切了下来,顿时只觉得心跳都停了片刻,他看着手中滴血的头颅,只怔怔地道:"大哥,我把狗官的人头带来了,我为你报仇了!"

床上的王小波忽然动了一下,李顺大喜,扔下手中的头颅扑了上去:"姐夫,我是阿顺……"

王小波微一皱眉,额头上的血立刻透过包着的布整行流淌下来:"是阿顺吗?"

李顺低声道:"是,是阿顺,我把那个暗算你的狗官杀了,把他的人头带来给您瞧。"

王小波的身子微微一动,迷惑地道:"怎么这么黑呢,怎么不点灯?"

明明帐内所有灯烛都已经点着,如白昼一般,为何王小波还这般说话?李顺骇然回首看着计词,计词脸色也变了,向李顺做了一个止声的动作,这边已经应道:"啊,是呀,天黑了,我这就去拿蜡烛去!"这边故意发出转身外出的声音,却因心绪大乱,险些自己先被绊倒。

众人不由得轻呼一声,张余忙扶了他一把:"计先生——"

王小波抬起无神的眼睛:"嗯,我听到了很多人的声音,这么多人不会不点灯。"他的脸色一变,"我明白了,我看不见了。"

"姐夫,"李顺慌乱地道,"不会的,你只是一时才——"

"阿顺,"王小波吃力地打断了他的话,"不要说这些没用的,我的伤自己知道,从青城县起事起,我这条性命就准备着随时不保了。你回来就好,我不成了,以后这个重担,要你挑了……"他头微微一转动:"计先生、吴先生——"

计词与吴文赏上前道:"大哥——"

王小波闭目道:"阿顺,以后遇事要与众兄弟商量,要多问问计先生、吴先生。这么多弟兄提头卖命跟了咱们走,你一步都错不得啊!"

李顺哽咽道:"是,我记下了。"

王小波伸手道:"扶我起来!"

李顺与计词忙将王小波扶了起来,王小波吃力地睁开眼睛,尽管他已经看不到了,可是他仍在用力地"看"着众人,额头上的血更是不断地涌出来。王小波直直地看着前面,轻声道:"吾疾贫富不均,今为汝辈均之!"这便是当日青城县起义时,他在天下人面前宣告的话。

李顺深吸一口气,一个字一个字道:"吾疾贫富不均,今为汝辈均之!"

王小波微微一笑,忽然间鲜血自口中狂喷而出,颓然倒了下去。

淳化四年(993)十二月戊申日,蜀中义军首领王小波因攻打江原县中箭重伤不治而亡。

第三十六章 竞储势成

淳化五年(994)元月的汴京城,仍沉浸在新春的欢乐中,但是接二连三从蜀中报回的消息,却令整个朝廷上下都笼罩在阴云之中。

自去年冬十二月,蜀中官员报来张玘射杀乱民首领王小波的消息后,皇帝以为蜀中之乱已平,龙颜大悦,下旨大加追封张玘等阵亡将领。

谁知道新春一过,情势竟然急转直下,王小波虽死,蜀中乱民不但没有溃散,反而以王小波的妻弟李顺为首。李顺率众安葬王小波之后,采纳计词、吴文赏等的建议,加强了军纪,严令不得扰民,并且对大户富绅开始采用较为缓和的方式,所到之处,把乡里的富人大姓召集起来,命令他们如实申报各自所有的财产和粮食,除按人口给他们留下够用数量外,所余全部征调,发放给贫苦农民,因此深为民心所向,所到州县,开门延纳,传檄所至,无复完垒。

不过短短十余日,李顺率领的义军队伍已增加到数十万人。接着,李顺率领队伍挥戈东下,从西南和西北两面向成都逼近。正月戊午日,李顺军攻克濮州;己未日,攻克彭州。己巳日,李顺军攻下了成都府,举世震惊。成都转运使樊知古与成都知府郭载原以为王小波一死,便天下太平了,于是立刻上了奏表报称已经成功剿杀王小波,为了表明自己的功劳,这份奏表上早已说得天花乱坠。李顺军初起时,攻州克县,他们却不敢立即上报朝廷。因为若此时再说乱民又起,恐怕要被追究欺君之罪,谁知道耽误得这一下两下,李顺军便已经势如破竹,不可抵挡。

成都城破,樊知古与郭载丢下成都逃到梓州,李顺随之攻克梓州。此后,李顺军以成都府为大本营,向四处出击。

二月桃花正开,襄王元侃正在薜萝别院与刘娥在桃花树下饮酒,张咏送来了刚到的邸报:李顺称王了。

桃花片片飘落在细麻笺纸上,刘娥素日拈花的手,此时执着这份邸报轻声地念着:"……李顺自称为大蜀王,并追封王小波为开国蜀王,其下设枢密使计词、宰相吴文赏、大将军张余等,改元'应运'……"

刘娥轻轻地放下邸报,心狂跳不止,闭上眼睛深吸了一口气,慢慢地消化这一份震骇。开国蜀王王小波、大蜀王李顺、枢密使计词、大将军张余……一个个曾经熟悉的身影在眼前晃动。自则天庙相识,一路行来十余日朝夕相处,她怎么也想不到,再次听到他们的消息,竟然是以这样一个形式。他们——原都是盖世豪杰呀!

那一刹那,刘娥竟有片刻的失神,直到元侃握住了她的手:"小娥,你怎么了?"

刘娥定了定神,看着元侃,勉强一笑道:"三郎,这蜀中事务,你打算如何处置?"

元侃叹道:"这事儿闹得大了,现在已经不是普通的流寇。李顺在成都称王,不仅有了年号,还有这个——"他将手中的两枚钱币放在案上,刘娥拿起来一看,分别是一枚铁钱和一枚铜钱,铁钱上刻着"应运通宝"字样,铜钱上刻着"应运元宝"字样。

刘娥脸色沉重:"连铸钱都有了,从来没有反贼制钱的,他这是以蜀王自居,要分国传世了。这可与普通的反贼不同。"

元侃道:"是啊,官家震怒,下旨调集禁军,入蜀平乱。今日朝中,四弟与五弟都分别请命,要率军前去平乱。"

刘娥凝视着元侃:"那王爷的意思呢?"说到朝廷大事,她的神情变得严肃起来,对元侃也以"王爷"而不以"三郎"相称。

元侃眉头深锁,道:"张咏、王钦若他们劝我,也上表请求出征。"

刘娥颦眉道:"李白的《蜀道难》中有云'蜀道之难,难于上青天',我自蜀中来,知道虽然蜀道之难,未必难于上青天,但亦不是容易去得的。这几年来我学习政事,看得出本朝自立国以来,蜀中就没有平静过。昔年在蜀中,亦曾听得王小波、李顺之名,朝廷行不到的仁义,他们行了,因此蜀中人人称颂。一旦登高一呼,便全蜀呼应。此时蜀中论文——有计词足智多谋,转战千里,让官兵疲于奔命,以至叛军能够攻城夺县,必是他之能,因此他位居掌握军权的枢密使。吴文赏有经世济国之能,这建立制度、定年号铸钱币,必出自他之手,因此他位居宰相一职。论武——杨广有盖世武功,张余有统御之才,都不是普通之人。王爷从未统过兵将,兵凶战危,此次挂帅,实是弊多利少。"

元侃笑道:"正是,我已经回绝他们了。"

刘娥看着元侃:"他们——是为了竞储吗?"

元侃的手微微一颤,苦笑道:"真真不要再提此事了,前头看了大哥、二哥的例子,我竟是心灰意冷了。似大哥这般文武全才,被囚南宫;似二哥这般心思耗尽,落得亡魂不安。如今四弟、五弟,也是明知道蜀道艰难,却还是抢着要去。"

刘娥道:"官家先是立楚王为储,废楚王之后就属意许王,许王已死,若依着长幼之序,当是三郎你呀!"

元侃苦笑道:"正是,可叹老四、老五,却将我当成眼中钉肉中刺。为这一张椅子,已经死了不少人了,弄得父不父子不子,兄不兄弟不弟的。思量至此,不是不令人心寒的。"

刘娥缓缓地偎依过去,靠在元侃身上,轻声道:"三郎,你还有我!"

元侃将刘娥拥入怀中,轻叹道:"是的,小娥,我还有你!"

刘娥凝视着元侃:"三郎,其实张咏、王钦若也没有说错,人生本如险滩行舟,若不奋勇上前,便会粉身碎骨。"

元侃心中忽然一阵烦躁,推开刘娥道:"我能怎么办?但凡爹爹有半点心在我身上,也不会拖了一年多都不谈立储之事!自许王死后,我不管做什么事,在爹爹面前总是动辄得咎,偏生四弟、五弟做什么,爹爹都不曾这般苛责。"

刘娥倒了一杯茶,微笑道:"恭喜王爷!"

元侃怔了一怔,道:"恭喜我?爹爹对我如此苛求,小娥你竟说恭喜?"

刘娥悠悠地道:"天将降大任于斯人也,必先苦其心志,劳其筋骨,饿其体肤,空乏其身,行拂乱其所为,所以动心忍性,增益其所不能。"

元侃皱眉道:"你的意思是说,爹爹是在考验我?何以见得?"

刘娥在桌上放了八个杯子,微笑道:"这八个杯子,就算是当今官家的八位皇子吧!本来楚王最得官家宠爱,可是自他火烧王府之后,官家就已经绝了立他为嗣的心。更何况他已经被废为庶人。"说着,刘娥拿掉了一个杯子,笑道:"因此才想立许王为皇储,可是许王无寿。按顺序,本就该是立王爷为皇储。"她又拿掉了一个杯子。

元侃摇头道:"前些日子冯拯上表请求立储,立时被贬岭南。这已经是第三个因为立储之事被贬的官了,现在再无人敢言立储之事了。"

刘娥笑道:"是呀,照理说许王去世,就应该立襄王为皇储,可是官家不但没有这样做,就连大臣上书议立皇储,都被问罪,所以朝中文武议论,官家是不是不愿立襄王,其实他们都错了。"

元侃更加不解,问:"错了,哪里错了?"

刘娥摇头道:"不必轻举妄动,其实咱们已经占了上风。如今王爷为长,本身就是优势。废长立幼,自古大忌。没有特别的理由,官家是不会这么做的。我虽然只见过官家一面,可是官家给我极深的印象,他是一位极有决断的官家,越王、吴王的那些小动作,只能是适得其反。"

越王元份是皇四子,太平兴国八年(983)出阁,改名元俊,拜同平章事,封冀王。雍熙三年(986),改名元份,加兼侍中、威武军节度使,进封越王。淳化中,兼领建宁军,改镇宁海,为镇东节度使。

刘娥就道:"越王的优胜之处,是他的岳父崇仪使李汉斌在军界的名望,可这点,也正是他的短处……"见元侃不解的神情,她微微一笑,道:"越王妃是个什么样的人,三郎应该很清楚吧!"

元侃不由得哑然失笑,越王妃李氏出身将官之家,失于教养,悍嫉无礼且凶残,就连当今天子也颇有耳闻,言语之间也露微词。

刘娥笑道:"修身齐家治国平天下,越王连齐家都做不到,如何敢言治国平天下,官家最爱说开卷有益,他是熟读史书的人,历代悍后为祸,岂能不知?更何况这次争取太子位,越王妃与她的父亲如此卖力,做了太多的小动作,官家是眼中揉不进沙子的人,哼哼,他们做得越多,越王的机会就越小。"她微笑着撤掉一个杯子。

元侃已经听得怔住,不由得点头:"说下去。"

再数五皇子吴王元杰,太平兴国八年出阁,授检校太保、同平章事,封益土。端拱初,加兼侍中、成都尹、剑南东西川节度。淳化中,徙封吴王,领扬润大都督府长史、淮南镇江军节度使。

"吴王文才出众,这点倒是颇得官家的欣赏。可是前年起,他在府中新造的假山亭台……"刘娥指出这一点要害来,"吴王在自己府第大兴土木,建造假山花园,尤其为了讨官家欢心,造了贮书两万卷的藏书楼,以及亭榭游

憩之所，美轮美奂，结果却被他自己府中的翊善姚坦泼了一头冷水。此事传到官家耳中，官家召见了姚坦，盛赞一番，于吴王却也没什么责罚，此事便不了了之了。"

听到这里，元侃便道："是啊，五弟的圣眷，就是比我好。只一点点小事，爹爹就这么苛责我。"

"恰恰相反，"刘娥正色道，"若论官家对皇子的宠爱，无人能够比得上八大王，什么朝会宴集，都把他带到身边。他的母亲王美人又得宠无比。老年人爱幼子，但官家会把大位传给他吗？"

元侃这才想起这位幼弟来，摇了摇头："这怎么可能，主少国疑，这是本朝大忌，更何况爹爹他……"他却不敢说下去了，太祖皇帝得位，是自后周柴家幼主手中，当今天子得位，是自太祖两个幼子手中，所以当今天子，是怎么也不可能把大位传给幼子的。

刘娥微笑道："是不可能，所以三位未曾封王的皇子，王爷的六弟徐国公元偓、七弟泾国公元偁都不可能，是不是？"说着，便取掉了桌上的三只杯子，桌上只剩下两只杯子了。

元侃点了点头。刘娥笑道："官家待吴王之宽厚，便如待八大王之宽厚一样。本朝向来不禁奢费，太平贤王，谁又会对他诸多要求？欲降大任，自然从严苛求。王爷你也说了，当年官家还在藩邸时，你大皇兄做事，是如何被官家苛求的。"

元侃悻悻地说："可是爹爹对大皇兄虽然要求极高，态度上却还是和颜悦色的呀！"

刘娥微笑道："正因为如此，楚王心气极高，所以才会数犯龙颜，官家有心培植王爷，就不会让您有恃宠生骄的机会，免得前功尽弃呀！"她拿掉了代表着吴王的杯子，却在最后一个杯子中倒满了酒，举到元侃面前笑道："三郎，请满饮此杯吧！"

元侃长长地吁了一口气，脸上一扫近日来的阴郁之色，笑着接过杯子一饮而尽："听你这么一分析，我好过多了。小娥，你真是我的女陈平呀！"

刘娥今日说出这一番话来，却是思量已久。前些时日钱惟演来府，将襄王府幕僚们劝元侃参与竞储，却被元侃推拒，说自己"只得做一个太平贤王足矣"的话说了，他便托了刘娥相劝。这一番分析却是众人商议已久的，只是由她口中说来，更能劝得进去罢了。

然而此时的元侃,虽然有所触动,但是对天威之难测,对文武之道各有所长的两个弟弟的担忧,仍令其犹疑不定。元侃心中仍需要一剂更好的灵丹妙药,才能坚定他的争储之心。

刘娥举手缓缓地解开钗环,散落一头长发,她站在桃花树下,凝视着元侃:"三郎,记得当年,你曾经对我起誓,要一生一世地爱我,记得当日你是以韩王元休的名义起誓的,如今你不再是韩王,也不叫元休了,时移事变,你心是否依旧?"

元侃柔声道:"小娥,不管名分怎么变,我对你的心,永远不会变的。"

刘娥笑盈盈地道:"那么,小娥要三郎再起誓一次——"她眼睛亮晶晶地看着襄王元侃,缓缓地道:"这一次,我要你以大宋未来天子的名义。"

元侃整个人都愣怔住了,忽然间一股热流自心底涌起,不愧是他深爱着的小娥,她怎么可能是那种对自己没信心要他一次次保证着恩爱的庸脂俗粉呢,她只是用这样一种特殊的方式,来鼓舞他的信心呀。

天底下有什么能比心爱的女人全心全意崇拜的眼神更能激励一个男人的雄心呢?刹那间,元侃的眼中发出王者的自信和霸气来,他缓缓道:"我,赵元侃,以大宋未来天子的名义起誓……"

一夜之间,襄王赵元侃从退缩变为自信。

第二天,当襄王元侃走进议事厅,缓缓地说出"上天属意于孤,孤何敢推辞"的话时,众人从他身上看到的竟是脱胎换骨般的锐气。

王钦若忙上前道:"恭喜王爷!"

张咏喜道:"王爷可是要争此次平蜀的帅位?"

元侃摇了摇头道:"我犯不着和老四、老五他们争,但是也不能让老四、老五得了去,如今蜀中形势牵一发而动全身,不能让他们的私心坏了事。我打算让曹利用和你去蜀中,虽然我不争这个位了,可是前日你劝我争平蜀帅位时看到的那些问题,却是不容忽视的。你既然看到了这些弊端,你去改正好。还有曹利用,他是曹彬的侄子,当年平蜀的诸位大将之中,唯有曹彬的部队秋毫无犯,很是得蜀人爱戴,此次叫他的侄子前去平蜀,相信你们两人,会很快安定民心,叛军便会不攻自乱。"

他回头又叫着杨亿的字:"大年,你与乖崖二人把我刚才的意思,拟一个奏疏,进呈官家!"

杨亿忙应了一声"是"。杨亿是本朝大笔，常侍皇帝身侧，许多旨意都是他拟就，因此怎样斟酌字句才最投合皇帝脾气，自是轻车熟路。张咏心中暗服，襄王方才的思路，却又比他原先的建议高上一筹，确实，许多事，非高位者不能虑及至此。

张咏、杨亿两人虽是捷才，然而兹事体大，却是细细地商议许久，将一条条纲目俱拟好了，这才由杨亿执笔写就，呈于襄王。元侃又叫钱惟演、王钦若等一齐合议，将许多细节商议了。又想到此奏疏上去，皇帝必会召了他入宫当面议政，又叫人取了有关蜀中的许多案卷，众人细细研讨了半日，将多少兵马、粮草、入蜀线路、安抚政策等都商议停当。不知不觉中早已到了掌灯时分，众人这才醒悟一日都未曾进食。

打开书房的门，却是王妃郭氏在外面，她早自中午时便已经叫人备好了饭菜热着，隔一个时辰便再做一份，此时便是将刚刚做好的饭菜送了上来。

此时刘娥早已经不管家事。郭熙入府后，与潘妃为人大是不同，潘妃虽然娇纵却不谙世故，因此刘娥仍然执着府中大权。郭熙为人虽然温和，却是精细异常，因此刘娥忖度着形势，便早早告了病，不敢再多走一步。

元侃亦是担忧当年潘妃之事再生，这几年除了接受皇后所赐的杨良娣外，另外也收了几个侍妾，让郭熙无暇虑到外头有异。

这些年来元侃见郭熙一派贤惠，处事周正，时间长了，慢慢地放了心，倒是对她有些敬重。

此时众人皆下去了，元侃见郭熙一直待在房外，倒是有些歉意，口中不便说什么，便抱过乳母手中的儿子笑对郭熙道："祐儿越来越大了，倒是招人喜欢得很。"

郭熙说到儿子，笑容便不似平时的淡然，却是打心底笑出来的欢欣："王爷，前几日您不在，没听到祐儿叫了第一声爹爹呢！"

"哦？"元侃喜道，"祐儿会叫爹爹了吗？快再叫一声来让爹爹听听。"这边忙逗弄着孩子，却不承想他平时与孩子相处甚少，又不会抱，孩子被抱得极不舒服，又被他一晃，嘴一扁便啊的一声哭了起来。

元侃尴尬地看着郭熙抢过孩子哄着，笑道："我真是笨，居然把孩子弄哭了。"

郭熙忙把孩子交给乳母哄着，柔声对元侃道："王爷是做大事的，自然不去做哄孩子这等婆婆妈妈的事。孩子还小呢，不懂事，大些了知道爹爹抱他，高兴还来不及呢！"

元侃触到心事，笑容黯了一下，轻声道："也是，爹爹——也没抱过我们多少。"

郭熙一惊，忙赔笑道："王爷，臣妾失言了。"

元侃回过神来，伸手抱过已经被乳母哄得安静下来的孩子道："正因为如此，我才要多抱抱他们！"

郭熙心中微一犹豫，却知道元侃说的"他们"，不仅指她所生的孩子，也指侍妾生的孩子。

元侃手抱着孩子，心中一动，对郭熙道："你这些日子，多多进宫去看望皇后娘娘，要记得抱孩子去，皇后娘娘一向喜欢小孩子。"

郭熙会意，含笑道："臣妾明白的。"

元侃又道："我前日得了一方上好的紫云砚，你把上次安庆送来的徽墨，合着辽国带来的白狼毫和龙须纸，送给八弟。"

八皇子元俨甚得皇帝宠爱，元侃亦是待他与别个不同，也是学着当日元佐待他一般，虽不及元佐的打心底里关心，但是送物关切还是照了当年的样子的。

郭熙忙含笑答应下来，回房就去准备。正在挑拣东西的时候，她的乳母涂嬷嬷来报，说是大郎又病了，郭熙忙令人去看，心中却是有些难受，倚在窗前不语，半响才叹息一声："大郎这样子，我实是做什么都提不起劲来了。"

涂嬷嬷知道她心里难受，却也只能是好语相劝："王妃的福气，再是旁人比不上的，若论同样的亲王府第，有几个是如您这般，所有的孩子，不是嫡出的，就是自己这一房里出的。王爷事事敬重王妃，说不尽的温柔体贴，又不好女色，且如今前程无限。休论当今上下，便是古往今来的后妃们，有几个能如您这般的。"

郭熙听了，也不由得嘴角挂着一丝微笑："是啊，王爷并不是个好色之人。"他在感情上，或是被动之人吧，要焐很久很久，才能热起来的。既然这个人是她焐热的，她就不会给别人机会。

这些年来她也见过许多府第的事情。富贵人家，姬妾成行，都是常有的。诸妯娌中休说许王宠妾灭妻，便是如越王、吴王这样的，虽然王妃也是厉害的，但也终日与妾室们斗气。想要如自己这般，后宅清净，没有姬妾淘气,掌一府大权,得丈夫爱重的,再没有了。

自己初嫁进来的时候,还是战战兢兢,生怕不得元侃的喜欢。刚开始的时候,他是待自己冷淡些,但想着他或许是与前头的王妃情深义重,一时不能忘情而已。也是过了许久才知道,他与前头的潘妃非但不曾情深,反而是反目成仇。当时她就想,她的方法是对了。

她知道了前头的教训,便更加恭敬,果然渐渐地得了王爷的爱重。她怀了孩子,宫中圣人赐下良娣,她当时毕竟还是年轻,竟如临大敌地将那人安置在玉锦轩,却又怕王爷看穿她的用心,小心翼翼了好一段时间。如今想来,若是再来一次,她一定不会这么没底气了。

大郎生下来先天体弱,她深恐王爷嫌弃,不想他非但没有责怪,反而对她更加温柔,又来安慰于她。然后她很快地再次怀孕,她二次怀孕的时候,王爷十分紧张,还叫了太医来看诊,说是怕妇人频繁怀孕,有伤身体。这样的体贴,这样的关爱,得夫如此,人生再复何求。

所以她也是克制了自己的嫉妒之心,从陪嫁来的婢女中挑了两个有宜男之相的,送与服侍王爷。一来是尽贤妻之道,二来也是乳母相劝,怕这期间杨良娣趁虚而入,或宫中又再赐下侍妾来,自己做在前头,就不怕别人说话了。

她不是不嫉妒的,但她知道,她必须眼光长远些,不能做一个吵吵闹闹不上台盘的妒妇。诸王争储,争的固然是前朝,但是后宅呢?若有那可能的机会,官家圣人岂能不全面考虑,她得做一个让人挑不出错来的王妃,将来……才配得上那个位置。

郭熙定了定心,道:"嬷嬷,如今王爷要办大事,我事情太多,就怕有所疏忽。你帮我看着点,莫叫些势利的下人薄待了茜草才是。"

茜草是她陪嫁的侍女,如今也已经生子。

襄王元侃这一封奏疏上去,三日后,皇帝下旨,宣襄王入宫。

御书房里,元侃行了礼之后站起来,就听得皇帝说道:"你这封奏疏朕看了,朕还想再听听你具体说一下。"

元侃暗喜事先做足了功课,忙站着恭恭敬敬地道:"臣认为,蜀中之事,并不是单纯用一个'剿'字能解决的。蜀中本就地无三里平,百姓许多持副业为生,设立博买务,垄断了百姓以冰纨等物易钱之路,禁止边茶交易,更使百姓生计无着。此二项事，乃是朝廷与百姓争利，又有不肖官吏趁机从中取利，盘剥甚酷，民间积怨。因此历年来蜀民纷纷逃难他乡，此番王小波起事，起因便是贪官所逼。臣以为，平王、李之乱容易，平蜀中民怨却并不容易。"

皇帝点了点头："蜀中事务，你倒也能够知道一些。这蜀中难民的苦况，你一个亲王，说来却仿佛感同身受，这是从何而来？"

元侃怔了一怔，"从何而来"呀，枕席间低低的哭泣，美人儿玉臂宛转，朱唇轻吐，忆起当年的苦况，泪珠儿晶莹犹如晓露欲滴。她的心便是他的心，这蜀中难民的苦况，他怎么会不感同身受呢？

元侃猛地收回心神，谨慎答道："臣奉旨，每年冬季赈济贫民，有时候也会亲临现场。这几年来，京中难民，蜀人的数量屡有增多，因此臣也颇听得几桩惨事，因此感同身受。"

皇帝点了点头："倒也难得。"拿起奏疏道："你推举曹利用，也是因为曹彬在蜀中的名声吧？"

元侃恭声道："是的，如今大军入蜀，所到之处，骚扰百姓恐怕难免。以朝廷的兵力，打一场胜仗容易，如何在战后打扫好战场，以求一战永逸，须得在战前就要考虑好。昔年太祖时王全斌灭蜀，后蜀孟昶十四万兵马，一月即灭。不料却因为没有约束好部属，逼反了全师雄等蜀地旧部，将大军拖在蜀中一年，也未平定。到后来太祖下旨，将米光旭等人处斩，这才平息了蜀中之乱。因此臣认为，蜀中事务宜剿抚并用，安抚为主。当年入蜀将领，唯曹彬一物不取，军纪严明，在蜀中声名最好。此次派了曹利用去，必能起安抚之效。张咏熟悉蜀中事务，为人刚正多智，此去蜀中平乱安民，却是最好人选！"

皇帝看了他一会儿，元侃心中惴惴，却不知道是好是坏。却见皇帝拿起手边一道上谕道："朕方才拟了这道旨意，一会儿便明发，你此时倒可先看一看！"说着，令周怀政递给元侃。

元侃打开这份草诏一看，心骤然停了一下，随即立刻狂跳不止，却知道自己此时脸色必然已变。这道草诏上写着："诏昭宣使王继恩为两川招安使，率禁军征讨流寇李顺等……"

皇帝已经备好了人选，连诏书都已经拟好，自己却仍在这里空说什么蜀中大计，回想起方才自己所言，也不知哪里说错了，竟惊出一身冷汗来。元侃忙离座跪下道："爹爹高瞻远瞩，臣胡言乱语，实是惶恐。"

皇帝却笑了："你起来吧！"

元侃惴惴不安地站起，皇帝问道："朕高瞻远瞩在哪一点，你胡言乱语却又在哪一点呢？"

元侃倒不防皇帝有此一问，怔了一下，才道："爹爹的意思，是速战速决，如今四海升平，不宜为蜀中之事拖得太久，还有……"

皇帝拿起几封奏疏，叫周怀政递与元侃，道："你先看看这几封奏疏。"

元侃忙打开草草一看，猛然醒悟，抬头看着皇帝："臣明白了。"

皇帝淡淡地道："你能够看到蜀中民情，看到平乱之后的安抚，确是不错了。但你只知其一，不知其二。蜀中之事，并非仅在蜀中，而在天下。唐末各地割据，导致五代十国的混乱局面。自古以来外患皆是由内忧引起的。蜀中之事一发生，夏州李继迁就蠢蠢欲动，前些日子邸报传来，他夜袭李继捧营地，已经夺了李继捧的人马，且受了契丹的封号，在边境上作乱。这边高丽有使臣到来，说是契丹兵马入侵高丽，请求天朝派兵增援……"元侃低下头去，心中暗惊，皇帝这一层，却是想得比他更远更深。

皇帝轻叹了一声，似是不胜疲倦："倘是单从国内来看，你的想法也是对的，但是从今开始，你的眼光却是要放得更长远些。蜀中必须速战速决，否则时间一拖长，西边夏州、北边契丹都会不安分，一旦东边高丽为契丹所控制，事情就更麻烦了。京中安抚流民的事，你先交给吕端。你有空多请教李沆、李至，他们都是朝中老臣，要学着多关注夏州和契丹的事。"

元侃耳中似觉得一阵惊雷响过，却有一股欢欣喜悦自胸中险些儿要炸了开来，反反复复，耳边只响着这两句话——"你的眼光却是要放得更长远些""要学着多关注夏州和契丹的事"，来不及多想，忙跪下去谢恩："臣知道了，臣一定多加学习。"

皇帝拿起任命王继恩的诏书，递给周怀政去明发，想了想，却又道："再拟一道旨意，令张咏为成都府……嗯，成都府因李逆之乱，前些时日已经降府为州了。就令张咏为益州知州，待王继恩大军收回益州，他便去上任罢。"这却是采纳了元侃的建议来安抚蜀中了。

元侃捧了有关夏州和契丹的文书，慢慢地退出御书房，心中却似有十七八只猫爪子在抓着，痒痒的，那股子欢欣，却又不敢大声叫出来说出来。一直到出宫，回到自己府中，在书房中放下一直捧在手中的文书，这才瘫在椅子上，打心底里笑出声来。

第三十七章
道士得一

三日后,大军出发,昭宣使王继恩为帅出征蜀中。

元杰、元份没有得到此番出征任命,固然是气急败坏、大惑不解,元侃心中却已经明白,自上次北伐失利之后,皇帝下旨严守边境,已经断了北伐之心。既然无心大战,自也不打算让将帅多掌军权,更不愿因此次平蜀之乱,再让这些将帅有重掌兵马的开端。

王继恩随皇帝征战多年,深得帝心,此次他能够执掌兵权,就是因为他是个阉人,一旦蜀中之乱平定,他自然须得交还兵权。

自五代十国之后,大将一旦权重,便会篡主自立,且已经成了惯例。因此本朝立国以来,太祖以杯酒释兵权之后,便不会给任何将帅以掌握足够兵权的机会。

皇帝命宦官王继恩为两川招安使,率兵西行;雷有终为陕路随军转运使,管理饷务。

果然中央禁军出击,远非蜀中地方军队能比。

其时,李顺派大将杨广分攻剑州,都监西京作坊副使上官正、成都监军供奉官宿翰本已经准备依例开城归降,听得朝廷大军将至,立刻军心大振,闭城抗拒。杨广大败而归,被李顺斩首。

四月,王继恩率师攻破绵州,李顺军大败。紧接着,内殿崇班曹习破李顺军于老溪,收复阆州。绵州巡检使胡正远率兵收复巴州。西川行营破李顺军于研口砦,收复剑州。

五月,王继恩的西川行营与李顺主力十万兵马交战,这一战直杀得血流成河,人头滚滚,光报上来被斩首的就有三万人之多。

这一战之下,捷报频传,紧接着报来王继恩已经收复成都,并抓获了大蜀王李顺、枢密使计词、宰相吴文赏等为首八人。

皇帝大喜，下旨对平蜀官员一例加恩叙功论赏，中书令以功劳论，报上来拟任王继恩为宣徽使。

皇帝此时心中却有些犹豫，道："朕读前代史，宦官干政，最干国纪，我朝开国，掖庭给事，不过五十人，且严禁干预政治。今欲擢继恩为宣徽使，宣徽即参政初基，怎可行得？"参政赵昌言、苏易简等又上言："继恩平寇，立有大功，非此不足酬其功劳。"

皇帝忽然发怒："太祖定例，何人敢违？"

众臣皆惊，不敢再置一词，大学士张洎、钱若水等人只得别议官名，创立了一个宣政使的名目，赏给王继恩，再令他进领顺州路防御使。皇帝又传旨，将李顺等八人，在凤翔市枭首示众，同时诏告天下，赦免李顺余党胁从之罪。

王继恩接到封赏的旨意，心头却如一盆冷水浇下，自己出生入死，立下多少功劳，到了论功行赏时，却仍旧当他是个宫内低三下四的阉臣。难道说自己这一番平蜀，不是出生入死，不是殚精竭虑不成？

想到此节，他不禁心灰意冷，自己无论做多少，都是无用，索性放开性子，恣意妄为起来。他手握重兵，久留成都，专务宴饮，每一出游，必要前呼后拥，音乐杂奏，骑士左执博局，右执棋枰，整日荒戏，横行无忌。他手下的部将亦骄横残暴，奸淫妇女，抢掠玉帛，无所不为。

此时李顺虽死，然而此前大将军张余奉令出征嘉州，听得李顺已死，王继恩骄横，立刻收集残众，重新攻陷嘉、戎、泸、渝、涪、忠、万、开等八州。开州监军秦傅序战死，蜀中重又大乱。王继恩却是仍然高卧饮酒，四周州县遣人乞救，均置之不理。

告急弹劾文书，雪片似的飞至汴京，皇帝大惊，重新想起当日元侃之言，后悔不及，于是下旨令益州知府张咏即刻赴蜀上任，便宜行事。

不顺利的事情一件接一件，惹得皇帝旧疾又发作了。

这日襄王赵元侃入见，还没说几句话，就被皇帝打断，随意吩咐几句就令他退了出来。元侃出来的时候就见到皇帝面色不好，于是不敢走远，在廊下等了一下，就见刘承珪匆匆出去了。

元侃想了想，就招手令一个素日与他交好的小黄门周怀政过来："周哥哥，我如今有要紧的事问你，你千万要告诉我真话才是。"

周怀政忙赔笑:"如今王爷大了,这小时候的称呼可别再叫了,别折煞了小的,您叫小的的名字就行。"

元侃就改了口,道:"怀政,你在官家身边服侍,官家的身体,你应该是最清楚的。这段时间我看到官家经常面色不好,想是哪里疼痛,我十分挂心,却不知道是什么病症,太医怎么说?"

周怀政松了口气,这事儿倒不是禁忌,皇帝这些日子还在外头到处寻医呢,就道:"官家这是当年战场上受过的旧伤复发了。何尝没有叫过太医呢,不只是太医,一并连游方郎中、和尚道士,能想的方法都找遍了,都是治标不治本,换个方子,略好几天,又恢复原状。唉,刘爷爷愁得啊,人都瘦了十来斤了。幸而王爷爷还没回来,否则就衬得更好看了。"

元侃听他说得促狭,想想王继恩与刘承珪一胖一瘦的样子,也不禁笑了,喝道:"叫你王爷爷、刘爷爷知道你背后编派他们,还不把你腿打折了。"

周怀政眨眨眼,远远地看着刘承珪来了,吓得忙一溜烟跑了。

此时内侍中,最显赫的自然是王继恩,出为大将,外封节使,实在荣极耀极。王继恩的继任者就是刘承珪,他如今受命主管内藏库兼皇城司。内藏库掌着皇帝私库及各国贡物,还收着经费结余,调节三司非常之用,实为内计相。皇城司执掌宫禁皇城,牵制宿卫诸将,刺探情报内外,手底下有数万人马分布于皇城与诸军中作皇帝的耳目和暗刀。按小内侍们私底下说的怪话,如今皇帝的钱和人都是刘爷爷掌着了。

两人虽是前后任,却是反差极大。王继恩形容魁梧,刘承珪骨骼清瘦;王继恩走路地动山摇,刘承珪走路恍若无声;王继恩喜怒无常,刘承珪眉头长锁;王继恩每日习武,刘承珪却爱翰墨;王继恩外粗内细,刘承珪外柔内刚;王继恩笼络人时大把撒钱,刘承珪却能将旁人极细小的好处说出来。

小内侍们远的近的都怕王继恩,也都爱奉承他,怕他无名之怒,喜他慷慨大方。但都觉得刘承珪为人和气,从不拿人撒气,唯有那些个顶尖的内侍首领,才怕刘承珪甚过王继恩,知他心细如发,在他面前完全不敢弄鬼。

刘承珪见了襄王忙上前问安,元侃不敢受他的礼,笑脸应对,口称阿翁,又说了一遍自己担心皇帝身体的话。刘承珪口风丝毫不露,只说是旧疾,已经叫了太医用着旧药,过得几日就好。刘承珪又说了几句,见元侃并不提其他,倒有些诧异,便各自分手。

元侃过了几日去刘娥居处,见刘娥近来身体已经好了许多。刘娥说自己想到太一观还愿，元侃就叫钱惟演派几个会武的侍女跟着去。

自蜀中消息传来，刘娥就病了。叫了大夫来看，却说是受了惊吓，又说是积郁，又说是旧疾发作。元侃只嗔是庸医乱诊，却也找不出病由来，只能用旧疾的方子治，直缠绵了近一个月，才稍稍转好。

过了几日，刘娥就让人备了小轿，要到太一观去布施。

观主见着有妇人带着侍女说要布施，忙迎进了后院，恭维不已。

刘娥就道："我想替故人做个水陆道场，不知道观主这里可做得？"

观主大喜，就道："做得做得，从一七之数到七七之数，尽可做得。"

刘娥道："便是一七之数，只布施却要多些，只为亡者荐福。"当下就说定，做半月道场，布施四方，还要设一个粥棚。

那观主就问名牌上的名字，刘娥犹豫一下，就道："便写蜀九义吧。"

这便是死于磔首的李顺等八人，及早年去世的王小波，共九人。

当日，他们在蜀道救她一命，或许他们早就已经忘记她了，或许这只是他们平日经常做的事，否则的话，就不会在蜀中一呼百应，如此浩浩荡荡，震惊于世。

只可惜，他们死了，她为此大病一场，这是受惊，也是积郁，自当日起事起，她就知道会有这一天，但却不知道他们结果竟如此之惨烈。

但她却报不得恩，也不能为他们而哭，而且不能为他们设灵位而祭。但世间有灵，当知她在祭他们。

刘娥持香，默祝片刻，这才出来。

这时候如芝从外头进来，扶住刘娥，悄声道："娘子，这观中景致甚好，可要去观中看看。"

刘娥看了看她，见她点头，就对观主道："我随便走动看看，观主自便。"

那观主还要再殷勤跟着，如芝就以准备布施为由，将观主支使开了。

如芝就带着刘娥，在观中观看景致。

直出了后院，到了中院右边一个月洞门，那里正有个通往另处的路。两人一路行去，就见得前头有些声音，拐过弯来，就见一个穿着脏兮兮道袍的中年道士，举着"新伤旧疮，一贴见效"的旗幡，正被一个汉子逼到角落里。

那汉子正喝道："王一帖，你这膏药用料便宜却卖得这么贵，还说比大相国寺的还强。我买了如今却不见效，你却须赔我铜钱！"

中年道士就驳道："你怎知我用料便宜，须知我还有一样秘方，这才是这药贵的地方。大相国寺那个膏药是什么疗效,我这个是什么疗效。是你自家用得不对,还……"

他正口沫横飞地说着,忽然扭头看到刘娥站在月洞门前,脸色一变,匆忙收拾起旗幡家什,转身就要跑,不想那汉子却一把将其按住,道:"哪里跑?"

就见刘娥笑吟吟地走上前来,道:"桑老板,你到底是做了什么亏心事,才会一见到我就想跑啊?"

桑老板知道跑不了,气愤得把旗幡往地上一放,叫道:"我做了什么亏心事?我看是你做了亏心事才对,小刘娥,你可知道你害得我不浅。"

但见如芝一个眼神,那汉子退走了,如芝就站到一边去看着周遭。

刘娥奇道:"怎么是我害你。你到底出了什么事情,竟落到如此的田地?"

桑老板一拍大腿:"可不是你害我。我原好好的,偏你离了我这里,没几日官府就来封门,说什么查秦王余党。我能是什么秦王余党,没奈何他们不讲理。我的桑家瓦肆也没有了,弟兄们也散了,我逃到外地避了好久的风头,可外头哪比得上汴京城到处是钱。我钱也花光了,只好又偷着回来。"

刘娥嘴一撇:"你可拉倒吧,是你自己得罪了人。你当日也吹牛说,自己的靠山原是攀附秦王的,后来秦王出事,人家自然要收拾你,可与我有什么相干?你什么时候回来的?"

桑老板就道:"前年——"他说到这里停了口,问:"你问这个干什么?"

刘娥就猜到了:"你必不是只肯这么老实就去卖药,听得去年开封府特地调兵扫荡了无忧洞,京城中的城狐社鼠抓了不少,想是你又不做正行,因此被扫荡了,为此才躲到道观来卖药?"

被刘娥说中了,桑老板原是借道士身份勾连城狐社鼠,另立山头,不想遇上官府搜捕,一并连藏身之所也没有了。他从一个泼皮混成豪强,又从豪强沦落到卖大力药丸的假道士,竟也能上能下,且都混得不错,倒是难得。桑老板岂肯认衰,连忙咳嗽两声:"咳咳,人总有走背运的时候。"说着忽然反击:"若与你无关,你又来找我做什么?你连累我风餐露宿担惊受怕。你倒好,穿这样的衣衫,戴这样的首饰,过起富贵日子来了。可见是你祸害了我,你可要赔我才是!"

刘娥却不答,只看着地上的旗幡:"'新伤旧创,一帖见效。'你这膏药是真的灵验,还是假的骗人的?"

桑老板顿时得意起来："这可是我闯荡江湖几十年的保命东西,不论什么时候得的新伤旧创,一帖灵验。绝对真家伙,我要没这个药,在江湖砍杀这么多年,早死了十回八回了。"

刘娥做出不信的样子："真的假的?"

桑老板冷笑道："我告诉你,这跌打金疮,还是我们道上的东西最真,凭是什么大内军中,都比不得我这药有效。"

刘娥就问："若是十几二十年的刀箭陈旧伤呢,你这个也有效?"

桑老板道："不说完好如初,肯定是能减轻伤痛,甚至减少复发。"他忽然意识到什么,反问："你问这个做什么?"

刘娥微微一笑："好,你这药若真是灵验,我还你一场大大的富贵。"

她原是上次在大相国寺偶遇桑老板,回去就令如兰派人再去打听。却因着前段时间事多,不好出来,因此虽然打听到下落,却无暇理会。却不想元侃扫灭城狐社鼠后,桑老板逃窜无踪。刘娥原本未理会,谁知后来桑老板落魄了躲在太一观,因收入无着,又拿着膏药去大相国寺贩卖,就被如兰派的人发现了,听说他那膏药效用竟是不错。

如兰把这件事当笑话说与刘娥听,谁知道正遇元侃说起皇帝旧疾复发的事来,两桩事正对上,刘娥就起了心思,于是就去太一观堵桑老板了。回来后,刘娥又将此事与元侃说了。

元侃听了这事,将信将疑,拿起膏药凑到鼻子上闻了一下,被膏药上的气味冲得皱起眉头："从来没闻过这么冲的药味,这药真的灵验?"

刘娥就说："这原是底下人用的,自然不如宫里的考究,不想效果却好。惟演拿去给他府中的家将试过,那些有陈年旧伤痛楚不堪的人,用了这膏药之后,都有明显的效果。三郎可叫来他们细问。"

元侃点头："我回头再问问他们,若真有效,就带这几个见效的去见爹爹,把这膏药献上。"

刘娥却道："三郎,我觉得与其献上这药,倒不如你献上那个道士。"

元侃一怔,看着刘娥若有所思："你的意思是……"

刘娥就道："我观此人谈吐不凡,若能够引荐给官家,很可能会有妙用。"

元侃来了兴致,就吩咐人叫桑老板进来。

过了片刻,张旻把桑老板带了上来。

此时桑老板换了一身道袍，戴着高冠，手摇羽扇，一派仙风道骨的高人气度，他向元侃行礼："贫道王一帖，见过襄王。"

元侃见他形容不凡，见了自己并不畏惧，举止也颇能看，只一听名字，皱眉道："你叫王一帖，这个道号可不甚雅致。"

桑老板从容道："乡野之士，并无名号，不过是贫道祖传膏药灵验，才被乡人如此称呼。若得王爷赐号，贫道不胜荣幸。"

元侃微微点头："有点意思。既如此，我就给你改一个字，不叫王一帖了，就叫——'王得一'，如何？"

桑老板忙谢过襄王。

刘娥就问他："这与你原名只差一字，你连意思也不知道，却来胡乱谢什么？"

桑老板知道这是刘娥有意让他展才，只微微一笑："天得一以清，地得一以宁，神得一以灵，谷得一以盈，万物得一以生，侯王得一以为天下正。《道德经》这种吃饭家伙，贫道还是背过的。"

元侃点点头："侯王得一以为天下正。你可懂这意思吗？"

桑老板就笑道："王爷得了小道，就能得天下正了。"

元侃吓了一跳，喝道："大胆！"

桑老板倒也不惧，只行了一礼："小道说错话了，请王爷指正。"

元侃不禁笑了："你胆子倒大。"

桑老板就说："贫道别的优点没有，胆子倒是比旁人略大一些。"

元侃见他亦庄亦谐，心里原本的担忧，倒放下了一半，故意道："我若送你到官家跟前，你的胆子还能这么大吗？"

桑老板此时方真的被惊住："官，官家？"

元侃就问他："可是不敢？"

桑老板原是怕的，被他这一激，反而激起了泼皮性子，他几番起落，都是刀头舔血的买卖，此番见富贵在眼前，心中只不停念着"富贵险中求，我怕的什么"，遂抬头大声道："贫道自然是敢的。"

元侃一笑："好。"他对张旻道："他就交给你了，好好调教，过得几日，让他进宫。"

这几日自然是要把在宫里的规矩、皇家的人事关系、正规道士应该知道的事项，以及几段道家常用语教与他。幸而桑老板当日逃出京城就开始装

道士，穷的时候强取硬夺，富的时候骗人香火，几年下来靠这玩意儿吃饭，基本功倒是扎实。他在桑家瓦肆，也见过富贵，结交过官人，此时不过是学些皇家人事、宫中规矩罢了。

张旻原本不大看得上他，几日下来倒同元侃啧啧称奇，说这人当真是个奇人妙人。于是过了十来日，元侃就将擅长治伤的道士王得一辗转通过别人推荐到了御前。

皇帝用了王得一的药，竟好了许多，又听说这道士颇有道行，顿时生了兴趣，召他进宫面见。果然见这道士一派仙风道骨，举止俱是极有趣的。

皇帝说他这药方灵验，王得一就吹嘘说，他这药方原是师门传下来的。想当年天下大乱之时，祖师见战火处处，无辜百姓受战乱波及，深受伤痛之苦，发愿心要助生民减少苦难，数年来寻访药方，借此救治过无数人。

皇帝就问怎么世人竟不知其祖师名字。王得一就说"二圣出，天下宁"，祖师因此而回山修行，不现于世。因掐指一算，得知官家为旧伤所扰，特来献药。

皇帝就问祖师在何处修行，道观何处？王得一就说终南山中，无观无舍，山林石洞，皆是修行之处。

两人越说越投机，皇帝素日见的道士，要么是极穷苦的，言行拘束脑子不灵；要么是极富贵的，端着架子装模作样。偏这王得一雅也来得，俗也来得，道藏也来得，市井荤话也来得，极是有趣。皇帝年少时也当过市井恶少，两人讨探几句道藏，又对几句市井黑话，竟也是丝丝合缝，不禁拊掌大笑起来。

周怀政回头就悄悄对元侃说："皇爷最近极爱一个道长，说他是个妙人，这道行不在十里红尘滚过，只在深山老林，是修不出来的。"

王得一就得了皇帝的意，成了宫中新宠，并得了一个御赐的大道观寿宁观，做起了观主。

刘娥进香的时候，观主作陪。刘娥看他脸色，就笑道："老神仙近来红光满面，想是生意不错。"

王得一道："贫道如今这一身，俱是娘子所赠。如今这生意，嘿嘿，不比桑家瓦肆挣得少啊。"

刘娥揶揄他："而且不比桑家瓦肆，还要投入那么大本钱，还要跟各种达官贵人点头哈腰。如今，应该是他们向您这位神仙点头哈腰了吧。"

王得一就笑："彼此，彼此，你我如今都已荣华，早与往日不同了。"说到这里，不禁感慨，"其实开瓦肆与当神仙，并没有多少差别。一样是要察言观色，一样是周旋于贵人中间，一样见人说人话见鬼说鬼话，一样要给人拉纤作保牵线搭桥。只不过以前想哄别人掏钱的时候，要俯下腰来，如今想别人掏钱的时候，反而要昂起头来。"

刘娥笑得掩口："说得好，道长果然已经得其中三昧了。"

王得一就奉承："当日贫道就看娘子非池中之物，如今看来，娘子的前程，还远不至此。贫道将来，还是要更仰仗娘子的恩德。"他心中暗忖，当日只道她或能成个大泼皮，不承想她居然嫁与了襄王。纵然如今尚无名分，但襄王眼看是要争皇储之位的，若有登基之日，眼前这个也稳稳是个皇妃。自己能够攀上这场富贵，自然要抱紧她的大腿，当下更是奉承不已。

刘娥看他前倨后恭，混得如鱼得水，不由得点头："道长如今言谈举止，更加仙风道骨了。听说道长在官家身边，颇敢直言？"

王得一得意起来："官家虽然尊贵，但有时候，也爱听几句村话荤话，聊些市井八卦。那些道观里出来的傻道士，胆子太小，放不开手脚，如何比得老子。呵呵！"

刘娥指他："说着说着，露馅了吧。官家就不怀疑你？"

王得一就笑："我早说过了，当年贫道的师傅，要贫道入世修行，而且还要在市井中打过滚，方能够悟道。官家听了，还拍膝赞许，说先师必是得道高人。"

刘娥点头，如今安了这么一个人在皇帝身边，皇帝的身体状况、心情好坏、好恶习性，俱能及时了解，对襄王争储，实有极大的助益。

自许王死后，曾经有官员进谏，劝再立皇储，却都叫皇帝或斥责或贬流，弄得后来再也没有人敢提这事了。可没人敢提了吧，皇帝自己心里又不自在起来。

他自己这段时间旧疾发作，顿时感觉已经不如年轻时了，要认老的时候还得认老。这段时间他又开始翻史书，越看越觉得，这世间就没有万年的天子，皇储该定，还是要早定，免得跟齐桓公一样，死的时候五子束甲而争，那就真是死不瞑目了。

这几年来他也是看着诸子明争暗斗的，诸王结交臣工，讨好后宫的行为,他又岂能不知?若论这三个儿子的才干、能力,其实都是不相上下的。只是襄王寡断、越王惧内、吴王任性,都有些不足之处。越到后来,反而是一开始让他有些失望的襄王,渐渐进了他的眼中。

最年幼的几个儿子,说四哥、五哥会给他们送各种玩具,但三哥却会问他们功课。八皇子的生母王美人因此对他说,只有三郎是真心关心弟弟,其他的都不过是想借此讨好罢了。刘承珪管着皇城司,他问刘承珪,诸王可曾给他送礼,刘承珪坦然承认,某王送了多少,某大臣送了多少,一文不少。只问起襄王时,就说喝过几次茶,探讨过书画,但却从来不曾送过礼物,也不曾打听过皇帝私事,有询问也只是依着儿子的本分,并不逾越。

越王、吴王后宅多少有点风波,倒是襄王年轻时虽闹过一次大的,此后却再也没有出过事,后宅平平稳稳的,如今已经有了两个嫡子、一个庶子。尤其是他用心在其他兄弟不关注的民生上,之前上表赈济灾民,此后又清扫城狐社鼠,使得治安清明。再又在蜀中之事上果断上书派良臣安抚百姓,阻止军纪败坏,避免再次民乱。又有许多其他事件,件件都办得极扎实。

皇帝这时候有了立皇储之心,却又不好自己提出,某次在文德殿议事时,叹息自己身体有疾,谁晓得大臣们一点儿也没听出话音来,只一径劝谏他多加休息,或推荐医者,并无一人敢提立储之事。

皇帝自己憋了一肚子气,又与后宫说起,谁知道诸人皆被他之前谁提谁倒霉的前例吓住了,虽然有点猜测,却是谁也不敢第一个提出来。也就皇后略含蓄地道:"只要王妃们贤德,谁家府中子嗣多,后宅平安,那就是好的。"这话,却也是正合了襄王府。

九重天上一点微风,落到下界就是惊天动地。皇帝有这样的意向,群臣虽不敢言,却并不是完全没有反应的。襄王府里,元侃就正与众臣属商议此事,这时候忽然间王钦若就道:"官家前些日子,似乎提起寇準了。"

钱惟演一怔,忽然道:"这是个信号,恭喜王爷了。"

过了数日,宰相吕蒙正上奏,道:"寇準在青州一年多,已经修身养性多时,相信回来之后,应该能与众臣相处更好。"

皇帝见奏,沉吟片刻,道:"那就召他回来吧。"

寇準,字平仲,华州下邽人,太平兴国五年(980)中进士,时年才十九岁,即被任命为大理评事,被派往归州巴东大名府成安县任知县,以后他又先后升任盐铁判官、尚书虞部郎中、枢密院直学士等官。

皇帝虽然厌恶赵普，却也不得不承认他对于朝廷的作用。尽管他在关键时刻总会起用赵普，但是在太祖朝被排挤的不快，导致他始终无法自心底里完全信任赵普。皇帝也一直在群臣之中，寻找属于自己的"赵普"。寇準在群臣中，临事明敏，以刚直足智而著名。寇準曾奏事殿中，极言利害。由于忠言逆耳，皇帝听不进去，生气地离开了龙座，转身就要回内宫。寇準却扯住皇帝的衣角，劝他重新落座，听他把话讲完。此事比当年赵普将太祖撕碎的奏疏重新贴好呈上之举，更为大胆。皇帝虽然当时极怒，事后回想起来，却是十分赞赏寇準，高兴地说："朕得寇準，如唐皇帝得魏徵。"皇帝终于得到了自己的"赵普"。

但是寇準此人，自负极甚，皇帝待他有知遇之恩，他自是倾心相报，余者在他眼中，却皆是不屑一顾，因此得罪人甚多。

淳化二年(911)春季大旱，皇帝召集近臣询问时政得失。群臣多认为是天数所致，寇準却忽然道："天人感应，今年旱灾，是上天对朝廷刑罚不平的警告。"皇帝大怒，拂袖生气地转入禁中。过了半刻，皇帝心中思量寇準的话必有根据，就召问寇準朝廷的刑罚怎么不平，寇準回答说："请将二府大臣都叫来，我当面解释。"

二府大臣被召进来时，还不知道是怎么回事，寇準却拿出两个卷宗来，道："臣近日接到这两个受贿案的卷宗，发现王淮贪赃，钱以千万计，仅被撤职杖责，前些时日却又官复原职；情节较轻的祖吉，却被处以死刑。"

皇帝震怒："这是怎么回事？"寇準从容地道："只因为王淮的哥哥就是参知政事王沔。"皇帝当即责问王沔，王沔吓得魂不附体，连连谢罪。皇帝喜寇準肯直言进谏，过了没多久，便任命他为左谏议大夫、枢密副使，后又改为同知枢密院事，开始直接参与军国大事。不料寇準一接手枢密院之事，便与枢院知院张逊大闹了几场。他与王沔、张逊作对，却将两府中人得罪了大半。后来开宝皇后宋氏去世，皇帝不肯依礼而葬，又处罚行立皇储之议的人，群臣都不敢作声，只有寇準犯颜直谏，惹怒皇帝。墙倒众人推，寇準得罪的人太多，因此就被贬至青州去了。

寇準被贬的原因虽然有许多，但最明面上的理由就是议立皇储之事，此时皇帝忽然提起："寇準去了青州，怎么都不想朕，都没给朕写信？"此后就有吕蒙正上奏，皇帝准了，寇準就被召回京师。

寇準刚从青州还朝，立刻入内觐见皇帝。他走进暌违一年之久的大庆宫中,眼见檐上的雕刻,心中竟有恍如隔世之感。

周怀政引着寇準入内,寇準进入殿中,却不见皇帝。心中正奇怪之时,听得屏风后面水声淙淙,隐隐透着一股药气。过得片刻,见有宫人捧着玉盆倒退而出,宫人从身边走过时,寇準闻得药气更重。

寇準心头狂跳,不安之意渐浓。此时却听得皇帝咳嗽一声,道:"寇準怎么还没到吗?"寇準连忙跪前一步,道:"臣寇準叩谢皇恩。"只听得皇帝道:"撤了屏风。"却见皇帝家常衣着,赤着双足倚在榻上,脚上仍可见刚刚泡过药水的痕迹。

皇帝慵懒地笑道:"你如何这般迟才来?"

寇準叩首道:"臣望帝都,亦如久旱之盼云霓,只是臣乃被贬之人,未曾奉诏不敢擅回京城。"

皇帝淡淡一笑,道:"平身,赐座!"

寇準慢慢坐下,不知为何,他心中似有一种预兆,今天的会见,绝不寻常。此刻皇帝的态度越是轻松,他的心情却越是沉重。

皇帝掀衣随意指着自己的双足道:"朕这脚,一天冷,风湿冻疮什么都来了。前些年泡泡药水,倒也好些,如今却越发地厉害起来。唉,真是老了。"

寇準站了起来,肃然道:"官家足疾,社稷何尝不是足疾呢?"

皇帝微微一笑:"寇卿此言何意?"

寇準恭敬地拱手道:"神器未托,怎么不是社稷的足疾呢?"

皇帝大笑,振衣而起道:"以卿之见,朕诸子中,何人可以付神器?"

寇準心中狂跳,脸上却不露声色:"陛下为天下择君,谋及妇人、中官,不可也;谋及近臣,不可也;唯陛下乾纲独断,择所以孚天下望者。"

皇帝收了笑容,屏退了左右,低头沉吟许久,这才徐徐道:"襄王如何?"

寇準只深觉一颗心似要立刻蹦出胸腔来,他来之前,已隐约猜到皇帝心中为皇储之位而犹豫,再见皇帝示以足病,更是试探着指出"神器何托"的大事来,此时见皇帝终于提出了人选,忽然间有一种说不出的恐惧,大宋皇储议立竟然真的就在今天自己的三言两语中尘埃落定吗?皇帝看似闲闲的一句话,然而此时他的神态越是轻松,越说明这件事在他的心底思虑已久、隐藏已久。

寇準强抑内心的慌乱,退后一步,颤声道:"知子莫若父,圣心既认为襄王可以,请早做决断!"

皇帝点了点头："你出去吧！"

寇準恭敬地磕头退出，在退出房门的最后一刻，他看到皇帝闭目向后倚去，神情之间似放下了一件大事，那一刻说不出来的疲惫竟是毕现。那只是一刹那而已，寇準却看到了。

退出大庆宫，寇準走了两步，忽然间只觉得手足酸软，他勉强扶着廊柱站定，时值深秋，他却发现全身上下，竟不知何时已经被冷汗湿透了。

次日，圣旨下：襄王元侃，即日起改封为寿王，兼任开封府尹。大赦天下，除十恶、故谋劫斗杀、官吏犯正赃外，诸官先犯赃罪配隶禁锢者放还。

同日，以左谏议大夫寇準为参知政事，正式入中枢，为副相。

第三十八章 储位之争

足足三天,新任的寿王赵元侃,未曾到过薜萝别院了。

刘娥坐在湖边,看着片片枫叶自枝头慢慢地飘落在湖面上,转眼间,已经落了一池。她轻轻地伸手,拣了一片较大的叶子,回转屋中沉吟良久,提笔题道:"昨夜星辰昨夜风,画楼西畔桂堂东。身无彩凤双飞翼,心有灵犀一点通……"

忽然听得脚步声急响,侍女如芝跑进来,喘着气道:"娘子——王爷,王爷来了——"

刘娥骤然站起,转身间衣袖带动砚台翻转落地,她美丽的裙裾上飞溅了几滴墨汁。她低首看着点点墨迹,微微地笑了。果然——是心有灵犀呵!

她对着镜子,抿了抿发际,却也不更换衣裙,径直到了前厅。

元侃和钱惟演都来了,刘娥微微一笑,上前一步盈盈下拜:"臣妾恭喜王爷,贺喜王爷!"

元侃抢上前来抱住了她:"小娥,你也敢来取笑我,我可要罚你了。"

刘娥盈盈一笑:"难道三郎不高兴吗?"

元侃抚额笑叹一声:"固然是欣喜若狂,可是,更觉得如履薄冰、如临深渊哪!"

众人听得这话,不禁皆轻叹一声。本朝开国以来亲王兼开封府尹,相当于皇储之位。可是离龙椅太近,却也是处于最危险的位置。

当今皇帝自即位以来,前面已经有三个亲王的前车可以借鉴了。秦王廷美,流放房州一年后病死;楚王元佐,已贬为庶民,如今还以疯症被幽禁在南宫之内;许王元僖,死得不明不白,连死后都要被再度贬侮。

再想到寿王这"如履薄冰、如临深渊"的心境,众人相庆之余,却也有一种寒意自心中上升。

钱惟演轻轻鼓掌:"难得王爷如此清醒看事。为将之道,未虑胜,先虑败,方能够百战不殆。其实,自许王去世之后,官家对于皇储之事,亦是慎之又慎,思虑已久。官家春秋已高,此事的变数,自当是极小。"

张旻叹道:"只怕是越王、吴王他们不死心,暗中生事。还有王继恩,此人对楚王极为忠心,当年许王死后被贬,就是与他有关。他若是从蜀中回来,也会弄鬼的。"

刘娥沉吟片刻,问道:"因此,王爷这开封府尹,确是危险。对了,听说此番提出立储建言的,是寇準?"

钱惟演道:"正是寇準。他自青州回来,听说是一见到官家,就提出立储之事了。也亏得他是个直言敢谏的人,自前次冯拯上书立储被流放之后,再无人敢提出此事了。"

张旻笑道:"我看官家此次也是等着有人来提出此事呢,可惜无人敢提,因此特地召了寇準回京,就是知道唯有他这性子,才能提起此言来,正好借机宣布了。"

刘娥就道:"我记得以前听钱公子讲课,说到契丹的萧太后举行柴册仪的事。听说她最近又行了一次柴册仪,是吗?"

钱惟演点头道:"不错,萧太后以女子之身执掌契丹这样一个大国,要镇服二百部落、南北契丹汉族的文武大臣们,确是不易。因此她效法契丹远祖,行柴册仪,昭告天下,彰示她的权力乃是天命所赐。上一次柴册仪之后,她很快就镇服了四方部族,此次她再行柴册仪,怕是要召集兵马,会有一次大的军事行动了。"

刘娥点了点头,道:"我中原历代亦有祭天告祖的仪式,相信也与此差不多吧!"

钱惟演点头道:"正是。"

刘娥笑了一笑道:"钱公子是当世名家,我一个小女子知识浅陋,说错了请勿见笑。"

钱惟演欠身道:"不敢,刘娘子每有振聋发聩之言,令我受益匪浅。"

刘娥笑道:"那我就说了。我中原自唐末以来,朝代更迭,乱象纷纷,只怕已经有一百多年,未曾有过祭天告祖的仪式了。这种仪式,怕也是与契丹萧太后的柴册仪近似,都是安定民心、昭示天下之举吧!"

钱惟演点了点头，眼中忽然光芒一闪。

元侃忽然心头狂跳，一把抓紧了刘娥的手："小娥！这主意太大胆了！"

刘娥含笑道："中原已经有一百多年未有过立太子祭天告祖的仪式了吧！从古到今，有哪一个王朝不立太子呢？难不成自本朝起，去了太子位，改叫开封府尹了？"

这时候不但元侃，连钱惟演、张旻都站了起来，叫道："正是！一旦王爷正式昭告天下成为太子，这名分才彻底定了。"

元侃摇头道："不可，不可。官家英明，眼中揉不得沙子，最恨亲王与臣子们结成朋党，只怕弄巧成拙。"

刘娥瞟了他一眼，道："咱们又没做什么，怕什么？对了，我听说寇准此番回京，还未找到房子，如今是暂借住在杨亿的一处府第？"

钱惟演点头道："正是呢。前几年杨大年在南门买了间宅子，原准备修个花园。恰寇准那年下贬青州，因路途遥远，加之他是个手大的人，历年宦囊无积，便把原宅给卖了。如今刚刚回来急着找房子，却正看中那间宅子。只是寇准要买，杨大年不肯卖，因此两人说好，园子共赏，宅子租寇準来住。"

刘娥笑道："如此说来，杨公与寇准平时相交甚多了？"

钱惟演道："平时也是谈些诗书画艺，只是杨大年此人脾气清冷，不好说动。"

刘娥含笑缓缓地道："你去杨亿那里遇上寇准时，只把契丹的柴册仪与唐代的册封太子之仪，作为研习典制仪式的心得，如我们吟诗填词一般，当作与他学术上的讨论，点到为止，这便够了。咱们只是提醒寇準一声，有这么一种可能存在而已。寇準是最直言无私的人，由他说出来，官家心中自有一个印象。"她扫视了众人一眼，缓缓地道："只要今后一提与契丹有关的事，官家能想起萧太后是以柴册仪掌握契丹部众之心的，这就足够了。"

元侃长长地吁了一口气："小娥，这个主意太大胆了，太大胆了。"

刘娥看着他的眼睛："官家择了数年，如今定了三郎，那就是天命所归。三郎，天不与，取之不祥；天与之，不取不祥。既然储位已经落下，那就不能再让它发生任何意外，否则的话，得而复失，必有大祸。如今正是三郎行动之时，要令皇储之位，无可更改。"

众人心中一凛，连元侃的心也从犹豫变得坚定起来，肃然道："正是，我等当拼尽全力，不容有失。"

过得数日，王得一接了信就来到别院，与刘娥下棋。

前段时间王得一颇得皇帝倚重，因此就有许多臣子来结交奉承他。王得一骤得礼遇，未免有些膨胀，每日里迎来送往，收受礼物就忙个不停。

刘娥见他心神不定，面露疲态，就警告他说："你也是开过瓦肆的人，难道不懂得，哪有头牌娘子日日接客的道理。不肯矜持自重些，就等于自贬身价。若人人都可以随意见你，谁能当你是尊贵的？"

王得一听了这话，顿时如一盆冷水浇在头上，清醒了许多。越想越有道理，忙长揖道："多谢刘娘子点醒贫道。"

贵人问道，与瓦肆寻欢，看似完全不一样的性质，但若论起其中的道理来，其实倒也有许多相通的地方。他当年开瓦肆颇有心得，临到自己上阵，倒是乱了方寸，刘娥这份提点，实是来得太及时。但如今若是换了别人，也没有这么明白的。

刘娥一语就让王得一收了骄矜之色，这才道："官家最近身体如何？"

王得一左右看看，却不回答，只道："此事原不是我等敢说的，说了就得死。"这就差不多等于说了一半。

刘娥心里明白，却冷笑道："你放心，我且舍不得你死。既然如此，我再问你，官家最近可有与你讨论长生之道？"

王得一却只模棱两可地道："道门之中，自有长生之道。官家最近向道之心甚勤。"这就等于什么都说了。

刘娥微笑："既如此，以后官家再跟你聊天的时候，你不妨提些历代的大典仪啦，又或者是近来的一些典仪之事，如辽国萧太后的柴册仪。"

王得一一怔，他终究出身市井，这契丹的礼仪，却是不懂："我似乎听说过柴册仪，可具体的却不知道，这却又有什么用？"

刘娥就说："这是契丹的一种礼仪，由契丹远祖所创，用来收服众部族，告诉他们，皇帝或太后的权力，是由上天所赐。"

王得一素不信鬼神之事，轻哼一声道："这种东西，不过是掩人耳目的做法，毕竟……"

刘娥打断他的话："不过是闲谈罢了，再说，道长不是向来敢言外事？"

王得一若有所悟，微笑起来，站起来向刘娥一揖："愿为襄王与娘子效力。"

两个月后，随张咏去蜀中的刘美回到了汴京城。

刘娥见了刘美回来，甚是欣喜，道："大哥，你可回来了，说说蜀中的情况怎么样？"

刘美道："自张咏去了之后，每天的形势都在转好。此番亏得王爷荐了张咏去，那王继恩自恃功高，骄横无比。若不是张咏，当真谁也镇不住他。这一次我跟着张咏赴蜀中，那王继恩竟然只派了一名小吏来回话，而且言辞中颇多冒犯轻忽之语，张咏便罚他戴枷示众，那小吏恃着有王继恩撑腰，竟出言恐吓，说什么'你敢枷我，枷我容易除下来难，现在我就把这枷戴一辈子，永远不除下来。要么你张咏给我请罪，要么就砍了我的头'。"

刘娥啊了一声，道："此人竟如此骄横，纵是有王继恩撑腰，也是可恶透了。"

元侃摇头笑道："张乖崖的性子最是乖张，越是横的他越不怕。"

刘美笑道："正是呢，张公也大怒，喝令叫人即刻便斩了他的头。"

刘娥笑道："这件事未免做得过分，其实不妨让他戴着枷，且看他是不是真的戴上一辈子不可！"

元侃笑道："你却不知，这乖崖虽然是文官出身，若论少年时的行径，他却是游侠一流的人物。他未中举时，有一次得汤阴县送了他一万文钱，夜晚他投宿于山道上的一间小客栈，那客栈却原来是家黑店，店主父子见他带了不少钱，很是欢喜，悄悄地道：'今夜有大生意了！'不料却被他听见了。到了半夜，那店东长子先摸进门来……"刘娥听到这里，惊呼一声，却听得元侃继续道："张咏早已有备，先已用床抵住了左边一扇门，双手撑住右边那扇门。那人出力推门，张咏突然松手退开，那人出其不意，跌撞而入。张咏回手一剑，将他杀了，随即将门关上。过不多时，次子又至，张咏仍以此法将他杀死，持剑去寻店东。只见店东正在烤火，伸手在背上搔痒，甚是舒服，当即一剑将他脑袋割了下来。黑店中尚有老幼数人，张咏斩草除根，杀得一个不留，呼童率驴出门，纵火焚店，行了二十里天才亮。"

这一段故事只听得众人目瞪口呆，气都喘不过来，元侃说完了刘娥才轻吁了一口气道："阿弥陀佛，素日见他一派云淡风轻的样子，竟不知道他原来有这般杀人的手段！"

元侃笑道："索性今日就说故事了。还有个故事，也不知道真假，是杨亿说给我听的。说有个士人在外地做小官，受到悍仆挟制，那恶仆还要娶他女儿为妻,士人无法与之相抗,甚是苦恼。张咏在客店中和他相遇,得知了此事,当下不动声色,向士人借此仆一用,骑了马和恶仆同到郊外去了。到得树林中无人之处,挥剑便将恶仆杀了,得意洋洋地回来对那士人说:'我已经劝此人离去,终生不再会来骚扰你了。'"

刘美点头道:"也只有这般的人,才镇得住王继恩。那王继恩部下士卒不守纪律,掠夺民财,张咏派人捉到,也不向王继恩说,径自将这些士兵绑了,投入井中淹死。王继恩见他手段厉害,那些手下人行事就规矩多了。那一次,王继恩故意将许多乱党交给张咏办罪,张咏尽数将他们放了。王继恩大怒,张咏道:'前日李顺胁民为贼,今日咏与公化贼为民,有何不可?'"

元侃鼓掌道:"说得好,蜀中百姓,却也都是我大宋的子民,都只为这些人骄横不法,以致官逼民反,如今是得要善加安抚才是。兵法上说,不战而屈人之兵,是上上策,战而不能屈人之兵,那是下下策了。"

刘美道:"我随张咏初入蜀中之时,大军给养得由陕西征粮运过来,结果叛军四处打劫,都堵在路上了。进益州的时候,只剩下不到半月的粮草。后来张咏知道民间盐贵,而官仓中仍存有大量的盐,于是下令百姓以粮易盐。不到半月,便得好米数十万斛,军士欢腾。那时候四面八方简直都是叛军,那王继恩整天只是饮宴,闭城不出,于是等他营中要粮草时,张咏就折价给了钱。结果王继恩大怒找上门来说:'马岂能食钱?'张咏说,兵马不出,坐守城中,哪来的粮草?我并不敢扣了你们的粮饷,此事已经具奏上报了。结果把王继恩给噎得……哈哈哈,可惜你们看不到当日的情景!后来行营约他共同剿叛军,他也肯派出兵马了。"

元侃点头道:"这王继恩出了名地骄横,也便只有张咏这样的人,才能治得住他。王继恩兵马一出,就攻破了好几处地方,令得蜀中粮草也能自给了。前几日听说张咏已经上书,免了陕西再运粮进去,官家很是喜欢呢。"

刘美敛了笑容,肃然道:"正是,王继恩部下作战还是能行的。我来前几天,崇仪使宿翰在眉州大破叛军,斩了那伪蜀的中书令吴蕴。"

刘娥啊了一声,想起当年蜀道逃难时的情景,眼看着故人一一出现在文书里,又消逝在剿杀下,心中不免五味杂陈,叹道:"那现在就剩下张余了。"

刘美点头道:"正是。不过如今张余所部,也被赶进了山里,已经不足为患了。"

元侃道:"看来王继恩继续留在蜀中,也已经没什么用了,还是上奏官家,让他回朝好了。"

刘娥皱眉道:"就怕他回朝与你作对。如今他有平定蜀乱、擒杀李顺的功劳,实在难办!"

刘美忽然道:"擒杀李顺,只怕未必!"

元侃问道:"此话怎么讲?"

刘美犹豫了一下,道:"这事我也不知道当不当讲。"

元侃笑道:"此处就我和小娥两人,你还有什么可顾虑的。"

刘美踌躇了好一会儿,忽然冒出一句话来:"听说王继恩那天抓到杀了的并不是真李顺,而是一个假货。"

元侃大惊,站了起来:"你说什么,李顺未死?"

刘美叹道:"许多人都在说,官兵大军围城之时,成都旦夕可破,李顺突然大做法事,施舍僧众。成都各处庙宇中的数千名和尚都去领取财物。李顺部下数千人同时剃度为僧,改着僧服。到得傍晚,东门、西门两处城门大开,万余名和尚一起散出。李顺早已变服为僧,混杂其中,就此不知去向。官军后来捉到一个和李顺相貌很像的长须大汉,就说他是李顺,呈报朝廷冒功。又巧言欺君,说是押来京城路途遥远,恐生变故,因此请旨将他就地格杀。其实是怕那个假货上了京城一审就露馅儿了。"

元侃面沉如水:"刘美你可肯定?此事非同小可,事关社稷安危,可不是一两个人的性命能够摆平的。"

刘美犹豫了一下,道:"'李顺'被斩之后,曾经有人,在蜀中其他地方看到过李顺。"

元侃惊道:"此事非同小可!我现在就去内阁之中,与王钦若、钱惟演商议一下。小娥你且等着我,晚上我还回来,有事再问刘美。"说着匆匆地出去了。

刘娥也不留他,待元侃等人都已经离开,她屏退左右,又细细地看了看,确定只有她与刘美二人,这才关上门,看着刘美道:"哥,你是不是还有事没有说?"

刘美连忙摇头:"没有,该说的我都说了。"

刘娥忽然叫着当日的称呼道:"阿哥,你别瞒我了,咱们自蜀中到京城,中间千山万水地经过,你心里有事,我怎么会看不出来?"

刘美看着刘娥的眼睛,挣扎了一会儿,终于放弃,颓然坐下道:"是的,我还有一句话没敢说出来。"

刘娥紧紧相逼："什么话？"

刘美咬了咬牙，毅然道："那个亲眼看到李顺的人，不是别人，就是我自己。"

刘娥大惊："天——李顺当真未死？你在哪里看到他的？"

刘美轻叹一声："就在我们第一次见到他的地方！"

刘娥怔怔地问："则天庙？"

刘美点了点头。

刘娥呆呆地坐着，思绪却已经飞到了十三年前的那个晚上。那时一场大雨刚过，她与李顺并肩坐在则天庙的台阶上，听着计词讲故事。

十三年时间一晃而过，当时的情景，此时想来竟恍若隔世。

刘娥猛地回过神来，问刘美道："你是怎么见到他的？"

刘美轻叹一声："那一日的情景，仍似历历在目。我去了则天庙，让两名校尉守在门外，那庙比原来更破落了……"他沉默了片刻，道："然后，我就看见了他——"

他的思绪，似又回到了那一天——

旧日则天庙中，回廊下，刘美与一个僧人迎面遇上，擦肩而过。他不禁停下来又看了对方一眼，那样龙行虎步的身影，原非一个流浪僧所能有的。就是那一眼，他猛然认出了那人是谁，不由自主地将那人名字脱口说出。

那人站着没有动，甚至没有回过身来，然而这些年毕竟跟着王府侍卫们练过身手，他可以看出那人蓄势待发的身影，只要自己稍退后一步，那人便可将自己击杀。

刘美没有退后，也没有高叫，只是定定地看着那人，道："我见过你，也见过王小波大哥，你们曾经帮过我。"

那人缓缓地转过身去，看着他，眼中寒冰稍敛。

刘美上前一步，道："十三年前，我们曾经就在这里见过面，还记得吗？你们救了我小妹子，王大哥问我肯不肯跟他走。"

那人摇了摇头，道："这条道上，姐夫曾经帮过无数人，不会记得这么些小事。"眼睛却看着刘美身上的打扮，仍有些寒意："你是官兵？"

刘美点头道："我知道你不记得我了，可是我却记得你们。"

那人点了点头："你可知道我头颅几何？可以让你官升几级？"

刘美直视着他："我不敢发这样的财，升这样的官。只是，大蜀王，你又何去何从呢？"

那人站在那儿，虽然一身僧衣，气宇依然不减："成都城破，我欲前往嘉州，会合张余，再兴大事。只是一路上盘查甚严，耽误了不少时日。"

刘美上前一步："如今四海升平，朝廷派了张咏来治蜀，大蜀王，你再兴兵乱，苦的只是蜀中百姓。"

李顺上下打量着他，嘴角露出一丝讥讽："如今你衣锦饱暖，好一派官老爷的腔调，倘若你此刻还是个难民，你扪心自问，说得出这样无耻的话吗？这数十年来，荼毒蜀中百姓的，哪一个又不是朝廷所派？兴兵乱，苦的是百姓，不兴兵乱，难道百姓就不苦了？"

刘美为李顺气势所慑，不由得退后一步，道："我也是蜀人，我也是逃难过的人，我也希望蜀中百姓日子过得好。可是如今已经是太平盛世，你不可能再在蜀中自立一国的。张咏是个好官，蜀中百姓会得到好日子的。李大哥，你这样的人才，如果与朝廷合作，一定能让蜀中百姓过得更好。"

李顺仰天大笑："天下只要有贫富不均，只要人分高下，我李顺便不会罢手。我知道外面有一队官兵，只要你高叫一声，便可将我抓住。只不过王小波死了有李顺，李顺死了有张余，只要天底下还有百姓受苦，便会有人揭竿而起，只要有百姓过不下去，所谓的太平盛世便是狗屁。"

刘美怔怔地站在那儿，但见李顺大步向前走去，而他却只能站在原地，看着他离开——

刘娥听得刘美讲完则天庙之事，不禁轻叹一声："'王小波死了有李顺，李顺死了有张余，只要天底下还有百姓受苦，便会有人揭竿而起'，大哥，他说得实在是很有道理啊。"

刘美小心翼翼地道："小娥，你说我们要不要将这件事告诉王爷？"

刘娥急道："不可——"

刘美一怔，刘娥轻声道："哥，你不要忘记了，咱们的身份，如今都见不得光。而且，李顺是反贼，咱们何以认识他呢？"

刘美不由得点了点头。

刘娥轻声道："我猜，知道李顺未死的人，未必只有咱们两人，王继恩也未必能够一手遮天,本朝开国以来,哪个将领执掌大军,官家都不会这么放心的。官家在王继恩军中,未必没有眼线。可是李顺不死,蜀中不安,不管杀的是真李顺还是假李顺,只要昭告天下,李顺已经伏法,便是天下太平了,所以官家才会下旨将李顺就地斩杀呀!"

刘美瞪大了眼睛:"小娥,你是说,连官家都知道杀的是假李顺?"

刘娥叹息:"我也只是猜测而已,杀李顺能够杀一儆百,朝廷明谕李顺已死,纵然以后再抓到李顺,也必是个假的。"

刘美摇了摇头,叹道:"小娥,你如今的脑子,大哥是跟不上了。"

刘娥道:"那也不打紧。大哥,你只管做好自己的事便成了。"

李顺叹道:"我还记得,那时候我们差点留下来了。倘若那时候我们留下来……"

刘娥摇头道:"哥哥不必想这么多,倘若那时候我们留下来,也未必能活到今日。"

李顺道:"说得也是。"

刘娥回思往事,心绪万千,想来想去,只道:"只盼能天下太平,朝廷能记住这次教训,善待蜀中百姓,莫教我们吃过的苦,再教后人再吃才好。"

李顺默默点头,一时俱静。

也不知过了多久,忽然听到外面有脚步声,却是门外一声请示:"娘子,钱娘子来了。"

刘美脸色大变:"钱娘子来了,我先离开。"

刘娥好笑地看着刘美:"惟玉来了,你躲什么?躲得了初一,还能躲得了十五?"

刘美急得头上的汗都出来了,叫了一声:"小娥,你帮帮我——"

刘娥笑道:"我帮你什么?"

刘美顿足道:"帮我躲开她呀!"

刘娥笑道:"奇怪了,惟玉与我们相识也有十年了,你何以今日要躲开她?"

刘美的汗珠更多了:"我,我不能说,总之,我得躲开她。"

话音未了,就听得砰一声,门已经被推开,钱惟玉站在门口,脸气得通红:"你躲呀,有本事你躲我一辈子!有本事你躲到蜀中去,一辈子不回来,你还回来做什么?"

刘美顿了顿足,期期艾艾地道:"钱娘子,我,我——"

钱惟玉冷笑一声:"我什么?刘虞候,怎么了,舌头打不了弯了?"

刘娥左看看右看看,忙笑着迎上去道:"啊,是谁惹咱们惟玉妹妹生气了,说出来,我好好地帮你教训他。"

钱惟玉顿了顿足,忽然间眼圈红了,道:"他,他——"一转身,忽然跑了。

刘娥眼看着钱惟玉一阵风似的来了,又一阵风似的跑了,停了好一会儿,这才转过头去,问已经石化掉的刘美道:"哥,你能告诉我这是怎么一回事吗?"

刘美脸一红,头摇得比什么都快:"没,没什么。"

刘娥笑道:"哥,你我兄妹之间,还有什么事不可以说吗?"

刘美的脸更红了,直摇头:"真的没什么。"

忽然听到外头有人道:"还是我来说吧!"

第三十九章
尘埃落定

刘美看着来人,神情更是狼狈,叫了一声:"钱公子。"

钱惟演走进来,对刘娥笑道:"惟玉丫头喜欢上刘美了。"他当下就说了原委。

事情还得从那次钱惟玉元宵节遇险说起,当时恰是刘美经过救了她。之后先是钱惟玉登门相谢,其时刘美的浑家张氏已经过世,家里没个女眷,刘美这个单身汉的日子过得乱糟糟的,钱惟玉看不过眼,就派人相助。结果一来二去,有了几次误会争执和好,两人竟有些相互喜欢。

可是两个不挑破时还不打紧,一旦意识到了,就有些不好意思起来。刘美不敢应承,就躲去了蜀中,没想到一回来,就让惟玉抓到,更惹得她生气。

刘娥见刘美举止无措的样子,不禁笑了:"这是极好的事,我要恭喜哥哥了!"

刘美涨红了脸,顿足道:"小娥,怎么连你也胡说起来了。"

钱惟演笑道:"这又怎么是胡说了?难道说,你嫌弃我小妹不成?"

刘美连忙摇头:"不,是我配不上她。"他叹了一口气,"你们都是贵人,我出身又低,命又不好,连前头的浑家也没了。我哪里敢高攀?钱娘子年纪还轻,我却不能这般厚颜。"

钱惟演古怪地看着他:"你就是为这个拒绝小妹?"他忽然大笑起来,"我们钱家是亡国王孙,谁知道哪一天今上会赐下灭门之祸,你不敢沾惹我们,原也是正理。"

刘美急得上前一步,大声道:"钱公子说的什么话!当年小娥遇难,若无你们相助,怎么有今日!救命之恩绝不敢忘,吴越王府若有什么事情,刘美绝不置身事外。"

钱惟演道:"若不论吴越王府,只说小妹出事呢,你又怎么样?若不论我们的恩义,只说她有事,你又怎么样?"

刘美脸憋得通红,却道:"若钱娘子有事,我,我会拼了命去救她的。"他顿了顿,又肃然道:"千山万水、刀山剑林,在所不辞。"

钱惟演不由得动容,拍拍他的肩头叹息道:"你既有这样的心,我便将小妹许你,也不算错了。你休要以为我在信口胡说,或许我们真有这一日也未可知。若到那时,我也希望能把惟玉交给一个千山万水、刀山剑林,都会追过去保护她的人。你既然知道我们是患难之交,何必说这见外的话。"

刘美站在那儿,只觉得心头一股热流涌上来,一时间竟不能自已。虽然小娥敬他如兄,寿王待他如心腹,但是此刻钱惟演这三言两语,却给他一种推心置腹的感觉,这样的话,竟是从钱惟演心底涌出来似的。

刘娥闻言急道:"哥,你若不喜欢郡主,那又另说。可如今你这样继续逃避,却不是君子所为了。"

刘美脸涨得通红,忽然向钱惟演跪下:"钱公子,我,我是个乡下粗人,我怕配不上郡主,可我说过的话,我一定会遵守的。还请……公子将郡主许配于我。"

钱惟演扶起刘美:"好。这婚事,我应允了。"

刘娥见状喜道:"恭喜大哥!我看这婚事,也得抓紧办了。"

刘美看了刘娥一眼,犹豫半晌才道:"小妹,若我们成亲,你能来吗?"

刘娥神情一黯,如今元侃正值最要紧的关头,若是她的行踪为人所觉,岂不授人以柄。

刘美见她这样,也不禁脸色变了,深悔自己失言,才道:"要不然……"

就听得钱惟演道:"咱们只消先定了亲就是了。相士说惟玉的相格,这一两年内也不宜出阁。待等这阵子过去,也能办得风风光光。"

刘娥低下头,细想了想他话中之意,忽然心中一阵狂跳,她强抑心头的震惊,道:"钱,钱公子可是听说了些什么?"

钱惟演就笑了笑:"我哪里能知道什么?对了,刘娘子可听说过崇仪副使王得一此人?"

刘娥心头一跳,王得一的事情办得极为隐秘,但钱惟演也是元侃心腹,若是他听了风声,也未可知。她佯作不知,笑道:"我只听说他道行高深得很,连官家也常召他入宫。听闻此人淡泊功名,素有出世之心,倒是不甚热衷富贵，许多贵人慕名拜访，都被他拒之门外。"

王得一被她提醒以后，悟到欲擒故纵的法门，虽然接待的贵人少了，但收到的香火供奉却更多了。他还舍了许多钱财粮米出来布施行善，近来着实传出了一点淡泊出尘的名声。

钱惟演果然不太清楚其中原因，闻言笑道："出世原为的是入世，自唐代起，就有人钻营这终南捷径了。早先世宗时就召过华山道人陈抟，后又有道士种放，特地跑到终南山去隐居，弄些文字招摇弄名。早些年他自言山居草舍五六区，啖野蔬荞麦，到如今车舆冠服，各种仪仗，且广置良田，岁利甚博，强市争利，门人族属依倚恣横。他自己犹往来终南，按视田亩，每每亲自诟责驿吏迎送细节，亲自计算着田产的收入，一丝一毫都算得清楚至极……"

刘娥听得种放如此，不禁笑倒在案："原来是这么个假隐士，这条终南捷径走得好。"

钱惟演嘴角微露冷笑，道："前有陈抟、种放，如今自然有个王得一。王得一颇懂得炼丹之术，官家很喜欢召他进宫谈道，得赐甚厚。王得一颇敢言外事，就在前天，官家问他——"他眼中寒光一闪，压低了声音道："官家问他，对辽国的柴册仪等可有研究？"

刘娥顿时只觉得呼吸停顿，好一会儿，才道："你又如何知道这件事的？"

钱惟演额头也微见汗，眼中透出一种奇异的光来，却不回答，只道："王得一说，真真假假，不过安民心而已。犹如打猎，一人得鹿，众人悉止。这种仪式，不过是昭告天下，鹿已经在谁的手中而已，如此一来，纷争自然平息。"

刘娥长长地吁了口气，好半天才道了一句："谢天谢地。"

两人对视一眼，彼此眼中的神色，已经说明一切。

钱惟演恍悟，向刘娥一揖："刘娘子原来早已经青出于蓝。"

刘娥还礼："全赖钱公子周旋一切。"

两人这边商议，另一边寿王府正在大开宴席。

元侃被封为开封府尹，诸兄弟再不开心，也得去应承，元侃被兄弟们打趣要请客，他哪里敢这么张狂，但又不能全无表示，于是就挑了个日子，以王妃所生的儿子满月庆祝为名，请众兄弟一聚。

此时元侃已经有四子，长子、次子皆为王妃所出，三子乃侍妾戴氏所出，比次子小了四个多月。虽长子体弱夭折，但如今王妃又生第四子，也算得是正室中少有的多子了。

出门前，越王妃李阮因为送给寿王妃的礼物，发了一顿无名火。

越王赵元份也摸不清楚她为什么发脾气，叹息道："你这人，说三嫂儿子满月要送礼物给她道贺的是你，临了不肯走拿我撒气的也是你，你到底想干什么？"

越王妃看着丈夫，恨恨地道："还不是你！都是你不争气，你但凡争点气，我也好理直气壮地上门去给她道贺。"

越王先是没听明白，及至听明白了，也气笑了："你的意思是如果我比三哥强，你现在可以趾高气扬地上门，但我现在没比三哥强，所以你就不肯去了？"

皇储之位飞走，自己才是最恼怒的人吧，她居然还发起脾气来了，这让人上哪说理去，饶是他脾气再好，也不高兴了，一甩手走了。

越王妃将东西一推，独自生闷气去了。她与郭熙在闺中就交好，后来她成了王妃，没想到过得几年，郭熙也同她做了妯娌。要论起来，与郭熙做妯娌，自然好过别人。两人在宫中互为援引，也可以稳压其他妯娌。郭熙脑子好脾气好，做闺中密友自然是好的，做妯娌也是好的。可是，如今她丈夫成了皇储，她就是未来皇后，自己将来见了她，却是要行大礼的。

越王妃生性要强，两人玩得再好，也多半是郭熙让着她。她性子强横，在外头便主动护着郭熙，与别人争辩。虽然两人是妯娌，可她心中，一直以来都觉得自己是强过郭熙的。结果如今两人身份演变至此，她是最难接受的。这几天她在家里一直摔摔打打，指桑骂槐。但越王若跟着赞同说三嫂虚伪，她又会立刻翻脸，这种矛盾的心理，让她心里头憋着一口气，简直要发疯。若是别人当了未来的皇后，她或许会嫉恨、会视之如敌，却不会有这么深的不甘心。更何况郭熙已生了三个儿子了，可自己如今只得了一个儿子，桩桩件件比对之下，想起来更不甘心了。

可是再不甘心，却也得面对现实。思来想去，纵然不服郭熙日后能成为皇储妃，但若与她翻脸，则更不划算。因此，到了正日子那天，越王妃还是带着重礼来见郭熙。

郭熙见了她就欣喜道："阮妹，你来了。"

李阮装模作样地要行礼："见过寿王妃……"

郭熙一把拉住，嗔怪道："你这是要与我生分呢，你我是什么样的交情，你同我这样,有意思吗?"

李阮心中再感慨,却也换了脸色,笑道:"我就是故意要臊你呢,三哥被立为皇储,看你还肯如过去一般叫我沾光不?"

两人嬉笑一番,又如从前。郭熙就引着李阮入内去看新生儿。

孩子却是看着有些先天不足,李阮心里想着,口中却是不说,只对郭熙道:"你这孩子一个个地生,自己也要保重身体才是。"郭熙这次生子后,想来是亏损得厉害,纵是脸上傅着厚厚的粉,依旧可见脸色蜡黄,毫无血色。

郭熙脸色变了变,却道:"太医说了,没什么大事,调养一段时间就好了。"

郭熙怀长子的时候心思重,睡觉差,因此长子生下来身体就有些不足。到了次子时,她索性安排了侍女,自己安心养胎,因此生次子时就顺些。偏这次怀了四子的时候,长子夭折,她受了惊,胎里没养好,因此生下来的时候就有些母子双亏。

李阮见状也心中暗叹,真是人人都有不顺心的事。她当下心也转了些,见室内无人,就只两人的心腹丫头,便低声道:"我听说那三郎是你屋里的侍女生的,你也真是糊涂,便是不得已,也得给她早早用药,如今反而在自己眼前添堵。"

郭熙的笑容就僵了僵:"阮妹,可不能这么说,我们毕竟是皇家媳妇,嫁的是皇子,多子多福才是好事。"

李阮嘴一撇:"拉倒吧。咱们从小一起长大的,我怎么想,你就是怎么想。我就看着我生的才舒服,别人生的站在我面前都是在扎我的眼睛。再说了,你以为你容她,人家就要感激你。岂不知人家心大了,还容不得你呢。"

郭熙听这话不入耳,打断了她:"阮妹,这话,咱们私底下说说,我就当没听见。可千万别在外头说,便是在你府里头,让你们王爷听到,或是院中使婢听到,都是不好的。"

李阮见她如此胆小,倒似找到了些平衡。谁说封了开封府尹就是赢定了,前头还有两个摸着边儿后掉下来的呢。她是宁可郭熙倒了霉自己伸出援手助她,也不愿意看着一直顺着自己的姐妹成了自己要跪拜的人。如今想想,她这个寿王妃也无趣得很,一边要恭敬侍奉丈夫,一边还要给丈夫安排姬妾甚至还要照顾姬妾的孩子,活成这样又有什么意趣呢。

果然没一会儿,戴氏就抱着庶出的三郎也过来了,又有乳母抱着他们家的二郎也过来了。三个孩子放到一起，就见哭一起哭，闹一起闹，也是烦人得很。

李阮如今就一个儿子，多半是乳母侍婢照顾，抱过来的时候都是乖巧可爱的，哪里经得这样吵，见状就站起来走了。

她走到外头廊下，见左右无人，才长长地吁了一口气，向着侍女榴花抱怨道："也就是寿王妃脾气好，肯容人。若是我，万万容不得的。我告诉你，一府的气运，都是有数的，若那旁支的多了，就是乱家的根本。你瞧着吧，她那俩儿子搁一起哭起来也不如那个贱婢的儿子哭声大，我看这就是让人把她儿子的气运给夺了。"

李阮是忍不住说几句酸话，心里才舒服些，却不知道她这边只是随口几句胡说的酸话，却叫人当了真，弄出一场祸事来。

自张咏入蜀，蜀中大治，既免了陕西运粮，李顺余部的势力也渐渐被官兵围剿得差不多了。李顺朝中书令吴蕴所带一支人马被灭后，大将军张余率所部人马退入山中。

张咏上书，蜀中乱军渐平，王继恩所率禁军长驻蜀中，已经无敌可剿，反而骚扰当地，激起新的民愤。但是因为蜀中刚刚平定，骤然全部撤军，会引起地方上的不安，请求缓缓撤军，并授予其安抚蜀中的权力。

禁军长期驻守地方，本来就是皇帝不愿意看到的，皇帝得报甚喜，当即下旨，令峰州团练使上官正、右谏议大夫雷有终并为西川招安使，代替王继恩的职务，并令王继恩率所部兵马缓缓撤回。

皇帝每遇大事，喜欢更改名字年号，以改变心情。自蜀中之乱稍定，便下旨，于次年改年号为至道。

改元之后，果然有了新气象。

李顺之乱初起之时，辽国和夏州派在中原的探子，早已将消息传了回去。夏州李继迁先按耐不住，派了小股人马先行试探着骚扰西北之境。与此同时，辽国招讨使韩德威，率党项、勒浪、嵬族等各族部落共同联兵数万铁骑，从振武关而入，南下侵宋。这韩德威不是别人，正是当今辽国全权总揽南北二府的楚王兼大丞相韩德让的亲弟弟。这次辽国由他挂帅，正是来势汹汹，乘着大宋内忧之际，趁火打劫而来。

兵临城下之日，恰是蜀中之乱已平之时，皇帝得以从容腾出手来，坐镇指挥。

至道元年(995)正月,永安节度使折御卿与韩德威大军交战于子河汊,韩德威中埋伏,大败。勒浪等部族早受韩德威的气已久,此时趁机反击,韩德威雪上加霜,这一战一败涂地,几乎全军覆灭。所有辎重全部被丢弃在战场,韩德威只率了一小股人马逃回幽州。辽国一向治军严厉,若换了别人遭此大败,必受重惩,只不过韩德威倚仗韩德让之势,不过是领些微责而已。

折御卿连忙向皇帝报捷,此次大捷,杀了契丹及突厥太尉、司徒、舍利等许多大将,并抓获吐谷浑族首领一名,押送京城。

这折御卿,便是前头所说雍熙北伐时死在陈家谷的大将杨业的遗孀折氏的兄弟。折氏当年能为杨业鸣冤告御状,能够撼动潘美这样的大将,便是背后有折氏家族撑腰。折御卿的捷书中说,此次战胜全因皇帝的圣旨下得早,契丹大军一切行动皆在圣上掌握之中,此次大捷,皆是照圣上密旨行事,臣全无半点功劳云云。皇帝闻讯大喜,当场便对左右侍中道:"契丹军队虽然来去迅速,但是喜欢轻进易退,朕常告诫边将勿与争锋,待其深入,分兵击之,并在其逃跑之路上予以拦截,必然不会有所遗漏。今日果如吾所言,半点不差。"左右侍从,忙齐声恭贺官家运筹帷幄,决胜千里。

皇帝大喜,这才坐下来,细细反省蜀中之乱的起源和后果。直至半夜,宫中仍然灯火通明。皇帝为了安抚蜀中百姓,竟亲自书写了罪己诏昭告天下,诏书中深切地反省了自己的用人之过。

这道诏书,皇帝本是叫翰林学士钱若水草拟,但见了钱若水的诏书后,皇帝却并不满意,遂亲自提笔全部推翻重来,加了许多深切责己之言。钱若水见了皇帝改后的诏书,吓得脸色惨白,道:"官家自责过甚了。"

皇帝却不理他,将诏书递给寿王元侃,道:"你且学着看看。"

元侃接过诏书,仔细一看,也是吓了一跳。原来竟是写着:"朕委任非当,烛理不明,致彼亲民之官,不以惠和为政,管榷之吏,唯用刻削为功,挠我蒸民,起为狂寇。……念兹失德,是务责躬。改而更张,永鉴前弊,而今而后,庶或警余!"

元侃忙跪下伏地奏道:"爹爹,蜀中蠹吏不法,原是朝中臣等失察之过。爹爹如此责己,臣等都无地自容,不敢再立于朝堂了。"

皇帝点了点头,道:"你且起来。"

元侃站起,仍然不敢抬头。

皇帝看着元侃,道:"你可明白,政教之设,在乎得人心而不扰之;得人心莫若示之以诚信,不扰之无如镇之以清静。推是而行,虽虎兕亦当驯狎,况于人乎?《尚书》有云:'抚我则后,虐我则仇。'这一句话,你要牢牢地记在心里才是!"

元侃听了这话,连忙跪下磕头。

皇帝缓缓地吐了口气,神色中却是说不出的倦意,淡淡地道:"你很好,这次蜀中的事,你做得很好。"

元侃抬起头来,看着皇帝,忽然间心头一动,他有多少时候,没有这样近距离地抬头看父亲了。平时奏对,只当眼前的人是皇帝,战战兢兢,深思熟虑,想着国政,想着军务,想着如何不逆了龙鳞,如何恰到好处地讨他的欢心。到底有多少时候,想着眼前的人,是自己的父亲呢?却又是多久,没有这样以儿子的心情,去看过父亲了。

这一看之下,才骤然发觉,眼前的人不知何时,竟生出如此多的皱纹,不知何时,竟已发鬓苍然。

忽然间心头热流涌过,元侃不禁上前一步,颤声道:"爹爹——保重!"

皇帝诧异地抬起头来,却见元侃眼中满是孺慕之情、关切之意,竟是怔了怔。这种感觉,对他来说,竟是有些陌生了。

两人怔怔地对视了好一会儿。

这一刻,两人什么话也没有说,这一刻的眼神交流中,两人只是父子,不再是君臣。忽然间皇帝心里头那个念头越发清晰:"就他了吧。"

其实他刚才那句"你很好"的意思,不仅仅是因为元侃在这件事上做得很好,其他的事也很好。

这段时间以来诸子的行为他都看到了,同样别人也是看到了的。元侃这孩子不急功近利笼络臣工,不抢功不争宠,一直在默默地做事,做的每一件事,都是出于本心。他在做一个好儿子、好兄弟、好臣子,天下虽是皇家天下,但天下太大,皇帝是顾不过来的,这孩子却在帮着他拾遗补缺。济灾民、管治安、推贤臣平蜀,都是些吃力不讨好的事情,却是真心对天下人仁厚,对赵氏江山有利。

没有人想当一个骨肉相争的人,更没有人愿意看着自己的儿子们骨肉相争,皇帝赵炅同样如此。当他还是赵光义的时候,他是想当一个好臣子的,皇兄夺了柴氏孤儿寡母的江山,也怕同样的事情降临到赵氏江山。所以是皇兄决定兄终弟及之策，并且不断地加强他的威望、他的权力，以避免一旦事起突然的时候，自己没有足够的实力掌控大局。他当时想的也是一切为了自家江山，所以为皇兄冲锋陷阵，在所不惜。

可是这份信任和倚重，却在危局过去之后，成为君王猜忌的原因。随着江山越来越稳固，皇兄的两个儿子也在渐渐长大，原来在"国赖长君"前提下的兄终弟及，已经成了多余的东西，而他，也成了多余的人。可是他已经走到这个地步，哪里还能退得下来。经历过那个年月的人都知道，把刀递到别人手上，指望别人对你仁慈，是愚蠢的。更何况就算新帝放过他，他遍布朝堂内外的新旧部属呢？就算他退了下来，新帝看着大半个朝堂都是他的人，难道还能睡得着吗？势必要清洗的。可这些人跟着他抛头颅洒热血，忠心一片，纵他自己不在乎生死，他怎么能够看着他们被清洗？

更何况，天下并未一统，各地仍有割据，燕云十六州还未收复，这个天下他还有许多事要做，他怎么能够就此退下，让他和他带出来的宿将放弃理想，仰仗着十几岁的小儿发善心？

他必须一搏，幸而，他搏赢了。可是，他付出的代价，又有谁知道。

天下人骂他篡位，甚至编出所谓的"烛影斧声"说他谋害兄长。宋后当殿撒泼，四弟廷美不自量力，他能怎么办，他只能忍。他要向天下证明，他不负这个江山，他灭北汉，收银、夏，他亲自率兵北伐，一路势如破竹，本想一举夺回燕云十六州，遂天下人百年之愿，谁料想天不成全，他险些死于战场。他做出的这一切，又有谁会去理解？

德昭明明是年少气大，他不过随口一句，德昭居然就自杀了。他若是如德昭那样脆弱，早死了一百回了。这样的人，居然还想当皇帝？还有人说他逼死德昭，真是笑话。皇兄这样的英雄人物，生子却个个无能，德昭容不得一句话，德芳干脆就成了个病秧子。四弟这样的平庸之辈，对江山未建寸功，居然也敢妄想皇位。

最令他心痛的是大郎与二郎，是他这个父亲做得失当，是他的行为影响得两个好孩子都走上了极端。元佐得了他身上所有好的一面，心怀热血，指点江山，急公好义，挚爱亲朋，这个孩子跟自己年轻时一模一样。也是因为元佐刚刚学着成长的时候，看到的都是意气飞扬、待人热血的自己。可元僖成长的时候，恰好就是自己最难最不得已的时候，元僖不明白他的困境与压力，却将他不得已采用的手段和心术，当成人生目标学了去。最终两个儿子一个疯,一个死。

没有人不顾惜骨肉,他经历过至痛至苦,经历过生死分离,所以他如今更珍惜这种善意的品格。

他要的是一个善待骨肉,善待那些出过力的老臣,更善待天下的仁君。

他不能让三郎成为另一个大郎和二郎。

至道元年二月,嘉州府抓获李顺朝大将军张余,其首级被装在匣中送至西川行营。至此,王小波李顺起事的最后一支力量也被消灭。

三月,夏州李继迁亲派其弟赴京进贡谢罪。

四月,雄州大破契丹大军,斩其铁林大将一名,契丹大军全线退出宋军境内。

至此,天下太平。而此时,皇帝终于做出了选择。

却说王妃郭熙所生第四子,生下来的时候就有些先天不足,一直病病好好的,折腾不止,郭熙为此忧心不已。

谁知道前几日不知为何,受了风寒,当夜就嚷头疼。匆匆请了太医过来,太医说已经来不及了,只勉强用药两日,这孩子还是去了。

郭熙抱着孩子大哭,元侃赶过来时惊呆了,他抱着孩子只觉得既伤痛,又愤怒,当下就要追究负责看护的乳母侍婢的错,他这一大怒,反而让郭熙渐渐冷静下来,挡住元侃道:"王爷,不可,也是四郎……命薄……"说到这里,她哽咽不已,却又只得忍下道:"本朝以仁厚治天下,她们照顾四郎,并非不尽心,只是天意如此。你我身居高位,若为了失子之痛迁怒他人,即便是教她们受苦,也不能让孩子回来啊。还是赦了吧!"

若是元侃不来问罪,郭熙刚才脑中何尝没有闪过要将这些人治罪的念头,而且会比元侃处置得更重。可是她终究还是冷静下来了,逝者已矣,况且孩子身体一直不好,大儿子就夭折了,元侃兄弟中也有孩子夭折的,再怎么不甘心,就算多处置一些人,又能够有什么改变呢?如今元侃虽然已为皇储人选,可终究只是会意,不是明封,不知道有多少眼睛看着他们的举动呢。若是他们不依不饶,动静大了,不是被人说成不慈不仁,就是被人攻击寿王后宅不宁犯下阴私。元侃私下里对她感叹过,皇储之位,如履薄冰,她更不能让四郎的事,成为别人砸向元侃脚下冰面的石头。

诸人听了王妃之言，都一齐跪下磕头请罪谢恩。正纷乱不已的时候，忽然间外头一阵乱纷纷的，就听有臣属在外面叫："王爷，大喜。"

另有一人道："如今该叫太子了。"

元侃听不明白，于是走到院外，却见二道门外跪着所有的属臣护卫，一齐道："恭喜太子。"

元侃还未回过神来，郭熙听到了这话，也已经扶着墙摇摇晃晃地走出来，倚着门看着众人跪了一地恭喜。就听钱惟演道："宫中刚传出消息，要在下月丁卯，为王爷行皇太子册封大礼。官家手书已经到了内阁，宰相们正在拟诏颁令天下呢。"

元侃听了这话，只觉得胸中似塞着一股气流，却不是欢喜，而是先酸楚，再百感交集，他想到了刘娥，想到了大哥，也想到了四皇叔，只觉得眼中的泪又涌了出来。

郭熙顾不得礼仪，跌坐在地，又哭又笑。这样的至悲之时，听到了这样的消息，让她竟是说不出的欢喜和难受。这苦命的孩儿，若是能多活得几个时辰，也能听到爹爹成了皇太子的消息。或许这消息若能早来一天，她就会为了迎接贺客，而把孩子抱来打扮准备着，或者这份皇太子的福气，能够让孩儿避过这生死之关呢。

郭熙坐在那里，失控地哭，忘形地笑，却一个字也不敢提起她的儿子。这样大喜的时候，她不能说错一句话，不能。

元侃听到哭声，扭头见王妃仪态全失地又哭又笑，便转身去扶王妃，自己的眼泪也忍不住下来了。他将头伏在郭熙肩头，泪水肆意流下。他等这一天，等得有多久、多煎熬，他自己都不知道了。总以为茫茫长河，不知何处是尽头，谁知道一拐弯，就看到了堤岸，踏上了实地。

王府得的算是宫内刚出的消息，内阁中自然也有人愿意赶紧抢先送了消息来讨好未来的皇太子。这样的消息原就不必暗中隐瞒，这种规格的册封要草拟诏书，要制作服饰与佩饰，正式诏书下来之前，早就传得到处都是了。据说先是皇帝召了几名重臣当面说了，然后是知制诰写了诏书，皇帝阅定以后，送于内阁，然后内阁对天下发布时又是另一种文体，要琢磨辞藻，推敲字句，等内阁都同意了，才是盖了内阁的印颁行天下。

元侃直至第三日，才在大朝会上接了内阁精心雕琢过的正式旨意。皇帝诏立寿王元侃为皇太子,改名恒,兼开封府尹,大赦天下,文武百官皆得赏赐。同时,以尚书左丞李至、礼部侍郎李沆为太子宾客,九月行册立太子的大典。命有司草具册礼,以翰林学士宋白为册皇太子礼仪使。同时,罢平章事吕蒙正为右仆射,以参知政事吕端为户部侍郎、平章事。

第四十章
立储大典

　　皇太子册封礼足足准备了近一个月,这已经是上自皇帝,下至臣工们明催暗催赶出来的进度了。工部礼部主事之人俱是熬得两眼通红地在赶工。循礼制,对古法,制冠服,备仪仗,本朝自开国以来,这是第一次行册封皇太子礼,一切都参照唐代开元年间册封皇太子的礼制。九月丁卯,皇帝御驾亲临朝元殿,殿中礼乐依元会仪陈列。皇帝着衮服,着十二旒冕的平天冠,设黄麾仗及宫县之乐于殿外庭中,文武百官早已经就位。

　　此时,皇太子着常服,骑马来到朝元门外,进入幄帐,在大内司仪服侍下,换了皇太子大仪所用的十二梁远游冠、朱明衣,由太师、太傅、太保和少师、少傅、少保这三师、三少的东宫官员引导进入朝元门,入殿到正中位置。

　　太常寺博士引着中书令到西阶解下剑、履,升殿到御坐前,跪服听宣。

　　宣制毕,由东阶至太子位东,南向称"有制",太子再拜。

　　中书侍郎引册案就太子东,中书令北面跪读册毕,太子再拜受册,授予右庶子。门下侍郎进宝授中书令,中书令授太子,太子以授左庶子,各置于案头。

　　由黄道出,太子随案南行,乐奏正安之曲,至殿门,乐止,太尉升殿称贺,侍中宣制,应答如仪。

　　皇太子站起来,缓缓向朝元门而出时,文武百官,山呼之声,如排山倒海。

　　此时似乎是普天同庆,然而,谁又能够知道,每个人心里想的是什么呢?

　　刚刚从蜀中回来的宣政使王继恩站在朝班之中,看着人人称贺的场面,心中感慨万千。此时,又有谁还想得到,皇太子的长兄楚王元佐被囚于南宫之中,已经十多年了。

宫乐之声,越过重重宫墙,是否也飘到了南宫之中?

但是,至少于刘娥来说,她听到了。

她虽不能亲临现场,亲眼看见皇太子受册封的仪式,但她的马车,却可以停在朝元门外的人群中,透过黑压压的人头,透过高高的宫墙,分辨着隐约飘来的乐声,她可以用心感受着皇太子一步步的册封仪式是如何进行的。

宫悬之乐,正安之曲,每一声钟鼓乐曲,她都在心里一点点地辨别着,皇太子册封之仪的每一个步骤,她已经在心里头温习了不知道多少遍。

直到正安之曲的最后一段终于奏起,她直起身来,轻呼道:"太子就要出来了。"

在车中与她同来的钱惟玉忙问:"在哪里?"

刘娥微微一笑:"正安之乐就要奏毕,太子要出朝元门回宫了。"

钱惟玉连忙打起精神来,全神贯注地向外看去。

果然不久,就听一阵喧闹,远远地但见朝元门开,隔着人群,隔着禁军,隔着文武百官和仪仗,刘娥、钱惟玉二人只远远地望见皇太子仪仗顶上飘动的紫色勋带一闪而没。

此时已经过午,皇太子易服乘马还宫,百官赐食于朝堂。

一直到人群寂静下来,刘娥才轻轻地道:"我们回去吧!"

回到薜萝别院,张旻之妻何氏迎出门来,笑道:"今儿看了皇太子册封仪,一定很热闹吧?"

钱惟玉撇撇嘴道:"哪儿呀!什么也听不到,什么也看不到,就看到前面一排的人头,连皇太子的影子都看不到。"却见刘娥仍然站在那儿,嘴角含笑,钱惟玉忙推了推她,大叫道:"回魂啦!"

刘娥含嗔看了钱惟玉一眼道:"你呀,真是顽皮。"却向何氏娓娓道来,皇太子几时出门,几时入朝元门,几时受册。

钱惟玉听得眼睛越瞪越大:"刘姐姐,你长了天眼通天耳通呀,我跟你一块儿去的,怎么我什么都没听到看到?"

刘娥微微一笑:"这得用心去听,去感觉!"

钱惟玉摇了摇头:"不明白。不过,我今天可累惨了饿惨了。刘姐姐,咱们天没亮就已等在朝元门外……"她看看窗外都已经是晚霞满天了:"我可饿惨了,还什么都没看到,早知道就不去了!"

刘娥轻抚了钱惟玉的头发，柔声道："是我的不是。今天是在宫内册封，咱们自然是见不着皇太子的。待三天之后，皇太子要谒庙告天，到时候，咱们就能够见着了。"

钱惟玉眨眨眼笑道："何必挤在人群里呢，姐姐要看皇太子还不容易，怕不是太子隔三岔五地来谒见姐姐！"

刘娥摇摇头，轻声道："唉，你不明白，那是不一样的！这样的时候，我一定要去看着他的。他也知道，我会去看的。更何况，自此之后，我与他见面就更少了。"

钱惟玉不解地问："为什么？"

刘娥看着窗外，神情中有一丝恍惚："他做了皇太子，万人瞩目，以后再也不能像以前那样自在了。"

但是没关系，我会在这里，可以远远地看着你，看到你在丹陛大殿上，一步步稳稳地走上去，我知道你一定会走得很好，比所有人想象的都要好。

三日之后，东宫宫门大开，皇太子具卤簿，谒太庙。自唐天祐以来，乱离扰攘，百年不曾看见过立皇太子的礼节。此刻，皇太子谒庙还宫，众百姓都扶老携幼，在道旁观看。

当年皇太子上书，开太仓，赈济百姓；又建立行馆，收容落第士子；推荐张咏治蜀，亲和爱民的名声，早已经深入人心。京城百姓，受恩尤重。多年来，中原久历战乱，现在活着的人们耳中，听到的都是祖辈父辈如何在动乱年间挣扎求生的事。此时，见皇太子自太庙告天而出，这等繁华仪仗，已是百年未见了。此时京城百物繁兴，陡然间众人心中真真切切地感觉到了："如今真的已经是太平盛世了。"

太平盛世，眼前轩车金辂中的人，便是太平盛世的真命天子了呀！

普通百姓，如何顾得这天子是现在时还是将来时，但听得一片赞叹之声，从太子千岁，竟不自觉变成了"太平盛世，太平天子——"的呼声。

马车停在人群中，坐在马车中的刘娥正看着远方皇太子的卤簿车过来，但听得百姓们欢呼声一浪高过一浪，心中正是暗暗自豪的时候，忽然听得人群中竟有人发出"太平天子""真命天子"的赞叹声，吓得脸色大变："不好——"

钱惟玉吓了一跳，忙拉住刘娥的手："姐姐怎么了？"

刘娥的手已经冰冷，颤声道："这样犯忌讳的话，是谁竟敢在大庭广众之下说出来！若是被有心人传到官家耳中，这还了得！"她当即抓住钱惟玉道："惟玉，快告诉你哥哥，想办法把这话传给太子宾客与宰相们，让他们准备为太子在官家面前解释，千万不要让太子自己去应对。"父子之间的心结，一定是不能直面的。父子之间，只能是永远父慈子孝，不能有其他言语。

就在刘娥说完这句话后半个时辰，宰相寇凖被召入宫中。

皇帝脸色铁青，见了寇凖劈头就是一句："今日太子谒庙，竟有人山呼其为真命天子。太子竟如此得人心了吗？今日这般事情发生，将朕置于何地？"

寇凖进来时还不知道这话，此时一听实是又茫然又震惊，他当真不知道皇帝这心思是从哪里来的。皇帝年老多病，拟立太子，为此特地召了自己回京。定了储位之后，忽然又要以盛典册立太子，令京中百姓观看。这其中每一件事都是皇帝乾纲独断，太子谒庙也是奉皇帝旨意，怎么听了百姓几句情不自禁的呼声，就出此猜忌之言了？心中虽然暗叹君王年老，行事更不可以常情度之，这边脑子急忙想着如何应对，幸而他反应快，连忙伏地再拜道："臣恭喜陛下，贺喜陛下，太子得人心，说明陛下选择对了储君，大宋江山托付得人。这正是国家之幸，社稷之福。陛下应该欢喜才是，为何反出此言呢？"

皇帝料不到寇凖竟有此说，不禁怔了一怔，好一会儿才缓缓道："是这样吗？"

寇凖忙笑道："今日太子祭庙告天，百姓欢呼，正是因为欣逢盛世的缘故。陛下不信，可以去问其他人。百姓欢呼，是为了太子，更是为了如今欣逢明君盛世呀！"

皇帝像是有些恍惚，点了点头道："朕去去就来。"说着，抛下寇凖入了内宫。

寇凖独自待在御书房，心中极是忐忑不安。皇储之位空悬多年，诸皇子明争暗斗不已。大宋立国不过几十年，倘若在皇储问题上出些差池，如齐桓公一般，虽创一世霸业，到死时却五子相争，霸业风流云散，可怎么好！如今皇帝对太子生疑，若是太子的位置再有什么变动，恐怕皇帝一旦驾崩，就会出现诸皇子争位的局面，则这几十年的太平盛世就化为乌有了。

皇帝怀着郁气，进了内宫。却见李皇后带着王美人等后宫妃嫔一齐叩头称贺。

李皇后满脸笑容道:"官家托付得人,民心拥戴,将来后福无穷!"

王美人等也一齐跟着祝贺。皇帝见后妃们也这么说,忽然间心里一松,是了,三郎又能有什么威望,能够得万民如此拥戴？不过是因为他是自己择立的继承人,不过是大宋一统,盛世江山,所以才会有如此的庆典与欢呼。

今日他择三郎是这样的庆典与欢呼,今日他若择了别人,难道就没有这样的庆典与欢呼了吗？

王美人看出皇帝的神情来,亦道喜:"正是,为官家立太子,天下共庆,官家正应该为此痛饮三大杯呢!"

皇帝听了这话,心里顿时舒服了,摆摆手道:"如今前头群臣还等着呢,朕哪有工夫与你们说话。"说完转身回到御书房,拉着寇準开宴庆祝去了。

却说太子赵恒谒庙告天刚刚结束回到府中,便有人把宫中的消息传了出来,他听了吓得脸色都白了,立刻就欲到皇帝面前剖白自辩。

此时正是张旻在旁,连忙劝住了,又飞快地请了新任的太子宾客李至、李沆二人前来。这二人皆是追随皇帝多年的重臣,李至刚严简重,李沆深谋远虑,皇帝令太子须以师傅之礼事之,并晓谕二人说:"太子贤明仁孝,国本固矣。卿等可尽心规诲,若动皆由礼,则宜赞助,事有未当,必须力言。至于《礼》《乐》《诗》《书》有可裨益者,皆卿等素习,不假朕之言谕。"

此时,见太子惊慌,李至性情最是刚硬,先开口道:"太子不必惊慌,倘有任何事,老臣等必以全家性命力保太子。"

李沆摇头道:"太子尽管放心,不必急着去官家面前剖白自辩,纵有需要,自有老臣等前去为太子说明辩白。谣言止于智者,太子尽管安坐,先派人去打听了情况再说。"

好一会儿,派去打探消息的人满脸喜气地跑回来禀道:"太子大喜！官家召了寇相来查问此事,寇相反而向官家称贺,说是民心所向,是官家择嗣得人。官家甚是欢喜,已经拉着寇相一起去宴饮了。"

就在这时,张旻悄悄地进来,暗中递了一张字条给太子。太子不及细看,忙收在掌心中。

这时候,李至、李沆见满天风雷已过,且皇帝也派人传他们进宴,忙站起来笑容满面地告辞。太子赵恒打点起精神,亲自送二人,二李请辞道不敢,太子只是不听,直到把二李送到大门外,见二人惶恐感动地站在门口连连称谢,这才入内。

二李见太子转身入内，这才敢登上车驾，回前殿赴宴。

这时候几名宰相也听说了此事，本是想着若是皇帝心中犯了猜忌，便要去后面向皇帝劝说。结果没过多久，皇帝就拉着寇準出来了。百官们有消息快的也知道了一二，此时见已无碍，忙赶上前奉承，只是不断称颂官家英明，择储得人，太子民心所向正是社稷之福。

寇準饮到半巡，心中终是不定，忙借口如厕溜了出来，拉着相熟的内侍周怀政询问详情。周怀政就把刚才回宫后皇后与诸妃的道喜之言说了，道："寇相放心吧，事情好得很。官家方才回到内宫，皇后、德妃等后宫妃嫔都一齐叩头称贺，说得官家高兴起来，就又跑回来要大宴群臣了！"

寇準听到此处，这才完全放下心来，忙回到宴上，却是皇帝正在找他。寇準此时既然放下心来，加之他本就是豪爽之人，更是酒到杯干。君臣们足足喝了一个时辰，但见寇準最后已是喝得大醉，倒要皇帝差了禁军把他送回家。

赵恒送了二李出去，转身回去，长长地吁了一口气，忽然只觉得全身无力，浑身冷汗湿透。

他打开掌心的那张字条，只见澄心堂的花笺上写着一行细细的小字："谣言止于智者，行事先问宾客。侍君唯以恭谨，万事不可动摇。"

赵恒看着花笺，只觉得心头一暖。他微笑着，将花笺紧紧地、紧紧地收在手心中，像是收着一件至宝似的。

皇帝次日酒醒之后，想起昨天的事闹腾得大家都不安，也觉得在内心猜忌了儿子，有些不好意思，就讪讪地问皇后："三郎如今后宅有几个姬妾，生了几个儿子？"

李皇后就说："如今有两个儿子，前头还有……"她还未来得及说有两个夭折了，就见皇帝一皱眉："怎么会这样？子嗣不足，却是不好。他这个王妃我见过一面，看面相倒还好，只怎么也这般好妒的！自己不能生，难不成还不能叫妾室生不成？"

李皇后顾不得替郭熙辩解，忙先替赵恒解释："郭氏倒是贤惠的，为三郎生了三个儿子，只是夭折了两个，另一个却是侍婢生的。"

皇帝就摆了摆手道："既是如此，那就是王妃不是个康健的。"那这剩下来的嫡子，怕也是不保险。若如此，可就只剩一个侍婢生的了。皇后还说郭氏贤惠。自己身体不足，还连生三子，另一子还是侍婢生的，其他侍妾难道都不曾生子？三郎若只是当个亲王，这种事他也不理会，横竖他能家宅安宁就行了。可他要是当了皇帝，将来的儿子是要承继大统的。若是嫡子身体不好，只余侍婢生的，却是不好。倒不如另择名门淑女入东宫，多生子嗣才好。

再说，皇帝自己在女色上向来就不压抑，所以看女人也是很准的，郭氏面相寡淡得很，宫宴上他看过她与儿子在一起的状态，一眼就能看出这两人之间，相敬如宾多于鱼水皆欢。他可以欣赏太子做个克制的儿子，克制的臣子，甚至将来做一个克制的皇帝，可却一定不会欣赏儿子当个克制的丈夫。皇帝担着天下事，前头殚精竭虑了，回后宫若也要顾忌多多压抑自己，时间长了，反而失了平衡。他是从来由着自己的性子行事的人，推己及人，就觉得要多给儿子几个身份高容貌美的妾室，既让他在后宅愉悦些，又能多生些儿子，这样才能体现他对儿子的慈父之心。

于是过了两日，太子入宫时，被皇帝狠狠奖励了一番，并给他聘了几个妾室。这是为东宫聘人，不同寻常，对方都是名门，其中一个是昭宪太后杜氏的族人，另一个是大将军曹彬的女儿，都要正式下聘，备妆，择吉行礼，以示尊贵。

此时郭熙刚刚在选日子准备搬入东宫，这一日就有许多事情。先是戴氏所生的三郎生日，戴氏自己不敢提起，偏杨媛在家宴上当着太子的面提了出来。赵恒如今只有两个儿子，都十分看重，且三郎生得白壮，赵恒听了这话，当下就说要为他庆生。

宴上赵恒抱着三郎不撒手，郭熙瞧得心酸，不免想起自己早夭的大郎和四郎来，借口去照顾二郎，自己躲房中哭了好一会儿，就听得宫中接二连三传旨出来。郭熙只得强施脂粉，做出欢欣的笑容来。

却不想宫中皇后派人赐物，都是上好的奇香并绫罗珍宝等，一赐郭熙，二赐杨媛。郭熙得了八样，杨媛得了六样，只比郭熙略低一等。郭熙面上笑着与杨媛道喜，心中却是暗惊。分明是皇后见着赵恒封了太子，就要抬举杨媛，让她显于太子眼中，助她得宠。按制，东宫可立良娣二人，只在太子妃下，为正三品。若是立了良娣，通常太子登基，一个妃位是逃不了的。

郭熙心里正越想越酸，不想一波未平，一波又起，转眼宫中就传出旨意来,说是皇帝为太子聘杜氏、曹氏女入东宫,这两人家世都在她之上,且皇帝旨意中多有抬举,只怕她们入宫的排场,不下于她当年嫁入王府。

往日她在妯娌中,表面谦和,但内心是颇为骄傲的。她的丈夫温柔多情,待她一心一意,纵有皇后赐下的美女,他也不曾多看一眼,纵有侍婢怀孕,那也是她亲手安排他才接受的。独占恩宠的日子久了,郭熙眼里就难容得别的女人了。可如今,她就算不容,也得容啊。

心中正苦涩,这时就有人来报说越王妃来了。李阮来的时候,厅上皇后的赐物还未收起,她就看到了,心中不免有些酸意,就装模作样地给郭熙行礼道:"臣妾参见太子妃,恭喜太子妃,贺喜太子妃。"

郭熙收拾起心情来,忙笑容满面地迎上,扶起作势要行礼的李阮,嗔道:"阮妹,你我是什么情分,你倒也来这装模作样的,实是该打。"

李阮心情颇有些复杂,此时她看郭熙,这个曾经与她平起平坐甚至对她多有相让的妯娌,如今已经又登上了一步,她将来只能在对方面前称臣了。从原来的不甘心,到如今的无奈,她的话语中,既有嫉妒也多了几分前所未有的讨好之意:"咱们闺中相好的几个姐妹,如今还是熙姐姐你福气最好,也不枉……"也不枉你这般地忍让,若是我知道不妒能让丈夫的名声更好,能博取太子之位,我当日就一定不会太任性了。

不想郭熙看着李阮,也有些复杂,虽然自己做了太子妃,可是马上就要面临后宫的争斗,倒不如李阮来得肆意快活,轻叹一声:"其实我也没有想到会有今日,说心里话,我……还真的希望他只是个寻常亲王。"

李阮听了更觉得刺心,赔笑说了几句话,心中却道,我好意来看她,可她却这么矫情,明明已经赢了,还装模作样地说什么宁可做一个普通亲王,这话寒碜谁呢。不就是寒碜我们争了这么久,最终只能落得个普通亲王嘛!

两人越发离心。郭熙本就心不在焉,李阮更觉轻慢,不咸不淡地说了几句,就告辞了。郭熙满腹心事,也看不出李阮的异样来,旁边的乳母涂嬷嬷却是看出来了,等回了内室,才对郭熙道:"太子妃做得正好,如今您是太子妃了,这越王妃还没个尊重样子,正该冷一冷她才是。"郭熙这才想起方才李阮的神情,顿时明白,忙道:"却是我刚才冷待她了,回头送些礼物给她吧。"

涂嬷嬷却不忿,道:"您休要心慈,如今您身份不一样了,还容得她再冒犯到您头上来!往日里你们都是王妃,您还是长嫂,她却这般嚣张无礼,老奴早看不过眼去了。如今身份易位了,您要把架子端起来才是。"之后,涂嬷嬷又啰唆了好一会儿,要郭熙防着戴氏恃子而骄,要如何打压杨媛,如何防备将来的杜氏、曹氏等。

郭熙听着老嬷嬷的絮叨,只觉好笑又无知,但念她也是一片爱重自己的热心,只敷衍几句就打发了她。心中虽忧虑,郭熙却也压下心情来,反而在人前待姐娌们、姬妾们更好了些。

而此时刘娥亦在凭窗忧虑。

如芝见她坐得久了,怕风寒露重,忙拿了毯子给她披上,劝道:"娘子勿忧,太子的心意,只在您的身上,凭是有多少女人,也是夺不走的。"

刘娥回头,失笑:"你以为我在想这个?"

如芝脸一红,忙道:"是奴婢想岔了,只娘子若不是为了官家赐东宫闺秀而忧心,却是在想着什么?"

刘娥叹息:"官家赐美,虽是恩典,人只为太子而喜,我却为太子而忧。"

如芝虽然满心疑惑,却不敢问。此时钱惟玉恰好来探望刘娥,听了这话,忙问:"这却是何故?"

刘娥叹息道:"官家前日还因为太子谒庙百姓欢呼太平天子之事而发作,回到宫中,却又因为后宫几句恭贺而转怒为喜。如今又忽然无故赏太子美人,想是觉得前日误解了太子而内心存有补偿之意。"

钱惟玉就问:"这却不是好事?"

刘娥摇头:"不是好事。官家如今这样喜怒无常,可见病疾颇深。这时候任何小事,都有可能成为塌天祸事。太子就算再谨言慎行,不落人把柄,也架不住有心人捕风捉影,无中生有。"

钱惟玉惊得瞪大了眼睛:"这,这不会吧?太子可是谒庙告天的太子,若没有实证,谁敢做这样的事?"

刘娥摇头:"帝王老病,不能以常情度之。要不然,怎么秦皇汉武,都疏远太子,任人毁谤呢?"史书写起来只有几行事,可细细揣度其中的风波,却是于丝微之间,都看出凶险来。

"那,那太子当怎么办?"钱惟玉也被她说得害怕起来,忙求问。

"众口铄金,积毁销骨。"刘娥看着钱惟玉,目光炯炯,"你把这话带给你哥哥,若想保全,便要教毁不能积,口不能众。"

如今赵恒为太子,入住东宫,走动就有十来个人跟着,再也不能像以前一样只带得一二侍卫就可以溜得出来了。

王继恩自回京后,对太子的行动,更是增添了许多无形的影响。想当年许王元僖连府中侍妾的一举一动,都会成为王继恩手中的罪证,以致人死之后还不得安生。更何况当年刘娥是被当今皇帝亲口下旨逐出京城的,若是叫人知道她被太子私下藏匿,那就是天大的祸事。

因此刘娥给赵恒捎信,要他自此以后不要再来,自己也换了居处,足不出户,不敢再教任何人看到。其间,只能由张旻或钱惟演居中鱼雁传书,却也是没有断过。但是这样的短暂别离,却让两人更增相思之意。而信终究只能简略说些,遇上麻烦的事情,刘娥只能找钱惟玉过来说话,借她之口,传与钱惟演,以作应对。

太子如今看似最风光,恰恰也是最危险的时候。一国储君,会成为所有野心家的靶子,要抵挡万千不知何处来的飞箭,那就要更多的人,来帮他挡住。太子能够走到今日的位置,恰恰就是因为不争,恰恰就是因为广结善缘,恭谨待人。如今到了这一步,更不能变易初心,更不能因为惧怕暗箭而自己生出了主动攻击之心。太子是纲常正道,要让那些大臣,本着维护纲常正道的心去维护太子,太子平时行事,就要持公道,多行公益,克制私心。

刘娥说了很多,她不知道钱惟玉能够把她的意思传达几分给钱惟演,更不知道钱惟演又能够把几分原意转到赵恒那边去。

她不知道太子背后,到底有多少人的暗箭在蓄势待发,而她绝对不允许此时再出现倾覆之祸。

"梆——梆梆——"

听着远处传来的更鼓之声,王继恩站起来,动了动坐乏了的身子,走到蜡烛前,取了剪子剪去过长的烛芯。

烛花爆了一爆,火焰直蹿上去,堂上立时显得亮了许多。

他放下烛剪,转过身去,看着坐在堂上的三人:"三位,可还有什么意见吗?"

堂上所坐三人,皆非寻常之人。

首座坐的是殿前都指挥使李继隆,他是已故宣德军节度使李处耘之子,当今皇后的长兄。他之所以坐到这个位置,并不是因为其当朝国舅的身份,而是以一身军功而得。李继迁在夏州叛乱以来,时降时叛,朝秦暮楚,全凭李继隆坐镇西北,多次打得李继迁丢盔弃甲,最近的一次,李继迁被打得仓皇而逃,竟连自己亲生母亲都落到了李继隆手上。

李继隆押了李继迁之母进京为质,李继迁无奈,只得派自己的亲弟弟送上大批骆驼牛羊等,到京城来谢罪求和。

西北太平,李继隆便因功升任殿前都指挥使,回到京中。

这一天,却被平定了蜀中之乱返京不久的宣政使王继恩请到府中,商议要事。

今日陪坐的两人,一个是知制诰胡旦,另一个是参知政事李昌龄,也都是朝中重臣。

李继隆一进入王继恩府中,见了这两个陪客,心中顿时就明白今日王继恩宴请他的目的了。胡旦原本是楚王元佐的翊善、李昌龄是元佐移居东宫时的少傅,都是当日元佐的心腹之人。元佐疯病被囚南宫之后,许王元僖大肆清洗楚王府中僚属,胡旦、李昌龄等人都被降职流放异地,直到元僖死后,一众楚王旧属才都慢慢地回到京城之中。如今楚王旧部,自是以此二人为首。

这时候,见了李继隆,胡旦、李昌龄忙上前行礼。胡旦忽然道:"听说昨日使相入宫见过圣人了?"

李继隆含笑点了点头,道:"我知道你要问什么?我见过皇长孙了。"

胡旦大喜,忙问道:"皇长孙,他,他……可好?"

李继隆点头道:"很好,皇长孙允升知书达理,皇后怜他父母不在身边,待他更是好,加倍地疼爱。"

胡旦神色微黯,不禁有些哽咽道:"圣人懿德,天下同钦啊!"

皇长孙允升,便是楚王元佐的长子。昔年刚刚断乳不久,便遇上楚王疯病焚宫,被囚南宫。楚王妃李氏,正是李继隆之女,她自请入南宫照顾夫婿。李皇后是李继隆的亲妹妹,楚王妃的亲姑母,不忍见稚龄幼童也同入宫狱,便把皇长孙抱到自己宫中,亲自抚养。

李皇后本来就膝下无出,更兼素来怜爱楚王夫妻,这十多年亲自抚养皇长孙,感情更是非比寻常。允升虽然无父母陪伴,却在宫中甚得宠爱。

此时李继隆见了这等阵仗,暗叹一口气,今天这么多人聚在一起,自然只为了同一个人,那就是如今废居南宫的皇长子、楚王元佐。

胡旦跪下道:"楚王文武双全,本是天下人望。如今受难南宫,我们恨不能粉身碎骨以报。只恨微躯薄力，只能求都指挥使了。"李继隆官高爵重，多少与他身为皇后之兄有关系。但是李继隆为人自负，平生最恨人提及此事，他把守西北，抗击李继迁之乱时，甚至往往身先士卒。因此，胡旦等亦不提起国舅之称，而呼之为使相或者都指挥使。

李继隆忙扶道："快快请起。唉，此宫闱禁事，我一个外臣，如何帮得了忙。"

王继恩道："恕下官多说一句话，今日请使相来，却是有一句要杀头的话，使相敢不敢听？"

李继隆看了王继恩一眼，道："咱们都是武人，每天出生入死，还怕听一句杀头的话吗？宣政使有话只管说吧！"王继恩宦官出身，平生亦最恨人称他宫内的职务。

王继恩冷笑一声，道："使相认为，当今皇太子，与楚王相比如何？"

李继隆道："太子仁厚，楚王英武，自是不太一样。"

王继恩道："太子不懂军务，但知弄些小恩小惠来邀买人心。下官自蜀中来，使相自西北来，这两处的情形，是十年八载都平不下来的，再加上北边的契丹虎视眈眈，这三处，都是牵一发而动全身的。将来一旦边关有事，使相认为能够应付这种情况的，是当今太子，还是楚王？"

李继隆长叹一声："楚王当年随官家平北汉，征契丹，若非出了意外，上次雍熙北伐，也应该是他率军才是。"

王继恩也叹了一声，道："雍熙之败，在于众将之间牵制太多，若当年是楚王率军，契丹、夏州早就不成祸患了。"

李继隆道："如今说这样的话，又有何益？"他看了王继恩一眼，道："如今不是咱们这些武官说话的世道。此次宣政使出征蜀中，何等的功劳，却敌不过几名文官的鼓噪，说什么部下违纪，削了你的功劳。"

王继恩冷笑一声道："我自己倒罢了，将士们提头沙场，并不见那些文官出力。成功了，倒拿些鸡毛蒜皮的小事来作践人。长此下去，寒了将士们的心，哪里还差得了人。"他拿起一叠文书道："这就是太子的作为，一味地装腔作势。居东宫不坐正室，王妃不行册太子妃礼；不让百官对他行君臣礼，只准自己属官称臣；太子宾客李沆、李至入见，必亲自送到门口；开封府内只称府尹，遇大事必问寇准、吕端……他就是拿这种礼贤下士的姿态，讨那些文官的欢心，赢得所谓的士子之望、百姓之心。嘿嘿嘿，咱们大宋以兵马立天下,一旦真的发生战事,这些抵得什么用来?李公,你说呢?"

李继隆盯着王继恩看了好半天,忽然爆发出一阵大笑:"那以王公的意思呢?"

王继恩眼中精光大炽,一字字地道:"仿当年夺宫之事,内联圣人,扶持楚王登基。"他们如今手中的筹码,简直比后周与先帝时更方便。中宫有皇后发布遗诏,宫里上下有王继恩掌控,有殿前指挥使李继隆带着兵马控制内外,有知制诰胡旦与诏,有副相李昌龄率群臣奉诏,只消楚王从南宫出来,就可身披黄袍,登上皇位。

李继隆深吸一口气:"你可知道,这是杀头的罪过?"

听得李继隆的话,王继恩笑了起来:"当日我开门引太祖皇帝入周王宫时,就知道这是要杀头的罪过。"

李继隆瞪着这个宦官,王继恩当年可不只开门引太祖皇帝夺了后周孤儿寡母的江山,还引着当今皇帝夺了先帝的江山,他这是做熟了的买卖,如今是第三回了,早就浑不当回事了吧。可他李继隆却一直忠心耿耿,这种事从未做过。这一步,却是怎么也迈不出去的。

胡旦见状,就添了一把柴火:"下官听说,皇长孙已经十二岁了。"

李继隆心头一震,是啊,若是楚王继了位,那将来的天子,就是他李继隆的外孙。他妹妹没有亲生的儿子,可他的女儿有。他的女儿、女婿凭什么要一直成为囚犯等着别人恩赦,为什么不能够自己掌控这样的权力。若不是当年极欣赏楚王,自己也不会将爱女嫁与他。

王继恩看李继隆的神情就知道他已经心动,就道:"圣人抚养皇长孙十余年,这份深情,哪里肯看着孩子吃亏的。"

王继恩还待继续说下去,见李继隆举起一只手,就立刻停了下来。

李继隆道:"拿酒来。"

胡旦倒了杯酒,交给李继隆。李继隆一口饮尽,把杯子往地上一摔:"咱们武人,天天都是把头拎在手里的,这会儿怎么会怕了?"

王继恩与胡旦、李昌龄对望一眼,俱是面露喜色。

第四十一章
吕端保驾

却说王继恩等既然存了这个心,自此更加暗暗留意朝中动向。只是忌惮寇準厉害,不敢妄动。

朝中却发生了一件大事,一日皇帝下旨,寇準罢相,朝政大事,落在宰相吕端手中。皇帝自大内降旨:"自今中书事必经吕端详酌,乃得闻奏。"

吕端如何忽然得宠,寇準如何忽然失宠,似乎只因一件朝政之事,两人处理方式不同而已,但是具体经过,却是连王继恩也打听不到。但于王继恩等人来说,这却是一件大喜事。

寇準为人,是那种眼睛里揉不得一点沙子的人,一旦皇位继承有什么变化,只怕谁也绕不过他这道弯。纵然李继隆使用殿前都指挥使的权力,可以暗中派人将寇準囚禁,但是百官无首,只怕也是难安。

可是吕端就不同了。吕端长得胖胖的,胖子多半脾气好,吕端就是一个绝好的例子。此人一向是个好好先生,平时下属等在他面前打马虎眼他也是睁一只眼闭一只眼的,也只有这样没有威胁性的人,才能够在权力争斗旋涡中心开封府安安稳稳地待下去。他侍奉了秦王廷美、楚王元佐、许王元僖、襄王元侃这四任开封府尹,如今死了两个,疯了一个,高升了一个,整个开封府上上下下都像冲了水似的清洗了好几遍,他倒还可以安安稳稳一直坐着开封府的判官之位。

这样一个人居然成了百官之首,皇帝是不是已经老得有些糊涂了呢?或许皇帝也是个人,天天看着寇準那张讨债脸谁受得了,倒不如天天看着吕端那张弥勒佛似的胖脸来得舒心。

不管是皇太子还是王继恩,这些日子上朝的时候,却也都是心意相同地看着皇帝的脸色。

皇帝的脸色一日差似一日,但是以他的性情,除非是完全撑不下去,否则就是到了最后一刻,也会勉强上朝的。

到了冬季的时候,皇帝忽然下旨,让除太子外的四个儿子分掌各地军政之权。四皇子越王元份为杭州大都督兼领越州,五皇子吴王元杰为扬州大都督兼领寿州,六皇子徐国公元偓为洪州都督、镇南军节度使,七皇子泾国公元偁为鄂州都督、武清军节度使。这一系列的举动,让朝野上下都暗暗觉察到——关键时候快到了。

这一日清晨,太子赵恒推开窗子,但见天还未大亮,却已经有漫天的大雪飞舞,他暗暗叹了一口气,换了朝服,坐了朝辇上朝。

听着侍从们吱吱的踩雪声,快近勤政殿时,但见许多朝臣站在雪地里,冻得呵着双手跺着双脚等着上朝。

宫门缓缓地开了,皇太子率先领着群臣上了朝,恭候皇帝。

等了许久,看着太阳一点点升起,已经照得朝堂大亮,皇帝却还未到。

太子心中隐隐有个不好的预感,他正要叫小黄门前去宫内请旨时,但见刘承珪一脸肃穆地进入勤政殿,宣布:"官家身子不豫,今日免朝。"

顿时朝堂像炸了的马蜂窝,嗡嗡嗡地响成一片。

刘承珪走上前来,向太子行了一礼道:"官家有旨,宣太子进宫。"

太子赵恒心一沉,那样的担心终于成了现实。可是隐隐地,在心底最深处,却有一丝连他自己都不敢去正视的期待和欢欣。

随着刘承珪走向内宫,刚刚转入回廊,赵恒立刻问道:"阿翁,官家的身子,到底怎么样了?"

刘承珪恭敬地道:"回太子,官家昨天还好好的,就是多看了一会儿奏疏,今天早上就觉得身子乏。本想多躺会儿就起来,谁承想竟挣扎不起来了,此时已经叫了太医了。"

赵恒知道刘承珪这老内监最是谨慎,平时断不会多说一句话,多走一步路。没想到到了此时,竟然也还是这副不紧不慢的样子。

进了内宫,却见十来个太医围着,皇后坐在床前只是抹泪。赵恒忙上前请了安,皇后拭了拭泪道:"太子来了,自有国事相商,臣妾先出去了。"说着站起来,带了众太医出去。

殿中只剩下刘承珪侍候着,刘承珪轻轻扶起皇帝,赵恒走到近前,仔细看着皇帝,不禁吃了一惊。

平时的皇帝,总是高高地坐在御座上,远远地隔着御案,他也只是低头答话,从来未曾这样近前正视着皇帝的脸。

此时,皇帝不着冠冕衮服,这样软软地倚着床头,蓬乱的头发白多黑少,脸色焦黄,呈现出豆大的寿斑,整张脸陷了下去,毫无生气。此刻的皇帝,再也没有那种令人生寒的威仪,看上去,只不过是个病朽的老人而已。

皇帝看着赵恒的眼神,也有些迷惑,似乎停了片刻,才忽然回想过来,啊了一声道:"太子吗?"

赵恒恭恭敬敬地道:"是,臣给爹爹请安。"

皇帝轻轻地吁了一口气,道:"朕本来想再撑段日子,把手边的事料理清楚了,也让你好接手。"

赵恒哽咽道:"爹爹——"

皇帝闭了闭眼,过得片刻,轻声道:"开宝皇后死了后,朕没给她依礼下葬,你把这事儿办了吧!"

赵恒怔了一怔,应了一声:"是。"开宝皇后死后皇帝不予理会,有御史上书,说开宝皇后乃先帝之后,不应该不依礼下葬,谁知道反而惹怒皇帝,将那人流放边陲去了。谁知道皇帝此刻,倒忽然提起此事来。赵恒不明所以,只得应下。

皇帝长长吐了一口气,道:"魏王德昭死得早,他遗下的儿子惟吉一直在宫中由开宝皇后抚养,那是太祖嫡孙,如今得放他出宫,另立府第,一切宅第供俸,车马衣服,都与诸王一样。"

赵恒心中暗惊,皇帝这是在交代后事了,但听得皇帝又交代了秦王廷美的后人,他这边连连应着,心中不禁暗想,官家真是糊涂了,这当儿不交代朝政,却将这些陈芝麻烂谷子的旧人交代了,有什么意思呢?

却不知这几个人,在皇帝的心中,耿耿于怀了一辈子。他夺兄之位,虽然自我说服是天命所归、人心所向、大势所趋,但是德昭、德芳、廷美的死,是他一辈子的心病。虽然他自为帝以来,大臣们小心翼翼的,不敢提到这些话题,稍擦点边儿都落得被贬流放这等下场。但是人到了人生最后的关头,身体衰弱必然会带来心底的虚弱。因此倒是这几件事,萦绕心头最久,须得交代了才能安心。

皇帝闭目片刻，看着赵恒，缓缓地道："自元僖去后，看着老四、老五闹腾，你倒是不动。你心里真的对大位没有想头吗？"

赵恒心中暗惊，谨慎地答道："臣若说没有想头，那自然是口是心非。但是人选如何，那是爹爹定的，做儿子的，只有尽自己的心做好每一件事，爹爹自是能看到的。若当真不是儿子，那儿子也一定尽心辅佐兄弟们。太祖、爹爹创下这片基业不易，岂能为一己私心，乱了国家呢！"

皇帝点了点头："单是这点心，便胜过了老四、老五。自元僖去后，长幼有序，朕主要是看着你。这三四年来，朕不提这事，一则免你又像你大哥二哥一样遭人算计，二则也看看这些事与你是否有关，三则看看你平时行事。如此几年，这才定下了你。"

赵恒出了一身冷汗，暗暗想小娥当日之言，果然一切说中。

皇帝闭上眼睛，休息了一会儿，又缓缓道："朕指给你的李沆、李至是老成人，有事多问问他们！"

赵恒连忙道："这些时日，臣得他们辅助，得益甚多。"

皇帝又道："军务上，可问曹彬、高琼等人，不过他们也老了。你可把寇準调回来，此人能言人不敢言，想人不敢想之事，若遇大事，可多听听他的意见。"

赵恒怔了一怔，问道："寇準——爹爹不是罢了他吗？"

皇帝微微一笑："这人桀骜不驯，又对你有拥立之功，将来会在朝堂上指手画脚的。朕先磨磨他的气性，待你继位之后，示恩于他，他自然剖腹掏心地待你。"皇帝顿了一顿，道："西边夏州的事，李继隆管了多年，最是熟悉。北边契丹，可以起用杨延朗。"

赵恒心中暗惊，自己还道皇帝为何发此雷霆之怒，却原来也不过是御下之计，当下不敢再言，只是听着皇帝一一安排。

皇帝轻吁了一口气，道："你出去后，叫吕端进来。这段时间有事，你们商议着办。"

赵恒犹豫了一下，道："前些时候，爹爹说，中书政务，须经吕端，如今又以国事托吕端……"

皇帝看着他："你想说什么？"

赵恒停了一会儿，才小心翼翼地道："人言吕端为人糊涂……"

皇帝微微一笑，笑容中仿佛藏了无穷的神秘，他缓缓道："吕端大事不糊

涂。"

次日,旨意下,因皇帝病重,大赦天下。京畿附近所有死囚犯皆免除死罪,流刑以下的罪犯,全部释放。

天已经近黄昏,赵恒仍在开封府中批阅卷宗。近日皇帝病重,他身为皇太子又兼着开封府尹,加上皇帝交代的数件宫闱之事,如追开宝皇后宋氏封号为孝章皇后,以礼陪葬太祖永昌陵;太祖之孙赵惟吉出宫开府,封为左骁卫大将军;大赦京畿等……政务自然繁忙了许多。

只是还有更沉重的事情压在心头——皇帝病重以来,他身为太子,应该每天入见侍奉,哪怕这只是一个走过场的拜见、问安、端药、叩别,但也是为人子必须要尽的孝心。可是如今他已经将近二十天没有见到皇帝了。他到了宫门前,都被告知皇帝病重,免了相见。

可父亲病重,儿子不正应该在病床前吗?若是皇帝健康着,为什么不让他相见?若是皇帝病到不能发号施令,那皇后一直将他视为己出,多年来关照有加,为什么她也不传个消息给他呢?

他最怕的,就是皇帝因为病势沉重,忽然对他起了猜忌之心,或者是听了别人的挑拨,所以不肯见他。既然如此,如今不见他仅仅只是因为不愿见,还是在酝酿着其他情况?是不是皇帝再开宫门时,就是召见群臣更易太子?那么会更易谁?谁会是令皇帝、皇后、王继恩都改变主意的人?

赵恒不敢再想下去了,他走到如今,背后已经跟了太多太多的人,他退不得,也退不了。

正在心乱如麻的时候,不觉天已经黑了,他觉得眼睛有些吃力,正欲叫人掌灯,却见一个小内侍已经捧着一盏华灯走到案前。

赵恒愣住了,眼前的人好生熟悉,忽然间看清了对方的脸,不禁失声:"是你——"

华灯映照间,是一张熟悉的脸,正是扮成小内侍的刘娥。

赵恒方要惊呼,就立刻醒悟,左右看看,他书房内本侍立着两个心腹内侍,如今竟是都站到了门外把守,不由得松了口气,他一把拉住刘娥的手让其坐下:"你怎么来了?不是你带信给我,说是叫近期不要去找你,免得落人把柄吗?"

刘娥眉头深锁:"听说你已经二十来天没有见到官家了?"

赵恒脸色一变:"你就为这个来?太危险了,你马上走。"

刘娥却拉了他坐下:"我既来了,就不能白来,总得把事情弄清楚,才好放心地走。"

赵恒又拉了拉她,无奈叹气:"正是如此。我每次欲进宫见爹爹,都被挡在门外,今天更是王继恩亲自来宫门挡我,我怀疑,我怀疑……"

刘娥问:"你在怀疑什么?"

赵恒却没说话。

刘娥就道:"三郎,容我僭越,你可是怕,宫中有变?"

赵恒脸色一变,欲阻止又不知如何是好,最终长叹一声:"容不得我不多想。你当知道,本朝的宫变,不止一起。"

刘娥道:"所以我才疑心,因此不得三郎消息,冒险而来。前些日子,官家贬谪寇準,颁大赦令,种种举措,皆似在安排后事。而此时宫中有人不让三郎入宫,这分明有鬼。不说先皇与今上继位之事,仅说当年你的四皇叔是如何出事的,楚王殿下又是如何出事的?说不定,宫中还有人准备暗算你呢。"

赵恒来回踱步:"若是宫中有变,难道圣人竟也不知情,任由王继恩胡为?我也托人向圣人打听消息,她却只叫我安心,这分明是圣人也没有给我出力。圣人无子,素来待我也是极好的,我倒不明白,她为何如此?"

刘娥就道:"会不会是……有人蛊惑了圣人,比如,王继恩?"她顿了顿又道:"此人经历两次宫变,心有山川之险。他与三郎素无交情,难保他私底下与某个皇子暗中有了交易呢?当日他就是在先皇驾崩之时迎立今上的,说不定他还会再做一次这样的事。世事无绝对,三郎,小心为上。"

赵恒点头:"正是,有人密报我,说是宫中自昨日起,就有兵马调动。"

刘娥大惊:"这是什么时候的事?你为何不早说?"

赵恒自然也有自己的渠道,岂会坐以待毙,就道:"我今日进宫受阻后,怀德从以前宫中的小兄弟口中探听到这个消息。"

刘娥站起来,当即道:"三郎,不能再犹豫了。前朝史书频频记载,在此时隔绝内外,必定都有蹊跷,咱们不能坐以待毙啊。"

赵恒却不语,刘娥催他。

赵恒莫名烦躁起来:"可是此时我能做什么?圣人和王继恩会弄鬼,这只是我们的猜测而已。爹爹是不是真的病重,谁也不知道。万一这就是爹爹的旨意,以圣人和王继恩的行为试探我等兄弟是否有异心,而我们若有所行动,岂不是自寻死路!"

刘娥也犹豫了,此时不动是等死,动是找死,还真是陷入了两难。

两人沉默片刻,刘娥来回走了几趟:"我倒想到一事,前些时候官家为何罢了寇準,倒起用吕端,他可曾对你说过什么原委?"

赵恒想了想,将那一日与皇帝的对话一一说了。刘娥越听脸色越是凝重,站起来道:"三郎,你还记得当今官家是如何继位的吗?"

赵恒轻叹一声:"这事儿,现在何必再提!"此事为尊者讳,大家自然是从来不提的。

刘娥道:"我当日就说过,官家继位波折甚多,因此对于皇子间有类似的行为,是极为注意防范的。吕端经历四任开封府尹而安如泰山,寇準过于刚直。此时他贬寇準重用吕端,必有用意。"

赵恒道:"我记得我问过爹爹,爹爹同我说,吕端大事不糊涂。"

刘娥道:"三郎既然认为吕端深浅莫测,此事岂可避开?倒不如三郎直接上门,亲自测一测吕端的深与浅,也让吕相明白三郎的诚意。更可和他一起求见官家,太子和相公求见,若官家再不接见,必有蹊跷。而且就算不见,三郎亦可问计吕端,他是宰相,若有事,也会替三郎做个见证……"

赵恒不由得点头,忽然有些难过,于他是破了两难之局,可是于皇帝来说,若他有更易之心,只怕也是要叹太子羽翼已成,若是没有更易之心,则是已经失去对局势的控制了。身为儿子,都是他难以面对的局面。

刘娥知赵恒的心情,拍拍他的手:"三郎,你与其在此处瞎猜,不如前去吕府,与吕端一同入宫求一个结果。"

赵恒站起来就要走,忽然间停下:"小娥——"他顿了顿,"我正需要一个小内侍随侍于我,你就跟我去吧。"

华灯初上,宰相吕端独自坐在书房中沉思。

他的桌上,放着一张御用竹心字笺,上面写着一首诗。这首诗乃是当今皇帝赐给他的。皇帝作此《钓鱼诗》赐下,其中蕴含深意,吕端自然明白。

吕端至今已经是三朝老臣了。他的父亲吕琦,为后晋时的兵部侍郎。他幼时苦读经文,本意欲得科举出身。只是因为父亲的关系,荫封了千牛备身,此后经任国子主簿、太仆寺丞、秘书郎、直弘文馆、著作佐郎、直史馆。赵宋开国太祖即位后,再迁太常丞、知浚仪县,同判定州。再以太常少卿为出使契丹的副使。开宝八年(975),任洪州知府,未及赴任,又改司门员外郎、知成都府,赐金紫鱼袋。此后被任为开封府判官,自此经历秦王赵廷美、楚王元佐、许王元僖、寿王元侃这四任开封府尹。他早已经处于政治旋涡中心,人言吕端糊涂,他只管做事,从不掺和任何一个亲王的派系。秦王获罪,开封府中与秦王沾边的官员都被流放了;楚王一疯,许王来时便对附和楚王的人员打压清洗;寿王就任,那些铁杆子的许王党人自然灰溜溜地滚蛋。

吕端是揣着明白装糊涂,开封府中,有人故意与他为难,有人要他表明立场,为难的拉拢的,背后自有人在。他只有装聋作哑,一派稀里糊涂。他只有糊涂得让人扫兴,才无人理会。那些太明白、早站了队的人,总是率先被清洗。

饶是如此,许王元僖事件中,他依然成了被攻击的靶子,被问罪为"辅佐无状",贬为颍州副使。他神情不动,安然去了颍州。直到他去后,开封府真正无主了,皇帝这才发现,这些年来开封府尹走马灯似的换,并不影响运作,无论政治风云如何变幻,开封府始终不乱,正是因为有吕端在呀!由此将眼光落到吕端身上,认为吕端为人,宠辱不惊,不形于色,将来必为宰相。他明白,他正是急需这样一个在风云变幻中能够安然把舵的人。没过多久,一道圣旨下到颍州,升吕端为枢密直学士。吕端进京领职行事,未到一个月,又拜为参知政事。即使是如此飞速的提升,皇帝仍然觉得擢升太迟了。不到一年,又拜其为户部侍郎、平章事(宰相)。

当初那一个令百官震惊的"中书事必经吕端详酌"的旨意,是这样一件政事引起的。李继隆押解夏州李继迁的母亲上京后,皇帝召见寇準商议,意欲杀一儆百,敲打李继迁。旨意既定,寇準退出时,正遇到吕端,吕端见寇準神情凝重,心中起疑,上前追问道:"寇相,发生了什么事情?"

寇準正迟疑间,吕端更增疑心,问:"若是普通事务,则吕端不必与知;若是军国大计,吕端备位宰相,不可不知。"寇準被这一逼,说出了真相:"官家问下官如何处置李继迁之母。"吕端笑道:"如何处置?"寇準凛然道:"自然是斩于保安军北门外,以诫凶逆。"吕端大惊:"此事万万不可,寇相稍待,等下官立刻进见官家,求官家收回成命。"

吕端忙见了皇帝,道:"昔年楚汉相争,项羽抓得刘邦之父,以烹而食之来威胁刘邦,那刘邦竟然说:'愿分我一杯羹。'以汉高祖这样的开国明君,临

阵都不顾其父,更何况李继迁这样反复无常的悖逆之人?陛下今日杀其母,明日继迁可擒乎?若其不然,徒结怨仇,愈坚其叛心尔。"

皇帝吃了一惊,问:"那怎么办呢?"

吕端道:"以臣愚见,倒不如将李母作为人质,将其置于延州。虽然未必能逼得李继迁立刻归降,但是他母亲生死系于我们之手,便可牵制他,令他不敢轻举妄动。李母活着一日,李继迁便不敢叛乱朝廷。"

皇帝拍案称道:"此计甚好!"他看着吕端,沉吟半晌道:"你平时每事均让着寇準,都说你是个躲事的人,可是遇上大事,你不但不躲,反而主动参与其中,实是难得。人说吕端糊涂,依朕看来,吕端大事不糊涂呀!"

吕端连忙下拜道:"臣惶恐!"

皇帝点了点头:"一切依卿之计,卿且退下。"

吕端退出后,翌日旨意下,寇準贬官,中书大事皆由吕端独揽。

然后,皇帝亲自赐诗,上云:"欲饵金钩深未达,磻溪须问钓鱼人。"皇帝以姜子牙相比,自是嘱他好好地辅佐太子,交托后事。

想到这里,吕端的心沉重无比,大宋基业万斤重担,就要看他如何挑起来了。

正沉思间,忽然家丁跑了进来,禀报道:"相公,太,太子来了!"

吕端大惊,站了起来:"什么?太子怎么来了?"连忙叫人取来官帽戴好,正要出迎,却见太子已经笑着带了几个随从进来了。

吕端连忙要跪下相迎,身形还未动,太子已经叫人扶住了他:"吕相不必多礼,原是我来得冒昧了。"

吕端忙迎进太子,奉茶已毕,他便不开口了,但听太子道明来意。

太子含笑道:"今日开封府事罢,车驾正经过吕相门前,便进来看看吕相。不知是否嫌我冒昧?"

吕端连忙拱手:"吕端不敢!"心中暗自揣想,这开封府与自己的相府,倒原来今天才让太子顺便路过。

赵恒却不说话,只是专心品茶,好一会儿才道:"好茶,这是蜀茶吧?"

吕端道:"是,这是上次琼林宴上,官家御赐的茶。"

赵恒闲闲地把玩着手中的茶盏:"好茶,只可惜这茶盏粗了,配不得这上好的茶。我那里前几个月有人送了上好的建盏,明儿我叫人送到这里来。"

吕端站起谢道:"多谢太子好意,只是臣愚钝,并不懂得茶与茶盏的好坏,只怕糟蹋了如此贵重的东西。"

赵恒笑道:"左右不过是件物事,什么糟蹋不糟蹋的。我倒认为,世间最可贵者粮食,最可重者人心,吕相以为如何?"

吕端击掌道:"好一个最可贵者粮食,最可重者人心,太子有此见识,真是天下之福,百姓之福。"

赵恒微微一笑:"吕相坐吧,这话也空,倒不如喝茶。我品着今年御赐的茶,倒比往年好些。说句不中听的,前些年的茶,除了大内御用的和我们几个府里的,毕竟赏给你们的茶,都不中吃,我是到别人家里讨过茶吃的,听说要吃好茶,还得私下里买,是不是?"

吕端坐下道:"臣虽然不懂茶,但也觉得今年的茶似比往年好些。这都是太子德政,免除蜀茶强买强卖,这私茶自然就禁住了。禁住了官员们从中渔利,价钱合理了,百姓们也愿意把好茶拿出来了。"

赵恒淡淡地道:"这原是我的本分,算不得什么德政。时近三月,听说今年的新茶又出了,记得去年琼林宴上,官家亲赐新茶,那场景当真热闹。吕相可知,今年琼林宴是否照例办?"

吕端轻叹一声,道:"臣已经有半月未见圣颜了。"

赵恒脸色一变:"连吕相也半月未见圣颜?"

吕端一惊:"难道太子也多日未见圣颜了吗?"

赵恒点头道:"我也已经近二十日未见圣颜,要见官家,全要听圣人的旨意。"

吕端脸色沉重:"臣每于宫门求见,也都是王宣政使传话。"

赵恒反而镇定了下来:"记得官家那日病发时,宣我进见,曾经嘱我一句话,吕相想不想知道这句话是什么?"

吕端看着赵恒的脸色,站起道:"臣恭听圣训。"

赵恒站了起来,看着吕端,一字一字地道:"官家只说了一句话:'吕端大事不糊涂。'且问吕相,官家托对人了吗?我能不能把全部的信任,寄于吕相?"

吕端扑通一声跪下,颤声道:"臣肝脑涂地,不敢有负圣恩,不敢有负太子!"

赵恒扶起吕端,语气郑重:"吕相请起。我现在就有一事,相托吕相,吕相务必要做到才是!"

吕端擦汗道："太子有何吩咐？"

赵恒自袖中取出一道早就备好的文书，道："我已经近二十日未见官家，宫内之事，皆由圣人与王继恩传话出来。如今的马军都指挥使李继隆为圣人长兄，近日与王继恩过从甚密。此时须调动步军都指挥使高琼兵力用来节制李继隆，这是我让枢密院使赵镕拟的文书，官家有旨，中书诸事须经吕端，此物还得宰相你用印，方可调遣。"

吕端接过文书，沉吟片刻道："只有高琼的兵力，恐还不够。臣冒昧，请太子与臣一齐入宫，求见圣驾。先探一探宫内究竟，再做打算。"

赵恒摇头道："但凡可以见到官家，我也不必出此下策。"

吕端断然道："太子与宰相同时求见，必是国之大事，便是圣人也不好相阻。"

此话正中赵恒下怀，赵恒点头道："好，我们这就一齐进宫。"

第四十二章
新君登基

赵恒与吕端正一齐往外走,到得二门时,就见外头的家丁急急跑进来:"相公,王宣政使到。"

吕端一怔:"此时天色已晚,他来做什么?"

赵恒脸色大变:"莫非是——"他不敢再想下去了,"吕相,我先回避,你且先看看王继恩是来干什么的。"

吕端犹豫一下:"可是太子的车驾在外……"

赵恒道:"今日来吕相府,我只用了一乘小轿,并未用太子仪仗。那王继恩料不到我会在此,我倒想听听他说些什么!"

吕端只觉得此时的自己似已经被逼到悬崖之上,无奈之下,只得道:"如此,委屈太子了,请在耳房暂避。"

赵恒点头道:"好。"吩咐张怀德道:"东宫之人,全部回避。"自己拉了刘娥,避在紧贴着书房的耳房之中。

两人静静地站了片刻,但听得吕端道:"王宣政使请。"两人脚步声渐渐走近,就听王继恩道:"吕相,老臣奉旨,请吕相立刻进宫,吕相何故延误?"

吕端镇定地道:"宣政使有所不知,大行皇帝曾有密旨,令吕端一听到消息,就得依旨行事,吕端不敢抗旨。"

赵恒听闻"大行皇帝"四字,顿时觉得胸口一滞,下意识地紧紧抓住了刘娥的手。刘娥伸出双臂,轻轻地将他抱住,但听得赵恒的心跳声如擂鼓一般,又急又重。

听得外面王继恩道:"哦,但不知大行皇帝有何旨意?"

就听吕端道:"正要请王宣政使同观,共商对策。"

赵恒用力握住刘娥的手,黑暗中两人闪闪发亮的眼睛彼此凝视,听着彼此越来越快的心跳声。

隔壁书房中吕端道:"王宣政使,请进这边。"王继恩嗯了一声,然后似乎有什么东西搬动的声音,又传来吕端的声音:"此物机密,待下官去把门关上,王宣政使再打开。"

赵恒与刘娥相互看一眼,两人的手都紧了紧,只觉得心狂跳不已。赵恒忽然放开刘娥的手,待要推门出去,刘娥却紧紧抓住了他的手,摇了摇。

此时,恰听得吕端关门的声音,这书房三壁密实,只朝南开着四扇板门,作为通风之用。说时迟那时快,但听得王继恩诧异地道:"吕相何故到外头去了?"同时传来一上锁之声,王继恩顿时明白过来,立刻疯狂地拍门叫道:"吕端,你做什么,为何锁我?"

吕端厉声道:"王继恩,你好大胆子,竟敢假传圣旨,行谋朝篡位之事!老夫这就进宫,面见圣人!"

王继恩大怒,将门撞得哗哗作响:"吕端老儿,你是糊涂到家了,你会后悔的!"此时他才是当真有些后悔。

皇帝已经驾崩,王继恩一边劝李皇后暂不发布,一边派人去南宫请楚王。本是准备好了的套路,不想李昌龄临到头了,却有些畏惧。他说自己不过是副相,若是拉宰相吕端一起行事,这才妥帖。况吕端此人,一向圆滑畏缩,只消先将他叫进宫里,见皇帝已经大行,另一边让李皇后下旨,自己再将形势说与他听,以利相诱,以威相逼,不怕他不依从。想当年太祖皇帝驾崩之时,几名宰相还不就是认清现实,连一声响都没有出就参拜了新帝。

只是王继恩没有想到,吕端居然一边说着奉承话,一边把他骗到书房关了起来。不由得又惊又怒,喝骂起来。

不想他正叫骂着,却听得吕端厉声道:"太子在此,王继恩不得放肆!"

王继恩忽然静了下来,像是难以置信地问道:"太子?东宫太子怎么会在此?"

吕端向着耳房一揖道:"臣吕端,请太子恕不敬之罪!"

耳房的门打开,赵恒拉着刘娥走了出来,道:"事态紧急,吕相下一步怎么办?"

但听得书房的门发出一阵沉闷的声响,王继恩忽然爆发出一阵极惨烈的笑声:"太子果然在此?天亡楚王,天亡我也!"然后,整个人静了下来,再不发一语。

吕端上前一步，道："阉党奸计，必不得逞，太子请放心，万事有臣！"

赵恒因这一连串的事变已震惊至极，一时还未答话，刘娥上前一步，道："太子自然放心，太子之册礼，祭庙告天，任何人要逆天而行，便是悖逆大宋列祖列宗，天下百姓也不答应！"

吕端深吸了一口气，他听得出这话的分量，立即道："太子，臣已经发出中书之令，调动步军都指挥使高琼、马步军都虞候傅潜节制李继隆，请太子发印信调动开封府与皇城司人马应变。臣立刻进宫面见圣人，也请太子立刻回东宫换乘仪仗，自朝元门入宫。"

赵恒与刘娥对视一眼，吕端平时似漫不经心，到了关键时刻果然一切尽在掌握之中。

太子一行人，与吕端同时出门，各自行动去了。

吕端匆匆进宫，见了皇后。

李皇后尚不晓得王继恩已经出事了，见吕端进来，头一句就掩面泣道："吕相，宫车已经晏驾了！"

吕端扑倒在地，放声大哭，哭了两声，立刻收泪问道："太子何在？"

李皇后怔了一怔，心想王继恩难道不曾与他说清楚？只是自己却不好问出这话来，隔了半晌方迟迟疑疑地道："人都说自古以来，立皇嗣自有长幼之序。如今楚王尚在，吕相以为应该如何是好……"

吕端正色道："圣人此言差矣！先帝立太子，正为今日，岂容有异议？太子之册立，祭庙告天，太庙中列祖列宗知道，天下百姓知道，外邦属国知道，此时一旦更易，何以对列祖列宗交代，何以对天下百姓交代，何以对外邦属国交代？"

李皇后倒吸一口冷气，脑海中想到之前兄长与王继恩相劝的话，又想到自己为了皇长孙的谋划，可是她纵有私心，却不是一个能断军国大事的人，此时被吕端语言挟制，竟是说不出话来，只掩面而泣。

吕端一再催促，李皇后左看右看，无奈此时王继恩不在，满殿都是不经事的小黄门，谁又敢在帝位承继的大事上代皇后跳出来迎战宰相，俱都缩了头等着皇后自己拿主意。

吕端又催道："难道圣人以私欲，要做对不起列祖列宗、天下百姓的祸事吗？"

李皇后吓得哭到一半不敢再哭下去，怔了半日，才惨然道："吕相说得是，只如今却不知如何是好？"

吕端道："既如此，请圣人立刻召太子进宫，灵前即位！"

李皇后却不肯说这话，一下子僵持在那里了。正在这时，一个内侍匆匆走进来，却正是刘承珪。

众人见了他来，顿时如得了主心骨，李皇后看着刘承珪来，竟忘形地站了起来。

不想刘承珪一进来，就道："太子在外求见。"

李皇后诧异地问："王继恩何在？"

刘承珪与吕端对望一眼，眼神已经将意思送了过去，吕端就知道外头一切都安排好了，立刻道："太子原在臣的府中商议政事，臣接旨的时候，太子也在场，与臣前后脚进宫的。"

李皇后顿时呆住了。

刘承珪在李皇后耳边低声道："圣人，事已至此，圣人原是后宫之人，休要被他人裹挟。"

李皇后想到方才吕端说的"何以对列祖列宗交代，何以对天下百姓交代，何以对外邦属国交代"，当下就慌了，忙道："我一妇人，原不知道这些，险些误了大事！"便对刘承珪说："刘承珪，请太子进宫吧。"

一个小内侍见状，忙在李皇后耳边轻声道："圣人，王继恩未回，楚王未到！"

李皇后以帕掩面，呜咽道："列祖列宗在上，我也顾不得他们了！传旨吧！"

刘承珪却不理会，有了李皇后这句话，他就去请太子进来。

过得片刻，便听得一阵急促的脚步声，太子率众匆匆冲进万岁殿，扑倒在灵柩前大哭起来。

李皇后本已经止住了，听得太子哭得悲怆，勾动伤心，又大哭起来。

吕端上前一步，大声道："奉大行皇帝遗诏，皇太子灵前即位！"

李皇后拭泪道："嗯，宣遗诏，皇太子灵前即位。"

刘承珪取出早已经备好的龙袍，张怀德接过，披于太子赵恒身上，吕端率东宫众臣跪倒，三跪九叩，山呼万岁之声响于夜色中的宫殿上空。

此时宫中内外，都已经知道了消息。赵恒方才比吕端迟一步，就是去见了刘承珪。此时王继恩已经被擒，刘承珪虽不曾参与他们的事，但他执掌皇城司，王继恩他们暗中的活动，他又岂能不知？他只是想着那会儿官家快死了，去告诉官家无用。太子与自己没什么交情，又毕竟与楚王分属兄弟，自己若去阻止王继恩等人的图谋，却是自惹祸端。因此他也不敢沾惹此事，只推说受了风寒，已关在房中"养病"好几天了。

刘承珪虽然不敢去干涉，却也没有完全放手，而是暗中掌着一拨人，准备关键时刻应变。直至太子进来，当着他的面，头一句就道："我已经擒下王继恩，阿翁可愿遵大行皇帝遗命？"

刘承珪毫不犹豫，下拜道："臣遵旨！"

却说这夜，王继恩原是与李继隆勾结，相互控制住大内与东宫，又去南宫接人。原本东宫已经被围，太子妃郭熙却是不知内情，颇受了一番惊吓，只能强作镇定，忙约束东宫诸人，静待太子安排。刘承珪这一出手，就全面控制了王继恩原来的人马，一切顿时风平浪静。

李继隆正与高琼兵马对峙，刘承珪派人传了李皇后的诏令，李继隆立刻下马，与高琼一起去见新君，只留傅潜看守。

而此时，李昌龄与胡旦还在偏殿起草诏书，就听到有小内侍慌忙来报说太子进来了。李昌龄一惊，却听得正殿中有山呼万岁之声，李昌龄机警得很，知道事已不成，就夺过胡旦正在写的诏书，一把扔进旁边取暖的炉里烧了，口中却道："你这一篇祈福的祷词改来改去，不如重写罢。"

胡旦还未回过神来，顿足："我快写完了。"

李昌龄按住胡旦的手不教他动，只看着这一篇要命的诏书烧个精光，怕不妥，还将前些日子的其他废稿扔了几篇进去，这才拉着胡旦到正殿去参见太子。

此时胡旦才明白过来，只吓得战战兢兢，不敢言声。

至此，宫廷内外，所有隐患均已清除。

时间也到了快天亮的时候，刘承珪这才叫人传起丧钟来。次日虽非大殿常朝之日，群臣听到钟声俱已明白，忙赶到宫前，果然见宫门已经挂白。

吕端率群臣上殿，但见龙位之上，幔帘高挂，却是今日李皇后也上殿，因此挂起帘子。

李皇后自帘后传出旨意，皇帝已经晏驾，群臣大放悲声。参知政事温仲舒即上前宣读大行皇帝遗诏,令皇太子即位于灵前。

纱帘之后,赵恒坐于李皇后身边。听得李皇后传出旨意,令群臣参拜新君,按例宰相吕端应该率群臣行三跪九叩之礼,不料吕端不但没有下拜,反而上前一步,道:"请圣人升起帘子,臣要亲睹龙颜!"

李皇后万没想到会有这种事,一时倒怔住了。吕端想到昨日之事,心中大疑,再上前一步,干脆登上了龙座前的台阶,冲着珠帘内道:"请圣人升起帘子,臣要亲睹龙颜!"

李皇后正要发话,却听得新帝赵恒已经开口:"升起帘子,朕要让吕相放心!"

李皇后慌忙站起避开。但见帘子缓缓升起,坐在帘后之人,正是昨日的东宫太子、开封府尹,今日的天子赵恒。

吕端仔仔细细地审视完后,才长长地出了一口气,退下台阶,率群臣跪倒,山呼万岁!

吕端之举止,若在往常,自然是极为失礼,但在昨夜惊天动地的变故之后,却是极难得的忠正之行。

新帝赵恒听着阶下山呼万岁之声,也长长地出了一口气,终于露出了微笑。

大宋至道三年(997)三月,宋朝的第二个皇帝赵炅,驾崩于万岁殿,终年五十九岁,庙号太宗。宋太宗原名赵匡义,又名赵光义,继位后改名赵炅。继位后承宋太祖遗志,灭南唐、吴越、北汉等割据政权,一统中原。在位共二十二年,改元五次,为太平兴国、雍熙、端拱、淳化、至道。死后葬永熙陵。

史称:

> 帝沈谋英断,慨然有削平天下之志。既即大位,陈洪进、钱俶相继纳土。未几,取太原,伐契丹,继有交州、西夏之役。干戈不息,天灾方行,偋饥日至,而民不知兵;水旱螟蝗,殆遍天下,而民不思乱。其故何也?帝以慈俭为宝,服浣濯之衣,毁奇巧之器,却女乐之献,悟畋游之非。绝远物,抑符瑞,闵农事,考治功。讲学以求多闻,不罪狂悖,以劝谏士,哀矜恻怛,勤以自励,日晏忘食。至于欲自焚以答天谴,欲尽除天下之赋以纾民力,卒有五兵不试、禾稼荐登之效。是以青、齐耆耋之叟,愿率子弟治道请登禅者,接踵而至。君子曰"得乎丘民而为天子",帝之

谓乎？故帝之功德，炳焕史牒，号称贤君。

宋太宗遗令皇太子赵恒灵前继位，至万岁殿登殿，大赦天下，定次年元旦改元咸平元年。

新帝虽然已经登基，却还在孝中。按礼制，天子守孝以日为月，却也得守制一个多月。整个皇宫之中，皆是白茫茫的一片，新帝在灵殿中哀伤不已。直至守孝期满，方正式坐朝颁旨，册封论功过。

新帝赵恒继位后，一连串的旨意降下：晋封四弟越王赵元份为雍王，五弟吴王赵元杰为兖王，六弟徐国公赵元偓为彭城郡王，七弟泾国公赵元偁为安定郡王，八弟赵元俨出宫开府，封为曹国公。

同时，追赠太祖长子魏王赵德昭为太傅，太祖次子岐王赵德芳为太保。另封太祖之孙赵惟吉为武信军节度使。加授平章事吕端为右仆射，李沆、李至并参知政事。

另册封太子妃郭氏为皇后，封嫡母李皇后为皇太后，又追尊生母李贤妃，晋尊号为元德皇太后。

葬大行皇帝于永熙陵，下旨第二年改年号为咸平。

新皇登基后依着旧例，李皇后自然升为太后，应迁出正宫寿成殿，迁入历代太后所居的上阳宫中。

上阳宫昔年先是太祖、太宗之母杜太后所居，太祖皇帝驾崩之后，又是太祖晚年所娶的皇后宋后所居。宋后去世之后，上阳宫空了多年，未曾收拾，此时自然有些荒凉。新皇后郭氏自然婉拒，说自己先住在偏殿也是无妨的。李太后自是不会让皇后为难，便道："我一个老婆子不拘住在哪里，皇后理应正位中宫，这是国法，不可违了。"便指了西宫嘉庆殿先行搬进去暂住。

本来，太后为尊长，断无委屈了太后先让着皇后之礼。寿成殿的总管夏承忠，自然也是知道太后如此委曲求全的原委。原来皇帝登基之前，颇有一番波折，却是与太后有关。

新帝即位之后，所有施赏大典，一律举行，唯李继隆、王继恩、李昌龄、胡旦等谋立楚王元佐，应该坐罪。新帝特降旨，贬李昌龄为行军司马；王继恩为右监门卫将军，流放均州。只是其中牵涉到的李继隆为皇太后长兄，因此新皇的旨意迟迟未下，这也是悬在众人心头的一件大事。

若论太后本心，本也是贤德之人，当年新帝为亲王、太子之时，亦曾得太后多方庇佑。只因太后无子，若论楚王和新帝，虽均非太后所生，但是楚王妃却是太后的娘家侄女，更兼楚王蒙难之际，其子尚在襁褓之中，楚王妃便将皇长孙托付于太后。因此先帝驾崩之时，太后亦难免存了一份私心，再加上耳根子软，就走错了一步，卷入了谋逆之事。

此时李氏一族，一败涂地。当今天子本非太后所出，将来情况如何，却也不知。李太后心中忧苦愧急交集在一起，再加上哀伤先帝驾崩，此时一并发作出来，乱纷纷几日搬迁至嘉庆殿后，便病倒了。

嘉庆殿中一切还是乱纷纷的，尚宫采玉捧上药来，李太后只喝了一口便推开了。采玉服侍太后已久，见太后如此，心中哀伤。才几天工夫，李太后整个人已憔悴得脱了形，不过是四十开外的人，平素保养得宜，望之犹如三十许人，此时却老态毕现，眼角之间忽然平添了许多皱纹，整张脸也瘦削了下去。

李太后虽然倚着病榻，却是不曾安稳，隔得半晌，便侧耳倾听外面的声音。采玉心中明白，今日新帝坐朝，怕是要议及李继隆参与谋逆一事。这一关若过得了，太后自然无碍，这一关若是过不了，怕是太后也难逃干系。

忽然外头传来一阵急促的脚步声，采玉不待李太后吩咐，便抢先掀开帘子出去了，见夏承忠喘着粗气进来，脸上却颇有喜色。采玉忙迎上前笑道："总管辛苦了，太后止等着呢！"

夏承忠进了殿中，先向李太后跪下磕了个头，这才仰起脸笑道："真是托天之福，官家真是前所未有的仁厚之君。"这言一出，李太后心中忽然一松，整个人向后倒去，叹道："阿弥陀佛。"

采玉忙催问道："夏总管，今日这事，究竟是个什么结果？"

夏承忠才要答话，李太后已道："起来答话吧！"

夏承忠忙谢过太后之恩，这才垂手答道："今日李使相依着太后吩咐，先上书告罪，不料官家只字不提此事，只说使相素年来征战辛苦，如今念及太后年迈，不忍再令太后牵挂，所以赐使相解甲归家。"

李太后等了片刻，却不见夏承忠再说话，不禁问道："还有呢？"

夏承忠一怔："还有？没有了，没了。"

李太后怔怔地道："没了？这么说，不曾削爵，也不曾降职，只是去了兵权而已？"

采玉忙笑道:"太后,奴婢不是说了,昔年在潜邸中就可以看出来,先帝诸子中,就数官家最是仁厚有孝心,如今可不就证明了。一切都雨过天晴了,什么事儿都没有,不是吗?"

李太后点了点头,也渐露了笑意:"嗯,正是。"她放下心头一块大石,忽然觉得整个人轻快起来,道:"采玉,你扶我起来走动一下。"

采玉应了一声,忙扶太后起来梳洗。太后忽又想起一事,道:"对了,上午皇后宫中派人过来,恍惚听说好像有什么事要禀我,是什么事儿?"

采玉知道此时太后解了心事,便有心情过问宫中之事了,忙拿了传抄的诏书来,笑道:"也没什么,官家为太子时,大行皇帝为他聘了几位世家女欲充入东宫。因家世贵重,所以原是要让她们留一些备妆的时间,择吉行礼。不想后来先帝病重,因此延误至此,连名分俱是未定。如今圣人想着让她们一并先入宫,有个守灵尽孝的体面,等孝满再论位分。"

李太后点点头:"皇后想得很是,却是哪几个?"

夏承忠看了名单,就道:"一共四人,一为曹氏,乃曹大将军的女儿;一为杜氏,出身昭宪太后族中;一为陈氏,乃左谏议大夫陈省华之女;一为刘氏,是前虎捷都指挥使刘通之女。"

李太后皱眉,心中暗忖,当日先帝的确有向曹氏、杜氏下聘,怎么又多了个陈氏与刘氏?闭目细想了想,忽然睁开眼睛:刘氏,刘氏,莫不是还是那个人?

夏承忠见她神情,问道:"太后可有看中的?"

李太后却已经缓缓地闭上了眼,微笑道:"没什么,'不痴不聋,不做阿姑阿翁',更何况我如今更是犯不着管这等闲事了!"

横竖,这也已经是当今新皇后的事了。

新帝继位后一个月,在一个晚霞满天的日子里,一乘小轿悄然地停在皇宫东门,刘娥从轿中缓缓地走了出来。

宫门仍然巍峨,但是此时早已经物是人非了。

记得上一次,她也是从这里入宫,更是从这里被拖出来。那个时候,她是那样的凄惨无助,那样的痛彻骨髓呀!看着这道门,她打了个冷战,那样凄厉的哭喊声,似仍然留在她的心底。

晚霞中的宫墙飞檐,显得格外美丽。

刘娥抬头,看着高高的宫墙飞檐,看着云天之上,她在衣袖之中,暗暗握

紧了双拳,默默地起誓:"苍天有灵,请听我起誓,我走入这宫墙,就绝不可能给任何人机会,再把我从这里赶出去!我发誓,从今以后,我的命运要由自己来掌握,绝不可能再由人摆布!"

第四十三章
刘娥入宫

这一日,一共四名女子进宫,除了刘娥外,曹氏、杜氏、陈氏也在同一天进宫。

这四名女子坐着宫车进了宫,再换了小轿,一直进了宫妃院中,这才下轿,各由四名内侍、四名宫女迎着,进了几个宫殿的侧殿之中。

唯有刘娥迈步进来的时候,倒是一怔,她所住的是一间宫院,名为梧桐院,院子虽然不大,但一进去,却是扑面而来的熟悉之感。院中的紫萝,廊下的鸟儿,都与她住了十来年的薛萝别院一模一样。

迎着她来的雷允恭笑嘻嘻地道:"刘娘子看着眼熟吧,这可是官家吩咐,一模一样建的,就要让你住在这里头,觉得舒服才是。"

刘娥心中又酸又甜,只觉得眼眶也有些热,强忍着只含笑道:"要你多嘴。"

不想似乎听到了她到来的声音,房中就有人走出来,却正是当今天子赵恒。刘娥怔住了,回过神来就要行礼:"臣妾参见——"

礼还没行下去,她就已经被赵恒拉住。赵恒竟是一把将她紧紧抱在怀中,力气之大,都快要把她抱疼了。刘娥没说,只是感受着赵恒的心神。他抱着她,紧紧地抱着,还微微地喘着气,好半天才平静下来松开,却还紧紧地拉着她的手,仿佛一松手她就会飞走似的。

刘娥完全没有想到,如今应该是他最忙的时候,可是这刚登基的皇帝,却在她进宫这天,提前在她的小屋里等她。

赵恒拉着刘娥的手往里走,刘娥有些不安,见侍从们只远远站着,忙低声道:"三郎,你这时候来,可是有碍?"

赵恒紧紧拉着刘娥的手,低声道:"无碍,我只是想见见你,过会儿我就走。"她拉着刘娥往东边指了指,低声道:"你东边就是翠华殿,过了翠华殿,就是我住的崇政殿。若从外面走,要绕一大圈,我在翠华殿两头都开了暗门,抬脚就能过来。"

刘娥细看去,却见这里也如薜萝别院一样,只有小小三间,西侧另有几间小屋给服侍的人住。素日他二人在房内时,他们就只在外头等着,基本上都不用在屋里服侍。

与原来薜萝别院不同的,却是东边挨着院墙的廊下有一个暗门,有两个小内侍守在外头,仔细看去,遥见暗门里头三五步就站着一对内侍。再看自己进来的那门时,发现门里门外均多了一对内侍站着。

刘娥心中暗想:"是了,如今他当了皇帝了,行动间自然要有许多人跟着。"只是在这小院内,却是服侍的人不多,仿佛还如当日一般。

赵恒又低声道:"如今还在孝中,我不敢教你显在人前,以免招忌,所以只能暂时这样。你且等等,待出了孝,咱们就再也不用避人耳目了。"

说着牵着刘娥往里走,数着里面的摆设,一样样地夸耀起来,这件是自己盯着人搬的,那件是自己亲手摆的。这是你爱的香料,这是我新给你配的,还有这个茶具、琴台、书架、棋盘,都是照你的习惯摆的……又夸耀起自己准备的各种东西来。

刘娥心中感动,不承想他当了皇帝,日理万机,居然还能够于百忙之中,为她布置住所。却不知赵恒当了皇帝,万事纷至沓来,压力极大,也唯有偷空来这里布置一二时,方得些快乐调剂。

赵恒生怕让她觉得受了慢待而说个不停。刘娥看赵恒神情虽是兴奋,但眉宇间却透着疲惫,也心疼起来。只作欢欣状道:"我看你也累了,坐下来看我给你焚香煮茶,也休息一会儿吧。"

赵恒点头,于是刘娥去洗了手,然后用香匙挑出几种香来合香,燃香。又拿起茶具来烧水、泡茶、击沸、分汤。香炉中青烟袅袅,赵恒坐下来,饮了一口刘娥亲手送上的茶,微微闭目享受着,又长吁一口气,才道:"只有这会儿,我才觉得,这是人过的日子。"

刘娥听了一怔,再看他的面容,却是瘦了些,整张脸显出前所未有的棱角来:"怎么了?"

赵恒欲言又止,摆摆手:"罢了,回头再跟你说。"

刘娥就不言语了,只走到赵恒身后,按着他的肩膀:"肩头都这么硬了,这些日子你肯定没休息好……"她又嗔怪道:"允恭也不上心。"

赵恒微闭眼睛享受着,伸一只手握着刘娥的手,撒娇般地道:"嗯……他有什么用,又笨又没眼色。"

此时雷允恭正带着两个小内侍垂手侍立在门外,听到皇帝公然嫌弃的声音,小内侍偷眼看雷允恭,雷允恭神情却是八风不动,心中暗道,这不过是官家向着这位娘子撒娇罢了,你爷爷侍候官家的时候,你还不知道在哪里呢,听了一句两句的,就以为爷爷失宠了,你且等着呢!

皇帝在这里面休息,外面自然一切俱静。

这次新进宫的宫人,尚未定品阶,因此不是住在宫殿的侧殿,就是住在一些小院中,每处也不过各四个宫女、四个内侍。刘娥也是一样的定例,但这院中的人都是雷允恭亲手挑的,此时都远远地待在院门边候着。

过了一会儿,从暗门那边来了个有品阶的内侍,远远地朝着雷允恭招手。

雷允恭一见,正是张怀德,忙对身边的内侍使了个眼色,让他们看着些,自己踮起脚尖,轻轻地走到暗门外,压低了声音问张怀德:"怎么了,有什么急事非得这会儿来找?"

张怀德却是守在崇政殿的,如今正遇上事情,急来报告:"圣人那边的于尚宫来了,说是圣人问官家什么时候有空,圣人有事要禀官家。如今在那里等着呢,您要不要问问官家,给回个话?"

雷允恭不屑地摆摆手:"这种事有什么打紧的,值得你巴巴跑来?这时候去打扰官家,你有几个脑袋?就跟于尚宫说,官家这几日都不曾休息好,此刻才打了个盹,等官家醒了你就去回话,有了回音就立马回禀圣人,让她先回去吧。"

张怀德看看那头,只得道:"行,那我这就和她说。"

见张怀德一溜烟跑了,雷允恭不屑地轻哼一声,又站回原位。赵恒与刘娥往来原是不敢叫人知道,因此每次都是雷允恭跟着的,张怀德除了知道当日揽月阁之事外,后头的就都不知道了,自然也不知道这其中的关键所在。想到这里,雷允恭心中不禁暗自得意,这样的事,自然只有他这个心腹知道了。

雷允恭只是胡乱找了个借口,里头赵恒自然是没有睡着,与刘娥手拉着手,只静静坐着,便觉得十分满足了。

谁晓得还没过多久,就听雷允恭在外头低声道:"官家,可要用晚膳了?"

赵恒睁开眼睛,斥道:"还没多少时间,怎么就要用晚膳了?"

雷允恭不敢说话,反而是刘娥笑了起来,指着外面说:"三郎,天都暗下来了。"他刚才原也说,来看看她就走,没想到一会儿就天黑了。

赵恒诧异起来:"我是过了早朝用了午膳就过来的,与你才进来没多久,怎么就晚上了?"他再去看看漏壶,果然已是时辰了,奇道:"今日怎么这时间一眨眼就没了?"心中就有些委屈起来,两人统共还没说几句话呢,怎么就天黑了。

刘娥见他有些委屈有些撒娇的神情,心也不禁软了。他这样的神情好久没见了,还是在自己被逐出襄王府前,他有时候与自己在一起时,会有这样的神情。自出了变故以后,他忽然间就长大了,为了改变他们的命运去努力拼搏,脸上就越来越有威仪,再也没有这样的神情了。

这一个月的皇帝生涯,他到底经历了什么,使得他居然向着自己撒起娇来?

刘娥笑着抱住赵恒的手臂,摇了摇,道:"三郎也陪着我一起吃吧,你不饿,我也饿了。"

赵恒无奈地叹了口气,摸摸刘娥的头:"我自然是要陪你一起吃的,难道还会抛下你一个人吃吗?"

雷允恭听得明白,当即就让小内侍从万岁殿中将食盒拎过来。

小屋中亮起灯来,两人一起用膳。如今在孝中,东西也是简单,也就七八样素食汤点。见赵恒风卷残云般吃了大半,雷允恭欢喜得眼睛都眯了起来,向刘娥奉承道:"幸而是刘娘子陪着一起吃,官家素日连这一半都不足。"

赵恒横了雷允恭一眼:"要你多嘴。"

刘娥笑着捧了茶来给赵恒:"那今日真是吃得多了,快喝些茶消消食。"

正消着食呢,不识趣的雷允恭又进来了,一脸小心翼翼地提醒:"官家,戌时到了。"

任谁与心上人久别重逢蜜里调油的时候,看到有个不时出来打岔的厌物,也会恼怒起来的。赵恒顿时放下脸来,喝道:"戌时到了又怎么样,要你啰唆,滚出去!"

雷允恭见天色已晚,只得硬着头皮来提醒皇帝应该走了,却被皇帝喝了出去。雷允恭不敢再停留,却也不敢不继续提醒,只得退了几步到门外,还是苦着脸探头进来道:"官家,不是小的啰唆,实是崇政殿还有奏疏,宰相们明日都等着呢!"

这却是正事,不能再留,刘娥开口道:"官家,朝政要紧……"正想劝说他走,但看着赵恒的脸色,还是把话临时改了:"要不,再坐一刻就走?"

赵恒原本阴沉的脸色顿时转晴,拉着刘娥的手,心满意足地道:"好。"他拉着刘娥的手,不停地说着自己这一个月是如何想她,如何在想她了的时候就来这里布置一番,又抱怨自己吃得不好,睡得不好,朝臣们如何可厌,一点点小事都要磨叽来磨叽去。比如大行皇帝的谥号,就吵了整整十天,最后定了"至仁应道神功圣德文武睿烈大明广孝"这十六个字,每个字都是吵出来的。

刘娥就不解:"都是好字,有什么可吵的?"

赵恒就哼道:"好字多了,人人都要当自己拟的那个才是好的,别人必是不好的。还有人说出大行皇帝赞过他的诗,说必是大行皇帝心中也是喜欢他拟的字……"他说得又急又快,生怕说慢了就来不及了似的。刘娥只含笑静静地听着他说话,这一刻,当真是惜时如金。

雷允恭悄悄吩咐了内侍们准备灯烛照路,哪晓得躬着身等了两刻钟,皇帝还没动窝,只得又探头进来,悄悄在赵恒身后给刘娥使眼色。刘娥就推了推赵恒示意他往后看,赵恒却不肯扭头,只捏着刘娥的手看来看去,就是不肯动。

刘娥只得抽回手,推推赵恒道:"三郎,该走了。"

赵恒佯作不知:"一刻钟到了吗?"

刘娥看了雷允恭一眼,雷允恭就回道:"回官家,已经是两个一刻钟了。"

"哪里这么快了!"赵恒恼道,又向着刘娥道:"我还什么都没做呢,就是聊两句而已,定是雷允恭弄鬼。"

刘娥见雷允恭畏畏缩缩的样子,只得笑着推推赵恒:"官家先去吧,我如今进宫来了,接下去有的是时间说话呢。"

赵恒哦了一声只得站起来,雷允恭忙进来为赵恒披上披风。赵恒磨磨蹭蹭地往外走,走几步又回头看刘娥一眼。

刘娥只得站起来,拉赵恒的手,两人一起往外走,出了房门,就见外头天已经全黑下来了,小内侍们前后提灯引道。

赵恒松开刘娥的手,走下台阶,道:"外头黑,你就不用送我了。"

刘娥站在门外，也道："那三郎走路也要小心着。"

赵恒却没走，怅然若失地虚握了一下空着的手，站在那里没动，扭头对着刘娥没话找话："一下子换了个陌生的地方，你会不会睡不着？"

刘娥笑了："官家事事准备周到，我必是会睡得好的。"

不想赵恒忽然转身往屋里走："我还是不放心，我再去看看。"

刘娥阻止不及，怔了一下，忙跟了进去，却见赵恒虽进了门，却站在门边有些发呆。

刘娥跟进来，看着他的神情，揣测着："三郎可是不想走？"

赵恒没有回答，却是眼神游移。

刘娥试探着问："要不，今晚就留下来不走了？"

赵恒眼神顿时亮了，看着刘娥，整个人都变得生动有神起来，一扫之前的没精打采，却是什么也没说，只眼神闪亮地看着刘娥。

刘娥看了他这副样子，心里又酸又甜，又好气又好笑，无奈如今却是国孝当头，只得附耳低声提醒他："如今还在孝期呢……"

赵恒却似被提醒后发现了新办法，一把握住刘娥的手："我自然是知道的。我就是留下来，什么也不会做的，我就是想看着你罢了！"

刘娥张了张口，还欲再劝："三郎……"

赵恒却已似下定了决心，转身对雷允恭下令："允恭，你去把奏疏搬过来，今晚我就在这里批奏疏。"

雷允恭张口结舌："这，这……"

赵恒瞪他："这什么，快去啊！"

雷允恭一个激灵，立刻应道："是。"

刘娥还没说话，就见雷允恭转身跑了，她急忙拉赵恒的手："三郎，你如今是官家了，不可以还这么任性。"

赵恒却往书房走去："就因为我是官家了，我才明白我该做什么。孝道不是做给人看的，而是在心里。我不误朝政，也不误自己的心。"说到这里，他看着刘娥，眼睛闪着亮光。刘娥见他这副神情，竟是什么话也说不出来了。

雷允恭转眼就把一堆奏疏端了过来，赵恒就埋头看起来。

刘娥磨好墨，放下墨锭，见赵恒埋头看奏疏，正准备出去时，赵恒却道："哎，你去哪儿？"

刘娥道:"官家专心理国政,臣妾不敢影响。"

赵恒却道:"不会,你就坐这儿,不影响。允恭,你去找本书给刘娘子看着,免得她无聊。"

刘娥只得自己在书架上找了本之前在宫外看了一半的书,坐在赵恒身边看了起来。一开始她还看会儿书偷偷看会儿赵恒,见他专心批阅奏疏,自己也就沉浸其中,不觉看书也入了神。这也是素日赵恒来薜萝别院时,两人安静独处的方式。

刘娥却没想到,这时候赵恒也在偷偷地看她。他也就批完几本奏疏,抬头看看刘娥还在不在,见她还在,就又安心地继续批阅起来。

等他把一堆奏疏都批完的时候,再抬头,却见刘娥正看得入神,就走到刘娥身后,问她:"看到哪一段了?"

刘娥顺口:"楚考烈王无子,春申君患之……"抬头见他负手站在那里,神情甚是得意,惊诧地问:"你批完了?"

赵恒一挑眉:"那是自然。"说着坐在刘娥身边,拿过她手中的书来,翻了翻,见是《战国策》,就问:"你却看出什么来了?"

刘娥就说起刚才那段史料,道:"若单篇论,似有道理。但若以其他书佐证,则不经得很。考烈王有三子,若幽王为春申君之子,那后二子呢?可见考烈王非不能生子。且春申君年长,考烈王年少,岂有长者患少者不能生子而代劳的?"

赵恒也笑了:"可见尽信书不如无书。我从前看到这段时也问过太傅,太傅说,不过是秦人灭楚以后,恐民心思楚,因此编派出来恶心人的。楚人报复,回头就编了秦始皇母与吕不韦私通而生始皇的事来。"

刘娥也明白了:"原来如此。若连幽王也不是正统,楚人又护得哪家大王?可见这血统也不过是说说罢了。"这时候她说起之前接的圣旨来:"虎捷都指挥使刘通却又是谁,怎么就成了我父亲了?"

赵恒也笑了:"以后你须得记住了,你出身太原,前虎捷都指挥使刘通是你父亲,后汉右骁卫大将军刘延庆是你祖父。"他说着自书桌上拿了一个早有的文书递给刘娥,说:"这是你祖上三代履历,可要记熟了。"

刘娥接了,笑问:"这是谁想出来的主意?"

赵恒道:"我叫钱惟演和张旻早于半年的时间,去旧有档案中寻找,却是打后周开始,所有四品以上姓刘的官员,一个个找过来的。既要时间对得上,又得是后嗣无人的,偏这刘通还是祖籍太原的,卒于军中,并无亲族,如此就更好了,实是难得凑上这么合适的。"

刘娥就明白了,笑道:"怪不得我听说年年朝廷开科取士的时候,对考生履历查得格外地严。也常常听说有官员的履历对不上号给查出来的,却原来天子也带头造假。"

赵恒指指她,笑骂道:"好没良心,白辜负人一番心意呢!你没这么个履历身世,将来进封时,必会有人挑刺。我叫惟演在吏部把东西都补齐了,便是防着将来有人查。"

说了一会儿,雷允恭走过来赔笑:"官家,二更了,您明儿还要早朝呢。"

赵恒叹了一口气,同刘娥道:"烦得很,做皇帝一点儿都不自在。"

刘娥只觉得这次相见,赵恒竟是别扭了许多,但又特别地黏她,只得哄他道:"有不自在,才有大自在。"

两人入帐睡下,却又有些睡不着,都有些兴奋。

赵恒就推她:"你可知道为什么要让你出身太原吗?"

刘娥想了想:"可是如今朝堂上轻视南人?"

赵恒叹道:"如今朝堂上官员也分了几拨,一拨是最早跟着周世宗与太祖太宗南征北战的,如今若论起源头来,祖辈甚至都是在晋、汉就为官的,这拨人最核心的,就是太原籍的。另一拨,就是跟着后蜀、南唐、吴越等纳土归降的臣子们,大抵分为江南与川蜀两派。还有一拨,是大行皇帝在时,开科会大力提拔的新贵。你出自蜀中,结友江南,如今再安排一个太原的出身,那就四角俱全了……"

此时两人躺在帐子里说着悄悄话,灯烛暗了下来,仿佛整个世界只有他们两人。

赵恒絮絮叨叨地说着,刘娥正听着,忽然就没声音了。

刘娥有些诧异,等了一会儿,赵恒却再没有声音。

刘娥抬头看去,却见赵恒迅速将头扭到外头去了。

刘娥伸手去扳赵恒的肩头:"三郎,怎么不说话了?"

不想没扳动赵恒,刘娥手中却摸到他脸颊上有水,惊得坐起来,再去看他,却见赵恒脸扭向外头,竟已泪流满面。

刘娥怔住了,声音发颤:"三郎,你怎么了……"

赵恒坐起,忽然伏在刘娥肩头,低声哭了起来。

刘娥神情由疑惑诧异到心疼，张了张口想说什么，却一个字也没说，只是轻轻抚拍着赵恒的后背以示安慰。

谁也不明白，为什么刚登基的皇帝，会在半夜无人时，竟如此崩溃大哭。

赵恒哭了好一会儿，才在刘娥的抚慰下，慢慢平静下来。他接了刘娥的手帕，扭头拭泪，忽然自嘲地笑了笑，声音喑哑："你可知道，这段时间，我是怎么度过的？"

刘娥虽未完全听清，但已明白大概，只觉得心头抽痛，她知道为君不易，却没想到，他身上的负荷，如此沉重。她哽咽道："三郎，你若想说，我听。你若为难，我一直在这里。"

赵恒张了张嘴，忽然间双手捂脸，好一会儿才开口："那一天发生了什么，我到了如今，还是没能明白。有件事你却不知道，那日我去了吕相府之后，东宫被包围，忙乱间小三郎竟然跑出去溺水而亡了。"

刘娥大吃一惊，抱住赵恒，竟是不知如何安慰才好。小三郎便是侍婢戴氏所生的第三子。她虽未见着那孩子，但却也听说长得甚是健壮可爱。王妃前头连着夭折了两个儿子，如今竟又折了一个，想也知道，赵恒心中是什么感受。她良久才道："或是这个孩子与你无缘，将来，必是会有更多的孩子……"

赵恒双手紧握，不住颤抖："那日王继恩去找吕端，你可知他为何忽然行此谋逆之事？却是我入宫之后，才知道是王继恩和娘娘合谋欲拥立大哥继位，李继隆欲行兵变，参知政事李昌龄、知制诰胡旦、知枢密院事赵镕均有参与！"

刘娥安慰他："幸而三郎吉人自有天相……"

她本是劝慰之语，哪晓得赵恒忽然一捶床柱，恨声道："什么叫吉人自有天相？我一日之内，失去儿子，失去父亲，被娘娘算计，被大哥谋位，有何吉可言？"

刘娥听着他字字泣血，思及他的心情，也不禁替他难过起来，去拉他的手，轻轻安抚："三郎，不是的，那只是王继恩胡为罢了，你可问过……"

赵恒双手发抖："我登基都这么久了，却不敢去提审王继恩，这到底是怎么回事？王继恩虽然桀骜不驯，但一直以来，都是爹爹真正的心腹，他当最知道爹爹心意的，他为什么这个时候敢冒天下之大不韪去拥立大哥？而娘娘一向贤德，不过问政事，她为什么又勾结王继恩去做这样的事情？难道当真是爹爹不认可我？爹爹他真的至死都认为只有大哥才能继承大统吗？"这却是一直压在赵恒心头最大的恐惧,他不敢面对,不敢去细想,他这一生中最景仰的爹爹、最尊重的娘娘、最崇拜的兄长,难道都这般嫌弃他、不接受他、憎恨着他、算计着他吗?他这一生至爱的人,除了小娥以外,竟是都抛弃他了吗?

这种心理,在日日夜夜折磨着他,让他度日如年,让他食不甘味、夜不安寝。登基之后,他不敢去查问这件事,不敢去追究这件事,甚至不敢去回想这件事。他如同行尸走肉般处理着繁重的朝政,他甚至不敢面对朝臣,问他们是不是也觉得他不配当这个皇帝。当他面对从未处理过的朝政,不知道如何判断时,更觉得是否朝臣们也在认为他没能力当这个皇帝。

在这样的日子里,他煎熬着,终于盼到了刘娥进宫。

一开始他对自己说,不要引人注意,不要去看她。可临到她进宫那天,他忍不住了,他对自己说,只看她一眼,他就走,不让别人发现就是。可是见了她以后,他忽然就撑不住了,整个心态都崩了,就如同走失的孩子看到母亲一般,什么也不顾就只想投进她温暖的怀抱,生怕再找不着她了,生怕再留下他孤独一个,无人理会。

他不敢离开,不敢再回到那个孤独的崇政殿,不敢再面对那些似乎隐藏在黑暗中的鬼影。他磨蹭着不肯走,一直磨蹭到吃晚饭,一直磨蹭到天黑,越是磨蹭,越是依恋。如同在寒天跋涉的旅人,在小屋中得过烤火的温暖以后,更不肯出去面对外面的寒冷与孤独了。

他如今只有她了。他只想宠着她,不想把这些自己都不堪面对的事情让她知道,所以他不停地找着其他的话题,可是当两人在帐中的时候,只是两人的世界,这样的温暖柔情让他完全失控,让他情绪崩溃。

他不能自制地大哭,伏在刘娥怀中尽情地哭。此刻的他不是皇帝,此时无人看到他的眼泪,他可以在心上人的怀中做一个卸下盔甲的无助之人。因为这世上,她是他唯一可以信赖、可以放下心防的人了。

"我做错了什么?我一直对爹爹娘娘孝敬有加,我争这个太子也是希望救出大哥。我做亲王,做太子,一直兢兢业业,我自问没有对不起谁,我自问没有做错过什么。为什么他们要这么对我?我到底做错了什么?"他一直这样喃喃地说,反复地说。

刘娥不住地安慰着他,她终于明白了,这一天他的反常、他的幼稚、他的撒娇、他的依赖、他的留恋,都是因为他这段日子,过得太苦太苦了。

"你要相信自己,你始终是最好的。你才是大行皇帝深思熟虑选中的储君,他用了这么多年选择、反复考验,才在最后定下了你。你怎么会怀疑自己不被认可呢?"她说。

　　"不,你不用安慰我了,我心里知道。"他固执得听不进去。

　　"不,你只是一叶障目了,你是祭天告庙的太子,你得到先皇的册封,你得到去宗庙的许可,你得到百姓的拥戴,你得到宰相的臣服。你就是天子,你就是独一无二的大宋天子,没有人能取代你,没有人能比你做得更好。你怎么会因为一个阉人的妄想,一个后宫妇人的软弱而否定整个天下对你的拥戴。你是皇帝了,你已经是皇帝了,你也会是个最好的皇帝。"她反反复复地在他耳边这么说着,她的手在他的后背,一直轻轻抚摸着。

　　好半晌,赵恒渐渐地平静下来,不再说话。

　　过了一会儿,传来轻轻的鼻息声,他睡着了。

　　刘娥看着赵恒的睡颜,却没有办法入睡,只一直守着他。夜里他稍有翻动,她就伸手轻轻地抚摸着他。一夜也不知道多少次,最终到天亮的时候,刘娥终是支撑不住睡着了。

　　赵恒又醒了,他没有再翻动。他数次半梦半醒,总有一双手,一直在安抚着他。这一次,他没有动,他觉察到刘娥已经睡着了,他不忍心再惊醒她。他看着她的睡颜,或许他最大的幸运,就是在这深宫中,他还有她。

　　"小娥,我知道你会一直在我的身边,在我最脆弱、最无助的时候,一直会像今天这样支持我。你不知道,这个皇宫是多么孤寂,我拥有天下,站在最高处,可是谁又能知道我的恐惧、我的无助、我的无处逃避呢? 幸好,我还有你,我还有你!"

　　次日起来,阳光灿烂。

　　赵恒不让人惊醒刘娥,自己悄悄起身,到外间换了衣服,自暗门处回了崇政殿。那门一关上,就如同隐形,再也看不出来。

　　他这一走,小院中的侍从就都跟着撤了,小院中便如其他新宫人的院落一般,也是四名内侍和四名宫女。内侍是雷允恭的徒弟,宫女有两个是原来的老人,即如兰、如芝,另有两个则是宫中老人。

　　除如兰、如芝外,其余几人都是宫中顶尖的,有两个内侍原来还是在崇政殿侍候的,总以为自己不是要服侍皇帝就是要服侍皇后,不承想被派来这里服侍新进宫的宫人，原还满心不愿意，不想那人还没进来，皇帝倒是天天过来，一草一木，一器一物都是亲手布置，用心非常，就知道这位主子来历不凡。见她第一日进宫，皇帝就亲自来等着，又待了一整天，还睡在这里，天明时自己悄悄走了，还叫不许惊动，心里更是将这位娘子敬畏到了天上去。

刘娥起来，梳洗以后，被服侍着用了早膳。如今刘娥刚进宫，未定位分，这几人将早膳送上来的时候，只赔不是，说是皇后旨意，诸人皆以才人分例供应，简薄了些，慢待贵人了。

刘娥不以为意，反而安抚几句，又慢慢地问起宫中诸事，这几个也就将自己所知尽说了。

如今先帝的妃嫔，都随着太后住进了嘉庆殿中。因着如今宫中除皇后外，其余人皆未得封，都不得住正殿。因此除皇后住在寿成殿外，东宫旧人戴氏跟着住在了寿成殿偏殿。另有东宫旧人杨氏以及昨日新进来的陈氏住在玉宸殿偏殿。曹氏与杜氏住在栖云殿偏殿，刘娥如今住的却是翠华殿的西侧院。

第四十四章
兄弟重见

回到崇政殿中,赵恒就叫人带了王继恩过来。

昨夜他与刘娥其实是说了许多事的,而刘娥也提醒他:"一切事情只有面对,才能破障。我相信,一切会比三郎想象的更好。"

他心中苦笑,或许也只有在她的心里,才能够把一切想象得这么好。然而也正因为她是这样的人,所以她才能够披荆斩棘,一直走到今天。

也正是因为她来了,才给他带来了勇气。反正最危险的变故也已经过去了,最坏的可能他也想到过了,还有什么能够再威胁到他呢? 就算他逃避得了一时,他能够一直不去处理这件事吗?

这些事情,他以前不是没有想到过,但是在刘娥入宫之前,他没有足够的勇气去面对。如今,他可以了。

王继恩很快被带进来了,也就一个月的时间,他苍老得很快,原来很雄壮的身子,也已经垮了下来,他见赵恒身着龙袍,只笑了笑,跪下行礼:"小的参见官家。"

赵恒凝视着他,问:"你行这礼,可是出于真心?"

王继恩笑道:"成王败寇,夫复何言。"

赵恒立刻就问:"你若成事,是要以朕为寇吗? 朕又有何错,令你如此深恨? 你不过一个内官,为什么要做这样的事? 你欲以谁为王,谁在背后指使你?"

王继恩不想赵恒问得如此尖锐,怔了一怔,反而哈哈一笑:"是小的的错,一直以为三郎还是个当年的小儿,不想转眼间如此大了,如今也有这样的心术与手段了。是小的识人不足,该有此下场。"

赵恒却问:"朕问你的话,你还没说呢! 你的行为出自何人? 你休要说是楚王,朕与楚王一母同胞,他不会对朕做出这样的事。为何你在朕立为太子之后,还要冒天下之大不韪行此叛逆之事,你假借楚王为名,背后到底还有谁主使?"

王继恩收了笑容,肃手朝上一拱:"支使的人,自然就是大行皇帝了。"

赵恒大怒:"好生大胆!事到如今,你还一派胡言?"

王继恩却道:"是不是胡言,官家心里知道。事已至此,小的何须妄言。官家,小的这么做,是大逆不道,罪该万死。可官家若易位想想,小的这么做,真的错了吗?"

赵恒冷笑:"这么说,你倒有理了?"

王继恩索性坐到了地上,躬着身子,长叹一声:"小的生于战乱,父母早亡,改名寄养,又入得宫来。一个阉奴,在你们心中,无非端茶送水,奴颜婢膝,生死都如蝼蚁。可我,想活出另一种命来。"他忽然笑了,伸出三只手指:"我不是个好奴才,我这一生,背叛了三个主子,参与了三次改朝换代的宫变。"

赵恒脸色一变,喝道:"放肆!"

王继恩嘿嘿笑道:"我是后周世宗皇帝的奴才,可我却跟从了太祖皇帝,背叛了幼主。要是没有我在内宫通风报信,太祖皇帝哪能掐着点地在陈桥兵变?太祖皇帝驾崩的时候,宋皇后叫我去请四皇子,可我请来的却是大行皇帝。第三次,就是这一回。我成了两回,败了一回,天意,天意!"

赵恒不想一个阉人居然有这样狂妄至极的想法,甚至还敢一再做出这般谋逆之行,只觉得又是恼恨又是恐惧。身为皇帝,独居深宫,身边围着的俱是宫女阉人,若是身边的内侍都是王继恩这样的想法,那自己岂不是坐到了火山口上?思及此,呵斥的声音不由得便有些颤抖:"你一个内侍,狂妄之至,无耻之至!"

王继恩忽然收了笑容,盯着赵恒:"可我做错了吗?当日若不是太祖皇帝发动兵变,而任由妇人幼子执掌江山,那就是另一个刘承祐。这百年兵乱,何时能歇?当日太宗皇帝军功赫赫,若由宋皇后扶植四皇子继位,则大宋必生变乱,朝中分成两派厮杀。中原百年板荡,一统江山就在眼前,难道要看着它就这样毁于一旦吗?"

赵恒反而平静了下来:"你不看好朕,你看好大皇兄,就是因为你觉得他比朕更适合当皇帝?"

王继恩昂然道:"不错!官家,你扪心自问,若是当皇帝,他是不是比你更适合?中原虽一统,但北有契丹,西有银、夏、吐蕃,雍熙北伐失利,若是辽人再度南下,你当如何?楚王当如何?"

赵恒冷笑一声:"这么说,你三番两次叛主谋乱,倒是一心为民请命,毫无私欲了?"

王继恩却道:"我自然是有私欲的。在后周宫中,我只是个普通的宫奴。跟从太祖皇帝后,却能随他上战场,南征北战,最终一统江山。虽然几次死里逃生,落得这一身的伤,可我这一生,值了!跟从太宗皇帝,我能做一地藩镇,能够为一军主帅,平乱安邦。若是楚王继位,我还能亲率兵马,为他征伐契丹、银、夏,再杀出一个万邦来朝,岂不痛快,哈哈哈哈!"他越说越兴奋,竟哈哈大笑起来。

旁边侍立的几个内侍,本觉得这人做到内臣的顶尖位置却还要谋乱,实是脑子有问题,可是听他说出这番话来,竟也不由得心神激荡,却都纷纷低下头来,不敢让人看到。

却听王继恩仍在说:"可惜啊可惜,我当时真应该直接先去南宫,劫了楚王出来,直接让胡旦下诏,李昌龄率百官跪拜。是我轻视了吕端,轻视了你。以为胜券在握,反而想做得周全妥帖,才致如今下场。"

赵恒听到这里,反而真正放下心来,只要不是先帝临终时对他有更易之心,那就只是一个奴才的妄念罢了,进而对于自己这一个月来的患得患失,不禁在内心自嘲,果然一切事情真正面对的时候,反而不如自己想象中的可怕。他摆了摆手,有些意兴阑珊起来:"却是朕高看了你。虽然你一时投机,得了些权柄,却终究不过是个妄人罢了。往日你所谓的功劳,不过是雄鸡趁时而鸣,见太阳出了,竟当太阳是自己唤出一般,竟因此而自鸣得意,当自己能够旋转日月一般。不过是蚍蜉撼树,可怜复可笑罢了。就算没有你,江山仍会一统,大宋仍会繁荣昌盛。一次两次投机,不代表能够永远投机成功。大宋能有今日,是太祖与先帝的圣明,是文武百官、万千将士用命换来的,与你何干?"他站了起来,向外走去,不再看王继恩一眼:"先帝挑中我为储君,文武大臣拥立我为皇帝,我自会向天下证明,给天下一个盛世太平。"

赵恒走到殿外,抬头看去,此时已经日上正中,一片灿烂景色。此时心境,一扫继位一个月以来的阴霾,甚是光明。

张怀德跟了出来,问他:"官家有何吩咐?"

赵恒道："去南宫。"

张怀德还未回过神来，这时候周怀政站在后面，忙上前一步，道："小的侍候官家。"他见赵恒不语，就道："素日大行皇帝有什么东西送与大庶人，都是小的跑腿的。"赵恒就点了点头，令他跟在一边。

周怀政这边跟着，另一边又令小内侍快些跑到前头去准备。

宫门一重重地打开，走过一重又一重的庭院，赵恒终于站在了南宫之前，抬起头来，望着桐荫深深，他轻叹了口气。

周怀政朗声道："官家驾到，楚王接驾！"

赵恒顿足斥道："放肆的奴才，哪个要你如此喧哗！"

自院中慌忙跑出来一个内侍跪下道："小的接驾！"

赵恒点了点头，道："平身，大皇兄何在？"

内侍忙答："大庶人在里面，小的服侍官家进去。"

赵恒点了点头，周怀政上前引导着赵恒走进回廊之中。

赵恒一边走着，一边问起楚王素日的起居，周怀政答得极是快捷流利，赵恒不由得暗暗点头，知道他甚是用心，就问："大皇兄这里可是一向由你照应的？"

周怀政说道："是，当日大庶人入南宫，先皇就指派了小的专门负责大庶人的一应事情。"

赵恒一怔，站住了脚："先皇——"想起太宗与楚王父子之间的种种恩怨，心中不胜感慨。先皇虽然废黜囚禁了楚王，可是又将自己的近身侍从专门派来照应所有事宜，种种关怀，却又是远胜于对其他诸兄弟。他低头想了想，问道："近年来可是有谁常来看望大皇兄？"

周怀政就答："这些年来，只有圣人，哦，小的该死，如今应该是太后她老人家来看望过大庶人。"

赵恒怔了一怔，问道："先皇不曾来过吗？"

周怀政答道："不曾。"

赵恒再问："也没有派人来过吗？"

周怀政脱口道："只有……"他顿了顿，就道："就王继恩自蜀中回来以后，来探望过大庶人。"

赵恒顿时起疑，低声问："那王继恩是何时来的？他与大皇兄又说过些什么话？"

周怀政就道:"小的那时候不在,后来听说,王继恩来的时候,要求与大庶人单独说话。大庶人说,事无不可对人言,王继恩就没敢再说,悄悄地走了。"

赵恒冷冷地问道:"此后再没来过吗?"

周怀政垂首道:"小的敢拿性命担保,王继恩此后再没来过。"

赵恒轻轻地吁了一口气,顿时觉得全身都轻松了,轻叹一声:"那是自然,朕是最知道他的。十三年了,大皇兄,还是朕的大皇兄啊!"

紧闭了多年的南内宫门,被沉重地推开,那门似被锈住了,被推得扎扎作响,惊得里面的人个个神情紧张,不知所措。这扇门,从雍熙二年(985)到今天,还是第一次被人打开。在此之前的整整十三年里,只不过是开一个小门送些必需品。

这十三年里,头几年皇后李氏来过,近年来王继恩虽然也来过,但也只是与楚王隔窗说话,像今天这样宫门大开,还从未有过。里面不过是王妃李氏带着几名老内侍,全不知道发生了什么事情,更没有想到赵恒会亲临这里,都吓得面面相觑,连跪下叩头请安都忘记了。

此时被废的楚王赵元佐,正坐于炕上,他缓缓地放下手中的书卷,欲要站起,却是一个趔趄,李氏忙扶住了他。

赵恒走进来的时候,看到的正是这一幕,他走得急切,叫得也是急切,人未至,声音已至:"大哥——"

赵元佐正扶着案几低头看地,听到这一声唤,竟是僵住了,好一会儿,才慢慢地如木偶般,僵硬地一寸寸抬起头来,赵恒似乎都能听到他脖子发出的咔咔之声。

兄弟两人四目相对,恍若重生。那一刻,赵恒似乎不再是皇帝,而依旧是那个孺慕兄长的弱冠少年。而赵元佐,也似乎不是那个自囚多年的废人,而依旧是那个鲜衣怒马的天之骄子。

也就是那一刻的恍惚,待回过神来,两人竟是有咫尺天涯之感。

赵恒上前一步,赵元佐反而在赵恒上前一步的时候,本能地站起退后了一步。

赵恒怔住,张了张口想说什么,却没能出声。

十多年不见,赵元佐两鬓已经斑白,整张脸因为多年的囚禁变得苍白瘦

削且枯槁，早已不是昔年英姿焕发如天人般的皇子了。他挣开赵恒的手，艰涩地道："君臣分际，礼不可废。草民元佐，参见吾皇万岁！"他似是好久没有说过话了，语声喑哑难听。赵恒还未回醒过来，赵元佐已经磕下头去。

赵恒似受到了惊吓，既恐慌又受伤地退后一步，最终在袖中暗握了握拳头，上前搀住赵元佐，他的声音也是喑哑的："大，大哥，我来接你了。"他用了好大的力气，才将赵元佐扶起来，硬把他架到炕上去。赵恒觉得赵元佐身上一股子寒意透骨，竟叫他打了个寒噤，当下定定心，就道："我来接你出去，要为你恢复爵位，朝堂上还有许多事要大哥……"

他说到这里，赵元佐忽然咳嗽了起来，生生将他的话打断，直至咳嗽声慢慢停息，赵元佐才垂下眼帘，淡淡地道："元佐是待罪之身，已被废为庶人，不敢领受官家这一声大哥。"

赵恒正说到一半，当场怔住了，只觉得一腔热望被一盆冷水当头浇下，顿觉得手足冰冷。但见赵元佐的眼神冷淡而疏离，两人虽然相距得如此之近，却只觉隔得极远极远。

赵元佐觉出赵恒扶着他肩头的手不住颤抖，凝望着他的一双眼睛充满了委屈和不解，那一刻的神情仍似极十几年前在他怀中撒娇的小弟弟，心头一动，待要伸手去握住他的手，心中猛然一惊，暗道："我这是怎么了，还当是十几年前吗？他如今是皇帝了，再不是我的小弟。"他的手在袖中颤动了一下，最终仍然垂下，转过头去，淡淡地道："南内阴寒，不宜久待。官家还是请回吧！"

赵恒只觉得一股子气涌上来堵在喉头，踉跄着退了两步，袖内紧握的双拳微微颤抖，脸色顿时变得惨白，想要说什么竟是不敢开口，甚至连站在那里都觉得难堪，为自己难堪，也是为大哥难堪。只得勉强维持住皇帝的尊严，强笑道："好，那朕先去了，改日再来看望大皇兄！"也不等李氏等跪下送驾，转身待要离去，却听得后头赵元佐冷冷地道："此处不祥之地，非天子所宜到，请官家以后不必再来了。"

这一句更如雪上加霜，赵恒顿觉心头刺痛，他捂住心口，只觉得此处阴寒入骨，一刻也不愿意停留，疾步而出。

他却不知，他走后，赵元佐看着他的背影，长长叹息。

李氏见状不禁哽咽着："王爷，你这是何苦！明明很挂念三弟，听说三弟被立为太子，你高兴得很。方才你也很欢喜，可是为什么……"

赵元佐长叹："已经不是十几年前了，他现在，不是我的弟弟，而是皇帝了。"心内想道：我是被先皇所弃的废人，最好让世人都忘记我的存在才好，你如今是皇帝了，你还有无限的未来。过去的恩怨与你无关，所有的罪孽我一身承担。

赵元佐想拿起放在椅边的书继续看，双手却颤抖不休，拿不起来。最终，书落地，两行泪落于尘埃，无声无息。

赵恒匆匆出了南宫，站在宫巷中，一时竟不知道往哪里去，只觉得满腔说不出的委屈，说不出的伤感，说不出的愤怒，差点儿要爆炸了。此时此刻，他根本没办法再无事人一般去崇政殿，哪怕那里还有大臣在等着，还有朝政在等着。可他知道，此刻他去处理任何公事，都无法心平气和，都会最终在不知何事上爆发脾气。

皇宫虽大，他却找不着一处可以安静待着的地方，茫然地向前走了几步，又转向走了几步，再转向。最终他跺了跺脚，往梧桐院而去。

他本不准备今日还去梧桐院的。昨日只是想看一眼，可是谁知道就不由自主地歇息下来了。他对自己说，这样不好，这样对小娥不好，她才刚进宫，她不能成为别人的靶子。所以他今天本不准备再去的，可如今，他竟又无处可去地再次去了。

而这次他甚至忘记了再继续掩耳盗铃般按自己原来预设的那条从崇政殿暗门穿翠华殿再去梧桐院的线路走，而是茫然地直接从南宫沿宫道走到了梧桐院外，径直走了进去。

周怀政昨日并不曾跟随，也不知内中情由，见皇帝从南宫出来，在分岔路口茫然地转了几圈，忽然间就朝一处走去，心中很是茫然。却见皇帝走到了后妃居所，进了一处院落，甚至都不叫人通传，自己就这么走了进去。

周怀政心中诧异，还欲跟进去，却见皇帝摆摆手，叫他与其他人都留在外头，只自己走了进去。

此时房中已经掌灯，刘娥原也以为赵恒不再来了，不想却见他脸色煞白，整个人怔怔地直走进来，也不理会她，直直地走到书桌前坐下，竟是一言不发。

刘娥从未见赵恒如此模样，虽然一时不知道究竟发生了什么事，但是见他如此，还是吓了一跳。她便忙吩咐侍女递了热巾子，轻轻为赵恒拭了脸，

又轻轻地拭了手心,见赵恒的脸色稍松了些,又亲手捧过热茶来,赵恒就着她的手饮了一口,便推开了。

刘娥挥退左右,坐到了赵恒身边,轻轻握起他的手,柔声道:"三郎,咱们以前说好了,什么事都不要自己藏在心里。你若是不开心,只管对着我发脾气出气,只是别闷在心里教我担心,好吗?"

赵恒怔怔地看着她,忽然长叹一声,沉默片刻,便把方才的事慢慢地说了出来,说到后来已经是嘴唇煞白,茫然地道:"大皇兄,他为何要如此待我?"

刘娥轻叹一声,她与赵恒在一起十五年了,赵恒与赵元佐之间的兄弟之情,以及赵元佐当年之事,她自然是深知的。更有赵恒登基之前,王继恩企图拥立楚王继位之事,这其中的恩恩怨怨,当真是一言难尽。眼见赵恒今日这般大异常态的情景,不禁心疼起来。她轻叹道:"三郎,还记得那一晚吗,那是在揽月阁,你也是这样的神情,那是刚刚得到楚王发病的消息时……"

赵恒轻叹一声,抚着刘娥的长发道:"怎么会不记得呢!唉,我原是个最省事的人,只愿做个太平亲王,逍遥一世足矣。明知道做皇帝最是烦恼不过的事,我争这帝位,只为着两个人。第一为着能够救大皇兄出来;第二是为着能够与你名正言顺地长相厮守,白头偕老。可是为什么,大皇兄竟然会变得如此模样,却是叫人心寒心痛。"

刘娥抬起头,望着赵恒轻声道:"三郎,昔年他是兄长,你是幼弟,凡事他包容着你爱护着你,你在他跟前使性子,不必有半分的忍耐。可是如今楚王在南宫囚禁了十几年,任何人处在这种位置,只怕都不可能还像以前一样的好性子。他又带着病,又是这样的性子,昔年连先帝都包容了他,三郎,你何事不能包容你的兄长呢?"

赵恒怔怔地看着她:"包容?"

刘娥肯定地点了点头,道:"你是天子,包容天下,怎么不能包容你亲哥哥一时的言语冲撞呢?"

赵恒长长地吁了一口气,神色顿时轻松了许多,点头道:"也是!"

刘娥捉过赵恒的右手,方才赵恒的拳头捏得极紧,竟可见掌心有深深的几道指痕,刘娥将赵恒手掌握在自己手心中,一边轻轻揉捏抚平,一边含笑道:"方才楚王那一番话,虽然听着无礼,细想来,却也并非完全无理。"

赵恒眉头一挑:"这又是什么话?"

刘娥柔声道："楚王如今是什么身份？他是个被废的庶人，又被囚禁在南宫。三郎却是以当今天子的身份进去，您这是见兄长还是探监，不明不白的。他不以君臣之礼相见，却是以什么礼相见？再说王继恩作乱，却又是拿他当幌子的，他身处嫌隙之地，待罪之身，三郎尚还没给个说法，你叫他如何当没事人一般地与你共叙兄弟情？南宫是囚人之所，自然非吉祥之地，身为天子，不宜多涉，否则既伤身子，又招物议，这原是楚王关爱三郎之意，三郎如何听不出来呢！"

一番话说得赵恒最后一丝不悦也去了，他低头细细想了一回，道："这么说起来，倒是我的不是了？"

刘娥劝他："凡事统共是只有一个不是的，我待要认下是我的不是，我却是至今未曾见过楚王，怕是认了三郎也不肯信。三郎要爱惜哥哥，自己担下这个不是来，我却还有什么可说的！"

饶是赵恒方才一肚子的闷气，此时也撑不住笑了出来："不得了，我竟不敢与你说话了，绕了一圈，统统是我的不是了。那依你说，如何才是呢？"

刘娥笑了笑才要说话，赵恒想了一想不甘心，喝道："倘若你出的主意也不中用，那可是所有的不是，都叫你担了！"

刘娥扑哧一笑，却是拿起方才赵恒用过的茶盏，自己先喝了一口，这才慢慢地道："三郎可还是疑着楚王吗？"

赵恒回思适才这般情形，楚王的为人心性自己自然已知，当下笑着摇头道："胡说，我的亲哥哥，我还能不知道他的性子！"

刘娥放下茶盏，道："既如此，三郎先下一道旨意，赦他出南宫，还他楚王封爵，赐他府第，让他与家人团聚，如何？"

赵恒点了点头，道："我正要如此。"

刘娥微微一笑，道："楚王身上带着病，被囚于南宫十余年，此时身受牵连，任是谁也冷了心肠。待他回府，好好地将养一阵子，与家人团聚，自然暖了身心。待过得些时日，三郎带齐了诸王们再一齐相聚设宴，那时节和乐融融，自然是有叙不尽的兄弟骨肉之情。我倒不信那会子楚王的心肠还会是冷的。"

赵恒拊掌笑道："说得正是，原是我没考虑周全。"他低头轻叹一声："十余年过去了，大哥看我，我看大哥，都不是从前的模样了。"

两人说了许久，这次赵恒没有再留下来，只坐了一会儿，抱了抱刘娥，就离开了。

周怀政候在院中，见皇帝进去之前，情绪混乱，出来之后心平气和，心中暗自称奇，却什么也不敢说，只藏在了心底。

次日便有旨意下来，赦赵元佐出南宫，复为楚王之爵，并重修当年的楚王府赐还。楚王的长子允升，当年因楚王遭禁，而由太后李氏亲自抱养，等楚王回府后，也一并出宫回府与父母团聚。

皇后郭熙接了这道旨意，颇是为难，乳母涂氏见状，就问："圣人可是为难无法与太后说吗？"

郭熙叹了一口气，将圣旨放到桌上，道："我只道是那事情已经过了，谁想在官家的心里还是没过去呢。"

却是新帝继位时，太后头一日就自己搬到了西宫嘉庆殿去了，将中宫寿成殿让与了新皇后郭熙，偏皇帝那日来皇后宫中时，就问了一句，道："先帝妃嫔甚多，太后带着她们住在嘉庆殿，岂不是太拥挤了。我记得从前昭宪太后和开宝皇后都住在上阳宫，那里可还能住？"

上阳宫哪里还能住人啊，就因为皇帝这句话，郭熙还亲自去看了一回，那里头荒草都长到半人高了。自开宝皇后死后，据说有开宝皇后鬼魂作祟，夜夜有女子的哭号之声，吓得宫娥宦官都不敢往那里去，几年下来无人打理，宫室早废了。这种情况，就算修缮了，恐怕太后也未必愿意去。

她犹豫几天，还是不敢直接说明情况，本想等皇帝哪天来，婉转将此情况说明一下，看皇帝是否改变主意，谁晓得皇帝这几日人没来，却又给了她这道旨意。

在她看来，这分明就是皇帝对于先帝驾崩之时，太后插手易储之事，心生怨念。不过是为示宽仁，不在明面上处置太后兄长，暗地里却要逼着太后住上阳宫，就是要照先帝对待开宝皇后的先例来对待太后。如今又要将太后抚养了十几年的长孙夺走，就是余怒未消啊。

涂嬷嬷不禁叹道："允升世子是太后从襁褓中养大的，先帝大行，太后本就病了一场，这时候让孩子出宫，太后如何受得了！"

郭熙叹道："可不是嘛。这两件事，哪一件都不应该做，可又必须是我来做，可真不知如何是好。我又不能违了官家，只是思及当年太后待我不薄，如今却要我来给她说这两件事，岂不是叫我夹在当中为难？"

涂嬷嬷心疼皇后,心中暗怪官家,他自己与太后怄气,却叫皇后做这为难之事,叫皇后顶这个不孝名声。口中却不得不劝慰道:"圣人,如今终究还是要依从了官家才是。您也休说太后待您不薄,您素日待太后也孝顺有加,诸王妃谁及得上您,可太后不也是拿杨氏塞过来让您堵心……"

郭熙似被说服,长叹一声,不欲就这个话题继续下去,岔过话头道:"对了,杨氏近日可有什么动静?"虽然这些年杨媛也颇安静,但她总觉得,杨媛不是个安分的,如今进了宫,她得了太后为倚仗,未必不会再生事。

涂嬷嬷就道:"奴婢正要回禀您呢,前段时间,杨娘子去了太后的嘉庆殿请安!"

郭熙不由得坐正:"太后怎么说?"

涂嬷嬷得意一笑:"太后病着,自然是不见的。她去了几次不得见,后来也就息了。她如今也就这样了。机会错过了,就再没有可能了,不甘心又能怎么样呢?倒是圣人要当心这几个新进的。尤其是曹娘子与杜娘子,一个是曹大将军家的,一个是杜太后家的,恐怕连官家也要高看几分呢。"

郭熙自负地一笑:"那又怎么样?官家这个人我最明白,看似和气不过,但却最是有主意的。他最是重旧情,男人的心啊,就得一点点慢慢地焐热。他就不是那贪花爱鲜的,什么年轻啊,美貌啊,家世啊,那都没用。当年杨氏不还是太后赐的,他一样没看到眼里去。如今这两个虽是大行皇帝指的,但也不见得就能够得什么便宜。"说到这里又道:"既说到她,我倒想起来,她与茜草定个什么位分为好?"虽然位分如何,是皇帝最后定论,但自己作为皇后最好心中也有一个预案,等皇帝提时,也能够有个应对。

涂嬷嬷就出主意道:"既如此,就连这次的四个,圣人也一并心里有数才是。"当下就去叫尚宫拿了彤册来。这次进宫的一共四人,一个是昭宪太后的族人杜氏,算是外戚之家。另一个曹氏是大将军曹彬的女儿,出自顶级武将之家。还有一个陈氏,家中出了三个状元,算是书香门第。另一个刘氏,祖父是前朝大将军,算是太原旧族。

"只有一样,"皇后心腹燕儿略识翰墨,指了彤册道,"杜氏十七岁,曹氏十八岁,这也罢了。这刘氏二十九岁,陈氏二十五岁,怎么会选年纪这么大的娘子进宫?"

郭熙也有些吃惊,问:"你可没看错,或者是有没有写错?"

燕儿就拿彤册给皇后看:"这里出生年月写得明白,却是没错的。"

涂嬷嬷听了嘴一撇："哟，这是进宫承宠啊，还是进宫养老啊？"当今皇后也才二十一岁，杨氏十九岁，戴氏也就二十岁罢了。这年近三十的人进宫，却是来做什么？

郭熙听了，也不禁诧异，脑子里的想法顿时也就被误导到其他方向去了："难道是想效法前朝五宋旧事？"

燕儿就问："圣人，什么五宋旧事？"

郭熙是颇通文史之人，就道："却是前朝唐德宗时，宋庭棻有五个女儿，皆有学问，不肯归为人妇，德宗闻其名，而召入宫中，为女学士。嗯，这陈氏，其父与三名兄长皆为进士状元，其年长未嫁，倒是与五宋情况类似。这刘氏父母双亡，其父刘通死于从先皇征太原之役，如今年近三十而未嫁，难道是先皇体恤老臣遗孤而照顾于她？"

燕儿就点头道："幸而是圣人，什么都知道。想是这两个就是来宫里养老的，圣人闲了召她们讨论诗文，也就罢了。"

郭熙笑着摇头："我从前也只是偶与姐妹们玩玩，如今自养了孩子，早把那些诗文丢开了。"正说着，听说官家来了，郭熙忙迎了上去，此事也就略过不提了。

第四十五章
拜谒中宫

转眼就是百日除服，宫中上下，俱换下素服，更了新衣。这时候册封的旨意也下来了，共封了六人。因是初封，俱是位分不高，刘氏与曹氏封了美人，杨氏与杜氏封了才人，陈氏与戴氏封了贵人。看上去四平八稳，面面俱到，然刘娥的名字写在前头。这日进宫谒见皇后时，众人来得有早有晚，来得早的，都等在外头，等人到齐了，方按着位分排了前后序列。

相同位分的人中，刘氏年纪大，旨意上排名在前，众人就推她为首，于是就依着这个方案排好，以刘氏、曹氏、杨氏、杜氏、陈氏、戴氏这样的顺序依次而入。及至进了内殿，皇后还没出来，尚宫请众人先坐下等候，她们按此次序分左右两边位置坐下。刘氏坐在左边，杨氏、陈氏坐在她的下首，曹氏坐在右边，杜氏、戴氏坐在她的下首。

刘娥坐下后，也就与坐在旁边的杨氏、陈氏略寒暄了几句，不想听得两人的话语中竟有蜀音，心中诧异。再细听对面三人，却俱是关洛口音。

很奇怪的，虽是初次见面，但这座位与口音，竟让这六名宫妃，有了些微妙的团队划分。

刘娥捧着茶，想着这位分安排，与杨氏及陈氏的口音，心中已经暗暗明白。想来这也是皇帝的预先布置，先是将她混在太宗当日指定的姬妾当中进宫，不教人注意。又虑到后宫事杂，这杨氏、陈氏，应该就是他安排给自己的臂膀了。想到他事事为自己考虑，如此细致，心中不由得万分感动。

正想着，就听得磬声响，几名宫娥出来列队，众人就知道皇后出来了，忙站起来整衣肃立，恭敬相候。

又过了一会儿，才见屏风后人影晃动，一队宫娥彩女拥着一名凤冠翟衣的女子进来，在上首坐了。刘娥与众女一起跪下，行礼如仪。

就听得皇后身边的尚宫叫起,这时候皇后才道:"诸位妹妹都坐吧。"

众人坐下,这才暗中打量皇后。但见皇后面带微笑,看似颇为可亲,只是眉间却隐见竖纹,想是思虑较多。刘娥心中暗忖,皇后今年才二十一岁,眉宇却比寻常同龄人显得更老气一些。从赵恒口中,也听说皇后性子内敛老成,比寻常人更加克制隐忍,如今看来,果然如此。

她在暗中打量着皇后,皇后却也在看着底下的六名低阶嫔妃。她知道皇帝并非好色之人,这六人虽然初封时位分不高,但接下来三五年内后宫之中,若无意外,应该也就是这几人了。她先看的却是曹氏,再有其下的杜氏,俱是年轻貌美,活泼可爱,正是女子最好的年华,一个英气,一个娇憨。她自己性子内敛,虽与皇帝举案齐眉,但内心却是极为羡慕那一等活泼可爱、能够撒娇调笑的女子,也就将这样的女子视为自己的劲敌。

她先是仔细地看了曹、杜二人好一会儿,这两人之下,却是她的旧婢戴氏。这个原来叫茜草的女子虽然与曹、杜两人年纪差不多,却因为前些时候儿子夭折,整个人透着一股灰败的气息,恹恹地打不起精神来,此时垂首低眉地坐着,毫无存在感。

皇后这才移目看向刘氏这边,这一见之下,却是大大诧异。如今才二十一岁的皇后心气正盛,原以为刘氏已年近三旬,这样的年纪在宫外的话,若是结婚生子早的可能快要当祖母了,好多人已经梳起老年髻当老嬷嬷了。可如今一见之下,刘氏固然肌肤不如右边这几个鲜亮饱满,可眉眼之间神采流动,见之忘俗,虽然只施了淡妆,但却从容镇定,并无那种年岁较长的女子在年轻娘子面前于妆容上过分傅粉涂脂的模样。再往下看到陈氏,她看着比刘氏略年轻一点,却有一派书卷之气,更兼眉宇疏阔,落落大方。反是夹在两人中间的杨氏,虽然比两人年轻得多,却眼神游移,有一种努力压抑不住的焦灼,又有些隐隐的兴奋,她容颜虽艳,但气势竟被左右年纪更长的两人比了下去。

皇后一一看过之后,就笑道:"今日各位姐妹初见,虽然已经久闻令名,却终究未曾亲近,如今就各自介绍一下,日后也好和睦相亲。"说着就指了指刘娥:"刘美人,就打你这里开始吧。"

刘娥忙笑着站起,行了一礼,才道:"妾刘氏,单名娥,先父通,太原人,曾任虎捷都指挥使……"

郭熙眼神微动:"刘美人,我也是太原人,怎么听你说话,似乎不像是太原口音？"

刘娥神情平静如常，依旧微笑："回圣人，先父随大行皇帝征太原时殁，我随母回益州而居，因此没多少太原口音。"

坐在她下首的杨氏一拍手，笑道："哎呀，可巧了，我也是益州人。"说着直接说起乡音来："我是郫县人，姐姐是哪里人？"

刘娥也忙用乡音回："我是华阳人。"

杨氏就拉着陈氏笑道："陈姐姐也是蜀人呢。"

陈氏也用乡音笑道："我却是阆州人。"

郭熙不想这三人因为几句乡音竟顿时熟络起来，脸色微一变，却指着杨氏笑道："刘美人还在说话呢，杨才人你倒说得比她还多，亏你还是府中老人呢，可要为姐妹们做个好榜样。"

杨氏却没给她面子，冷笑道："别呀，我侍候官家这么多年才混了个才人，要都拿我当榜样，圣人您这可是不指望这些妹妹们好啊？"

郭熙本就是暗中敲打，不想她如此不给脸，自己却不能自降身份与她吵架，只得笑道："我就说了一句，你倒有一顿等着我。你道谁都跟你这泼皮似的。"转向刘娥笑道："刘美人，你继续说下去吧，不必理她。"

刘娥还未说话，就听得那边的杜氏开口问："大行皇帝征太原那会儿，刘姐姐几岁了？"

刘娥没有直接回答她，只道："我是开宝元年生人。"

杜氏笑了出来："哎，这年纪，当我妈都差不多了。刘姐姐这么多年来，为何仍待字闺中呢？莫不是天生贵人，专等着官家继位选你入宫不成？"

女子最忌被人说老，杜氏这般直接地说出这话来，实是叫众人都不好意思了。却见杜氏仍然一派天真，仿佛自己说这话的时候再正常不过了。

刘娥自然也是恼的，杜才人的神情，仿佛当年潘妃指着她骂她是偷珠宝的小贼，诬蔑她与龚美清白时的模样。只是如今的她，再不是昔年那个不知所措的小丫头了，心头怒意虽然上升，却没有发作，反而轻轻一笑道："杜才人说得是，或许真是上天的意旨，要我侍候官家呢！"

杜氏不想她这般淡定，正欲再生事，那边的杨氏却已经冷笑道："怎么了，今日比着谁年纪小啊，那你赶紧跪下认个妈，知道你小，要不要我给你现找个奶妈啊，我房里还有个摩睺罗，要不要拿来给你玩啊？"

杜氏大怒，就站了起来，指着杨氏道："你胡呲什么？"女子最忌被人说老,又何尝不忌讳被人说成是小娃娃,后宫诸人中,她年纪最小,本以为是优势,岂知被人说成是小儿,岂有不恼的。

杨氏却不理她:"坐下吧,还没轮到你呢。曹美人还没说话,你抢什么抢啊!圣人您说是不是?"她这么说着,看着皇后,一脸挑衅。

郭熙知道杨氏被自己在王府中打压得久了,如今见皇帝登基,就要寻事翻身,也不接招,只对刘娥笑道:"刘美人且坐下,咱们听听曹妹妹说话。"

坐在杜氏上首的曹氏,这时候才站起来行了一礼,淡定地道:"妾曹氏,名清源,真定人,正是大行皇帝征太原那年生的,当时刚打下清源,父亲在军中接到家书,就给我起了这个名字,以纪念这次战役。"

这名字却是显得极为大气,郭熙也不由得点头赞道:"曹妹妹真不愧是将门之女。"

曹清源只说完这句,就又朝众人行了一礼,坐下了。

轮到杨氏,当下介绍自己单名媛,益州人。

其后是杜氏,名灵境,定州人。

再之后就是陈氏,名大车,阆州人。

杜灵境听到陈氏的名字,顿时就嘲笑起来:"哪有闺阁女儿起这样的名字,难不成是个拉车的?这名字谁起的,太粗鄙了。"她倒是一派天真,喜怒哀乐都在脸上,有话也是一刻都不曾忍耐就直接说了出来。

杨媛正在喝茶,顿时喷了出去:"'大车'二字来自《诗经》,'大车槛槛,毳衣如菼。岂不尔思?畏子不敢'。陈娘子一门三状元,父子四进士,说陈娘子名字粗鄙的人,自己才是粗鄙吧。"陈贵人父亲与三个兄弟俱为进士,有两个还是状元,再加上她的妹夫也是状元,因此家族文风是极盛的,这才给女儿起了个如此奇特的名字。

杜灵境自幼受宠,被杨媛连怼了两次,气得一顿足,眼圈都红了,朝着皇后撒娇道:"圣人,杨娘子欺负我……"说到最后,声音都有些哽咽了。

杨媛却不肯罢休,反而笑了起来:"哎呀,小娃娃哭了,这可怎么办?给个拨浪鼓吧,要不,给个桂花糖……"

正说着,就听得外头内侍来报:"官家来了!"

郭熙忙站了起来,众女也跟着站起来,准备迎接。

杜灵境一听,原本只有三分泪意,这时候顿成了七分,生生就这么哭了出来:"你,你欺负我,我要寻官家评理去……"

她这一哭,赵恒正走进来,就笑道:"怎么回事?大老远的就听到有人在哭?"

杜灵境就越众而出,抬起梨花带雨的俏容颜给皇帝看:"官家——"

赵恒一怔,一时没认出来:"你是……"

杜灵境顿足:"官家不记得我了?我是灵境,上次我随姑母入宫时在圣人那里见过您呢,怎么就不记得了?"

她这一提,赵恒顿时想了起来,笑道:"原来是灵境,我差点儿没认出来,怎么哭成花脸猫了?"

杜灵境不想赵恒居然有这么一句,心想难道弄巧成拙,竟是哭花了脸?她心里就有些慌,面上却仍是一派天真可爱:"官家您还记得我?"

赵恒一边扶起皇后往里走,一边指着杜灵境笑道:"我哪里敢不记得,那年我去娘娘宫里,你姑母带你入宫,也就六七岁吧,也不知道是什么事,你也是哭得昏天黑地的,我从来不曾见一个小娃娃哭得那么厉害的,哄都哄不好,连娘娘的玉如意都砸了。"

杜灵境听了顿时害羞掩面:"哎呀,那是小时候的事了,官家不要说了。"说着就要告罪去洗脸。她心下暗悔,她本是指去年她随姑母进宫的事,谁晓得皇帝记得的竟是她童年初次进宫之事,哪个怀春少女,愿意在夫君印象中是个哄不好的小娃娃呢。

赵恒见她不闹了,这时候坐了下来,左右一看,眼睛从刘娥身上扫过,却又迅速移开,再看向众人,又对皇后笑道:"我刚下了朝,过来看看。"他又看众人:"如今进了宫,都是一家人了,热热闹闹才好。若有什么不习惯的,只管同皇后说。平时彼此姐妹们也多串串门,说说话,好打发时间。"

又与众人说了几句闲话,见杜氏洗了脸过来,就指曹清源:"曹氏,你和杜氏从小相识,她年纪小不懂事,有什么事你多提点她。"

曹清源忙站起来应了。

赵恒就道:"我找了几部游记,回头给你送去。"

曹清源面有惊喜:"官家怎么知道妾最爱游记?"

赵恒故作神秘道:"我自然是知道的。"又对杜氏道:"知道你不爱看书,我让尚宫局给你送了个最会梳头的宫人,可好?"

杜氏本来还有些不悦的神情,听了这话顿时就喜笑颜开起来:"多谢官家。"

赵恒又对杨媗道:"你多去太后宫里走动,看看太后缺什么东西不肯说的,只管派人同张怀德说。"说着就指指跟进来的张怀德。

杨媗忙站起来应下了。

郭熙就觉得心口有些梗塞,皇帝给众人都有赏赐,倒也罢了,唯有吩咐杨才人照应太后,又将自己身边内侍指与她接应,那是给了杨才人极大的权柄。杨才人如今本就不把她这个皇后放在眼中,将来若指着太后的名义,就可以任意调配内库中的物资,岂不是可以更加张扬跋扈了。

却见赵恒又对陈氏说,给她带了些阆州进贡的牛肉干与细环饼,回头去她宫里一起吃去。这竟是除服之后头一个临幸的,皇后顿时心生警惕,看着陈贵人的神情,更觉得疑心起来。

不知为何,这次皇帝进来的时候,让她有一种很奇怪的感觉。虽然皇帝也是扶着她起来,拉着她的手进来,与她坐在一起,可两人却有说不出的疏离之感。事实上,她与皇帝一直是举案齐眉,相敬如宾。昔日在襄王府也罢,在东宫也罢,两人相处再平淡,终究他眼中并没有别的女人,夫妻之间的相处,不都是如此?她已经比常人幸福多了。

可是今日满堂娇娥,皇帝坐在她身边的时候,她忽然觉得不安,她总觉得,皇帝在这些妃嫔中,看到了什么。她与他说话的时候,他会走神,可是她仔细看着他的神情时,又没发现他到底在盯着谁。这种走神,分明不是在思谋朝政,而是在想着某个女人,因为他的眼神是不曾见过的温柔,他的嘴角会忍不住地上扬。这种情况是什么时候发生的?对了,就是这批新宫人进宫之后,他来她宫中时,就偶然会露出这种神情了。

她再仔细看着,他又给刘美人赏了两部新书,见戴氏心情低沉,赏了个擅说笑话故事的小内侍。诸人受赏,多半都露出惊喜之色,显然都是众人心爱之处,却仍看不出他到底对谁更中意些。唯一可疑的,就是那个头次就受恩宠的陈氏。

赵恒说了几句话,就说事忙,先离开了。他这一离开,众人都索然,便散了。

刘娥走出寿成殿,正欲离开,却听后头有一人道:"姐姐且请留步。"刘娥回头一看,却是杨才人,想起刚才她多次出言相助,当下就谢道:"方才多谢杨才人了。"

杨媗笑道:"早闻得姐姐大名,多年来一直仰慕姐姐,却苦无机会。姐姐可否容我到您宫中讨一口水喝？"

刘娥心中一惊，凝视着杨媛好一会儿，瞧出对方眼中并无恶意，才轻轻地吁了一口气，道："只恐我那小院简陋，怕是怠慢了杨妹妹。"

当下两人携手，去了梧桐院中。杨媛仔细看着，刘娥所居的小院外表看似普通，甚至还比不上其他妃嫔所住宫院的气派，但却难得独门独户，不与别人往来。及至进了房间，杨媛却是暗中赞了一声，但见一器一物，无不精心，这可不比其他妃嫔刚进来时的摆设。她进宫的时候，也是将她在东宫时的许多摆设带了进来，房间内才不至于显得空落落的。与她同住一宫的陈贵人，当日房间布置时她也是看过的，不过就是家具齐全。陈贵人自己进来虽然带了几箱物品，也就是衣服书籍，似刘娥房中这样的布置，分明不是一朝一夕可成。更想她的身世，父亲不过是早已经去世近二十年的节使，再有资财，也办不到这样，心中更是肯定了自己的猜测。

刘娥见杨媛打量房中布置，心下也知道瞒不过去，却也不说话，只请她坐下，亲自捧了一杯茶来待要奉上，杨媛却早已经站起来接过了："刘姐姐，您不要这么客气！"

刘娥笑道："是我失礼才对，妹妹资历在我之上，却待我如此客气，实是令我不安。刘娥初到宫中，还望妹妹将来多多助我才是。"

杨媛笑道："咱们都是侍候官家的人，这尊卑高低，只在官家的心里，岂在外头的名分上！"

刘娥微微一怔，杨才人今天这话，倒说得蹊跷，却只作不懂，含笑摇头道："我倒不明白杨娘子这话的意思！"

杨媛笑道："我一见姐姐就觉得亲切，姐姐若不嫌弃，咱们以后就以姐妹相称吧！"

刘娥忙道："这如何敢当！"

杨媛却已经站了起来，盈盈下拜道："姐姐在上，小妹杨媛有礼了！"

刘娥惊得忙扶道："杨才人快起来，可折煞我了！"

杨媛忽然眼圈儿一红，道："杨媛自幼入宫，无人护持，不知道上了多少当，吃过多少苦。好不容易见着姐姐这样一个投缘的人，我是诚心认您做姐姐的。姐姐不肯受我这一礼，显见着不想与我交好，日后也不会疼惜我了！"

刘娥见她坚持，只得道："好了好了，算我怕了你了，你还是先起来吧！"

杨媛破涕为笑道："多谢姐姐，姐姐也别才人长娘子短的了，就直呼我阿媛或者媛妹吧!"

刘娥心中一动,暗道:这杨媛的性子,倒是十分可爱。我在宫中孤立无援,若是与她结为姐妹,倒是一件两全其美的事。想到这里,口中已经改了称呼,道:"媛妹,你可别这么客气,我不敢当!"

杨媛捧了茶,笑道:"请姐姐用茶!"刘娥接了茶饮下,杨媛行了一礼,这才整整衣裙站起。

刘娥犹豫了一下,道:"媛妹好像早就知道有我这个人了?"

杨媛点了点头,道:"以前府里头的旧事,我也隐约听说过一些。姐姐当年实在受了太多的苦,苍天有眼,实在不应该再让姐姐受委屈!"

刘娥见她提起旧事,心中一酸,强行抑住道:"媛妹想必也曾受过委屈了!"

杨媛道:"我心中仰慕姐姐已久,好不容易盼到姐姐进宫这一天。又等到今日有机会与姐姐相见,实是万分欢喜。如今看了这里的一切,就放心了。日后姐姐有什么需要的,只管与我说,一切有我。"

刘娥看着杨媛:"你何以对我如此?"

杨媛却道:"交浅不敢言深,我今日说什么,恐怕姐姐也未必听得进去,待时间长了,姐姐知道我的为人,也看清楚一些人与事,我再将其中内情,慢慢告诉姐姐。想是姐姐也有事,我不敢打扰姐姐,就先告辞了,等明儿再来与姐姐说话。"说完,福了一福,就告辞出去了。

刘娥看着她远去的背影,心中暗自思量。如芝站在刘娥身后,问她:"娘子,这位杨娘子结交于您,却不知是真心还是假意?"

刘娥思及杨媛刚才说的内情,就道:"方才她欲言又止,想是其中有些内情。如芝,你回头再去问问雷允恭,杨娘子当日进襄王府之后,与圣人的关系如何?"若其中内情如自己预想,恐怕将来还会多事。

侍女倩儿跟着杨媛一直回到玉宸殿偏殿中她的居室,见她疲累地坐下卸妆,忍不住道:"娘子,奴婢不明白……"

杨媛缓缓地道:"你是不明白,我为什么要去讨好一个位分比我低的人,为什么我不和其他人一样,顺了圣人的意去嫉妒她、踩低她?"

倩儿低下了头,道:"奴婢不敢,娘子做事,向来自有深意!"

杨媛冷笑道:"我哪有什么深意!我蠢了五年,被人算计了五年,吃了五年的苦头,才稍稍学一点乖!"她看着镜中的自己,尖尖的脸儿瘦削了下去,已经不是昔年天真无邪的苹果脸了。轻抚着自己憔悴的容颜,她冷冷地道:"青春易老,时光易逝,我这一生年华中最好的五年,我唯一能够取宠官家的机会,却被圣人算计,就这么永远地毁掉了。我用了五年的时间,才认清这个人。"

倩儿抬起头来,不平地道:"娘子也忒老实了,这样的委屈,憋在心里头这么多年,却不去求太后为您做主。"

杨媛坐在床边,轻抚着挂在床头的一幅寒梅图绣品,轻叹道:"这是当年太后给我的,一幅寒梅图上,有二十朵梅花,一朵梅花共有五瓣,绣完整幅图,就是一百瓣。太后这一生,绣了三幅寒梅图,可是我十四岁入襄王府,整整五年,夜夜空闺,总共才绣了三朵梅花。我入府三年,才明白郭妃安排我所居住的玉锦轩,竟然是当年潘妃的居处。想那时潘妃失欢于官家,日日等、夜夜盼,直到病得奄奄一息,眼睛还是死死地望着门口,期盼着官家的身影。可是直到她死,也没等到官家,她死的时候,眼睛是睁着看门外的。人们说,她不是病死的,她是等死盼死、绝望而死的……"

倩儿打了一个寒战,颤声道:"娘子您别说了。"

杨媛轻轻地说着,话音里听不出一丝情绪来,仿佛在说着别人的事:"郭氏把我安排在玉锦轩,是巴不得我像潘妃一样,一辈子在玉锦轩,也等死盼死,好让她独宠专房,好让她稳坐王妃宝座、皇后宝座。那一年她怀了孕,既想保胎,又生怕官家因此去了我处,便把自己的侍女戴氏塞给官家。那戴氏容貌、家世、才智俱是低下,纵然有了身孕,也是万万不敢与她相敌的。然而我那个时候多蠢呀,只怪自己笨,不懂得讨好官家。竟然那么久以后,才知道她是如此口蜜腹剑。可是那个时候已经迟了,她生下了两个儿子,抓住了官家的心,坐稳了正位。而我在官家的眼中,只不过是襄王府中一个可有可无的摆设而已。太后?太后把我送给官家,是指望我能够取宠于官家,拉近她与官家的母子感情。我出息了,才不枉是太后身边出来的人。我自己不长进,不能讨官家的欢心,白白辜负了太后的一番栽培。难道还能够指望太后为我一个侍妾出头,坏了她与官家的母子情分?"

倩儿垂下泪来:"娘子,奴婢跟着您这么多年,平常看您人前欢笑,竟不知道您心里头有这么多的苦。"

杨媛冷笑道:"我不欢笑又能够如何?这王府宫里,人人长着势利的眼,我若露出半分可怜相,立刻被人踩作脚底泥。我只有自己给自己壮着声气,让太后以为我在府中得宠,让郭妃以为我在太后跟前得力,否则的话,我现在焉能压旁人一头,焉能在寿成殿放肆高声?"

倩儿想了想,又道:"可是这与刘美人有何关系?"

杨媛缓缓地道:"宫中不比王府,如今官家自己做主了,自然不必买太后的面子,我得为自己找一条安身之道。这么多年同一屋檐下相处,我太了解圣人了,也不过杜氏、曹氏这样无知的丫头,才不知道在圣人身上下功夫,无异于与虎谋皮。那刘美人,我虽然是第一次见到她,可是她旧日在王府中的事,我却是依稀听过的。如今宫中恰恰是只有她足堪作圣人的对手。"

与此同时,梧桐院中亦有着同样的一场对话。

如芝服侍刘娥卸了妆,才道:"娘子,方才奴婢已经悄悄地去问过雷哥哥了。"

刘娥缓缓地道:"他怎么说?"

如芝见左右无人,这才悄悄地道:"杨才人本是当年太后所赐,不知为何,入府之后一直不得官家所宠。但是瞧在太后的分儿上,官家和圣人对她都是客气三分。昔年为官家立储之事,也是没少在太后面前为官家出力。太后昔年在先帝跟前,帮着官家说了不少好话。"

刘娥咦了一声道:"奇怪,瞧这杨家妹妹的模样性格,讨喜得很,怎么会一直不得官家所宠呢?"

如芝道:"是啊,奴婢也奇怪得很,只是雷哥哥说了一句话,说是娘子必会明白的。"

刘娥问道:"什么话?"

如芝道:"雷哥哥说,圣人待杨娘子甚好,昔年潘娘子所居的院落玉锦轩,她自己不住,倒让给了杨娘子住。"

刘娥心中猛地一痛:"玉锦轩啊!"玉锦轩里住过的那个人,曾让她流干了泪、曾让她痛失骨肉、曾让她生不如死、曾让她恨彻骨髓。那个人让她的青春埋葬在幽禁中,让她活在惶恐不安的岁月中,让她的生死悬于一线间,逼得她脱胎换骨成为今天的她。

她对那个人有多少恨,皇帝就对那个人有多少恨,皇后把杨媛安排在那个地方,也就等于杨媛无辜承受了皇帝对那个人的恨啊!

皇后郭熙,刘娥进宫的第一天,就领教到了她的手段。而生活在皇后手段和控制阴影之下五年,杨媛还能够保持今天的声气,这个小女子也不简单啊！这么些年来，她聪明地利用了形势，只是如今形势已变，太后已经失势，她再无可支撑之处，所以才被逼得孤注一掷，拉拢自己吧！

她想利用自己对抗皇后，她才好有机会乱中取利吧！只是——刘娥暗暗冷笑："到底谁利用谁，还在未定之数吧！"

刘娥静下心来，细细把当前的形势思忖了一番，心中却不由得苦笑起来。当年先帝赐婚郭氏，曾经令她险些崩溃，犹记得钱惟演对她说的那一番让她脱胎换骨的话："没有人可以活一万年……等待、忍耐……去帮助襄王，去得到能够掌握自己命运的权力。"就是这一番话，支持着她走过漫长的幽禁岁月，支持着她不断地努力奋进、永不放弃，支持着她一步步推动着皇帝走到今天，支持着她今日终于可以走进这高墙宫院之中。可是谁能想到，入宫，并不是结局，而是另一场战争的开始呢？

头一天拜谒中宫，就令刘娥明白，郭后可不是潘妃。潘妃从第一天起，就没得到过三郎的欢心，可是郭后却能够在三郎已经心有所属的情况下，得到三郎的赞赏和认可，她不仅拥有正宫皇后的位置优势，她还曾为三郎生下三个儿子，更可怕的是，三郎信任她。

这样一个女人，竟然能让三郎认为她贤良淑德，欣赏她，认可她，甚至对她隐有愧疚之意。刘娥想到此，不禁倒吸一口凉气，她遇上的，是一个前所未有的对手。郭后跟她一样，懂得皇帝的性情，明白皇帝的心理，能够抓住皇帝的弱点。

第四十六章
移宫风波

刘娥看着镜子,灯色昏黄,镜中那个朦胧的影子,似乎变成了郭后那永远维持着雍容笑意的脸。刘娥看着那张笑脸,手指紧紧地扭着新贡的丝帕。郭后有尊贵的家世、有至尊的地位、有继承大统的儿子、有宫中妃嫔为羽翼、有整个后宫的听命,甚至有前面朝中大臣们的支持,她得尽了天时地利。

而她刘娥有什么?她有皇帝的爱,她有死过一回的勇气,她有从蜀中到京城,从瓦肆到薛萝别院,从鼓词中、从史书中、从活生生的现实中、从问鼎皇位的整个争夺战中所学到的一切……还有,现在她还有杨媛主动投效,杨媛背后,还有当今太后的势力。太后执掌后宫十余年,先天之势虽失,积蓄的潜力却不可低估,她完全可以借助这股力量,对抗郭后今日汹汹而来的灭顶之势。

还有什么呢?她坐在那里盘算着,服侍自己的雷允恭,熟悉宫中事务自然可用,张怀德也是可拉拢的。另外朝中她如今认识的,义兄刘美和钱惟演自然是自己人。嗯,如今倒可以将刘美和钱惟玉的婚事办了,也可令刘美借此正式进入朝堂之中……

思绪如潮水般涌上来,她沉浸于这潮水般的思绪中时,忽然被人在肩头拍了一下:"想什么呢,叫你都听不到?"

刘娥猛一惊醒,抬眼见赵恒的脸离自己只有半尺,险些叫出声来,透了一口气道:"官家,你吓了我一跳!"

赵恒道:"你才真是吓了我一大跳呢!叫也不响,推也不应的,吓得我险些要叫太医来了!"他关切地看着她的脸色:"怎么,脸色不好,昨晚没睡好?"

刘娥端详着赵恒,但见他眼中掩不住的关切之意,心头一热。她方才思忖着入宫之后的所见所闻,只觉得寒意阵阵,此时见着赵恒的神情,只觉得一股力量传来,这股热量慢慢地散到四肢去了。

是,她最重要的是,她有他。

这么多年来,两人的手,始终没有松开过。他是她唯一的依靠,她也是他唯一的依靠。不管天崩地裂,他与她,永远不会分开。

她含笑道:"没什么,只是昨夜没睡好,有些走神而已。"她看了看外面的天色:"官家散朝了?"

赵恒心中明白,刘娥的神思恍惚,又何止是昨夜没睡好的缘故。这么多年,小院独居,她只有他,他也只有她。可是如今,他成了皇帝,除服头一天,她要去拜谒皇后,她要直面满堂娇娥。这样的冲击,恐怕对于她来说,一时未必就能够完全接受。他心中的不安和愧疚,在见着她怔怔地独自坐在镜台前的孤寂身影,甚至他呼唤都未能将她立刻唤回时,更是到达了极点。

"小娥,"赵恒温言道,"你我是夫妻,你可知道你若是不开心,我也一样不开心。"

刘娥看着赵恒,他真的知道他的皇后是个什么样的人吗?"我只是在想,我总算可以和三郎在一起了,早一天迟一天,其实没什么区别。三郎,我不会介意的,我跟圣人都是女人,我们能够嫁给同一个男人,这也是人生注定的缘分。"

赵恒问她:"你真的不介意?"

刘娥笑着摇头。

赵恒又问:"你今日见了皇后,皇后待你如何?"

刘娥嘴角露出一丝微笑:"圣人,待我并不失礼。"

赵恒点了点头:"皇后也向我夸奖你,说你聪明懂事,远胜其他妃嫔,实在令她很是喜欢。"他松了一口气:"这样就好了,难得你们第一面都很融洽,我也就放心了。"

刘娥点了点头:"这一点我倒是很明白圣人的心思。三郎,你国事繁忙,我们身为你的后妃,不能为你分忧倒也罢了,岂能再让你为我们的事烦心,岂非是罪过了!"

赵恒倒笑了:"怎么你们说的话,都这么像,倒真是很同声和气啊!"

刘娥看着赵恒:"三郎也欣赏她,也会喜欢上她吗?"她没有再说下去,郭后果然很明白皇帝,男人都是最怕麻烦的,若是整天争风吃醋、吵闹不休,让他烦恼不堪、疲于奔命,哪怕天仙再世,只怕也是恩爱不能久长的。

赵恒却摇了摇头,道:"不,她与你不同。我与你,不分彼此。但她,只是爹爹与娘娘赏赐给我的一个人,便如今日那些女人一般。她们虽然很好,但对于我来说,并没有什么区别,我心里已经有了你,就装不进别人了。"他搂着她道:"如今你初进宫不得高封,我只能先封你为美人,等再过一年事情淡了,我就想办法封你为贵妃。"

"官家,"刘娥柔声道,"小娥什么都有了,并没有什么特别想要的。再说我刚刚进宫,官家待我太好,怕是会伤着了别人的心。"

赵恒轻叹一声,将她拥入怀中道:"难道说你真的什么都不求吗?"

刘娥嫣然一笑:"我什么都不缺,也没有什么想求的……"说到这里,她似忽然想到了什么,停了下来,低头细细地想片刻才道:"若是官家允许,我倒是想替一个人求一道恩旨!"

赵恒想了一想,笑道:"你不为自己求,却为别人而求。嗯,我猜猜,可是因为刘美与钱惟玉的婚期临近,你想替他们求一道御赐的婚旨吗?"

刘娥缓缓地道:"我说的这个人,是潘氏!"

赵恒的笑容骤然凝滞在脸上,过了好一会儿,才难以置信地问:"小娥,你说什么?"

刘娥的声音低低的,却有一丝苦涩慢慢地渗入赵恒的心里:"当年太祖登基,即追封原配贺氏夫人为孝惠皇后;先皇太宗登基,亦是马上追封原配尹氏夫人为淑德皇后。当今官家登基已经三月有余,朝臣们数次请旨追封原配潘氏为皇后,奏疏却都被留下了,是吗?"

赵恒轻轻地抱着刘娥:"我怎忍心,在你心口再伤一刀。"

刘娥轻轻地偎在赵恒怀里,感受着他宽阔肩膀上的力量,感受着他怀抱的热量,轻轻地道:"我知道,你是怕伤害到我。什么追封之类的,无非是做给活人看,已死之人无知无觉,封号什么的,对她又有何用。可是天下百姓、文武大臣的眼睛盯着这个封号呢,潘美是开国大将,他的旧部下属也看着这个封号呢,看着官家会不会对旧人薄情。三郎,妻妾内阃之事,不得为外人知,潘氏之恶,亦是不可张扬。你是天子,不能只考虑我的感受,而不考虑天下人对你的看法。而我更不能因为衔恨一个死者,而令生者受损,更何况,是爱我惜我的人受损——"她一咬牙,推开赵恒,跪了下去,昂首道:"臣妾请求官家追封潘氏为皇后,切勿为一妇人而有损官家圣德!"说罢,两行热泪缓缓流下。

赵恒整个人震住了，好半天才反应过来，只觉得一股热流涌上心头，俯身一把抱住了刘娥，哽咽道："小娥，委屈你了！"

刘娥轻抚着赵恒的脸，含泪道："三郎，有你在，我任何时候都不委屈！"

赵恒紧紧地抱住了刘娥，好一会儿，才缓缓平静下来，轻叹道："想不到你竟能够以德报怨，你的气量之大，人所难及！"他亦非薄情之人，却也不是立了狠心置潘妃于不顾，只是顾虑刘娥，因此迟迟不敢下旨。此时得了她此番言语，震撼之余，却也悄悄地放了心。

刘娥淡淡一笑："三郎，要说我如今原谅了潘氏，那是假的。我非圣人佛祖，做不到完全忘记过去曾经受过的伤害。我与其把力气浪费在死去之人身上，倒不如努力展望未来，珍惜我如今同三郎相守的每时每刻。我这番请求，为的不是潘氏……"她抬眼看着赵恒，柔柔地道："我为的是我的三郎！"

赵恒心潮澎湃，好半晌才道："小娥，这么多年来，你历经磨难，我从前是无能为力，因此才委屈了你。从今日以后，我不会再教你受半点委屈，否则的话，我枉为大宋天子！"

刘娥静静地倚在赵恒怀中，只觉得已经将全身的力量都放在了他的怀中，听着他一字字地说出这句话来，心中只是想着："这是天子之誓，这是天子之誓啊！"这样的表白，他不止说过一次，而唯有这一次，他是以天子的身份说的。他纵使做了天子，他对她的心却始终如一。

这日赵恒方上朝，雷允恭自内宫出来，在门口悄悄地向张怀德说了句话，张怀德脸色大变，立刻悄无声息地走到赵恒身后，悄悄地把话传了。

此时正是宰相李沆在禀报水灾之事，正在那里说着，赵恒听了张怀德的话，脸色大变，道："今日朕有些不适，退朝！李相留下，听候宣召。"

李沆怔住了，众臣还未回过神来，就见赵恒已经站起，匆匆入了内宫。众臣这才慌忙地向着赵恒的背影跪送。

赵恒乘了车驾，匆匆向西宫嘉庆殿行去。

过了几处宫墙，遥可见嘉庆殿外挤满了宫娥内侍。张怀德喝了一声："官家驾到！"唬得众宫娥们纷纷散开跪下，便有数名妃嫔自嘉庆殿中匆匆跑出来接驾。

未等车驾停稳，赵恒已是跳下车驾，问道："到底是怎么回事，怎么闹成这般样子？"

此时宫内哭声震天,听得赵恒到来,哭声如同被一刀截断,骤然停下。停顿片刻,却又有几声呜呜咽咽的哭声响起。

赵恒顿足叫道:"皇后呢?"

皇后郭熙急忙迎了出来,她一向雍容华贵的仪表,此刻却显得较为狼狈,发乱钗斜地跪下道:"臣妾参见官家!"

赵恒道:"起来吧,怎么好端端的,闹成这个样子?"

郭熙站起忙道:"正是为两道上谕,一是请太后移宫,二是令允升回府。太后今天接了旨,就哭得昏了过去,口口声声直叫着要去见先帝!"她说得急了,一口气上不来,脸急得通红。她当年于王府中处理下人们的各色杂事得心应手,但是初遇上事关太后这等重大之事,却把她慌得没放手脚处了。

当年她能够成为襄王妃,全赖太后恩义赏识。身为臣媳,太后也是一直对其诸多维护,并不曾为难于她。虽然赏下杨媛分宠,但皇子王孙,诸多内宠,并不算什么。就算杨媛不得宠,太后也没有更多偏袒。因此她接了赵恒旨意,虽然明知对太后不妥,但哪里敢违拗了天子的意思,说不得也只能做些违心之事了。

太后在她面前,一向是克制端方的人,且这件事,原是太后错在前头,官家纵有什么后手,那又怪得了谁,她也不过是个传话之人罢了。哪里晓得太后竟然一反常态,忽然闹腾起来,这却是她完全没想到的,令她措手不及,一时又羞又恼,见皇帝到来,更是后悔。自己事情没做好,倒惊动了官家,她一时之间也怕情况再恶化下去,就将心里的话说了出来。

赵恒听了这话,心中不悦,哼了一声,道:"上谕又有什么不对?"

郭熙劝道:"臣妾不敢说上谕不对,只是太后口口声声,说是死也不愿意去上阳宫,又舍不得允升。看这样子怕会出事,官家,要不然……这两桩事,还是缓缓吧!"

赵恒听了这话,顿时恼了,他初为天子,不过是让皇后办两件普通的宫务,她倒说出这样的话来,脸顿时沉了下来:"上谕已发,岂可收回?"

郭熙涨红了脸,待要说话,赵恒已道:"我倒不信严重至此,我自己进去看看!"说着,已经向内行去。

郭熙无奈,只得跟在他的身后进去。

赵恒走进嘉庆殿内殿,但听得哭声更响,李太后坐在床上,紧紧抱着皇长孙允升,已是哭得双眼红肿、脸色煞白。众妃嫔宫娥黑压压地跪了一地,此时见赵恒到来，纷纷转向迎驾。

李太后听得赵恒到来，咬着牙抬起头冲赵恒道："皇帝，老身原是有罪，你三尺白绫也好，一杯鸩酒也好，爽爽快快的，却不能叫我折辱于奴辈！只两桩事：我老了，别叫我搬来挪去的；允升这孩子什么都不知道，你别怪罪了他，便是我念您的恩了！"

赵恒闻言一怔，他竟想不到这两件事被太后误会至此，不禁看了皇后一眼，心里大为不悦。本待解释，但先帝驾崩之日发生的事，他本也是心结未解，太后出言咄咄逼人，令他更觉得她有意闹事。心中有气，却还只能赔笑解释："娘娘这是说的哪里话来？臣做错了什么，娘娘只管教训，说出这等重话来，做儿子的怎么敢受！原是臣得知娘娘迁出寿成殿后，竟未迁入上阳宫，以为是下人们不经心。这嘉庆殿是偏宫，怎么能让您住在这里，岂不是有违祖制？"

李太后冷笑一声："偏宫也罢，正宫也罢，那上阳宫鬼气森森的，我死也不去。"上阳宫本是历代太后所居，最初是太祖之母杜太后所居，后来太宗继位后，将太祖皇后宋氏迁居在上阳宫。个中情形，她却是知道的，宋后临死前几年，怨恨极深，凄厉咒骂，连太宗最后去看她时，也被吓出一身冷汗来，还小病了一场。宋后死后，宫中传说她在上阳宫阴魂不散，上阳宫的宫女们也纷纷吓病。李太后对此中经历一直深知，更不敢住到上阳宫去。

赵恒却不明白李太后为何对上阳宫有此莫名其妙的心结，只觉得她借故生事，无理取闹，忍了忍气，仍赔笑道："太后既不喜欢上阳宫，那臣便为太后另起一座新宫。否则，让太后住在偏殿，岂不教天下人说臣不孝？"

李太后冷笑道："什么孝不孝的，这话休要提起，我也不敢承受！"说着垂下泪来："我只求你不要活活拆散我们祖孙，便是开恩了！"

赵恒皱了皱眉头，道："太后有话好好说，何必出此重言！"他解释了几句，已经头疼起来，不禁又看了皇后一眼，只觉得素日在王府中处置家务还是能干，怎么做了皇后，就显出短处来了。如今太后生事，正是要她做皇后的来表现，如何要自己来解释！

却不知郭熙虽入中宫，但一应大礼仪都未过，况多年来与太后相处，皆以臣媳身份，偶一进宫，也都是行礼如仪，恭敬万分。原是积威之下，又有个孝道在前，她又是恭谨之人，哪里就敢放肆？方才已经碰了个没脸，如今也无办法，见皇帝眼神已经不悦，只得硬着头皮上前道："娘娘，官家也有为难之处，上谕已发，若是允升不出宫，如何对天下交代？"

李太后正恨她忘恩负义，翻脸无情，如何能给她情面，只厉声道："我不管，我与允升相依为命十余年，谁要夺走他，除非踏着我的尸体！"

郭熙一听，倒一时不敢回话了。

正着急之时，却听得一人柔声道："太后请息怒！"

赵恒转头看去，却见刘娥与杨媛二人匆匆自外进来，大喜道："你来得正好，这事就交给你了！"

太后生事，杨媛得到消息，正准备赶去，听闻是皇后不知道说了些什么得罪了太后，又听闻皇帝已经过去了，她一边想着看皇后的好戏，一边想着若是皇帝过去了，拉刘娥过来正好，于是转身去找了刘娥。刘娥听得此事，倒是吃了一惊，忙匆匆赶来。

此时见状，杨媛正欲上前，心念一动，反退后一步。刘娥已经上前，行了一礼，笑道："官家，太后素有贤名，此事是传话有误。太后明了官家的好意，必不会再生气了。"

李太后却不去看她，厉声道："你是什么人，老身自与官家说话，有你什么事？"

一语既出，众人都唬得白了脸色，杨媛见状忙上前一步，待要分辩："太后……"

李太后此时却是谁也不理会，哼了一声道："没你什么事，下去！"

杨媛见势不对，忙拉了拉刘娥的衣袖，暗示她见机退下。

刘娥心中已经知道原委，看了皇帝一眼，心中暗怪他兴致忽来，要令楚王全家团聚，却全然没考虑过太后的心境，如今才成了这骑虎之势。原以为皇后素有贤名，却不晓得为何竟将此事处理成这样，当下也只能自己出头来替他解围了。

刘娥当下却是脸不改色，越过众人，径直走到李太后床前，啧啧称赞道："皇长孙长得真是仪表不凡，真不愧是太后一手教养的人。当年楚王遭难时，皇长孙才刚刚断乳，到如今已经十三年了，从一个手抱的婴儿到如今的英俊少年，太后一番心血，煞是艰难！"

李太后听得她说起往事，心中一酸，眼泪不禁掉了下来。她不欲在人前表现软弱，一边抱着允升，一边扭过头去拭泪。

刘娥微微一笑，道："幸而天遂人愿，如今官家有旨，楚王依旧复了王爵，要一家骨肉团聚了，皇长孙出落得一表人才，楚王夫妻见到这样的儿子，岂不惊喜感恩，这才不枉太后这十几年的心血和期盼啊！太后，您这十几年含辛茹苦抚养皇长孙,为的不就是这一天吗？"

李太后听着听着，不由得慢慢松开了紧紧抱着允升的手。

刘娥上前一步，轻轻拉住允升的手，柔声道："臣妾知道，太后素有贤名，岂会不许皇长孙去与亲生父母相聚？只是这十几年来，太后与皇长孙日日相伴，骤然分开，自然是舍不得的。"

李太后僵持了半日，心中其实也是有些慌怕，如今听到这样贴心的话，心中一酸，泣道："可不是这话，若不是为这孩子，我早早随了先帝去了，这孤家寡人的，有何生趣！"虽不知眼前这人是谁，但看到与杨媛同来，且送上个台阶，也就顺势下来了。

刘娥柔声道："太后细想，莫说允升是皇孙，便是亲生的皇子，长到十四五岁这个年纪，依着宫中旧例，也要出宫分府另居。打楚王起，到官家与诸位王爷都是如此。便是当日八大王，那是先皇特例要多留着他两年，到如今也分府另住了。再说，皇长孙这一出去又不是不回来了，只要太后喜欢，随时可以回来看望太后。不但是皇长孙，太后喜欢皇孙，诸家的皇孙都可以时常来看望太后，到时候，只怕太后嫌吵得慌呢！"说着，就给赵恒递了个眼色。

赵恒会意，也笑道："说得正是呢，赶明儿让皇后多带着祐儿来给太后请安。且四弟、五弟、六弟的孩子们也都是玉雪可爱，轮着来给太后解闷儿才是。"

皇长孙允升已经十三岁了，原也是个极聪明的孩子，先前见李太后大哭大闹，吓得不敢说话。此时见双方都有些停歇，这才怯怯地拉着李太后的袖子哭道："皇祖母不要伤心，皇叔也是一片好意，送升儿见爹娘，升儿一定会常来看望皇祖母的。"

李太后听得孩子这番懂事话，不禁掉下泪来。她长长地叹了一声，依依不舍地抚着允升，方对皇帝道："我岂是不明事理的人，只是我抚养这孩子一场，断不可这般草率地出去了。待明后日选个好日子，以宫车轩乐送回给他父母，才是正理。"

她心里明白，皇帝这两道旨意，原就是继位那场风波的余绪。皇帝虽然已经放过李继隆，她本也以为此事已经过去，谁知道他竟还是余怒未消，才有这场风波。她心中又愧又惧，生怕这只是头一步，若是这时退让了，将来恐怕一步步被人欺到脸上，只怕要落得开宝皇后宋氏那样的下场了。因此才想着拼死闹个天翻地覆，教他不要太过分，否则教文武大臣们知道，亦要得个不孝的名儿。却不料刘娥一番知冷知热的话，倒把她一腔怒气缓缓消除，且左一句"太后素有贤名"，右一句"楚王也感激太后"，倒弄得自己无言以对。若要再闹下去，却像是自己自私，不叫人家骨肉团聚，一番原以为理直气壮的事倒变没理了，枉负了一世贤名，难道老来倒落得个无理取闹！

此时见着皇帝态度已软，便顺着台阶下了，回过头来对皇帝道："升儿自然是要出去的，我原也是这么打算的，只恨奴才们无礼，却不知道这是官家的意思，还是他们自作主张？"

赵恒本没有追究之意，不想却被她平白闹了一场，脸上带笑，心里的气却只能忍下来，只顿足道："这帮可恶的奴才，我好好的旨意，却叫他们传成这样，险些叫我们母子失和，我必要好好追究，决不宽贷！"

刘娥又道："移宫之事，官家也会待新宫落成之后，太后看了满意，才作数的。"

李太后长叹一声："这倒也罢了，我还有几年可活，大费这些周折做给人看，有何意趣！"

刘娥柔声道："太后，官家孝顺关心太后，并不是做给人看的。否则也不会一听说太后不开心，便连朝会都中止了赶来劝慰！"

赵恒听了这话，趁机道："正是呢，李相方才正上奏齐鲁一带灾荒，才说到一半，臣也只得叫他先候着！"

李太后长叹一声："我一个老婆子算得什么，宰相奏事，那是头等要紧的事。官家回去罢，耽误了朝政，倒是我的罪过了！"

此时杨媛忙使个眼色，轻声令道："还不快服侍太后、皇长孙梳洗！"那边四五个宫女忙捧了玉盆、巾帕、铜镜等上来，跪于李太后榻前。

赵恒见李太后梳洗，就道："臣有朝事未完，太后有什么事，只管吩咐她们几个罢！"看了刘娥一眼，见刘娥点头，心中稍安。

李太后点了点头，道："升儿，替我送官家！"她又看了郭熙一眼，道："这里有她们就够了，皇后事情也多，忙你的去吧。"

赵允升忙擦了擦眼泪，跪送皇帝。赵恒抚了抚他的头，赞一声："好孩子！"一边往外走，一边向皇后使个眼色。郭熙见太后赶她走，只得告退，又见皇帝使眼色，忙跟了出去。

赵恒却脚步不停,只往外走去,离了嘉庆殿,就坐上辇,直往寿成殿而去。及至殿前下辇,一径进去,见皇后跟着,进了里间坐下,才道:"你们都下去,我有事与皇后说。"

郭熙心下惴惴,知道事情办岔了,见人都出去了,方欲解释,却见赵恒一摆手,顿时不敢说了。

赵恒却没开口,反沉吟片刻,才缓缓地道:"皇后,这么些年在王府中,你把一切都打理得井井有条,我从不操心,这是你的一桩功劳!"

郭熙心中羞愧,忙道:"这是臣妾分内之事,这些年也是有官家包容着臣妾。"

赵恒点了点头,道:"只是如今不一样了,如今你是统御六宫的皇后,宫中之人十倍于王府,宫中之事十倍繁复于王府。你——唉,这也是我的错,全忘了今非昔比。"

郭熙听了这话,心中更是难受,请罪道:"全是臣妾的错,是臣妾辜负了官家的信任。"

赵恒摇头:"你有错,但错不在这里。上阳宫不宜居住,你昨日就应该与我说明,不至于让太后误会至此。"

郭熙张了张口,想解释:"臣妾原也是想说的,只是……"

赵恒看她神情,已经明白,顿时三分火变成五分:"只是什么?难道你以为我记恨太后不成?"

郭熙急得跪下:"臣妾不敢。"这时候她才真正知道自己想错了,也办错了。

身边这个人为皇子时,是温柔谦和的,可谁又能知道,一夜之间东宫被包围,她正恐惧间,忽然间他就变成了皇帝,整个人变得让她望而生畏。她不知道那一夜究竟发生了什么事,令得情势翻转,更不知道他温柔谦和的外表下,有多少厉害的手段,方能够经历大变而稳操胜券。心中既惧,又觉不可测,自己又存有一件亏心之事,对皇帝更加只有奉迎之心了,哪里还有敢为了别人去犯颜直谏的心?

赵恒只觉受了侮辱,站起来气道:"你,你真是——你把我看成什么样的小人了!功过是非,我自会依国法而判决,怎么会以此手段折辱太后?皇后,夫妻同体,荣辱与共,你是一国之母,就算在你眼中我要当个昏君,你也当做个直言的谏臣,而不是奉迎的佞臣!"

郭熙伏地哽咽："臣妾错了，臣妾不应该妄测天意，更不应该一错再错。"说到这里，心中百感交集，不由得失声痛哭起来。

赵恒心中烦躁起来，如今过了孝期，朝堂上百事纷扰，被中断朝政，来处理后宫妇人之事，已经让他恼火。好不容易忍着气劝解了太后，还不能直接向皇后发作，忍着气到了她的宫中，原想私底下教导两句，却又听到这般恶意揣度，更是火上浇油。不承想还没说两句呢，皇后居然先哭了起来，他只觉得额头青筋直跳。他以手抚额强忍怒气，只得道："这事，我有失察之错，可你是皇后，该做到拾遗补缺的，而不是胡乱揣度、糊涂执行，险些将事情弄到不可收拾的地步。我不说，恐怕你自己也不明白错在何处。第一桩，你一开始就不该让太后这般闹将起来；第二桩，出了事你原该及时告诉我，若不是我及时赶到，若不是刘……杨娘子相劝，太后若真的出了什么事，岂不要我负个不孝的骂名？这第三桩更为可笑，你糊涂了，竟然劝我收回旨意？你却不想想，我的旨意已经叫人曲解了，若是再收回，岂不显得我心虚，无私也有弊，倒成了当真不怀好意，有意欺辱太后不成？"

郭熙百口莫辩，只泣道："臣妾无能，臣妾请官家治罪。"

赵恒长叹一声："起来吧！我若是要怪罪于你，便不会叫旁人都退下了。我只是要你记住，你如今是皇后了，是一国之母，举动影响着的不再是一个王府，也不是一个皇宫，而是天下！人在看着，今后做事要三思！宫中不比王府，不管是一点点善意，还是一点点恶意，都会被放大十倍、百倍！"他顿了一顿，道："今日的事，如此处理了甚好。你以后有拿不准的事，宁可多问些老成的人。"

郭熙恭敬伏首，忍泪道："臣妾恭领圣训！"

赵恒点了点头，道："起来吧！"

郭熙欲要站起，只觉得双腿发软，却见赵恒扶了自己一下，这才略觉得安心，不觉增了些力气。方才站定，便见赵恒已经转身出去。

郭熙扶着桌子，坐在赵恒刚才坐过的位子，只觉得椅子上余温犹在，却不知什么时候，自己已经浑身冷汗湿透。忽然只觉得又回到了初进王府时，那种什么都抓不住、把握不到的感觉，曾经有一度，她以为这种感觉已经没有了，她已经战胜周围的一切，把握住了手中的一切。可是，从王府到皇宫，从熟悉到陌生，那种失去掌控的感觉又回来了。

郭熙用力地握紧了拳头,她痛恨这样的感觉。

她的乳母涂嬷嬷见皇帝单独召了皇后进来,已经知道不好,此时见皇帝走了,慌忙先跑进来,却见皇后形容狼狈,神情失魂落魄的,忙去扶住,急问道:"圣人,您没事吧?"

郭熙伏在涂嬷嬷身上,失声痛哭。

涂嬷嬷心疼不已,不住劝慰:"圣人,今日之事,您原是受了池鱼之殃,不要放在心上,事情过了就算了。回头再做几件妥当之事,慢慢劝回官家的心就是。"

郭熙哽咽:"可官家的心里一定很失望,如今连太后怕也记恨上我了。嬷嬷,我这是怎么了?自从小三郎出事,我这脑子好像就乱得很,做什么错什么……"

涂嬷嬷听了她这话,惊慌地左右看看,忙阻止她道:"圣人,别说了……咱不提了,不提了,好吗?"

郭熙摇头:"此事我内疚神明,不能安心。嬷嬷,你去叫茜草来,我想看看她。"

涂嬷嬷吓了一跳,忙阻止道:"圣人,您有这个心就够了,如今戴贵人这样,自己待着慢慢就好了,您何必再勾起她的伤心事,也让您自己心里不好过呢!"

郭熙抚着自己的心口,叹道:"嬷嬷,我这心里头难受得很,难受得很。"说着不由得垂下泪来。

涂嬷嬷见她自己钻了牛角尖,急得不行,只得以其他事来打岔,道:"圣人,您如今前后都是虎狼,千万不要自己想左了,您想想,今日原没有杨娘子的事,可她忽然蹿出来,既讨好了太后,又讨好了官家。还有那个刘氏,真真要她抓什么尖儿,自己都不照镜子吗,她都一把年纪了,难道还想借这种事来邀宠卖好不成。如今后宫中人多了,咱们以后可要多加小心。况且曹氏、杜氏这些人,家世好又年轻,若能够生下皇子,那才是要紧的。"

郭熙闻言,稍稍收了心思,想起往事,心里不免后悔起来:"是啊,早知如此,我当日,又何必对杨氏……唉!"说着,一声叹息,无限惆怅。

当年也是她太过年轻,做事难免失于厚道,谁也没想到,夫君会走到这一步。早知会有入宫之时,必须面对许多妃嫔,她又何必容不得杨媛,以至于让她住进潘妃所居的玉锦轩,让她得不了宠。否则,在那时候将杨媛收服

了，如今新人进宫，也能替她当个帮手。想来杨媛必也是知道了原委，只看她如今上援太后，下拉其他妃嫔，将她视为死敌便知。思来想去，这又是枉结怨恨。

第四十七章
爱意难藏

嘉庆殿中,宫女们捧了热水上来,杨媛忙亲自上前,服侍太后挽起袖子,那边刘娥也拉了允升过去洗脸。

服侍李太后梳洗完毕,太后吩咐宫娥们领了允升下去,这边长叹一声对刘娥与杨媛道:"你们也坐下吧!"

刘娥忙笑道:"太后跟前哪儿有我的座,我原是该站着服侍的!"

李太后指着她道:"你这会子倒跟我装怯,刚才皇帝、皇后都不敢跟我说话,你倒敢了!"

刘娥垂首道:"方才是逼不得已,难道看着太后与官家生分不成,也是急出来的罢了!"

李太后长叹一声,道:"你是个聪明的孩子,只是可惜了!"

刘娥笑道:"多谢太后体谅!"

她本有意避开太后引发的话,杨媛却没听出其中的奥妙来,倒顺着太后的话问下去了:"太后,可惜什么?"

李太后幽幽地道:"我只是想起德妃了!"

杨媛知道她说的是八王元俨之母、德妃王氏,不解道:"德妃怎么了?"

李太后叹道:"这一世若论尊贵荣宠,王氏是万般不及我。可是只一桩,她便胜过了我,到如今我竟是万般不及她了。"

刘娥忙劝道:"太后多虑了!"

李太后看了看她,点头道:"她有一个儿子,而我没有。因此如今她安享儿孙之福,而我却孤苦伶仃,遭人作践。但凡我有一个亲生的儿子,今日何至于会出这种事!"说着不禁垂下泪来,"你看允升,毕竟不是亲生的骨肉,不管我待他多好,也不过是说去就去了,那边才是他的亲生父母啊,我又算得了什么呢！"

杨媛忙劝道："太后放心，允升是个重情义的孩子，断不会忘了太后的！"

李太后冷笑一声："你们两个都是聪明的孩子，我告诉你们我这一生的教训：在宫里，什么君恩哪，荣宠哪，位分哪，都是虚的，唯有自己有一个儿子，那才是实实在在的一辈子的依靠！"

刘娥只觉得心头一颤，整颗心顿时沉了下去。

见刘娥等人走了，纪嬷嬷才劝道："太后何必说这样的话，岂不是与圣人打起擂台了？"

李太后冷笑一声："那又如何？"说到这里不禁咬牙："当年若不是我，她哪有今日的皇后之位！不想我待她再好，她待我只有恭敬，却无真心。她的血，竟是冷的。今日若换一个人，哪里会这般欺凌于我。便是官家又何曾会这样待我，偏她这般急不可待。"

纪嬷嬷叹了口气，不敢再说，换了话题道："杨才人倒是难得，一直恭敬。"

李太后叹道："这孩子原是我误了她，原以为郭氏是个贤惠的，不想竟是个藏奸的，倒是害得这孩子苦了这些年。只望她如今能抓住机会……"说到这里，她顿了一顿，道："你去拿一些蜀中的贡物来给杨才人，就说叫她不要拘着，宫中若有同乡的姐妹，也可以多走动走动，品尝些家乡的美食。"

纪嬷嬷不解："太后，您这是……"

李太后摆了摆手，道："你去吧，她往后自然会明白的。"

杨媛得了李太后所赐之物，正叫人拿了，去往梧桐院找刘娥，不想梧桐院门口多了两个小内侍。杨媛远远地一见，就站住了，掉头就走。

倩儿忙道："娘子，如何不去了？"

杨媛长叹一声："明天再来吧。"

别人不知道，她却已经猜到，此刻梧桐院中，必是皇帝在。不想这位竟盛宠如此，天还未暗，皇帝就已经在她那里了。

她却不知道皇帝正一肚子气。赵恒匆匆回前殿，把宰相李沆打发了以后，只挑几件重要的事处理了，就将仍在外头等着的臣工们都打发了，当下就去梧桐院找了刘娥，将今日的事情说了一遍。

他越说越气，恼道："这个人是怎么想的，原来在王府之中，也还好好的，怎么进了宫,心思竟就如此诡异起来。亏她想得出,竟以这样的心胸来揣度我！况且,她原是皇后,若是内心以为我这样做是不妥的,哪里连句谏言都没有了？"

刘娥知道他心里恼怒,只能任其滔滔不绝地发泄一番,才劝道:"当日你是夫君,如今你是官家。她心里敬畏着官家,却还只当自己是个王妃。畏至尊之威,也是情有可原。"

赵恒恼道:"哪里是情有可原了？你就不会起这样的心思,更不会有这样的患得患失。无非就是私心重了,以己度人罢了。想得又多,处置不了事,竟只会推脱。她是六宫之主,难不成后宫之事,还要我帮她处理不成？"说到这里,他忽然看了刘娥一眼:"小娥,我有事托你……"

话未说完,刘娥已经摇头:"不成。"

赵恒嗔怪:"我还没说,你就说不成了？"

刘娥已经笑了:"我知道三郎要说什么,所以不成的,三郎也别说了。"

赵恒说:"今日之事,你就处理得很好。"

刘娥摇头:"不过狐假虎威罢了,若不是官家在,我不过是个小小的美人,太后、圣人跟前,哪有我说话的地儿！"

赵恒拉着她的手,道:"话虽如此,首功若推你,定然是无疑的了。照今天的事看来,皇后虽然贤惠,能力却有不及。后宫的事,说大不大说小不小,你以后多帮着我留意些,也是帮我分忧。"

刘娥就劝他:"官家给圣人一些时间吧,她多年来执掌王府上下,井井有条,并不曾出错。如今只是换了位置,还没有这个心态。且之前,你来我这里,还特意小心不让人知道,总也是考虑怕我成了众矢之的,如今倒是一会儿一个主意。"

赵恒看了她一眼,叹息道:"我知道你是躲事,不想在后宫争这个风头罢了！也罢,我也怕你有失,既如此,且等将来吧,只是委屈了你。"

刘娥看着赵恒,心中一动,本想劝他实不必过于隐瞒,整个后宫都在盯着皇帝的行踪,又能瞒得了多久,但看他兴致勃勃,一心为自己打算,倒不忍拂了他这番心意,给他浇这盆冷水,只是自己心里明白,小心就是。

一时就把这事给揭过去了。

如今既孝期过了,诸妃嫔也已经册封,皇帝也就零星着到后宫各处坐坐,一时也没教人看出什么来。只是皇后郭熙不免有些疑惑,就叫人拿了彤册来看。见皇帝大部分时间还是在万岁殿,其余诸美人才人那里,都各去了两三次,也有过夜的,也有不过夜的,得的赏赐也都差不多,看不出皇帝喜欢谁。

侍女燕儿也劝她:"官家一向都不好女色的,宫中圣人独尊,有何可忧?"

郭熙若有所思地摇摇头,她总有一种说不出来的感觉,明明没有什么事情,但就是说不上来哪里不对。现在这种情况,似乎又回到了她刚嫁进王府的时候,那时候他就是大部分时间都在前院书房,偶尔回后院,虽然态度温和,但总有一种不可接近的疏离感。她只感觉战战兢兢,这个不好接近的男人,让她十分挫败。但那时候她足够年轻,也足够有信心,一直努力恭谨侍奉,慢慢地也得了他的垂青,他到后院也多了。到后来生下长子以后,才觉得那个人在她面前有活气了,他逗弄着孩子的时候,笑得放松又开心,也因此能够与她说些私房话,也让她感受到原来沉默的背后,他是这样温柔的一个人,正如她当日在宫中第一次看到他时那样。后来他们又有了二郎、四郎。

那真是她最好的时光,让她差点儿就想着这样的时光能够永远停留就好了。可惜他是个男人,更是个皇子。许王去世以后,他开始早出晚归,哪怕回府里也大部分时候都在前面与幕僚议事。她知道他在为皇位努力,而她也安心在后院养育孩子,哪怕见面少了,她也安心得很,因为她知道,他要争取的,是他们和他们的孩子更好的将来。

可惜后院太小了,小得让她觉得,看到别的女人、别的孩子,都碍眼得很。

她的手慢慢握紧,如果她当时能够知道,她将来会有更大的一片后院,大到可以容纳比以前多许多倍的女人和孩子们,她会不会更宽容些,更看开些?

乳母抱着孩子进来了,这是她的第二个儿子,也是她唯一的儿子,她紧紧地抱着孩子,听着孩子给她念诗,叫着她"娘娘",她想,无论这后院多大,大到可以容纳再多的女人,她也不会允许有妨碍这个孩子、让这个孩子将来会痛苦的那个可能性存在。

她说:"燕儿,你去查查,要查得清楚些。"

尽管她什么根据也没有,可是莫名地,她就是觉得,他有人了。

她喃喃地说:"一个人独处的味道,和有人在一起的味道,就是不一样的。"

刚登基时,皇帝身上是冒着冷气的,那种感觉让她畏惧,让她甚至都不敢接近。可是孝期过完以后,他身上的感觉就不一样了,那种从身心都透着舒适的感觉,哪怕他在她面前仍然不怎么说话,不怎么笑,但是她就是感觉到了,皇帝就是不一样了。在另外的地方,有一个让他很喜欢的女人,所以他才会有这种不自觉散发着的通身愉悦之感。

甚至这种感觉,不是孝期过完以后,而是在孝期之前就有了,虽然因为守孝,他不怎么过来,但是现在回想起来,有一天他过来的时候,眉头已经是舒展着了。

她闭上眼睛,想着,是的,就是那些新人进宫以后的事了。这些人中,有哪一个,是被他见着了,从此就留心上了呢?

她又翻开彤册,仔细地看着,希望能够从简单的几行字中,看出究竟来。

过了几天,燕儿打听了出来,皇帝除了赏物以外,又格外给另两个妃嫔以特例。一是给贵人陈大车赏了一个擅长做蜀中菜品的御厨,而且还吩咐刘承珪送书目给陈贵人,允其可以在宫中藏书秘阁借阅书籍。二是给美人曹氏赏赐贡马两匹,允其可以在后苑驰马。

皇后长叹,果然,也就是这两人,能入皇帝的眼了。陈氏虽然年纪稍大,但眉宇之间,一派无忧,看上去就显年轻,且腹有诗书,这样的女子,反而是年岁越大,越显韵味。曹氏出身勋贵,性子爽朗,无闺阁之气,见之忘俗,果然也是能吸引皇帝垂青的。

她不由得看着镜中,哪怕她这个皇后比陈氏、刘氏还年轻,可是她毕竟生育过三胎了,对健康的损害是无可避免的。面色黄了,斑点出来了,甚至肌肤都不够紧致了,仔细看看,眼角的皱纹也出来了。

她把镜子扣下,心中想,一定是曹氏,一定是曹氏。皇帝对陈氏,不过是爱其才,乐于同她说话罢了,可是这世间真正能够吸引男子注意力的,永远是年轻娇媚的肉体。

她的内心,只觉得有虫子在噬咬着。

皇帝正与贵人陈氏坐在后苑亭中下棋,此时苑中正是繁花盛开,坐于一片花丛中,实是心旷神怡。

赵恒喜欢到陈氏这边来,正是因为她特别喜欢享受。过完孝期正式受

封后，赵恒按着人头去各人处轮流转了转，头次去，陈氏就向他提了请求，先是要了个御膳房做蜀菜最好的厨子，又要了去后苑散步的自由。然后第二次去的时候，他就吃到了最好的菜肴，坐在后苑最舒服的看书之处。她又向他要求去宫外买小吃点心，还要求去皇家的藏书秘阁自由看书。

陈氏名大车，她进宫，原是他安排的。陈氏的哥哥陈尧叟，曾在东宫任太子中允。两人交好，陈尧叟就曾提起家中妹妹，已过花信之年，却犹不肯嫁，倒教家中老母操碎了心。问及她的意愿时，竟说愿意入宫为妃。陈尧叟无奈，只得借着陪太子读书时，闲来说笑中半掩半露地说了一下。当时赵恒正准备将刘娥塞入宫中，多一个人，正可多一重掩护，当下就答应了。

赵恒亦好奇问她："为什么要入宫？"

陈大车叹息："我前头原有几个哥哥，我小时候读书写字，也不弱于他们，也养成了骄傲的性子。父母身边住得太舒服，又看到太多姐妹出嫁以后，从原来的无忧无虑，变得操心受气，以泪洗面，就不想嫁了。不知不觉，岁月蹉跎，父母的家要变成兄嫂甚至子侄的家。我本来想出家入道的，可我娘抵死不肯。女子嫁人，无非夫荣妻贵，后半生有靠。我入宫，该有的都有了，还少了许多烦心的事。"

赵恒就道："你们这样的人家，往来也是书香门第，你哥哥是状元，弟弟是状元，妹夫也是状元，你怎么没嫁个状元？"

陈大车就道："官家才是天底下最大的'状元'啊。再说，状元多了，就不稀罕了，何况也不是每个状元都年轻俊俏的。"

陈大车说得开心，赵恒却看到她身后的侍女急得把脸都挤歪了，就觉得她既大胆又有趣。但她又是头一个发现赵恒想要隐瞒真相的人。

所以她看着赵恒频频看向那边水榭处时，就道："其实你应该跟她去赏花的，跟我待在这里下棋，你也无趣，我也无趣。你看，你不知道走神多少次了，下几局输几局，一点儿意思也没有。"

那边是刘娥与杨媛正在水榭边喂鱼，这日就是杨媛邀着陈大车与刘娥赏花喂鱼的，三人正玩着，皇帝过来了，却只叫陈大车与自己一同在亭中下棋，让杨媛与刘娥自去玩。

赵恒不禁诧异，问她："你怎么看出来的？难道我真表现得这么明显吗？"这段时间他也去曹氏、杜氏处，赏赐也差不多，众人皆没看出来，怎么陈大车就看出来了？

陈大车就指着棋盘道："你又输了。"

赵恒摸摸鼻子，自坐下来就一直输，也不知道输第几盘了，他也不在意："哦。这第几局了？"

此时亭中也就两人，侍从皆站在亭下，因此两人说话也是直白。

陈大车诧异道："您怎么会当别人看不出来？您的眼睛乘人不备时就看她，人多时故意避免看她，人群中只要有她，您整个人全身上下就无不透着愉悦，都在告诉人您爱着她，甚至连身上都带着她的味道……"

赵恒不禁闻了闻身上，诧异道："什么味道？她屋里并没有熏香。"

陈大车就道："味道就是味道，并不能明白说出来，却能感觉得到。所谓'气味相投'便是这个道理，难道是两人熏一样的香不成？"

赵恒就问："难道这不是说两个人性情志趣相投，竟真是气味相投？"

陈大车就道："可不是，若是那样，那词就当是性情相投，如何竟还有个气味相投，那自然说的就是气味了。也不是香，也不是臭，每个人自然都是不一样的气味，有的相投，有的就是不相投。"

她就说，她之所以自请入宫，一来是倾慕宫中秘阁藏书，二来也是为了逃避家里人安排的亲事。而令她最后走出这一步的，却是之前她母亲带着她去各世交之家相看的时候，她感觉到那些老夫人的宅子透着让她不喜欢的气味，而她无法想象将自己的一生锁于那样的宅院中，一辈子忍受那样的气味，因此才求了兄长，毅然入宫。

赵恒问她："你既看出来了，为何还愿意与她往来，你就不嫉妒？"

陈大车刚开始怀疑的时候，正是皇帝头次去她那里，就恐惠她多与刘美人、杨才人等往来，此后她就留心观察，看出了详情。她闻言笑道："我有什么好嫉妒的？嫁个注定三宫六院的皇帝，若要当妒妇，还不得先把自己气死？"

就算要当妒妇，那也得是正宫皇后才有这个资格，她不过是个贵人而已。陈大车想，她原本就不是为了争皇帝的宠爱才进宫的，有这吃醋的工夫，还不如去秘阁多看几本书，多研究些好吃的给自己吃。人生苦短，不过百年。要么做些有意义的事，要么做些开心的事，岂不更好！

赵恒点头："可惜未必人人如你这么想，我也不想引起不必要的纷争。"

陈大车冷笑："官家何必掩耳盗铃，您要没这么多女人，就不会有这么多纷争了。"

赵恒苦笑："并不都是我想要的，有些是父母的好意，有些……"

他没说下去，站起来，向外走去。

陈大车就高声道："杨娘子，你过来陪我下棋吧，跟官家十局十胜的，太没意思了。"

杨媛回到亭中，却也无心下棋，只频频看着皇帝与刘娥站在一起喂鱼，忽然扭头问陈大车："我怎么才能跟你一样，心平气和？"

陈大车摇头："你是你，我是我，每个人都不一样，只能活成自己的样子，活不成别人的样子。"

杨媛却看向刘娥，道："我想活成她那样，能吗？"

却见陈大车摇头："不能，他既有了一个她，又何必再要一个她。"

杨媛沉默，她的眼睛仍然看着皇帝与刘娥，忽然就说："你说，他们在说什么呢？"

陈大车道："你想知道，为什么不去问他们？"

杨媛哪里会去讨这个没趣，又看了一会儿，叹道："你说，这一天天的，他们怎么就有说不完的话呢！"

陈大车已经烦了，站起来道："话不投机半句多，话若投机了，说一辈子都说不完。"

杨媛看着陈大车走下去看花，怔了一下，醒悟到自己的失态，轻叹一声，也跟着下去了。

赵恒其实想法每天都在变，他一方面想着让刘娥不要这么快露头，免得成了众矢之的，另一方面，自己又克制不住去找她，还怕她寂寞，拉了杨氏与陈氏来陪她，又想让杨、陈两人打掩护，自然很快被杨、陈两人看了出来。但这两人一来也是心领神会，知道有意让她们几个蜀女互为援引，且刘娥深得圣宠，与她交好大有裨益；二来嘛，皇帝肯信任自己，又是何等的机会！杨媛原有邀宠之心，陈大车因得了皇帝赏其秘阁观书，自然也愿意配合。

赵恒自以为安排得宜，所以刚开始还有些谨慎，后来就渐渐忘形，带着刘娥各处游玩，有时候也拿朝政的事同她抱怨。孝期内，大臣们每天讨论着先帝的葬礼服制、尊号，各种追封、分封，听着他们一个字一个字地吵，感觉就够劳心了。以为等这些过了，事情会轻松些，谁知道如今面对着的则是各种内忧外患……

"契丹扰边，党项人在银州作乱，西川刘旴兵乱，太白星犯太微星……"

他细数着这些事,眉头就皱了起来。

刘娥听到后头,不禁笑了:"连太白星都来惹事了,怪不得官家忙。"

赵恒叹道:"如今还要大赦天下,所有死囚的名单需重新审核。明年要开科举,诸国来使要朝贺,每件事情都要用到钱,可各州还要求天恩减税……现在想想,每天听他们吵封号争仪制是多么省心的事。横竖是会吵个结果出来的,我不操心啊。可这些国计民生的事情,牵一发而动全身,我这里一句话,就是千万黎民的祸福。小娥,我是心累啊。"

刘娥就劝他:"幸而还有文武百官相助,官家可以多倚重他们一些。"

赵恒点头:"那是自然,可是有许多事,还得自己拿主意。"他也知道自己对政事上才具不足,因此每日都召学士经筵讲座,学历朝历代君臣之道。可是朝臣们心思各异,明着是给皇帝讲学,其实暗中都希望将自己的想法灌输给皇帝,以潜移默化地影响皇帝。这样的想法,皇帝能够明白,可这样的做法,皇帝却不愿意接受。他学习经典,学习圣贤之言和明君良臣的典故,是要为己所用,谁愿意一件事、一本书,今天被这个人这么说,明天又被那个人那么说,他不但要自己分辨出这书中真正的意思,还要去想对方这种解释背后的潜在意思是什么,这样自然弄得自己更累了,但却又放松不得。他与刘娥素来无话不谈,自然就向她抱怨了几句。

刘娥听着他抱怨,也替他难受,本来朝政就够累人了,还要多这些心思。心里想了想,就建议道:"既如此,不如叫他们一起编书,有什么想法,在编书的时候就吵明白了,定出一个大家都能接受的解释方式来。既然他们自己都吵明白了,都能够接受,那官家对这些事情,也有个章程依据,哪怕他们将来意见不一,也可拿这个同他们说。"

这倒是个好主意,赵恒拊掌道:"唐太宗说:'以史为鉴,可以知兴替。'我记得爹爹也编过《太平御览》,如今就让他们编类似《贞观政要》这种历代君臣事迹的书册,我也看看,到底如何做好一个皇帝,前人又是怎么做的。"

刘娥说:"谁也不是生来就是明君英主,只要心怀仁德,明白历代得失,学着做,自然就能往好的方向发展了。"

赵恒于次日就令素日负责给他讲学的几个大臣,如王钦若、杨亿、孙奭等一同编修历代君臣事迹。王钦若等商议了十余日之后,拟定了一个章程:拟取材以正史为主,间及经书、子书,小说、杂书一律不收;录以人物、事例,不及其余,侧重唐至五代的群臣实录。赵恒准了,批了地方与人手,又令刘

承珪为他们提供所需财物与书籍,让他们编书。

这日刘娥正在调香,忽然寿成殿有人过来说,皇后请她去喝茶。刘娥诧异,这却是从未有过的事情。皇后为人清冷,不爱热闹,除正日子受妃嫔之礼外,平时并不大召妃嫔们。也不知道她这是单召自己一个,还是召了旁人。也来不及打听杨、陈两人是否去了,当下只与身边侍女交代一声,忙过去了。

刘娥到时,就见着一名尚宫请她先在前殿相候,过了片刻,方请她进后殿去。

刘娥进来,皇后正叫人煮着茶,见人来了,就叫坐到她身边去,笑道:"往日众位姐妹在前殿相见,虽然热闹,但却不曾独处,也没有多少了解。所以我想着,今日叫你来,也单独说说话,更亲近些。"

刘娥答应着坐下来,皇后握着她的手,细看她的容颜,叹息:"你却是如何保养的,竟是明媚如二八少女,我自养了四郎之后,这身体就大不如前了。如今竟不敢照镜子了。"

刘娥也觉得握住自己的手有些凉,竟似有些寒症了,当下委婉道:"圣人何出此言,妾蒲柳之姿,何堪圣人谬赞。圣人如花容貌,冰肌玉骨,实是仙人之姿。"

皇后摇头笑道:"什么冰肌玉骨,不过是体有寒症罢了。"

刘娥就道:"太医院尽多国手,为圣人调理,也是小事一桩。"

皇后摇头:"治得了身,治不了心,自四郎出事以后,我这心里一直放不下,睡不好,才渐成症候。"

刘娥不知其用意,小心回答:"圣人年轻,将来再怀龙裔,自然就好了。"

皇后苦笑:"我恐官家如今厌了我,另有新人。"

刘娥心中一惊,这可不是皇后能与妃嫔说的话,她们不过是第一次坐近了说话,这话就显得有些交浅言深了,当下忙道:"圣人至尊,谁人能比?"

皇后紧紧盯着刘娥:"官家的心意变了,纵是皇后又能如何?"

刘娥俯首不敢答。

皇后问:"刘娘子,你来告诉我,我该怎么办?"

刘娥没有抬头,只道:"圣人何必多虑,官家的心意,从来不曾变过。"

皇后忽然就笑了:"但愿如你所言。"

刘娥垂首等着她下一句话,却见皇后久久不言,等了半晌,也没听到皇后做了什么示意,就有宫娥走到自己身边,刘娥会意,就辞了出去。

刘娥心中疑惑,跟那宫娥慢慢出去时,闲闲地问:"我看圣人今日心情甚好,可是有什么欢喜之事?"

宫娥推说不知,刘娥又问圣人今日喝的是什么茶,那宫娥也说不知。刘娥料得这宫娥必是约束过的,当下有意又问了几句皇后之事,那宫娥俱不敢答。刘娥忽然转而问起院中的花木来,那宫娥松了口气,忙回答得多了些。就听得刘娥又问:"曹娘子是什么时候来的?"

宫娥不提防,顺口答:"曹娘子在您后头来,如今已经进去了。"

刘娥笑道:"那如今是杜娘子等在外头了?"

宫娥就道:"是,刚来。"她说了这句,似有些回过神来,神情有些警惕。

刘娥就道:"昨日还与陈娘子一起呢,她推荐了我一个香方甚是不错,还分了些给杨娘子,不晓得杜娘子与曹娘子感不感兴趣。"

宫娥就道:"这些奴婢却是不知。"

当下又说了些别的话岔过去。刘娥回到梧桐院,心里就想今日皇后忽然召诸妃嫔,又挨个轮流着单独说话,却不知是什么意思,再回想她的话,心中暗忖,难不成是皇后看出了什么来?

第四十八章
皇后郭氏

皇后的确是有些猜到了真相。

等诸妃嫔都见过一次以后，郭熙颓然坐在那里，久久不动。

燕儿在旁边看了半日，却看不出什么来，见皇后神情，却明显是有了决断，当下小心翼翼地问："圣人可是看出来了？"

郭熙点点头："是刘氏。"

燕儿一惊："圣人是怎么看出来的？"

郭熙长叹一声："气味。"

虽然皇帝最近在忙着前朝的事，来后宫机会少了，但皇后毕竟是中宫，又有皇子，因此他隔几日就会来一回，大多是看望皇子，同时也听皇后说些后宫的事情。

皇后郭熙其实一直隐隐疑心皇帝另有爱宠，但却打听不出来。毕竟她也是才刚进宫的皇后，宫里人手布置还不到位。尤其是皇帝身边的事情，更是不容易打听到。却也是凑巧，这日赵恒来看儿子的时候，让郭熙闻到他身上隐隐有股香味，当时她就留了心。等他走后，打听得皇帝在前殿与朝臣议事，郭熙就以饮茶为名叫人请来所有妃嫔，一一单独对坐，细察情况。

其实一开始她猜的是曹氏与陈氏，但为了避免引人注意，还是按着位分顺序来请的。谁晓得头一个进来的刘氏一坐下，她就闻到了那相似的香味，心中先是不信，又试探几句，对方答得滴水不漏，再看对方容颜举止，虽然年近三旬，却是举止有度，比之青春少女，更见雅致。

她还存了万一之想，虽然明明已经探出来了，但仍是又召了其他人，更对曹氏、陈氏也多加试探，等几人走了，再慢慢回想这几人言谈举止，心里渐渐有个潜伏多年的想法浮上心头。

她叫了涂嬷嬷来，问她："嬷嬷可记得，我们还在王府时，你说你打听过，当年官家娶潘妃时，曾因为一个侍婢的事，与潘妃闹过不和？"

这件隐事是涂嬷嬷打听出来的，自然还是记得的，忙道："正有此事，听说那侍婢早已经死了。"

郭熙咬牙："不，她没死，她还活着，她又回来了。你细想想，追索这刘氏的年纪，可不就是那个人？"

涂嬷嬷一惊，想起："正是，奴婢记得，那侍婢正是姓刘。"

郭熙恼道："是你们都是死人，还是你们都当我是死人？这么明显的事情，瞎子都能看得出来，却在我的眼皮子底下发生，我倒成了睁眼瞎了！"

涂嬷嬷与燕儿两人忙跪下："圣人恕罪！"

郭熙问："到底是看不出来，还是看出来了，整个宫里难道就瞒了我一个人？"

燕儿辩道："实是看不出来。没凭没证的，官家也没有多留宿她那儿，也没多赏赐她。上次圣人疑惑官家或有爱宠，奴婢也留心着，也不过是觉得每次聚会时，官家往那头看的时候多些，当时只以为是看陈氏或杨氏，实是不曾想到是她。也确是想不到啊，她都这么老了……"

郭熙喃喃地："是啊，是想不到，还是不愿想？掩耳盗铃，是我一直在掩耳盗铃。他以为他能瞒住我们，其实他什么也没瞒住，我明明知道他心里另外有人，可落到眼睛里，还硬是不愿意面对，不愿意承认……不是她回来了，而是她一直就没离开过。"那些曾在她最幸福的时候其实都会隐隐不安的原因找到了，哪怕在她以为他只有她一个人的时候，其实他都会在两人独处时走神，都会莫名发笑，都会忽然离开。

所有宫妃的家世来历都清楚，只有刘氏是不清不楚的，一个已经死了二十多年的中层军官之女，年近三旬，这样的人是怎么入了皇帝的眼，是谁为她铺平了通往皇宫之路？别人凭的是家世，凭的是近亲，凭的是父兄，可她，凭什么？甚至还弄个看似相似，其实完全不一样的陈氏来混淆视听，就是为了遮蔽她的眼睛啊。多么明显！每次他的眼睛都往刘氏那个方向看，甚至有时候会无意识地对刘氏笑。可她就是装看不见，一次次自我欺骗，他在看杨氏，他在看陈氏，他不是在看她。她怎么能承认，自己会输给一个年近三旬、年老色衰、出身贫贱、来历不明、一无是处的老女人！

若是输在年纪上，输在容貌上，输在家世上，她也甘心，可是，她输给了感情,却是令人完全不能接受的。回想刘氏跟自己说的话:"圣人何必多虑,官家的心意,从来不曾变过。"她凭什么敢对自己说这样的话,她凭什么就敢认为官家对她的心意,从来不曾变过!那她这个中宫皇后,又算得了什么?

这么多年,一场大梦如今方醒,她以为她曾经有过幸福。她与他举案齐眉,相敬如宾。在诸皇子妃中,唯有她得到了丈夫的敬爱,独有三个嫡子,无人能比。她曾经以此自傲,可是回想起来,她从未看到,他在她跟前那样地舒畅过,从未看到,他有那样充满感情的眼神。她得到过的,不过是自以为是的虚幻。

她以为他只是性情内敛,她已经得到世俗眼中最大的幸福。可如今见了真的,她才知道,原来自己得到的竟都是假的。若是从未得到过,她也心甘,唯其得到过,或者说以为得到过,结果发现是假的,才更令人如火焚心,夜夜不能安枕。

以前看人为了情爱,辗转反侧,理性全失,她只觉得她们举止可笑,太不理智。她纵拥有深情爱意,也不能教人看出来,也只会默默地放在心底,教人捉摸不透,才更会珍视自己。在王府中,哪怕最得宠的时候,她也能够端庄自持。可是如今她才知道,为什么人会在感情中患得患失,竟是无法得到平静。

郭熙用力将扇子往地上一掷。玉石扇柄落下,破碎。

燕儿一惊,扑去救时,已经来不及了,她吓得失色,却见郭熙已经平静下来,只淡淡地道:"去请秦国夫人来一趟,我想同她说说话!"

这秦国夫人,便是赵恒的乳母刘媪,原于赵恒有养育之功,自赵恒继位后,令中书援汉唐封乳母为夫人县君的旧例,加封她为秦国延寿保圣夫人,住于宫中奉养。

此时秦国夫人已经老了许多,也多年不管事,只是每日里关门念佛。此时听得皇后宣召,连忙来到寿成殿。郭熙抬眼见了她,忙笑道:"嬷嬷来了,快请坐!"

秦国夫人谢座后坐下来,见郭熙正抱着小皇子,又上前请了安,笑道:"小殿下长得真是越来越像官家当年了!"

郭熙微微一笑,让燕儿抱下小皇子,笑道:"嬷嬷服侍官家这么多年,原是有功的人,以后在我这里,也不必拘礼。"

秦国夫人逊谢道："君臣有别，尊卑有分，老奴不敢越礼！"

郭熙笑道："今日劳动您老人家来，只为有一件事想请教！"

秦国夫人忙道："圣人千万别说这样的话，折煞老奴了。圣人有什么事，只管吩咐老奴！"

郭熙收了笑容，缓缓地道："官家新纳了一个刘美人，如今住在翠华殿侧院，不知道嬷嬷见过没有？"

秦国夫人本是垂手含笑坐着，听了此言浑身一颤，闭目片刻，方缓缓地道："我老了，现如今有什么事，也都是懵懵懂懂，后知后觉的。"

郭熙嘴角微微冷笑，道："现如今的事，您老懵懵懂懂，那过去的事情，就应该是清清楚楚的了！"

秦国夫人轻叹一声："圣人指的是什么事？"

郭熙微笑道："我听说在我入襄王府之前，官家曾经宠幸过一个侍女，就姓刘。如今的年纪，也应该是与这刘美人差不多吧！什么时候请您老过去看一看，看是否认得这位刘美人。"

秦国夫人的手神经质地数着念珠，好半日才道："打开府以来，来来去去多少侍女，这十几年前的旧事，老奴年纪大了，更是记不得了。"

郭熙冷笑道："若是旁人，您说记不得，倒也罢了。只是这刘氏，当年可是您老人家亲自进宫，在先皇跟前告得她一状，因此惹得先皇大怒，下旨将她逐出京城的。不知可有此事？"

秦国夫人听得皇后说出当年隐情，反而忽然平静了下来，念了一声佛号道："阿弥陀佛，原来圣人说的是这事。陈芝麻烂谷子的事，谁也不太记得了。"

郭熙冷冷地道："外人不记得了，当事人可念念在心，没齿难忘呢！有朝一日飞黄腾达，便是有恩报恩，有仇报仇！"

秦国夫人轻叹了一声，她的话说得很慢，却是一字字说得清楚："老奴老了，从前的事，都记不得了！"

郭熙冷笑道："是啊，不记得最好了，我还差一点儿就不记得官家在娶我前，还娶过一位潘妃呢！大凡新帝登基，都要把元妃追封为皇后，可是我听说连着三道提到此事的奏疏，都被留下了。看来这世上的事，不是自己一厢情愿说不记得，就以为别人也不记得了！您老人家是从小把官家奶大的人，如今又封了秦国夫人，在本朝可谓荣宠一时无两。我素来敬重您老，今日说

这话,也是为您老着想。否则的话,这陈年旧事,关我什么事儿!"

秦国夫人站了起来,道:"老奴明白,老奴铭记圣人的恩德。圣人是个厚道人,德能载福,如今您才是一国之母,小皇子又如此出色,这是没人能比得上的。先头的潘妃福薄,就是因为她不明白这一点啊!"

郭熙似笑非笑地看着秦国夫人:"您说得对,是啊,我是皇后,我有皇子,这是谁也比不上的。"

秦国夫人长叹了一声,道:"红颜易老,这样的年纪,纵有恩宠能有几时?位分又低,又没个孩子,老奴造过一回孽,这十几年心里头一直不踏实,圣人赐老奴睡个安稳觉吧!官家为人重情意念旧,圣人放心!"

郭熙冷眼看着秦国夫人,心里早已经骂了几百句"老奸巨猾",见她左推右挡,一副打死都不会出头上阵的样子,却也无可奈何。

秦国夫人最后一句中的"念旧""放心",既是说赵恒念旧不会对乳母怎么样,亦是劝皇后,赵恒如此待刘美人,亦不过是念旧而已。见她执意告退,郭熙却也只得道:"但愿一切如您老所言,我也不过是看《汉书》下泪——白替古人操心了!"

冷眼看着秦国夫人出去,郭熙暗自咬牙,她本对刘氏还有些疑惑,如今看秦国夫人这般畏缩之态,又哪里有不明白的!再想起那日太后移宫之事,太后当着皇帝的面,在后宫妃嫔面前重重地削了她的面子。可那件事,成就了谁?却是成就了刘氏在后宫的威望。她一过来,轻轻几句话,太后也要给她面子,皇帝也要给她捧场,难道太后也是心里有数的?所有的人,都只瞒了她一个,当她是个傻子、呆子吗?

更令她难堪不已的,还是皇帝私下里对她的不满和轻视,皇帝那句"你以后有拿不准的事,宁可多问些老成的人",如今想来,分明指的就是她。

有了心事,晚膳端上来,差不多原封不动就撤了。

涂嬷嬷见了心疼,劝她:"圣人身体要紧,凭是什么事,也不能不吃东西。否则的话,有损身体,有损容颜。"

郭熙正坐在镜前,仔细看着自己,竟已经有了鱼尾纹,心中酸楚:"我还要容颜做什么,我哪里还有容颜,不过就是靠这一身珠玉,强撑起来的体面!"

涂嬷嬷心都碎了,哭道:"圣人,您别这样。您这样折磨自己,老奴看了心都碎了。"

郭熙忽然失态,将镜子一推,恨声道:"我想她死,我想她永远消失……"

她一时失态,等回过神来,却见左右从人俱已不在,只见涂嬷嬷跪在她跟前,郑重道:"圣人如今在这里说一下无妨,只不可再在人前表露,要不然他日她出了意外,圣人岂不招人怀疑?"

郭熙一惊,怀疑地看向涂嬷嬷:"你说什么?"

涂嬷嬷咬牙:"为了圣人,老奴自然会想办法……"

郭熙惊且恐,捂耳道:"你休要胡说。"

涂嬷嬷站起来,将她抱在自己怀中,劝道:"圣人放心,老奴自然会做得干净,绝不会让人看出——"

郭熙用力推开涂嬷嬷,指着她愤然道:"你,你怎么敢生出这样的念头来?你把我当成什么人了?难道你以为我堕落成那种心狠手辣、不择手段的毒妇了吗?"不待涂嬷嬷再说,她喝道:"来人,将涂嬷嬷带出去。燕儿,明天你传信府里,就说涂嬷嬷年纪大了,让她出宫养老。"

涂嬷嬷自知说错话了,听得她这一句,不由得大惊,颤声道:"圣人,不可,如今圣人身边,没有老成的人帮着圣人、护着圣人,如何能行?老奴有错,您责打老奴就是,可千万不能自断臂膀,宫中如此凶险,您怎可如此天真?老奴所作所为,皆是为了心疼圣人……"

郭熙看着涂嬷嬷,眼中尽是寒光:"住口!我出身名门,幼受庭训,熟背《女诫》《女则》,常言道:'修身莫若敬,避强莫若顺。'我纵不得官家喜欢,我也有我的尊严、我的良知,你,你怎么敢在我面前说出这样的话来。不,我留不得你了!"

燕儿见状,拉住涂嬷嬷,见涂嬷嬷哭得凄惨,也不禁动容,亦相劝道:"请圣人三思。"

郭熙挺立,脸上冰冷如霜:"嬷嬷,你奶大了我,忠心耿耿地护着我,可如今,你也该养老去了。燕儿,多给嬷嬷备上厚礼,告诉我娘,要善待嬷嬷。"

她说完,扭身进内,关上了门,只觉得浑身冰冷。听着涂嬷嬷在外面的哭声,她心中并不是愤怒,而是恐惧。让她突然发作的,并不是涂嬷嬷那个提议,而是她忽然发现,她在那个提议之前,竟有一丝心动。

邪念如同黑暗中张开的大口,稍有心动,就坠入无底深渊,她慌忙摸到床前的念珠,闭上眼睛,念着经文:"人起心动念,神鬼相随……"

她是皇后,一国之母,应当在品行上无可指摘,她有皇子,她应该为了她的儿子而守住心中的底线。她不可自甘堕落,她不可从小人之邪意,顺无知之私欲,她不能变成一个连自己都瞧不起的人……

帐子内,她闭上眼睛,忽然间泪如雨下,双手不停颤抖。她有过内疚神明的时候,她有过听从诱惑的时候,而当时她竟毫无所觉。

乳母是从小将她奶大的人,她在外人面前表现得再好,可在乳母面前,却是无法隐瞒的。她家规严整,母亲端庄自持,家中兄弟姐妹众多。她是众姐妹中的大姐,从小要表现得最好,她只有在乳母面前时才表现得毫无矜持,而乳母永远只会因心疼她而纵容她在外压抑后更加放纵的坏脾气。

她长大了,知道这样不对,渐渐地在乳母面前也开始克制。乳母总是忧心忡忡地看着她,希望她依旧能够将脾气在她面前发作出来。她经不起这样的诱惑,在情绪最失控的时候,还是多少发作了些出来。

她说,她怕宫人戴氏的儿子更得太子的宠爱,她说,她已经失去了大郎,不能让四郎再出意外。当时她只是情绪失控下的怨言,结果乳母附和她,更说因为三郎的健康,是夺了四郎的气运所致,她会帮助她,帮助孩子的。

这种说法荒诞不经,不过是下人们因为无知而胡说八道,她根本不相信这种话,可是听着这种话,却能够让人泄愤,让人减压。她胡乱地发完脾气,并不把这件事放在心上。

可那日四郎还是去了。因为夫君刚被封为太子,她纵有一腔伤痛,也不得发作。只私下无人时,与乳娘发了脾气。后来不知为何,那夜东宫被困,二郎却忽然发起烧来。她找不着太子,太医又迟迟不来,她慌得没了主意,只抱着儿子,等着太医,完全没有想到乳母在那时候,调开所有的人,不知道用了什么方法,竟让三郎掉进了池子里。当她听到这个消息的时候,只吓得魂飞魄散。好不容易东宫开禁,她甚至顾不得二郎,直接冲过去,让太医不惜一切代价,也要救回三郎。

太子只看到她披头散发,抱着三郎失魂落魄的样子,只看到她为了挽救回三郎不顾形象的癫狂模样,只看到她在三郎死后的悲痛欲绝,却永远也不明白这背后的原因。

三郎死了,她因此大病一场。从那以后她内心开始有所畏惧,尤其是那一夜以后,他忽然成了皇帝,就更令她害怕了。她不由自主地想讨好他,不敢违逆他,她内心与其说是愧疚,不如说是恐惧。她害怕看到戴氏,戴氏原是住在她寿成殿的偏殿的,可百日孝期一过,她就将戴氏的住所挪到了远远的地方。她也害怕与乳母共处一室,总要拉上燕儿,她甚至不敢质问乳母,她害怕从她口中听到令她不敢面对的真相。

郭熙捂着脸,她的手在抖,她不能再留乳母了,乳母的心太可怕,乳母的建议却又太诱人,她不能让乳母把自己带到万劫不复的深渊去。

中宫要送皇后乳母涂嬷嬷回郭府,皇后之母郭太夫人接了这道中宫的口谕,却是百思不得其解,次日就忙亲自进宫来问。

郭熙听说母亲求见,暗叹一声,请她进宫。

郭守文的妻子梁氏,虽然贵为当今皇后的生母,但是从她的衣着举止上,却丝毫看不出这等身份的盛气来。素日在家,她也只是粗衣淡食,今日进宫去,虽然换了命服,饰物却并不奢华,仅仅是做到不失礼而已。

郭太夫人怀着一腔心事进来,依惯例行礼后,皇后忙请她坐下,一时无话。

郭太夫人想了想,先道:"圣人入宫已经数月,因着宫规,我也不能常来看望你,心里却记挂着你。圣人此刻已为国母,一言一行关系甚大,方才我又见你面上似有愁容,究竟为的什么?"

郭熙就说:"因着嬷嬷要出宫,舍不得她,所以心里不悦。"

郭太夫人就问:"既舍不得她,为何不留下她?"

郭熙过了一会儿,才屏退左右,轻叹了一声,把有关刘美人的事,淡淡地说了出来,又将为何逐出乳母的事也说了:"我年轻,心志不坚,怕留得她久了,听了她的话,移了心志。但她哺乳我一场,也是万般心意都在我身上,望母亲多多照看着她。等过了这阵子,我还会叫她常来宫中看望的。"

郭太夫人听了骇然:"圣人说得对,婢仆之辈,见识既浅,又少顾忌。瓦砾常破而无忌,珠玉珍视而无瑕。圣人万金之躯,万不可白璧有瑕。"

郭熙听着这话,虽然也似自己的意愿,但不知为何又有些本能的反感,她默然片刻,才道:"母亲放心,我自然是知道的。"

郭太夫人看着郭熙,眉头却是深深锁了起来,她沉吟片刻,终十又开口道:"圣人,当年先皇下旨,令圣人嫁入襄王府,那时候臣妾心中,其实是并不情愿的,我家门第与皇家本是高攀了。但是那时候圣人行事却已经有超过年龄的沉稳,这许多年来执掌王府,深得官家敬爱,如今更已为一国之母……"

郭熙听得出母亲的隐忧,叹息一声:"母亲放心,如今官家纵然另有所

爱，我也不会乱了方寸。只是我当真不服，他若是喜欢年轻貌美的新人也就罢了，却为何，却为何去喜欢这么一个老婢，我，我……"说到这里，她却忽然克制不住，竟有些哽咽起来。她自成了王妃以后，少有这种小儿女之态，如今一朝破功，也实是忍不住了。

郭太夫人心中明白，长叹一声，却只能劝道："圣人，既为中宫，便比不得寻常了。若是嫁了常人，娘家也能出面护女。可既享受了皇家至尊，这样的事，却也是要承受的。江河不涓细流，故能成其大。圣人为中宫，当令皇家多子多福，方为国母。"她小心翼翼地道："且，圣人既言其年近三旬，又无子嗣，不过是多一老婢，又有何忧？"

郭熙忽然垂泪，道："我如今才知道，官家待我，不过是面子情罢了。他待那刘氏才真是情深意切。我冷眼看着，他两人在一起的时候，竟如胶似漆，旁若无人。我总以为，只要我一心付出，他也会真心待我。母亲，我做错了什么，为什么我这么好，他看不到！"

郭太夫人心疼地抱住郭熙，她如何能不疼女儿，却也只能相劝："圣人，如今在我这里哭一场也就罢了，万不可在别人面前哭的。"

郭熙却执拗地问她："母亲，我就想问问你，父亲当年也有姬妾，母亲当时是怎么想的，是怎么过了心里这一关的？"

郭太夫人长叹一声，郭守文虽然也是贤臣，但终究多年征战在外，怎么可能没有姬妾，但是这种，又与皇后的情况完全不同。她是郭守文的妻，其他女人，只是物件儿罢了。但对着当了皇后的女儿，她却只能感慨道："圣人天资聪慧，自幼时起言语举止便十分稳妥，刚到十岁时，我就不敢以小儿辈视之，当你是个成年人一般可以商量事情了。如今再见你这小女儿之态，我真是又是欢喜，又是心疼。"

郭熙眉头微皱，她听懂了母亲话语中未说出来的意思，她心中感觉复杂。她虽瞧不起乳母的见识短浅，可母亲的过分理智，却总让她感觉心中委屈。

"母亲，做了皇后，难道就不能有自己的喜怒哀乐了？"郭熙问。

郭太夫人满腹心疼护短的话，只能压在心底，她按住女儿的手，劝道："圣人通今博古，当知道从古到今的帝王，会有多少受宠的妃子。身为皇后，能够得到君王的爱重，能够在六宫无子的时候生有三个嫡子，足够了。"

郭熙眼泪夺眶而出："可是我，我不甘心哪！"

郭太夫人听得几乎落泪，也只有女人，才能听出这"不甘心"三字后的所有呐喊来，却不得不说出正确的话来："圣人这一辈子长着呢，情爱只是年轻时的幻象。最终葬入皇陵的，是您这个皇后。"

郭熙靠在椅背上，有些颓丧地问："母亲，可我才二十多岁，难道我现在就要把七情六欲，都准备葬进皇陵了吗？难道我就这样眼睁睁地看着官家心中只有刘氏，没有别人？"

郭太夫人严厉道："圣人，您若这么任性，那连葬进皇陵的资格都没有了！您纵不想想自己，难道就不替二皇子想想吗？"

郭熙一惊，想起儿子来，顿时清醒了不少，却不由得道："若是，若是她有了孩子呢？总要防患于未然。"

郭太夫人笑了："圣人，什么叫防患于未然？从古到今的帝王，会有多少宠妃，圣人这一辈子还长着呢，要都这么防患于未然，何时是了局？您是皇后，又有皇子，只要您不出错，任何人都无法动摇得了您。从古到今被废的皇后，虽然有各种各样的罪名，却一样是相同的，她们或没有皇子，或叫人拿住了把柄。从古到今能够威胁到皇后之位的宠妃，虽然有各种各样的取宠之道，但她们争的，都是自己儿子的太子位。没有皇子的妃嫔，再得宠亦是过眼云烟。"

郭熙长叹一声，是啊，她还没有孩子，就算自己再嫉恨她，可一个没有孩子的妃嫔，实在不值得自己劳心费力，遂道："母亲说得对。"

郭太夫人又劝她："圣人，潘妃的前车之鉴犹在眼前，千万慎之，不可任性！圣人是皇后，又有了皇子，早已经立于不败之地。红颜易老，刘美人已经年近三旬，她又没有皇子，还能得宠多久呢！反倒是那些有皇子的妃嫔，却是巴不得圣人出个错，她们就有机会了。圣人不为自己着想，也为小皇子着想，何必轻举妄动呢！"

郭熙沉默良久，才道："我明白了。"

她本是极聪明的人，当日在襄王府步步为营才站稳了脚跟，这一番道理听在耳中，怎么会不懂呢。不知道为什么，自从王府中搬入大内，从王妃而一跃为皇后，于她来说，忽然从一个极有把握的环境又跃上一个新的台阶，心中竟有说不出的惶惑，只想紧紧地抓住一些什么，证明一些什么。同样的话，自秦国夫人口中说出，她只觉得说不出的反感，此刻由自己母亲口中说出，再将当日的话一对照，她这才算是听进去了。可是，听进去是一回事，能接受是另一回事。是,她是皇后,她有皇子在,一切自能胸有成竹地缓缓行来,何必计较一时得失呢!可世间的道理,说来容易,做到却是难如登天。

郭太夫人走了。郭熙站在凤仪阁二楼,看着远处,但见夕阳渐渐落下,她却依旧一动不动。直至掌灯之后,燕儿再三相劝:"圣人,天寒了,不如下去吧。"

郭熙忽然幽幽地道:"你看,那边是梧桐院吧,灯特别亮。"

燕儿细看了看,果然见翠华殿以西,有一处灯火比别处亮些,不由得诧异:"不会吧,您怎么看出来的?"

郭熙就道:"其他的宫院中,侍候的人必是在屋子里,纵有在外头的也不过几个宫人,供应的灯烛都是有数的。只有官家去了那里,外头才会站这么多人等着伺候,才会有这么多的灯烛。你看万岁殿外的灯烛反而不多。其实,真相只在我们眼皮子底下,可我们就是这么闭目塞听、掩耳盗铃,是不是?"

燕儿不敢再劝,生怕又有哪句不是,皇后素日信重的涂嬷嬷,也不过是一句话的事,就被赶出宫,哪里敢再啰唆,只劝道:"圣人,起风了,咱们还是回去吧。"

燕儿扶着郭熙回了宫,郭熙卸了妆,怔怔坐在梳妆台前,半响忽然道:"你去万岁殿,告诉官家,就说……二皇子病了,请官家前来探望。"

燕儿一惊,犹豫不敢行:"圣人……"

郭熙焦躁地喝道:"快去!"

燕儿只得去了。

郭熙看着心腹宫人不解的眼神,心中却是暗叹一声。她知道她们在诧异什么,她一向不屑以这种手段争宠。可如今,她争的不是宠,而是想以此试试那个刘美人在官家心目中的地位。

可是试出来以后,应该怎么做,她其实是有些茫然的。只是忽然间情绪的直觉,高过了她素以自恃的理性。而更可悲的是,她在发现这一点以后,却只是在脑海里闪过想控制的念头,却终究放弃了这份自我控制。

此时梧桐院中,赵恒与刘娥刚刚上了床,就听得雷允恭来报说,二皇子生病,皇后急请,不由得吓了一跳,忙披了衣服叫进雷允恭来问:"可知是生了什么病?太医可去了?"

只听雷允恭禀道："圣人已经盼咐去叫太医了,只是自己吓得六神无主,不知如何是好,才命小的来请官家过去拿个主意。"

赵恒犹豫道："这——"不禁看了看刘娥。

刘娥知他心意,连忙拿起外衣道："三郎,既然是二皇子生了急病,你还是快过去看看吧。"

赵恒方才一急显了相,此时反而坐下了,道："孩子病了,自有太医,我还是不去了。"

刘娥正色道："三郎,太医虽去了,遇上什么事情,却还需要个拿主意的人。常言道,爱屋及乌,二皇子虽然不是我所生,我却同你一般关心他。天底下为人父母的,孩子生病怎么能够不去看望呢。我们这么多年都过来了,不必拘于这一日,请三郎去圣人宫中吧!"

赵恒心中似觉得梗了什么东西一般,看着刘娥,竟是一句话也说不出来。他上前一步,用力地抱了刘娥一下,用力之大,直要将刘娥整个人镶进他的心中似的。

他放开刘娥,轻抚了一下她弄乱的发梢,两人眼神交汇,已知对方心意。赵恒点了点头道："好,那我先去了。你好自歇息,我明日一早过来看你。"

刘娥唤雷允恭服侍赵恒更了衣,亲自送到宫门,见刘承珪引着赵恒,舆驾渐渐行远,远到连灯笼都消失在夜色中了,她仍是一动不动地站着,似已经站成一具石像。

侍女如芝瞧得惴惴不安,壮着胆子上前轻声道："娘子,官家已经走远了!"

刘娥转过身来,那一刻似有些茫然："啊,官家已经走远了吗?"

如芝道："是啊,已经走远了。娘子,这二皇子,真的病了吗?"

刘娥摇头："我不知道,但我感觉,圣人或许是借这件事,来试探官家心中到底在乎什么。"

如芝气愤地道："您的意思是……圣人可能是用这种手段来给您一个下马威?真是太无礼了。娘子,您为什么不留下官家?横竖,这事她不占理。"

刘娥却摇了摇头："我也只是猜测。官家性情温良,待人总往好处想,他对圣人印象很好,他根本不认为圣人会好端端地咒儿子病了,所以,我不能留他。"

如芝却有些担心起来："可也不必直接从梧桐院走啊,这样的话,明日所有的人都会知道,官家夜宿您这里了。"

刘娥轻叹:"那又怎么样,不过是彤册上记载一笔罢了。其实官家当日这样安排,就已经不妥,如今索性早早走了明路也好。"

如芝诧异:"娘子既知不妥,那为什么不告诉官家呢?"

刘娥叹道:"他只想与我在一起,却又怕因为对我过于好,而让我招了后宫的嫉妒暗算,所以只能这样两头瞒。其实我们都清楚,这样也是不长久的,但他所做的一切,都是为了我。他自己瞒得这么辛苦,可事情一旦败露,他在情理上还会处于下风。"她看着如芝不解的眼神,无奈地笑了笑。

他在先帝多年的考验下成为最后赢家,他是君临天下的皇帝,他可以杀伐决断,英明神武,可他却为了自己犯傻,遇上这样的男人,她能怎么办?

她不愿意打破他的自以为是,也不忍让他直面现实。如此破解,也算是一件事放下了。就算皇后因此恨她,也是无可奈何。她愿意宠着他,纵着他的天真,她自然也会扛起因此而来的风风雨雨。

刘娥轻叹了一口气,这才回醒过来,忽然打了一个寒噤。如芝忙将手中的披风给她披上,道:"娘子小心,夜风寒冷!"

刘娥用力裹紧身上的披风,轻吁了一口气,仰首望天:"是啊,这宫里的夜风,真是很冷,很冷!"

图书在版编目(CIP)数据

天圣令.贰/蒋胜男著.—杭州:浙江文艺出版社,
2021.9

ISBN 978-7-5339-6472-6

Ⅰ.①天… Ⅱ.①蒋… Ⅲ.①长篇历史小说—中国—当代 Ⅳ.①I247.5

中国版本图书馆CIP数据核字(2021)第058264号

选题策划	柳明晔
责任编辑	关俊红 张 雯
营销编辑	宋佳音
封面绘图	珑 玮
封面设计	水玉银文化
版式设计	吕翡翠
责任印制	张丽敏

天圣令·贰
蒋胜男 著

出版	浙江文艺出版社
地址	杭州市体育场路347号
邮编	310006
电话	0571-85176953(总编办)
	0571-85152727(市场部)
制版	浙江新华图文制作有限公司
印刷	浙江新华印刷技术有限公司
开本	710毫米×1000毫米 1/16
字数	291千字
印张	17.75
插页	2
版次	2021年9月第1版
印次	2021年9月第1次印刷
书号	ISBN 978-7-5339-6472-6
定价	69.00元

版权所有　侵权必究
(如有印装质量问题,影响阅读,请与市场部联系调换)